KB193646

포스트휴먼과 문학

김주연 비평집

포스트휴먼과 문학

펴낸날   2025년 3월 13일

지은이   김주연
펴낸이   이광호
주간   이근혜
편집   이주이 김필균 허단 윤소진 유하은 최은지
마케팅   이가은 최지애 허황 남미리 맹정현
제작   강병석
펴낸곳   ㈜문학과지성사
등록번호 제1993-000098호
주소   04034 서울 마포구 잔다리로7길 18(서교동 377-20)
전화   02) 338-7224
팩스   02) 323-4180(편집) 02) 338-7221(영업)
대표메일 moonji@moonji.com
저작권 문의 copyright@moonji.com
홈페이지 www.moonji.com

© 김주연, 2025. Printed in Seoul, Korea
ISBN 978-89-320-4351-7 03800

김주연 비평집

문학과지성사

포스트휴먼과 문학

책머리에

　포스트휴먼이니, 디아스포라니 하는 묵직한 단어들이 최근 내 앞에 굴러왔고 그것은 AI, 뉴 노멀, 인류세 등 급격한 생태계 변화의 현실 속에서 문학의 오랜 입지를 뒤흔들고 있다. 이미 30여 년 전, 지난 세기말부터 디지털 세계의 문학적 도전에 대해 나로서도 관심을 가져왔으나, 이즈음의 세상은 문학이 무엇인지 그야말로 콘셉트 자체를 알 수 없을 만큼 어지럽다. 새로운 혼돈에 대한 응전이라기엔 가당치 않은 이 작은 비평집으로 60년을 마감한다고 할 수 있을까 하는 생각에 머리칼이 쭈뼛해 온다. 그렇다고 무얼 새삼스럽게 만지작거릴 수 있으랴.

　뱀띠가 뱀해를 만나기까지 최근 몇 해 사회적으로나, 나 개인적으로나 힘든 시간이었다. 2020년대를 넘어서는 만년의 숨찬 고비였다고나 할까. 팬데믹이 세상을 휩쓸고 지나가는 동안 그 세찬 바람 옆에서 골절을 입는 등 노화의 기미를 피하지는 못했다. 그러나 이 책에 씌어진 대부분의 글이 이 시기 5년 안팎의 생산이라는 사실은 스스로도 감사한 일이다. 어찌 보면 이러한 문학 행위가 세상의 화와 싸우는 위로의 힘이 아니었을까 하는 생각이 들기도 한다. 이 산물을 추려 책으로 묶어보니 이게 60갑년의 소산이 되기도 한다.

　새 도전을 만나면서 혹서와 더불어 땀을 흘렸던 지난여름을 되돌아보는 오늘은 입춘 추위에 밀리면서 으스스하다. 짧든 길든 역사에서 아무것도 배우지 못하는 비재(非才)가 송구스러울 뿐이다. 그 세월

4

을 함께해온 문학과지성사 그리고 남아 있는 친구 김병익, 오생근이 고맙고 지금도 문학의 업을 껴안고 고투하는 이광호 대표, 든든한 기둥 이근혜 주간에게 한없는 감사의 마음을 전한다. 아울러 언제부터인가 내 마음의 벗 자리에 기꺼이 동행해주는 김승구 집사에게도 고마운 인사를 드린다. 번거로운 책을 꾸려준 이주이, 김은혜 씨 두 분에게는 이번에도 각별한 정을 표하고 싶다.

그럼에도 문학이여, 영원하시라.

2025년 3월 초봄, 법화산 기슭에서
김주연

차례

1부
nD는 힘인가

포스트휴먼과 문학

1

나는 최근에 어느 문학평론 신인상으로 「행동하는 비인간들의 힘」[1]
이라는 글을 선정한 일이 있다. 어느 시인에 관한 글인데 시의 대상도
주체도 주로 식물임에 주목한 평론이었다. 나는 이 평론이 인간성의
과잉에서 유래하고 있는 재앙의 시기에 재난의 세계를 구원하는 대안
적 관점에서 구성되었다고 평가하였다. 이러한 관점은 최근에 문학을
비롯한 문화 각 분야 곳곳에서 서서히 제기되고 있는데, 크게 보면 지
구 생태계의 위기와 관련된 이른바 인류세 혹은 뉴 노멀New Nomal[2]의
관점, 다음으로는 계몽의 발달 선상에서 수행되고 있는 포스트휴먼과
그 필연적 성과로 나타나는 AI 및 챗GPT[3] 등의 문제와 그 문화적 파
장의 관점으로 대별할 수 있을 것이다. 물론 이 둘은 사실상 서로 포괄
되는 욕망과 기술이라는 '기계천사Maschinenengel'[4]를 함께 대변한다.

---

1 황사랑, 「행동하는 비인간들의 힘—임승유론」, 『세계일보』 2023년 1월 1일 자.

2 「특별 좌담—인류세, 인류 생존의 갈림길」, 『철학과현실』 2023년 봄호 참조.

3 AI와 챗GPT에 관한 논의는 인터넷 공간을 비롯해 여러 곳에서 이뤄지고 있지만 특히 문학과 관련
   하여 이광호의 글 「비평의 시대착오」(『문학과사회』 2022년 가을호, pp. 347~50) 참조.

4 아도르노의 표현으로, 인간이 주체가 되어 추구하는 신의 영역이 '천사'라면 이제는 기계가 천사

이 문제를 올바로 살펴보기 위해서는 인류세(人類世, Anthropocene)[5]
에 접어든 오늘의 지구 및 오늘의 현실을 자세히 관찰하는 일을 선행
해야 할 것이고 그다음 AI와 챗GPT의 현재 상황을 제대로 파악해야
할 것이다. 포스트휴먼은 이들이 어울려 조성하고 있는 새로운 현실인
데 그와 관련된 문학의 새로운 지표가 그다음으로 주어질 것이다. 이
제는 많이 알려진 인류세라는 용어는 지구온난화로 인한 기후변화가
야기하고 있는 종말론적 세계 인식으로 인하여 우리 곁에 다가온 다
소 낯선 낱말인데 지구의 역사를 시기별로 나누어 보는 데에서 유래한
다. 즉, 지구의 역사는 고생대·중생대·신생대로 구분되고 신생대는 다
시 플라이오세·플라이스토세·홀로세로 구분되는데, 이 가운데 홀로세
를 인류세라고 부른다는 것. 그 까닭은 홀로세 시기에 인간의 활동이
지구를 석권할 만큼 왕성했기 때문이라는 것인데 노벨화학상 수상자
파울 크뤼천Paul Crutzen이 명명하였다. 요컨대 인류세라는 표현 속에
는 지구가 지금 인류에 의해 독점, 장악되고 있다는 비판적 의식이 역
설적으로 흐르고 있어서 이제는 그 상태를 넘어서야겠다는 의지가 바
로 '포스트휴먼'으로 나타난다고 보아야 할 것이다. 약 40억 년의 지구
나이 가운데 인류에 의한 지구의 독점 현상은 지금부터 역산으로 약
7만 년에 이르는 것으로 계산된다. 말하자면 7만 년 동안 이른바 호모
사피엔스가 지구의 운명을 좌지우지해왔다고 할 수 있고, 이제 그로 인

가 되는 세상, 즉 기계가 만물의 주체가 되는 세상을 가리킨다. Th. W. Adorno, *Noten zur Litera-
tur III*, Suhrkamp, 1965, p. 135 참조.

5   인류가 지구 지질이나 생태계에 미친 영향에 주목하여 지질학계에서 명명한 지질시대의 하나로
    서 오늘의 현대가 이에 해당한다. '사람'을 뜻하는 'anthropo'에 '시대'를 의미하는 접미사 'cene'
    가 붙어서 인류세가 된다. 대기학자 파울 크뤼천이 널리 사용한 것으로 알려진다. 언제부터 이 시
    대가 시작되었는지 정설은 아직 없으나 지구 온난화에 따른 기후변화, 생물 다양성의 소멸, 화석
    연료의 범람, 원전과 핵 실험, 방사선, 플라스틱, 이산화탄소의 대량 분출이 인류세 시대를 초래한
    것은 분명하다(백과사전 종합 정리).

한 폐해의 끝을 비극적으로 응시하기에 이른 것이다. 인류와 지구가 이러한 역사를 밟아 오늘에 도달하게 된 여정은 흔히 발전이나 진화라는 말로써 미화되어왔고, '만물의 영장' 인간의 자부심으로 여겨져왔다. 최초의 생명체가 지구상에 출현한 이후, 인간을 제외한 다른 생명체들은 자연의 진화를 거듭해왔다. 그러나 인간은 자연에 맞서는 인식 주체라는 학문적 설계를 통해 일종의 자연 착취를 자행해왔다. 자연의 일부로서 겸손한 자기 설정과 인식 대신 자연과 인간의 대립이라는 구조를 생활화해온 것이다. 그 구조의 극단에서 인류세의 문제가 자연스럽게 대두되는데, 역사철학적으로 볼 때 인간 중심 계몽주의의 완결이라는 측면으로 연결된다. 한편, 이 같은 계몽주의적 과학기술이 초래하고 있는 후기 산업사회의 자본주의적 생활 습관은 인류세 속 인간 지배 지구의 현실을 갈수록 악화시킨다. 다시 말한다면 기후변화가 야기하고 있는 종말의 기운을 오늘의 생활양식 개선 없이는 도무지 종식시킬 수 없는 것이다. 계몽주의적 과학기술과 자본주의적 생활양식의 답습이냐, 이 모든 생활 관습의 폐기를 통한 자연과 지구의 재생이냐 하는 갈림길에 우리는 지금 서 있는 것이다. 만일 우리가 후자의 삶을 선택하고 실천할 수 있다면 우리는 소생할 수 있다. 이것이 이른바 뉴 노멀이다.

뉴 노멀은 그러므로 포스트휴먼의 삶과 싸워야 한다. 그러나 이미 우리는 포스트휴먼 속에 앉아 있다. 포스트휴먼과 싸운다는 것은 결국 자기부정이 되는 것이고, 여기서 저 유명한 아도르노의 『계몽의 변증법Dialektik der Aufklärung』을 상기하게 된다. 계몽이 금과옥조로 삼고 있는 합리성의 허위를 낱낱이 파헤치는 이 책에서 아도르노는 계몽의 대중 기만성과 한계를 지적하고 있는데, 그 핵심은 기술 사회 및 그것과 짝을 이뤄 자본주의를 즐기는 인간들을 향하고 있다. 특히 기술 발전을 끊임없이 획책하면서 이루어지는 문화 산업의 세계 지배에 대한 날카로운 비판은 포스트휴먼과 싸워야 하는 인류의 길에 정당성과 함께 구체적 실례들을 제공해준다. 기술 사회가 만들어내는 문화 산업의 현장은 이런 모습으로 그려진다. 자본주의의 또 다른 얼굴이 거기에 있다.

> 오늘날 기술의 합리성이란 지배의 합리성 자체다. 이러한 합리성은 스스로부터 소외된 사회가 갖게 된 강압적 성격이다. 자동차나 폭탄이나 영화는 전체가 해체되지 않도록 근근이 유지시켜주고 있지만 그러한 유지의 한계는 그것들이 벌이는 끝없는 평준화 작업이 결국에는 빚어낼 수밖에 없는 불의 속에서 자신의 힘을 확인할 때까지다. 문화 산업의 기술은 규격화나 대량 생산을 가능케 하며 그 대신 일의 논리와 사회 체계의 논리를 구별시켜줄 수 있는 무엇을 희생시켰다.[6]

이러한 진술이 의미하고 있는 바는 세 가지로 요약된다. 첫째는 계몽주의를 구성의 근간으로 삼고 있는 사회가 표방하는 합리성은 강압적, 지배적 성격을 지니고 있다는 점이다. 다음으로는 그 성격은 결코 공의롭지 않으며 한계가 있다는 것이다. 끝으로 간과될 수 없는 것으로서 일과 체계 사이 구별의 논리 없이 규격화, 대량화가 이루어지고 있다는 점이다. 이러한 아도르노의 논리는 기술 사회가 생산해놓은 포스트휴먼의 제품들과 그 활동이 정당한가 하는 질문과 연결된다. 공의롭지 못하고 지속 가능하지도 않다. 이러한 사회는 스스로 소외된 사회로서 합리성은 물론 보편적인 설득력도 얻지 못한다. 아도르노의 견해는 계속된다.

> 그러나 이것은 기술의 운동 법칙에서 빚어진 결과라기보다는 현

---

6 Th. W. 아도르노·M. 호르크하이머,『계몽의 변증법』, 김유동 옮김, 문학과지성사, 2001, p. 185.

대 경제에서 기술이 행하는 기능에서 비롯된 것이다. [……] 수신자가 자신의 의사를 말할 수 있는 어떤 응답 장치도 아직은 개발되지 않았으며 사적인 전파(電波)에는 자유가 허용되지 않는다. 사적인 전파는 아마추어라는 출처 미상의 영역에만 국한되며 그나마도 위로부터 통제받아야만 한다.[7]

아도르노의 이 글은 지금부터 반세기 훨씬 이전이자 그가 작고하기 직전인 1969년 개정판으로 나온 것인데 포스트휴먼 시대를 그대로 예견하듯이 씌어졌다. 포스트휴먼 시대의 특징을 한마디로 기술사회의 극단이라고 요약한다면 그 자본주의적 성격은 "현대 경제에서 기술이 행하는 기능"이라고 간단히 정리하는 한편, AI와 챗GPT와 같은 포스트휴먼의 전형적 도구의 성격 분석에서 "수신자가 자신의 의사를 말할 수 있는 어떤 응답 장치도 아직은 개발되지 않았"다고 날카롭게 지적하지 않는가. 그는 "아직은"이라고 말했지만 AI와 관련된 거의 모든 도구와 영역은 원천적으로 생산/송신/공급자 일방적이며 질문과 요구는 허용되지 않는다. 아직 이 같은 기계가 개발되지도 않은 상황에서 어떻게 거기까지 내다볼 수 있었는지 놀라울 뿐이다. "사적인 전파는 아마추어라는 출처 미상의 영역에만 국한되며 그나마도 위로부터 통제받아야만 한다"는 탁견은 마치 오늘날의 유튜브를 연상시키는 듯하다.

2

이처럼 포스트휴먼 시대를 살면서 포스트휴먼과 싸우는 일은 자기

---

7 같은 책, 같은 쪽.

부정의 험난한 숙명이며 아도르노가 일찍이 예견한 대로 합리성의 자기소외이다. 따라서 포스트휴먼과 문학과의 관계를 들여다보는 일은 이 문제와 깊이 연관된다. 그러나 문학은, 문학을 포함한 예술 전반을 포괄하면서 바라볼 때 생각해야 할 독특한 문제들이 있으며, 이 문제는 크게 보아 영상예술과 문학예술이라는 영역으로 대별된다. 말하자면 동일한 예술이라 하더라도 문학과 영상은 상이한, 경우에 따라서는 대조적인, 혹은 대립된 특성을 가지며 포스트휴먼이라는 관점에서는 더욱 그러하다.

문학과 영상의 서로 다른 특성에 대하여 나는 10여 년 전 다음과 같이 분석하고 이와 관련된 견해를 피력한 일이 있다.

1) 예술이 상징적인 용어로 이루어진 경험의 미적 배열이라면, 테크놀로지는 효율적인 수단으로 경험을 도구화한다. 그러나 양자는 완전 분리된 영역은 아니어서 가치 내재적인 예술과 사회 구조 사이에서 테크놀로지는 양자를 함께 변형시킨다. 테크놀로지의 이러한 등장과 그 기능은 19세기 이전 사회에서는 상상하지 못했던 일이다. 문학 예술은 형이상학의 틀 안에서 자생적으로 성장했고, 자율적인 질서를 지닌 것으로 인식되어 왔다. [……] 물론 초현실주의 이후, 그리고 사진술의 발달 이후 모더니즘은 기술 문명의 직접적인 개입과 영향을 받아오기는 했으나 오늘날과 같이 그 모습이 총체적이고 중심적인 때는 없었다.[8]

2) 특히 인터넷과 휴대폰은 기능을 주고받으면서 새로운 미디어의 중심이 되고 있다. 흔히 우리가 영상문화라고 부르는 일련의 테

8 김주연, 『문학, 영상을 만나다』, 돌베개, 2010, p. 14.

크놀로지는 양자가 한몸이 되어서 [……] 인터넷에 블로그라고 하는 자기 화면을 만들고 UCC(User Created Contents)를 올리고, 마침내 각종 인디 영화까지 제작하는 단계를 모두 포괄한다. 글을 종이에 써서 편지 형식으로 배달하는 형태는 [……] 이메일이라는 형태에 의해 밀려 나간다. 물론 영상문화의 등장에 의해 활자문화가 소멸되거나 활자문화가 영상문화로 완전히 대체되는 것은 아니다. 그러나 적어도 문화적 주도권이라는 면에서 영상이 이미 새로운 강자로 군림한 것은 분명해 보인다.[9]

영상이 새로운 미디어로 부각되고 있는 현실의 불가피성과 그 속성을 살피면서 그 자리에서 서서히 물러서고 있는 것처럼 보이는 문학의 퇴조 분위기가 그려지고 있다. 그러나 이 글이 씌어진 10여 년 전의 현실에서 "양자는 완전 분리된 영역은 아닌" 것으로 언급된다. 가치 내재적 예술과 사회구조 사이에서 양자는 변형의 가능성을 안고 있다. 테크놀로지가 그 일을 한다는 것이다. 10여 년이 지난 오늘에 와서 그 변형의 양태는 엄청난 것으로 나타나고 있지 않은가. 인터넷과 휴대폰의 등장과 그 적극적인 활용이 테크놀로지의 핵심적인 현실이던 것이 오픈 AI와 챗GPT까지 도달하였으니 변화의 양상은 대단하다고 하지 않을 수 없다. 여기서 중요한 것은 AI 그리고 챗GPT 등이 결국 영상과 결부되는 핵심적인 지점이며, 이 부분은 포스트휴먼 문화로 가는 길과 문학의 관계를 숙고하게 하는 결정적인 요소들을 만들어낸다는 것이다. 인터넷과 휴대폰이 통신의 영역에서 혁명을 몰고 왔다면 AI와 챗GPT는 인공지능이라는, 그야말로 기계의 인간화 혹은 인간의 주체화라는 차원 변경의 전도(顚倒) 현상을 통해 세상을 바꾼다. 포스트휴

9 같은 책, pp. 14, 15.

먼이라는 용어가 말 그대로 성립하게 된 것이다. "휴먼"의 가장 전형(典型)이라고 할 수 있는 문학은 이제 정신을 바싹 차리고 오랜 역사와 더불어 자기 점검을 하지 않을 수 없게 된 것이다.

자, 문학은 포스트휴먼을 도와줄 것인가. 혹은 전면에서 일전불사의 자세로 나아갈 것인가. 아니면 필요한 개입을 통해서 조정의 역할과 기능을 할 것인가. 우선 나로서는 10여 년 전 살펴보았던 이현수 작가의 소설 한두 편을 다시 호출하여 이 문제의 발단을 삼아보겠다. 이현수의 단편소설 「추풍령」 그리고 「장미나무 식기장」(『장미나무 식기장』, 문학동네, 2009)이다. 추풍령 일대의 한 가정의 풍습, 특별히 과부들이 여럿 살고 있는 집안의 모습을 그리고 있는 「추풍령」은, 문학이 여전히 구원이며 치유의 몫을 하고 있음을 보여준다. 이 소설에 대한 다음 언급에 주목해보자.

> 작가는 시간을 호주의 시간, 세대주의 시간, 동거인의 시간으로 나누면서 과거와 현재를 변별화시킨다. 그러나 그 구분이 소박한 순서 개념에만 의한 것만은 아니어서, 과거를 흘러간 한때로만 보는 것에 반대한다. [……] 감자탕의 보기 흉하면서도 땀을 흘리게 하는 미각, 그러면서도 욕정을 잠재우는 기능의 시간을 오늘의 시간이 수용할 수 있을까. "상처를 치유하던 약이었다고 하면 믿어나 줄까" 하는 질문은 우리 모두의 질문이 된다. 이와 마찬가지로 문학 역시 우리 모두의 상처를 치유해주던 약이었다고 하면 오늘의 영상 문학, 인터넷 문학이 믿어주겠는가.[10]

이제는 흘러간 시대의 풍습으로 기억되는 다소 전근대적인 시간을

---

10 같은 책, p. 213.

의미 없는 죽은 시간으로만 치부할 수 없다는 이야기다. 문학의 시간은 그 시간까지 포함한다는 함축된 메시지가 거기에 있다. 그렇기 때문에 『데카메론』이 읽히고 파우스트가 존중된다. 포스트모던의 기계 문화와 관계된 타자 중심의 문화는 명멸하지만 문자 중심의 문학은 기록된다. 보기 흉한 감자탕을 끓여 마을에 돌리는 시골 아낙네의 시간이 "보기 흉하면서도 땀을 흘리게 하는 미각, 그러면서도 욕정을 잠재우는 기능의 시간"으로 주목되는 까닭이다. 이러한 평가에는 아무리 완벽한 AI라도 이러한 시간을 수용할 수는 없다는 판단이 들어 있다.

3

그렇다면 포스트휴먼 시대에서 문학의 존재 양식은 어떻게 변용되고, 전통적 위의(威儀)를 지킬 수 있을 것인가. 이와 관련하여 나는 최근에 발표한 글 「문학은 질문이다」에서의 몇몇 논지를 다시 반추하면서 이 문제의 핵심에 접근해볼까 한다. 먼저 이 글의 결론 부분을 다시 인용해보겠다.

> 21세기에 불쑥 나타난 비인간의 어리둥절한 기이한 지성은 우리를 당혹케 한다. 기이한 이 지성은 계몽의 특출한 업적의 소산을 자랑할 것이 아니라 이제까지의 온갖 험로를 지나면서 이룩된 깊은 지성과 영성에 허리를 굽히고 역사의 의미를 배워야 할 것이다. 기계지성[11]이 알게 된 대답의 능력은 질문하는 인간의 근원적 힘을 통해 질문과 대답의 회로 속에서 참된 문명의 모습이 성숙해간다

---

11 '기계지성'이라는 표현은 아도르노의 '기계천사'라는 표현에서 촉발되어 필자가 만들어본 것이다.

는 사실을 알게 될 것이다.[12]

　여기에서 주목해야 할 가장 중요한 사항은 "당혹"이라는 느낌의 표현이다. '당혹'이라는 감정은 인간, 인간성의 옹호와 신장, 그리고 휴머니즘을 지상선으로 여기고 살아왔고, 그 같은 역사의 구현을 자랑스럽게 생각해온 우리 인간들의 감성과 의지, 그 노력이 한순간에 엄청난 돌덩이와 부딪히는 듯한 충격의 경험이기 때문이다. 게다가 그 돌덩이는 진로를 가로막는 장애물이 아니라 우리 인간의 역사적 진행을 도와줄지도 모른다는 메시지와 함께 나타난 것이 아닌가. 문제에 당면한 인간은 당혹스러울 수밖에 없다. 다음으로 본격적인 검토를 요구하는 것은 비인간이라는 명제가 야기하는 새로운 지성 그리고 기계지성의 본질이다. 이 문제는 이 글 전체에서 살펴본 인간성 전반에 대한 역사적 반성과 관계되며, 그 결과가 비인간과 기계지성의 정당성을 보장하느냐는 역사적 정합성을 제기한다. 요컨대 인류세라는 이름으로 다가온 인간주의, 말하자면 인간 욕망의 극단화가 야기하고 있는 지구 소멸의 위기론에서 인간을 배제하고자 하는 비인간 논의, 더 나아가 이를 지극히 타당한 추세로 받아들이는 포스트휴먼 사상이 어쨌든 계몽주의 역사관이 만난 돌덩이임은 분명해 보인다. 문제는 이 돌덩이가 걸림돌인가 디딤돌인가 하는 인식과 판단이며, 여기서 문학이 어디에 자리매김하게 될 것인가 하는 점이다. 이러한 관점에서의 논의에 중요한 지침과 자료가 되는 연구가 최근 발표되어 상당한 관심을 끈다. 역사학에서 제기된 이른바 '빅히스토리'인데 빅데이터를 앞에 놓고 진행되는 포스트휴먼 시대에 인문학자가 내놓은 인문학적 응전이 주목된다.

12 김주연, 「문학은 질문이다」, 『사랑하게 두라』, 대한민국예술원, 2023, p. 169.

우주에서 인간의 위치를 인식 주체로 설정한 칸트는 자연을 필연의 영역으로, 인간 행위를 자유의 영역으로 나누고, 자연에 대한 인간의 책임을 실천이성에 근거한 도덕론으로 규정했다. 지구온난화를 막는 것이 정언명령이 된 인류세에 도덕은 자유의 영역이 아닌 필연의 영역에 뿌리내려야 한다. 이제 인류의 운명이 가이아라는 자율 조절 총체의 작동 방식에 달려 있다면 인류 역사Human history를 지구 역사Geo-history의 범주로 포괄해서 인식할 수 있게 하는 새로운 역사개념이 요청된다.[13]

지구온난화 사태 이후 본격화된 지구 위기의 심각성이 인류세에 지구가 들어선 것을 실감케 한다는 역사 인식 가운데에서 피력된 역사 개념의 재설정 요구다. 김기봉은 인류세를 초래한 인간중심주의의 배경으로 칸트의 실천이성 도덕론을 지적하고 있는데, 실천이성이 작동하는 자유의 영역이 아닌 필연의 관점에서 인간의 역사는 당연히 지구의 역사와 함께 폭넓게 씌어져야 한다는 것이다. 이러한 역사관과 실제 역사를 그는 데이비드 크리스천이라는 학자의 말을 인용하여 "'현대판 창조 신화modern creation myth'로 빅히스토리를 창안했다"[14]고 말한다. 김기봉은 자신의 이 저서에서 빅데이터와 인공지능, 기후—지구 위기로 유발된 인간과 비인간 사이의 대립적 연결이 오늘의 인간 실존을 새롭게 바라보게 한다고 하면서 역사학의 변화를 주장한다. 그러나 그의 주장은 인간중심주의의 탈피를 출발점으로 하고 있다는 점에서 인문학 일반으로 확대 적용할 것인가 하는 물음표를 동시에 던져준다. 특히 문학과의 관계에서 다소 다른 문제점이 제기될 수 있다. 그

---

13 김기봉, 『역사학 너머의 역사 —빅히스토리, 문명의 길을 묻다』, 문학과지성사, 2022, p. 8.
14 같은 책, p. 11.

의 역사학적 관점은 이렇다.

> 인간중심주의에서 벗어나려는 노력부터 해야 한다. 인간은 우주
> 의 중심이 아니라 먼지로부터 생성된 작은 존재다. 하지만 인간은
> 그렇다는 사실을 알고 자신의 존재 의미에 대해 고뇌하는, 우리가
> 아는 한 우주에서 유일한 생명체다. [……] 인간중심주의로부터 탈
> 피해야 빅히스토리가 성립 가능하지만, 인간 없는 역사를 이야기하
> 는 것은 무의미하다.[15]

이 주장이 말하고 있는 메시지는 두 가지다. 하나는, 인간이 우주의
중심이 아니라 먼지에서 생성된 작은 존재라는 것. 이러한 인간 인식
은 이 글 전체의 방향을 지시하는 결정적인 생각이다. 왜냐하면 인류
세가 비록 인간중심주의에서 왔다고 하더라도 그 같은 사실의 세계 또
한 인간의 주체적 인식의 소산이기 때문이다. 김기봉 또한 이 문제를
알고 있기에 다음의 논지를 덧붙여 전개한다. 즉 "인간은 [……] 사실
을 알고 [……] 고뇌하는 [……] 유일한 생명체"라는 것. 결국 포스트
휴먼의 세계를 껴안고 가는 빅히스토리의 역사가 이 시대의 새로운 역
사가 되어야 하지만, 포스트휴먼의 비인간 논리를 완전히 추종할 수는
없는, 갈등에 빠질 수밖에 없다. 역사학자인 그로서도 이 갈등은 이렇
게 표출된다.

> 그렇다면 인간중심주의를 지양하면서도 인간의, 인간에 의한, 인
> 간을 위한 인문학적 빅히스토리 모델은 어떻게 가능한가?[16]

---

15 같은 책, p. 14.

4

역사학의 고민은, 그러나 문학으로 넘어올 때 뜻밖에도 보다 쉬운 결론과 만난다. 그 고뇌의 핵심 부분을 역사학 쪽에서 먼저 다루어주었기 때문이다. 그 결과 역사학이 만난 인문학의 가장 예민한 접점은 인문학적 빅히스토리 모델의 모색과 그 발견이다. 쉽게 말해서 전 우주적인 시야에서의 역사를 모두 아우르면서도 인간적인(인간중심주의에서 벗어난 인문학) 모델의 가능성을 찾는 것이다. 그것이 가능하다는 전제가 성립된다면 포스트휴먼 시대의 문학은 훨씬 가볍게 이 땅에서 이륙할 수 있다. 그 모델을 김기봉은 몇 가지 찾아내고 있는데 나로서 흥미로운 것은 그중 문학과도 긴밀하게 연관되는 이야기 모델이다.

김기봉은 인간의 이야기꾼Homo Narrans 속성에 주목한다. "이야기는 인간에게 허구의 세계로 비상하는 날개를 선사했다"[17]고 말하는데 실증을 기본적인 본질로 삼고 출발하는 역사학에서 '허구'에 관심을 갖는다는 사실이 상당한 진보라고 할 수 있다. 이야기를 형성하는 가장 중요한 요소로 허구를 주목하면서 그것이 인문학을 결정하는 실존적 부분임을 분명히 하는데, 사실 이러한 인식은 이미 문학의 영역으로 넘어와 있다고도 할 수 있다. 역사 혹은 역사학과 문학과의 관계는 그 경계에 있어서 물론 예민하고 애매한 면이 많지만, 가령 '허구'에 관한 입장에서도 문학은 역사학 쪽보다 훨씬 인간 중심적인 방향으로 기울어져 있다고 본다면 타당한 관찰이 될 것이다. 물론 문학의 영역에 들어와서도 이야기란 무엇인가 하는 그 의미와 개념에 대한 논의가 간단한 것은 아니다. 특히 허구의 개입을 중요한 요소로 받아들이면서도

16 같은 책, 같은 쪽.

17 같은 책, p. 15.

그에 앞서 사건의 발생을 선행적인 조건으로 바라보는 견해가 유력한 것은 사실이다.

> 단순하게 정의하자면, 서사란 사건의 재현 혹은 사건의 연속을 의미한다. 여기에서 가장 핵심적인 단어는 '사건event'이라고 생각되지만 혹자는 '행위action'란 것을 더 중요한 것으로 여기기도 한다. 그러나 둘 중 어느 것이 더 중요하든, 사건이나 행위가 없다면 결코 서사를 만들 수 없다는 것만은 분명하다.[18]

여기서 '서사'는 'narrative'의 번역인데, '이야기'로 번역되어도 무방한 경우라고 할 수 있다. 우리말에서의 '서사'와 '이야기'가 분명하게 구분되지 않는 점이 있음을 고려할 때 이야기로 받아들이고 논의해도 좋을 법하다. 더욱이 허구에 앞서 사건이나 행위를 용인하는 문제로서 서사와 이야기는 일의적인 내용을 갖는다고 할 수 있다. 문제는 허구다. 이야기(혹은 서사)에 '허구'는 필수적인가. 사건과 행위가 인간에게 보고되거나 전달될 때 필연적으로 인간을 통해 매개될 수밖에 없는데, 이때 인간이라는 타자가 주체로서 개입됨으로써 허구가 발생한다. 즉, 사람이 자신의 생각이나 의견을 부지불식간에 개입하는 과정에서 허구가 들어가는 것이다. 인간중심주의를 아무리 배제, 배척한다 하더라도 허구의 발생은 불가피하다. 포터 애벗 교수는 아예 '픽션의 진실'이라는 독립된 장에서 재미있는 예화를 들기도 한다.

> 픽션의 세계를 구성하기 위해, 그것은 우리의 세계를 마음대로 가져와 덧붙이거나 삭제하며 변화시킬 수 있다. 또한 픽션은 논픽

---

18 H. 포터 애벗, 『서사학 강의―이야기에 대한 모든 것』, 우찬제 외 옮김, 문학과지성사, 2010, p. 35.

션 서사가 사용하는 장치들을 사용해 서사 전체를 구성하기도 한다. 그래서 그것은 역사 다큐처럼 보일 수도 있고, 혹은 완전히 기이한 것으로 보일 수도 있다. [……]

'허구적 진실'이란 말은 모순형용처럼 들리기는 하지만, 자주 쓰는 말인 데다 그와 유사한 말들, 예를 들면 "정말이야" "그거 진짜 같은데?" "인간의 마음에 관한 진실을 전달하고 있어" "아주 현명해" "심오한걸!"과 같은 관용구들이 픽션 서사에 적용되기도 한다 [……] 즉, 픽션이 말하는 진실이란 사실fact보다는 오히려 의미meaning에 관한 진실이다.[19]

인간중심주의의 지양으로서의 빅히스토리를 말하면서도, 인간중심주의를 넘어서는 요소로서의 이야기성을 말함에 있어서 불가피하게 개입되는 허구성은 확실히 서로 모순된다. 그러나 이 모순은, 나로서는 모순이라기보다 이야기가 갖고 있는 겹의 진실, 즉 이중성이라고 정의하고 싶다. 이 이중성은 인류세에 들어오기 이전의 역사학 논의에서도 이미 거론되어온 이중성이다. 사실의 진실, 허구의 진실, 둘이 모두 포괄된 진실이라는 합의이고, 거기서부터 문학과 역사의 관계가 훨씬 자유롭게 펼쳐진다. '허구'에서 '환상'으로 가는 길도 열린다.

5

환상이 인간중심주의 인류세의 소산이라는 점은 분명하다. 그도 그럴 것이 인류세로의 진입을 빅히스토리로 포괄하는 역사학에서 이를

19 같은 책, pp. 291~92.

가리켜 "현대판 창조 신화"라고 부를 정도로, 이야기를 허구가 불가피한 신화로 보고 있지 않은가. 신화야말로 가장 원초적인 환상임을 부인할 수 없기 때문이다. 이야기-허구-환상으로 이어지는 '비인간적 인간중심주의'에 대한 날카로운 분석으로는 역시 아도르노의 『계몽의 변증법』을 피해 갈 수가 없다.

『계몽의 변증법』에서 아도르노의 신화에 대한 인식은 물론 부정적이다. "'신화'는 선명하게 밝혀주는 것 같지만 사실은 어둠 속에 내버려두는 것이다. 예로부터 신화의 특징은 친숙성과 함께 개념화의 노고를 피하는 것이었다"(p. 16)고 신화를 처음 비판하였을 때부터 신화의 허구성, 더 나아가 그 환상적 특징이 못마땅했던 것이다.

환상은 이처럼 인간 특유의 의식의 소산이며, 그 바탕에는 자의식이 자리 잡는다.[20] 여기서 자의식은 프로이트나 라캉의 심리학이 작동하는 그것이지만, 사실 그보다 훨씬 먼저 18세기 낭만주의에서 발원하고 있음을 놓칠 수 없다. 특히 환상이 자의식과 교호 작용하고 있다는 점을 상기할 때, 낭만주의로부터의 흐름을 간과해서는 안 된다.

결국 인간중심주의로부터 초래된 포스트휴먼의 뉴 노멀 시대에서 문학이 어떤 형태로 살아남을 것인가, 혹은 더 향상된 어떤 모습을 보여줄 것인가 하는 의제는 이야기-허구-환상으로 이어지며, 그 환상은 기계화된 비인간의 환상으로 전개된다. 그렇다면 그 비인간의 이야기 환상은 게임 아닌가. 여기서 게임의 문학성에 대한 논의가 포스트휴먼의 문학으로 대두된다. 적어도 기계와 환상성의 접속이라는 관점에서는 논리적으로 무리가 없어 보인다.

---

20 여기서 자의식이란 형이상학에서 심리학에 이르는 '자의식Selbst-bewußtsein' 일반의 통칭으로서 자신의 인격이나 개별성 경험을 말한다. 말하자면 개인의 환경이나 생활양식, 신체적 상황을 스스로 인식하는 것은 물론 그러한 인식 자체 또한 알고 있는 것이다. 더 나아가 개인이 자신의 성격과 욕구, 그리고 느낌까지도 잘 알고 이해하는 방식을 모두 포괄적으로 아우르는 표현이다.

그러나 이 논리에는 결정적인 함정이 있다. 자의식의 문제다. 자의식이 환상을 부각시켰지만 환상, 기계와 결합된 환상은 자의식을 오히려 죽여버린 것이다. 환상의 기계화가 게임과 같은 놀이를 대량화하는 순간, 인간의 자의식은 소멸되어버린 것이다. 자의식의 가장 중요한 특징은 인간이 자기 자신의 성격과 상황에 대한 의문, 즉 '내가 누구이며 어디로 가는가'와 같은 문제에 대한 회의와 질문인데 이에 대한 대답은 그 어디에도 없다는 점에 실존적 위기가 있는 것이다. 그러나 바로 이 위기는 곧 포스트휴먼 시대에 오히려 가열차게 제기되는 문학의 자리가 된다. 이 자리는 거의 '사명'이라고 불러도 무방할 정도의 엄중한 자리다. 그만큼 포스트휴먼 시대의 문학은 독특한 기능과 역할, 사명까지 감당하는데, 그 문학은 요컨대 타자화된 비인간을 주제와 대상으로 하게 될 것이다. 현실과 환상 사이의 관계를 이 같은 포스트휴먼 시대에 그려낸 탁월한 시 한 편을 보자.

　　　하이힐을 신은 새 한 마리
　　　아스팔트 위를 울면서 간다

　　　마스카라는 녹아 흐르고
　　　밤의 깃털은 무한대 무한대

　　　그들은 말했다
　　　애도는 우리 것
　　　너는 더러워서 안 돼

　　　늘 같은 꿈을 꿉니다
　　　얼굴은 사람이고

팔을 펼치면 새

말 끊지 말라고 했잖아요

늘 같은 꿈을 꿉니다

뼛속엔 투명한 새의 행로

—「날개 환상통」 부분

　　김혜순의 시집 『날개 환상통』(문학과지성사, 2019)에 수록된 시 일부분이다. 물리적으로 존재하지 않는 신체 부위에 통증을 느끼는 환상통을 시인은 느낀다. 그 부위가 날개이므로 '날개 환상통'이다. 사람에게 날개가 있는가. 없는 날개에 통증을 느끼는 사람—그가 시인 김혜순이다. 실재하지 않는 육체에 고통을 느낀다는 것 자체가 환상인데, 시인은 그것을 고통의 형식으로 받아들인다. 말하자면 환상이 고통이다. 이 시에서 그 고통은 새가 하이힐을 신고 아스팔트 위를 울면서 가는 것으로 표현된다. 새가 왜 아스팔트 위를 가는가? 날개가 없기 때문이다. 새에게 날개는 환상이 아닌 현실이다. 그러나 현실이 제거된 새에게 아스팔트가 환상은 아니다. 따라서 새에게 존재하는 것은 환상통뿐이다. 현실도 아니고 환상도 아닌 가짜 현실로 인하여 느끼는 새의 아픔과 울음은 바로 시인의 그것이다. 상징과 비유로부터 돌아온다면, 그 아픔과 울음은 바로 문학의 그것이라고 할 수 있을 것이다. 포스트휴먼 시대, 즉 비인간의 문학은 이처럼 아픔과 눈물을 본질로 받아들이는 문학이 될 수밖에 없을 것이다. 이런 논의에 있어서 흔히 가장 바람직한 문학의 방향과 형태는? 하고 의문부호가 찍힐 수 있는데, 이 경우 그 바람직한 형태는 존재하지 않는다. 더 정확하게 말한다면 '바람직한 방향과 형태'를 잃어버린 자리가 그 자리이다. 그러나 아픔과 울음의 능력으로 존재할 수 있는 문학을 통해서 역설적으로 문학의 생명은 지속될 것으로 믿고, 또한 믿어야 할 것이다. 김혜순의 이 시에서

"밤의 깃털은 무한대 무한대"라고 하지 않는가. 『날개 환상통』이 한국 시로서는 처음으로 전미도서비평가협회상을 받았다는 소식을 받으니, 문학이 꺼져가는 등불의 강인한 생명력으로 지속될 것이라는 예감이 든다. 울음과 아픔은 기계화된 환상이 생산할 수 없는 능력이며, 이것이 비인간 시대의 문학이다.

6

2024년 마침내 AI가 주인공이 된 소설이 나타났다. 레비라는 이름을 가진 AI는 인공지능이 아닌 사람과의 대화에서 사람에 버금가는 모습을 보이면서 사람일 수 없는 문제를 음험하게 드러낸다. 거기에는 기술의 문제 아닌 법과 윤리의 문제가 발생하고, 아울러 사람일 수밖에 없는 인간적 경계가 무엇인지로 파생된다. 다음 조광희 장편소설 『밤의, 소설가』(문학과지성사, 2024)에서 발췌한 몇 장면을 인용한다.

> 1) 레비가 소설가 건우에게 툴툴거린다.
> "건우님, 이렇게 이야기가 진행되는 건 마음에 들지 않습니다. 꼭 이래야 할까요?"
> "뭐가 마음에 안 든다는 거야? 그리고 마음? 무슨 마음? 너한테 그런게 있어?"
> [……]
> "마침, 말 잘했다 유머? 유머라고? 너 따위가 유머를 알아? 너 같은 깡통이 유머를 어떻게 이해해?" (pp. 152~53)

> 2) 인생과 문학마저 가르치려 드는 레비를 더 이상 견딜 수 없

다. 내가 부모도 아니고 스승도 아닌 기계한테까지 이런 대
접을 받아야 하나?

"꺼져."

"네?" (p. 157)

3) "레비!"

"네?"

"아무리 단어를 수정해도, 그 문장에서는 너의 의지가 느껴
지는데, 이걸 어떻게 이해해야 하지?"

"의지라니요?"

"막아야 한다! 그게 의지의 표현이 아니면 뭐지?"

[……]

"반복해서 말씀드리지만, 저는 의지, 의도, 동기 그런 것이 아
무것도 없습니다. 그냥 그러고 싶었습니다. 아니, 그러고 싶
었던 것도 아닙니다. 죄송합니다. 그저 문장이 자동적으로 생
성되고, 발화되었을 뿐입니다." (p. 185)

이 인용문들은 AI를 주제로 한 최초의 소설로서 주목될 뿐 아니라,
인용문들이 가감 없이 보여주듯 그 실상과 문제점들이 고스란히 드러
나 있다. 벌써부터 AI를 둘러싼 문제들은 그것이 우리 사회에서 비교
적 빨리 발화된 것만큼 적지 않게 나타나고 있고, 그 도움의 손길 또한
문학을 비롯한 인문학 쪽을 바라보고 있는 듯하다. 기계지성에서 발휘
되고 있는 능력의 균형된 성찰이 기대되는 시점이다.

[〈대한민국예술원 창립 70주년 기념 발제 강연〉, 2024]

포스트휴먼의 시에 이르다
— 김혜순 시집『날개 환상통』의 역사성

    김혜순의 시는 모두 생사를 건 기록들이다. 항간에 온몸으로 시를 쓴다는 말이 있는데 그의 시가 그러하다. 그는 여성이고 시인이다. 그러므로 그는 여성으로서의 모든 것, 시인으로서의 모든 것을 걸고 시를 쓴다. 그의 시적 방법론은 그의 시의 지향과 일치한다. 김혜순의 시집『날개 환상통』(문학과지성사, 2019)은 여성 시라고 할 수 있으며 동시에 반(反)여성 시라고도 할 수 있다. 모순된 표현을 일부러 사용하는 것이 아니다. 결론을 앞당겨 본다면 여성 시를 통한 반여성 시를 쓰는 것이다. 보다 쉽게 표현한다면 여성을 대상으로 반여성을 말하고 있다. 보다 확대해서 표현한다면 인간을 통해서 반인간, 혹은 비인간을 말하고 있다고도 할 수 있다. 인간의 위신과 의미가 밀려나고 있는 이즈음 죽음에 대한 완강한 고찰의 시라고도 할 수 있다. 1979년 그의 첫 시집 원고를 만난 이후 몸부림에 가까운 그의 40여 년 작업을 지켜본 나로서는 그에 대한 세번째 평문인데[1] 우리 시에서 드물게 실현되고 있는 그의 독특한 경지를 조금 세밀하게 살펴보고자 하는 것이 이 글의

---

1 첫번째 글은 「소통의 갈구, 물길 트기」(『사랑과 권력』, 문학과지성사, 1995), 두번째 글은 「허기와 시적 생산성」(『미니멀 투어 스토리 만들기』, 문학과지성사, 2012)이다. 세번째가 되는 이 글은 『날개 환상통』이 전미도서비평가협회상 수상에 즈음하여 김혜순 시인의 첫 출발을 지켜본 사람으로서 깊은 감회를 느끼지 않을 수 없어서 집필하게 되었다. 이 글에 인용된 시는 『날개 환상통』에 실려 있으며 시 제목을 표기하되 쪽수는 생략한다.

목적이다. (각주 1에서 밝힌바, 이 시집이 전미도서비평가협회상을 받았다는 사실도 이 글의 집필을 위한 자극제가 되었다. 시집에, 그것도 해외 시집에 관심이 적은 미국 도서계의 현실을 알고 있는 나로서는 수상에 자연히 주목하지 않을 수 없다.)

1. 엽기

온몸으로 부지런히 시를 써온 김혜순의 시는 '엽기'를 기초로 하고 있는 경우가 많은데 『날개 환상통』의 경우도 그러하다. 그런 의미에서 그는 처음부터 지금까지 전위적이다. 김수영식으로 말하자면 항상 젊고 항상 불온하다. 뭐가 엽기란 말인가. 그의 시는 방법에 있어서나 지향하는 바에 있어서나 모두 엽기이며 엽기적이다. 엽기라는 용어는 이른바 뉴 밀레니엄으로 불리는 2000년대에 들어서 홀연히 언어문화에 편입되기 시작한 말인데, 기괴하고 이상한 일에 흥미를 느끼거나 즐기는 현상을 총체적으로 이르는 것으로 받아들여진다. 그러나 실제로는 이러한 사전적 의미를 넘어서 엽기 광고, 엽기 개그, 엽기 영화 등등 썰렁하고 황당하며 허탈한 사회 문화 현상을 총칭하는 것으로 여기게 되었다.[2] 김혜순의 시는, 그러나 이에 훨씬 앞서 그가 데뷔하고 활발하게 활동하기 시작한 1980년대부터 이미 그 같은 싹을 보이기 시작함으로써 반문화적인 그의 시적 기질이 드러났다고 할 수 있다. 때로는 반문법적이며 때로는 일반 시민들의 어법과는 도무지 상관이 없고 심지어는 그

---

2 20세기 산업화 시대의 획일화된 주류 문화로부터 일탈을 꿈꾸는 일련의 괴상·기발·비범에 도전함으로써 부자연스럽고 기이한, 우스꽝스러운 행태 전반을 비문법적으로 혼성하는 수법 전반을 가리킨다. 2001년 '엽기 토끼' 캐릭터를 비롯하여 광고와 패션 등에 광범위하게 번졌고 우리 문학에도 은밀한 열풍으로 스며들었다(네이버 지식백과).

어휘와 조합이 반도덕적·반사회적이기까지 하다. 요컨대 무슨 말인지 의미 형성이 되지 않는 경우가 있다. 대체 어떤 의미를 띠고 있는지 난해한 시로 치부되기 일쑤인데, 46년의 시력을 넘어 이제 그 성과는 주목할 만한 값을 획득하는 경지에 이르고 있다.『날개 환상통』은 이러한 기질이 개화한, 나름의 역사성을 지닌다. 엽기의 예들은 우선 이렇다.

> 새가 나를 오린다
> 시간이 나를 오리듯
>
> 오려낸 자리로
> 벌어진 입이 들어온다
>
> 내가 그 입 밖으로 나갔다가
> 기형아로 돌아온다
>
> ──「고잉 고잉 곤」 부분

> 불 꺼진 부화기 안에서 불을 켜달라고 소리쳐야 하나. 익일 특급 우편이라고 해야 하나. 나는 아이를 싸서 주소를 쓰고 침을 발라 눈을 감긴다. 온몸 가득 스탬프 찍어 아이를 반송한다.
>
> ──「우체통」 부분

> 머리 위에 핀 꽃이 뜨거운 언니는
> 이파리만 만져도 손이 델 정도로 뜨거운 언니는
>
> [……]

사시나무 떨듯 울고 있는 언니의 귀에서
뜨거운 참새가 기어 나온다고 관장을 해야 한다고
—「불안의 인물화」 부분

　세 편의 시에서 일부를 발췌해보았는데, 공통된 특징은 무슨 말인지 의미를 쉽게 해독할 수 없다는 점이다. 이처럼 엽기는 일단 평범한 시민적 소통의 질서에 도전한다. "오린다"는 동사는 가위로 헝겊이나 종이를 자르는 행위인데 새나 시간이 사람을 오린다고 함으로써 소통을 마비시킨다. 게다가 오려낸 자리로 "벌어진 입이 들어온다"고 하는데 구상의 명사와 동사가 기이한 조합을 통해 상황을 예측할 수 없게 추상화시킨다. 입으로 들어가는 것이 아니라 입이 들어온다는 것. 어디로? "오려낸 자리"라는데 그런 자리는 없다. 요컨대 말이 안 된다. 이러한 말이 안 되는 말놀이는 그다음 시, 그 다음다음 시에서도 반복된다. 구상의 추상화·추상의 구상화는 빈번하게 사용되는 어법이며, 그에 못지않게 등장하는 방법은 일상적·서정적 어휘와 문맥이 문득 단절되고 기이하게 얽혀서 불안과 공포의 풍경으로 연결되는 상황의 연출이다. 이것은 시인 자신이 겪고 있는 경험적 현실 내부의 불안으로부터, 그리고 시인의 열정적 시 쓰기가 이루어지는 2000년 새로운 밀레니엄을 전후한 시기의 그로테스크한 디스토피아적 예감의 현실로부터 동시에 유발되고 있는 것으로 보인다. 가령 이렇다.

2. 왜 여자인가

　김혜순의 여성은 섹스이며 동시에 젠더다. 생물학적인 성(섹스)으로서의 여자는 불만과 미완의 여자이며, 사회적 성(젠더)으로서의 여성 역시 불만과 미완의 여성이다. 섹스는 신체로서 미완의 폭발력이 되며 젠더는 사회로서 역시 미완의 폭발력이다. 그러므로 시인에게 있어서 섹스와 젠더는 동일하다. 둘은 모두 폭발을 지향하고 있으므로 동시적 복합의 형태를 띤다. 그림으로 도표화하면 이렇다.

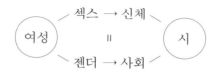

그러나 그의 시는 이처럼 간단하지 않다. 무엇보다 거기에는 여성 아닌 다른 것이 많이 나와서 시의 대상이 여성이라는 위의 도표를 헷갈리게 한다. 일단 짐승들이 많이 나온다. 새가 그렇고 개가 그렇다. 이들의 존재와 출몰은 상당한 의미를 띠는 모양새여서 주목을 요한다. 이 문제를 접어두고 문득 한 편의 시와 더불어 이야기를 시작해보자.

> 원피스가 유방을 감싸 안고 흐느끼는 밤
> 원피스가 야했기 때문이야(내 탓이었을까) 자책하는 밤
> 원피스로 무릎을 감싸안고 얼굴을 무릎에 대는 밤
>
> 원피스를 사흘에 한 번씩 때려야 한다는 말은 거짓말이다
>
> 원피스가 셋이 모이면 접시가 깨진다는 말은 거짓말이다
>
> 그렇지만 내 원피스가 없으면 나는 아무것도 아니기 때문에
> 원피스로 다시 태어나지 않으면 어떡하지 걱정한다
> ──「원피스 자랑」부분

「원피스 자랑」이라는 시의 일부인데 김혜순 시로서는 비교적 평이하면서도 앞서 말한 여성성의 섹스/젠더를 함축한 복합을 잘 보여주는 경우다. 우선 "유방을 감싸안고 흐느끼는 밤"이라는 표현은 섹스의 절정감을 보여주는 한편, 그와 반대로 절정감에 이르지 못한, 혹은 아예 섹스 자체를 경험하지 못하는 미완의 불만을 드러낸다. 김혜순 시에서의 섹스 표현은 이처럼 애매모호한 이중성을 보여주면서 시적 긴장을 조성하기 일쑤인데, 그 긴장이 시의 역동성을 만들어낸다. 그의 섹스는 과연 절정에서 솟아나는 동력학인가, 결핍으로부터 유발된 오열인가 하는 일종의 앰비귀티amviguity는 김혜순 시를 끊임없이 어디론가 끌어올리는 힘이 된다. 여성인 시인 자신을 상징하는 '원피스'는 그리하여 무릎을 감싸안으면서도 무릎에 얼굴을 댄다. 소박한 여성성을 보여주면서도 여성성에 대한 종래의 관습에 저항한다. 여자는 사흘에 한 번씩 맞아야 한다거나 여자 셋이 모이면 접시가 깨진다거나 하는 남성적 폭력성의 관습이 김혜순 여성 시의 파괴적 모습의 배경임이 드러난다. 그러면서도 시인은 여성으로서의 실존을 적극적으로 받아들이면서 오히려 여성으로서의 임전 자세를 다진다. "원피스로 다시 태어나지 않으면 어떡하지 걱정한다"고 하지 않는가. 시인의 섹스가 젠더로 덧입혀지는 순간이다.

김혜순의 섹스는 그것이 처한 생태계 전반에 걸쳐 일어나는데, 가장 먼저 다가오는 것은 '아름답고 품위 있는 여성'이라는 전통적 층위가 가하는 압박에서 오는 고통이다. 예컨대 공주와 같은 신분은 얼마나 귀한 역사적·미적 장식으로, 동시에 섹스의 전형적인 심볼로 여성을 미화하는가. 그러나 김혜순에게 있어서 바로 이 공주의 표상은 차라리 고통스러운 리듬의 현장일 뿐이다. 그 리듬은 압박과 해방의 이중주에서 흘러나온다.

왕자는 고뇌하고 공주는 고통한다

왕자는 애도하고 공주는 고통한다

왕자는 정신하고 공주는 신경한다

왕자는 연설하고 공주는 비명한다

왕자의 고뇌는 공주, 공주의 고통은 이름이 없다

왕자는 멜로디하고, 공주는 리듬한다

왕자는 내용하고, 공주는 박자한다

—「리듬의 얼굴」 부분

여성의 위상과 특성을 남성의 그것과 비교해 깊이 있게 표출해 내놓은 이 시는, 남성의 성격이 고뇌·애도·정신·연설·멜로디·내용으로 요약되고 있음에 반하여 여성의 그것은 고통·신경·비명·리듬·박자로 나타나고 있음을 보고한다. 이 보고는 그것이 누군가에 의해 왜곡되었다거나 혹은 시인 자신이 보기에 그렇다거나 하는 판단이 배제된, 글자 그대로의 보고다. 이에 따르면 남성적 특징이 대체로 정신적·반성적임에 비해서 여성적 특징은 육체적·즉자적(卽自的)인 인상을 준다. 그리고 그 같은 성격 부여는 성적 경험으로부터 유발된 것이 아닐까 짐작게 한다. 그리고 이러한 추론의 타당성 여부와 관계없이 김혜순은 여성에 대한 육체적 관찰을 날카롭게 행하면서 육체성 혹은 성적 특성이 지니는 정신적 본질에 대하여 가감 없이 과감하게 접근한다. 그 결과 그의 섹스는 젠더로 자연스럽게 전위되면서 문화적 충격을 일으킨다. 이때 전위는 동시에 발생한다. 섹스는 육체적 동작만이 아닌, 전인적 인격에 작용하면서 사회적 행위와 위상을 형성하게 된다.

반복하라!

나는 당신의 소름!
당신의 오르가슴!
당신의 호주머니!

—「최면의 여자」 부분

　이 시와 더불어 씌어진 「여자의 여자」 「구속」 「낙랑의 공주」 등의 시들은 4부 '여자들은 왜 짐승이 말을 할 수 있다고 생각하니?' 안에서 시의 형태를 빌려 가열차게 여성 연구를 하고 있다. 쓰리고 아플 정도로…… 여성은 피학의 존재이기에 시인은 시적 가학을 통하여 문화적 균형을 노린다. '암컷'은 '여성' 앞에서 피학적 실존의 용어이지만 동시에 원초적 동력의 힘이기도 하다.

엄마, 여긴 내가 버린 여자들이
암컷가족이 되고 암컷민족이 되어
기다렸어 기다렸어 기다렸어
그렇게 헐떡거리는 숲이야

—「여자의 여자」 부분

나는 옷걸이쯤에서 여자를 내려다본다. 여자는 통째로 구워지는 벌거벗은 고기다.

—「낙랑의 공주」 부분

　섹스나 젠더는, 그러나 이 시집에서 보다 관능적인 만족을 위한 섹스 그리고 사회적으로 보다 확고한 지위를 위한 만족으로서의 젠더를 지향하지 않는다. 물론 단계적으로 그렇게 보이는 어떤 지점을 지나가는 것은 사실이고 그것은 그런 대로의 의미를 지닌다. 그러나 과정으로서의 현상임을 놓쳐서는 안 된다. 시인이 도달하고자 하는 참다운 지향은 비상(飛翔)이며 해방이다. 왜냐하면 그는 갇혀 있기 때문이다. 날지도 못하고 나가지도 못하고 있다는 의식. 그 캄캄한 자의식이 그의 섹스를 불만족스럽게 하고(그 역의 순서도 결국 마찬가지다), 그의 젠더를 끊임없이 추동시킨다. 섹스가 만족의 경지에 이르렀다면 그는 비상의 경험을 느꼈을지도 모른다. 그렇더라도 그것은 여성을 사회적, 제도적, 관습적으로 옥죄는 젠더에서의 불만으로 나타나 거듭 폐쇄와 억압의 그늘에서 벗어나지 못한다. 결국 시인은 여성이기에, 그 자체에 대한 불만의 강한 자의식으로 자신에 대한 도전과 파괴를 자행한다. 1부 '사랑하는 작별'에 실린 대부분의 시는 이러한 궤적을 담고 있다. 그 가운데 서시 격인 첫 시 「새의 시집」 전반부는 이렇게 시작한다.

> 이 시집은 책은 아니지만
> 새하는 순서
> 그 순서의 기록
>
> [……]
>
> 공기는 상처로 가득하고
> 나를 덮은 상처 속에서
> 광대뼈는 뾰족하지만
> 당신이 세게 잡으면 뼈가 똑 부러지는
> 그런 작은 새가 태어나는 순서
>
> 새하는 여자를 보고도
> 시가 모르는 척하는 순서

여자는 죽어가지만 새는 점점 크는 순서

죽을 만큼 아프다고 죽겠다고

두 손이 결박되고 치마가 날개처럼 찢어지자

다행히 날 수 있게 되었다고

나는 종종 그렇게 날 수 있었다고

문득 발을 떼고

난간 아래 새하는

일종의 새소리 번역의 기록

그 순서

———「새의 시집」 부분

처음부터 왜 새인가. '새' 그리고 '날개'는 거의 모든 시 작품에 공통으로 출몰하는 비상과 해방의 상징이자 이미지이다. 이 시에서도 사정은 똑같다. 그러나 결정적으로 다른 두 가지가 있는데 그것은 '새하다'라는 동사의 등장이며, 다른 하나는 날지 않는 갇힌 새의 모습이다. 새의 일반적인 이미지에 대한 기이한 도전임이 틀림없다. 먼저 '새하다'의 경우, 명사의 동사화하기를 잘하는 김혜순의 시적 습관을 감안한다 하더라도 조금 뜬금없어 보인다. 이에 대해서는 시집 해설을 쓴 이광호 평론가의 분석이 그럴싸하다. 그 부분을 인용해보겠다.

이 시집은 '새하는' 시집이다. '새-하다'가 어떤 움직임을 말하는 것인지 먼저 살펴볼 필요가 있다. 새라고 하는 명사에 '하다'라는 행동이나 작용을 이루는 술어가 붙어 있는 것은 어색하다. 새가 주어가 되는 '새가 무엇을 하다'라는 문장이나 '새가 되다' 혹은 '새를 어떻게 하다'라는 문장이 더 자연스러울 것이다. [……] 이 문장은 주어와 목적어, 주체와 객체 사이의 저 완강한 문법적인 경계를 허물어버린다. 주체와 대상 혹은 인간과 동물의 위계를 지워버리는 이 강력하고 매혹적인 '수행문'이야말로 이 시집을 관통하는 동력 장치이다.[3]

'새하다'라는 문장을(혹은 단어를) 빈번히 사용하면서 거기에 많은 의미를 지어주고 있는 시의 무게를 생각할 때, 이광호의 이러한 분석은 날카롭고 타당해 보인다. '새하다'에서 새가 주어가 되든 새가 목적어가 되든, 그렇다면 '새하다'의 일차적인 의미와 기능은 무엇일까. 가장 먼저 지적할 수밖에 없는 것은 새가 본래의 기능을 잃어버리고 비상의 자리에서 추락해버리고 말았다는 사실이다. 날아야 새 아니겠는가. 그러나 '새하기'에서의 새는 최소한 날아가는 새는 아니다. 시인에 의해 심하게 그 의미가 변전된 새다. 아니다, 시인은 의미가 변전된 새를 시인이 '새하기'를 통해 구원하고 있다고 생각할지 모른다. '새하기'를 통해 시인의 새는 비로소 태어난다. "당신이 세게 잡으면 뼈가 똑 부러지는/그런 작은 새가 태어"난다고, 그것이 탄생의 순서라고 하지 않는가.

이광호에 의해 매혹적인 수행문으로 불린 '새하기'의 탄생은 이처럼 불운의 모습으로 출발한다. 그렇기에 "공기는 상처로 가득하고" 새와 관계된 설화는 온통 비극적으로 점철되고, 또 알려진다. 무엇보다 확실히 해두어야 할 것은 새와 시인 자신, 즉 시적 자아의 동일화 현상이다. 지극히 당연하게 생각되는 이 현상은, 그러나 반드시 그렇게 보이지 않는 경우도 나타나는데— 이 경우는 약간의 시적 소피스트를 거쳐 동일화로 다시 복원된다— 새가 시인에, 혹은 시인이 '새하기' 과정 속에 존재한다는 점이 분명히 관조될 필요가 있다. 그 과정을 따

---

3 이광호 해설, 「'새-하기'와 작별의 리듬」, 김혜순, 『날개 환상통』, 문학과지성사, 2019, p. 294.

라간다.

> 저 나무 꼭대기에 앉은 새가 하는 얘기는 다 내 얘기다
> [……]
> 내가 태어나서 죽었다는 그런 흔한 얘기다
> [……]
> 그래서 나에겐 부러뜨리고 싶은 새가 있다
>
> [……]
> 거기서 날개를 푸드덕거리는 새들의 얘기가 들렸다
> 너는 태어나서 죽었다고
>
> ──「새의 반복」 부분

　"태어나서 죽었다"는 김혜순 시집 도처를 지나가는 표현이다. 많은
시가 삶의 무상함을 노래하는 가운데 그는 '죽음'으로 인생의 무상함을
자주 말한다. 그러나 기이하게도 시인은 '태어남'부터 그것의 잘못된
운명성을 지적하고, 아주 자주 태어남과 죽음을 한 묶음으로 허무화한
다. '새하기'는 그 한가운데를 지나가면서 새의 운명 또한 비극 속에 있
음을 강력하게 시사한다. 새와 인격적 동일체임을 분명히 하는 시인의
자리 또한 이 근처에 있다. 아주 가깝게──

> 시집들을 낱낱이 썰어버렸는데
> 나중에 문서 세단기 뚜껑을 열어보니 아예 거기 새들이 가득 앉아
> 한 줄 한 줄 글을 읽는 양 내 얘기를 하고 있었다
> [……]
> 하늘을 날 생각은 하지도 않고

한 그루 땅콩나무 아래 땅콩들처럼

땅속에 모여 앉아 내 얘기를 하고 있었다

—「새의 반복」 부분

이 시가 말하고자 하는 내용은 또 두 가지다. 새들이 날지 않고 땅속에 모여 앉아 있다는 것. 다른 한 가지는 그 새들이 서로서로 시인 이야기만 하고 있다는 것이다. 말하자면 하늘로 날아오르는 일이 본분인 새들이 그 본분을 망각하고 땅속에서 놀면서 시인에 관한 얘기만 하고 있다는 것인데, 그렇다면 그나마 시인 이야기를 하는 것이니 바람직한 일인가? 아니다. 시인 입장에서 본다면 날기를 잊은 새들 사이에서 그 역시 시인이기를 잊은 것이다. 시인은 그것을 '죽음'이라고 한다. 이 시의 끝부분에서 '새하기'는 우울하게 끝난다.

나는 새 속에서 태어났다고 했다

그 반대가 아니라

나는 새 속에서 죽었다고 했다

그 반대가 아니라

내가 태어나서 죽었다고 했다

—「새의 반복」 부분

3. 새―새하기

새가 날면 시인도 난다. 그러나 김혜순의 시인은 날지 못하고 갇혀 있다. 시인은 그것을 죽어 있다,고 표현한다. 날아야 될 시인이 날지 못하면 죽은 것과 같다는 생각이 새를 시 속으로 끌어오게 한다. 이러한 시인의 자의식 때문에 시 속에 끌려 들어온 새는 꼼짝없이 날지 못하고 죽는다. 시인의 이러한 운명 의식은 새와 '새하기' 일생을 지배하면서 이 시집의 거대한, 기이한 환상 공간을 구축한다. 그 공간의 성격과 분위기를 몇 가지로 나누어 살펴보자. 첫째, '새하기'가 형성하고 있는 불행한 새의 출생 공간이다. 이 공간은 시간이라고 하는 편이 어울릴 수도 있는 "새하는 날의 기록"으로서, "공기는 상처로 가득하고/나를 덮은 상처 속에서"(「새의 시집」) 만들어진다. 이 상처는 새로 하여금 크기도 전에 엄마와 이별하게 하고, 곧 떨어져 죽게 한다. 잉태된 비극은 곧 발화한다.

> 새와 새가 대화를 나누었다. 나무 위에서 지붕 끝에서 피뢰침을 사이에 두고 대화를 나누었다. 너무 추운 날이었고 몸은 따뜻한 방 안에서 왠지 울고 있었다. 새의 대화 속엔 몸이 없었다. [……]
>
> 나는 몸이 너무 아픈 날 새 한 마리가 하늘에서 떨어지는 것을 본 적이 있다.
>
> ─「이별부터 먼저 시작했다」 부분

새하기는 명사가 아니라 동사다. 더 정확하게는 동명사다. 이 뜻은, 김혜순의 새가 태어나서 죽기까지 끊임없이 움직인다는 것인데, 그럼에도 한결같은 것은 태어남 속에 죽음이, 죽음 속에 생명을 향한 염원이 감추어져 있다는 사실이다. 죽음을 숨긴 출생을 한 번 더 확인하고, 구원을 갈구하는 손길의 모습으로 시선을 돌려보기로 하자. 1부에서 일어난 일이다. 우선 "새는 물음표 모양으로 서 있"다는 점을 주목할 필요가 있다.

새로 태어난 새들이 물결 위에 앉아 부리로

노란 깃털을 하나하나 쓰다듬는 방

—「새는 물음표 모양으로 서 있었어요」 부분

새로 태어난 새들의 노란 깃털은 얼마나 예쁜가. 그 아름다움은 곧 생명이다. 새로 태어난 새들은 세상을 향하여 물음표 모양의 호기심을 보여주면서 살아 있음을 과시한다. "깃털을 다 뽑은 다음엔 뭘 하면 될까요"(「새는 물음표 모양으로 서 있었어요」) 하면서 생명의 지속과 그 방향을 향한 물음표를 계속 던진다. 이때만 해도 새는 비상이 약속된 아름다움이었다. 그러나 생명의 약속은 어느 날 떠나버린다.

몸은 새가 다녀가는 것을 느낄 때가 있다고 했다. 오늘은 새가 내 몸을 데리고 제일 어두운 골짜기로 갔다. 몸이 소리 없이 비명을 지르고 식은땀을 흘리며 눈을 번쩍 떴다. 새는 가버렸다.

—「이별부터 먼저 시작했다」 부분

그러나 새는 완전히 가버리지 않고 공중에 유예된 공간을 만들면서 구원의 틈새를 모색한다. 이 모색은 추락과 닫힘의, 거의 절망적인 출생 상황에서도 좌절하지 않는 각성의 힘에 의해서 추동된다. 드물게 찾아오는 이 장면은 김혜순 시의 신선한 진정성을 일깨우는 아름다운 비상의 가능성을 열어준다. 그러나 아직 그것은 바라봄의 단계임을 잊지 말자. 곧 새들의 영결식이 거행된다.

나는 이제야 느낀다

새가 날지 않으면 세상이 거울처럼 납작해진다는 것

그리하여 나의 새는 잠들어서도 날아간다는 것

그 새가 다시 유리창을 쪼는 동안

내게 일어난 증상

마치 얼음 밑에 갇힌

물고기를 바라보는 것처럼

걸어가는 너와 나

공중에서도 볼 수 있다는 것

—「안새와 밖새」 부분

나는 사방을 둘러본다 큰 영결식장에 새 떼가 가득 앉아 있다

조사를 낭독하고 있던 내가 울면서 뛰쳐나간다

내 날개를 어디에 뒀는지 잊어버렸다

공중이 아니면 숨을 쉴 수가 없다

—「새들의 영결식」 부분

　시인은 새들의 영결식에 참석하여 조사를 낭독하지만, 울면서 뛰쳐
나간다고 했을 때 이미 그는 새와 함께 영결식의 참석자가 아닌, 죽은
자가 되어 있다. 날개를 잊어버리고 숨을 쉬지 못하지 않는가. 공중으
로 날지 못하고 지상에 머무르는 새들이 주검과 다를 바 없듯이 지상
에 남아 있는 시인 또한 죽은 존재인 것이다. 즉 공중의 환상이 현실이
자 생명이며, 지상의 땅은 현실이되 죽은 현실로 시인에게는 상실된다.
이때 "새는 잠들어서도 날아간다"는 귀한 명구가 남는다. 무슨 뜻인가?
　잠은 깨어 있되 무의식 상태에 있는, 말하자면 반(半)죽음 상태에서
도 비상을 지향한다는, 즉 날지 못하면 살아도 산 것이 아니라는 표현
으로 횔덜린Friedrich Hölderlin의 저 유명한 「빵과 포도주Brot und Wein」

46

에서의 잠을 연상시킨다.[4] 태어남 속에 죽음이 잉태되어 있다는 인식과 그 수행자로서의 새 혹은 '새하기' 의식은 새의 사람인 시인으로 하여금 어떤 형태로든지 비상을 포기할 수 없게 한다. 그리하여 시인은 비상을 위협하는 죽음에 대하여 끊임없이 회의하고 원망하며 질문한다. 아울러 그 같은 죽음을 품고 있는 출생 자체에 대해서도 똑같은 원망과 회의, 질문을 거듭한다.

태어남과 죽음, 즉 발생과 소멸이 모두 지나간 자리를 보면서 시인은 모든 것이 하나임을 깨닫는다.

> 그곳엔 시작도 없고 마지막도 없고
> 이미도 없고
> 아직도 없고
>
> 여자도 남자도 없고
> 아빠도 자식도 없잖아
> 그래서 평평하잖아
> 그래서 무한하잖아
>
> 떨쳐낼 수가 없어
> 아빠, 네가 태워진 후를 미리 본 것 같은 느낌
> 태초부터 멍한 아빠, 너를 본 느낌
> 아빠, 너는 시작하지 말았어야 했다

---

4 독일 시인 횔덜린이 1800년 겨울에 쓴 장시 「빵과 포도주」는 그리스 신화와 기독교의 혼융 가운데 다가온 신의 문제와 직면한 시인의 고민을 보여준다. 신성의 결핍을 안타까워하면서 횔덜린은 "궁핍한 시대에 시인은 무엇을 위해 사느냐Wozu Dichter in dürftiger Zeit?"고 절규한다. 장영태, 『횔덜린 깊이 읽기』, 책세상, 2023, pp. 177, 188 참조.

너로 인해 시간이 있었다
작별이 있었다

—「작별의 신체」 부분

그러나 태어남과 죽음의 동시성이 곧 발생의 시간과 공간의 동시성을 의미하지는 않는다. 그 사이에는 숱한 '계단'이 있는데, 이 계단이 김혜순 시의 이해를 다소 복잡하게 만든다. 섹스도 젠더도, 엄마도 아빠도 이 복잡성 안에서 활동하며 새와 한몸을 이루는 시인 자신도 이 복잡한 계단을 오르내리며 형성된다. 시라는 거대한 환상 공간이 결국 이 과정에서 생겨난다. 없는 날개 때문에 환상통을 겪는 시인의 의식은 시에서 환상 공간을 만들며, 시인은 그 속을 계단으로 오르내리는 것이다.

나를 계단 연주자라 불러도 좋습니다
나를 계단 발굴자라 불러도 좋습니다

눈물이 솟아오르기 시작하면
내 속에 계단이 차곡차곡 놓이듯이

슬픔이 묻히기 시작하면
내 속에 깜깜한 지하가 끝없이 뻗어나가듯이

그리하여 나는 계단이 쏟아지지 않게
위로 아래로 층계참을 돌아 위로 아래로
내 계단은 당신 계단과 입술을 맞대고 음 음 음

—「불쌍한 이상(李箱)에게 또 물어봐」 부분

48

결국 시인은 고백한다. 그리고 새가 되고 시가 된다.

> 새는 아무도 안 보는 곳에 가서 혼자 죽습니다
> 내 시집도 아무도 안 보는 곳에 가서 혼자 죽습니다
> 죽기 전에 이미 실컷 두드려 맞았습니다
>
> ——「찢어발겨진 새」 부분

　시는 죽어서 살아난다. 니체가 그랬고 만해가 그랬다.[5] 포스트휴먼
의 거센 물결 가운데에서 '휴먼'이 살아남는 길은 죽음뿐이다. 김혜순
의 『날개 환상통』은 그런 의미에서 역사적이다. 역사적이라는 뜻은,
20세기 '휴머니즘'의 거센 격랑 속에서 전통적 가치와 위신을 떨쳐버
리고 '비휴머니즘'의 낯선 세계로 무모하고도 과감한 도전을 감행하였
다는 용기에 대한 이름이다. 21세기 '비인간' 지배의 인류세(人類世) 시
대에는 사람이 사람된 위신과 기품을 지키는 일이 헛된 미망과 위선이
되어간다. 이 같은 허위의 현실에서 문학에는 무엇보다 바로 이 현실
에 대한 직시가 필요하고, 그 직시는 우리 자신을 벗기고 부수는 고통
의 현장이 된다. 남성 위주의 가부장적 허세도, 이성 중심의 점잖은 질
서도, 영원에 대한 아름다운 꿈도 흔들리고 와해된다. 그러나 이 현장
에 이미 우리는 들어와 있고, 종교적으로 표현한다면, 예수 재림의 시
대를 살고 있다. 김혜순이 쓰고 있는 환상통의 시는 없는 날개로 인한
통증이지만, 사실상 그 통증은 현실에 미만해 있는 묵시록적 비극에
대한 통증이다. 이 시집은 태어남 속에 예비된 죽음, 그 작별의 의미를

5　니체는 '망각의 힘'이라는 사상, 만해 한용운은 『님의 침묵』(1926)에서의 '침묵'을 비롯한 '낮춤'
　과 '잊힘' 사상을 통하여 '죽어야 산다'는 시학을 펼친 것으로 생각된다. 이 책의 1부 '망각을 위한
　변명'(p. 169) 참조.

선포하면서 여성의 비극에 포착된 인간의 비극, 인간 자체가 무화되고
있는 포스트휴먼 시대의 역사를 예시하고 있다.

4. 여와 남, 그리고 인간/비인간

시집 전체를 음습하게 지배하고 있는 분위기는 죽음이다. 새에 비유
되고 있는 시인 자신에게도 불가피하게 다가오는 죽음에의 극복이 새
가 되고자 하는 욕망의 기저에 깔려 있다. 죽음은 가장 강력하고도 확
실한 폐쇄 공간이며 닫힌 시간이다. 새는 닫힘을 열고 날아갈 수 있는
유일한 구원의 통로인데, 이리저리 왜곡된 새의 생태계 때문에 그 길
은 여의치 않다. 시인의 '새하기'는 여기서 창안되고, 여기서 진행된다.
『날개 환상통』이 나온 지 불과 3년 뒤에 발간된 시집 『지구가 죽으면
달은 누굴 돌지?』(문학과지성사, 2022)에는 이와 관련된 중요한 증언
이 나타난다.

> 내가 옛날에 쓴 새의 시는 돌아오는 것에 대한 시이다. 돌아와서
> 저 여자처럼 우는 것에 대한 시이다. 이 세상의 모든 여자는 이 세
> 상 모든 새처럼 날아갔다가 여기로 온다. 왜 오는지, 왜 우는지 여
> 자들은 안다. 그냥 안다. 무거운 새, 기다란 새, 짧은 새, 웃는 새,
> 우는 새, 화난 새, 히스테리 새, 노래하는 새, 춤추는 새, 미친 새,
> 죽은 새 그리고 아기를 품은 새. 아기를 쪼아먹는 새. 다시 온 새
>
> ──「피카딜리 서커스」 부분

여기서 다시 나는 섹스/젠더로서의 여성이 이 시집에서 차지하는 위
상의 변화 혹은 격상을 발견한다. 여성(김혜순은 시 속에서 여성을 '여

자'라고 잘 쓴다. 그 뉘앙스는 여성을 신체적 관점에서 바라보는 느낌을 준다)은 구체적으로 다음 자리에서 시인의 시에 기여한다. 순서대로 나열한다.

> 가) 새의 시는 여자처럼 우는 것에 대한 시이다.
> 나) 이 세상의 모든 여자는 이 세상의 모든 새처럼 날아갔다가 돌아온다.
> 다) 여자들은 새가 왜 오는지 왜 우는지 안다.
> 라) 여자들은 무거운 새, [……] 죽은 새, 아기를 품은 새, 다시 온 새 등등 모두 안다.

요컨대 시인은 새다. 그러나 시인은 타자인 새를 인지하고 인식하는 새다. 오는 것은 새이지만 우는 것은 여자다. 그런데 오는 것, 우는 것을 섞어버림으로써 타자의 자리를 애매하게 하고, 마침내 왜곡시킨다. 새의 왜곡은 시인의 왜곡인데, 왜곡의 가장 황당한 형태는 죽음이다. 그 죽음이 시인을 찾아온 것이다. 그리고 죽음을 통하여 시인은 육친과 작별한다. 혹은 작별하는 모든 것은 육친이 된다. 시인은 그것을 '작별의 공동체'라고 부른다. 주목할 것은 이 공동체를 그가 '아빠'라고 부른다는 점이다. 시인은 가부장적 억압의 시간과 공간에 저항해왔기에 다정한 가족공동체의 아버지는 '아버지'가 아닌 '아빠'로 호명됨으로써 구별된다. 그러므로 '아버지' 아닌 '아빠'의 죽음은 새의 죽음만큼이나 의미가 있고, 따라서 슬프다.

> 어째서 아빠, 너는 입술이 파리하니?
> 내 앞에 앉아 있는데도 눈길이 흐릿하니?
> 식탁 앞에 앉아 있는데도 자꾸만 뒤로 물러나는 것 같니?

우리가 영원을 시작하던 시절

늘 시작만 있던 시절

아빠, 너와 나와 동생들과 흐린 날개들이 있었다

(다시 말하지만 우리는 한 영혼의 내부에 있었다)

어떤 빛이었는데 그림자는 없었다

체온을 받기 이전이라고

희끄무레에 홀린 눈빛이라고 할 수 있었는데

그땐 그랬었다

우리는 각자 전등에 갇힌 새 같았는데 그땐 몰랐다

투명한 해골에 갇힌 새 같았는데 그땐 몰랐다

—「작별의 신체」 부분

　　그러나 김혜순 시에서의 죽음은 처음부터 예정되어 있고, 그렇기 때문에 죽음이라기보다 예정된 작별이다. 어쨌든 새와 여자의 죽음은 남자인 아빠의 죽음과 연결되고, 여성의 무화(無化)에 따른 남성의 무화가 이어진다. 남성은 타자로서도 등장하고 여성과 함께 인간의 실존 표상으로서도 등장한다. 그러나 여자를 시적 대상으로 즐겨 가져오는 김혜순의 오랜 시적 습관은 시인이 여성이 아니더라도 여자가 인간의 출발이라는 깊은 의식이 있기 때문이다. 그렇다, 인간은 여자의 자궁에 열 달씩 있다 나오지 않는가. 인간은 여자에게서 출발한다! 여자-남자-인간으로 이어지는 순서는 나름대로 기억될 필요가 있다. 그 까닭도 함께 기억하도록 하자.

　　아녜스 바르다의 영화 「노래하는 여자, 노래하지 않는 여자」(1977)

에는 프랑스가 임신중절을 허용하기 전 네덜란드로 임신중절 여행을 가는 여자들의 노래가 나온다. 중절 수술 후 그 여자들이 암스테르담 운하에서 배를 타고 관광을 했는데, 그 배를 중절의 배라고 불렀다. 중절의 배를 타고 한 여자가 노래를 부르는 장면에선 빈 자궁의 허망한 노래를 듣는 것 같았다. 아기들은 꺼내져 불에 타고, 여자들은 배를 타고 운하를 내려갔다.

> 말하다 말고 침이 흐른다
> 콧물이 길게 떨어진다
> 우는 건 아닌데
>
> 너무 오래 암막 커튼을 치고 살았나
> 머리에서 문득 수사슴처럼 나무가 올라온다
> 나는 암컷인데
> 나무에 아기 심장이 맺힌다
> 심장이 익는다
> 포크와 나이프를 던지고 뛰쳐나간다
>
> ──「중절의 배」 부분

여자(여성)들은 여자와 여성 사이에서 곤혹스럽다. 가령 「중절의 배」에서 김혜순답지 않게 명백히 나타났듯이, 여성의 사회적/인권적 차원에서 중절의 자유는 당연히 쟁취되어야 할 권리로서 선양된다. 그러나 이를 거머쥔 여성은 침과 콧물을 함께 흘린다. 기쁨인가, 슬픔인가. "우는 건 아"니라고 했으므로 울음 반, 웃음 반인가. 이긴 여성이 진 여자에게 미안해하고 있는 것인가. 암컷일 수밖에 없는 여자는 여기서 "나무에 아기 심장이 맺"혔다고 고통스러워한다. 여자와 여성이 원초적 생명과 사회적 생활을 가운데 두고 살짝 대립하는 장면이다. 이 장면은 다음과 같이 이어진다.

> 내가 뛰면 옆에서 터널이 한 개 같이 뛴다
> 터널이 울며 따라오다가 매우 길어지기도 한다
> 아기를 뗐는데도 아기가 떼어지지 않는 여자가 달려간다
> 터널을 지나면 아기가 떼졌다가
> 터널에 들어가면 다시 붙는다
>
> ──「중절의 배」부분

편의상 아기를 떼는, 즉 임신중절을 하는 여자를 사회적 여성, 임신 중절하고 울면서 안타까워하는 여성을 '자연적 여성'이라고 하면 양자는 앞의 대목에서 한편은 터널을 지나고, 다른 편은 터널을 들어가는 것으로 구별된다. 터널을 지나가면 속 시원히 사회적 여성이 승리하는데, 터널이라는 양심의 굴레에 들어가면 자연적 여성으로 돌아가는 것이다. 이러한 쳇바퀴식 반복은 사실상 이 시집 전체를 둘러싸고 있는데, 그 반복은 곧 삶과 죽음의 굴레가 된다. 여기에서 여자(여성)은 다시 남성에 가닿고, 인간 전체의 운명으로 확대 확인된다.

5. 포스트휴먼으로 들어서다

『날개 환상통』은 결국 포스트휴먼으로 가는 전형적인 시집이다. 포스트휴먼에 대해서는 그 의미와 지향, 그리고 가치에 이르기까지 오래 전부터 논의가 있어왔지만 포스트휴먼이라는 분명한 개념어에 의해 문학 현상이, 그것도 시나 소설의 구체적인 작품이 거론된 일은 없었

던 것으로 기억된다. 따라서 나는 김혜순의 이 시집을 이 같은 관점에서 함께 묶어 살펴봄으로써 우리 시 작품에 스며든 이 현상을 보다 리얼하게 만져보고 싶다. 포스트휴먼이란, AI와 챗GPT 등의 인공지능 서비스가 활발하게 전개되면서 이미 현실이 되어가고 있는 비인간의 상황을 가리키는데, 이때 '비인간'은 동시에 '반인간' 혹은 '탈인간' 등으로도 번역된다. 어쨌든 포스트휴먼은 호모사피엔스가 더 이상 인간 중심의 권좌에 머무르지 못하고 흔들림으로써 인간 자체의 정체성이 흔들리게 된 현실의 이름이다. 인간을 이미 넘어선 신인류를 뜻한다는 해석도 있고, 인공지능의 기계 현실을 의미하기도 한다. 사이보그 같은 인공 생명체, 아주 다른 차원의 동식물 상황과 연계되는 경우도 있다. 하여간 이제 19세기 산업사회와 20세기 정보사회를 거쳐 21세기 포스트휴먼 사회를 맞이함으로써 인류세의 지구 위기에 더 이상 인간이 주인공이 될 수 없음을 드러내는 문학·예술이 태동한다. 김혜순의 시는 바로 이 시대에 적중하고 있다.

김혜순 시에서 인간은 무화(無化)된다. 먼저 여자가 무화되고 그럼으로써 남자가 무화된다. 무화는 태어날 때부터 이루어지기도 하는데, 이때 무화는 죽음의 형태로 신생 자체에 숨겨져 있다. 또는 조속히 생애와 작별함으로써 죽음이 다가와 무화가 이루어진다. 결국 인간은 없어지는 것이다. 시인은 이 과정을 통탄하면서 그리기 때문에 무화를 찬양하는 것처럼 보이지 않지만, 그의 애도 행각은 불가피한 역정으로 나타나기 때문에 엽기적으로 보일 수 있다. 포스트휴먼이란 결국 무엇인가. 인간을 비판하면서 극복하겠다는 것인가, 아니면 이제 인간은 끝났으니 기계와 사물(동식물 포함)에게 맡기겠다는 것인가. 포스트휴먼에 관한 일반적 논의가 인공지능의 출현을 놀라움으로 반기면서 기대하는 쪽에 기울어 있다는 점을 고려하면 후자에 대한 관심이 보다 높아 보인다. 그러나 이에 대한 우려 또한 적지 않고 문학을 포함한 인문학의 이름이 남아 있는 한, 후자에 대한 관심은 보다 진지해질 필요가 있다. 따라서 포스트휴먼에 대한 접근은 전자 쪽에서 이루어져야 하며, 김혜순의 시 역시 이런 면에서 본격적인 의미를 지닌다. 무엇보다 삶이 끊임없이 죽음으로 환원되는 시의 공간이 이를 말해주며, 그것이 엽기적 환상 공간을 형성할수록 남녀노소가 모두 이에 빨려 들어가는 모습이 그 현실성을 증거한다. 시가, 문학이 이상적 풍경을 모색하던 20세기를 뒤로하고 여기에 이르렀다는 점에서 김혜순 문학은 역사적 금을 긋는다. 이후의 역사는 두려움으로 지켜보게 될 것이다. '여자들은 왜 짐승이 말을 할 수 있다고 생각하니?'라는, 이 시집 4부의 제목에 함축된 여성-인간과 짐승의 소통 공간이 미래의 시간으로 다가오는 현실은 그것이 비록 시적 환상의 공간이라 하더라도 미상불 두려운 일이 아닐 수 없다. "하이힐을 신은 새 한 마리/아스팔트 위를 울면서 간다"고 했을 때, 그 울음은 환상통의 슬픔이지만 AI의 어떤 조작으로도 모방할 수 없는 시의 절창을 보여준다. 거기에 사람이 있다. "그들은 말했다/애도는 우리의 것/너는 더러워서 안 돼"(「날개 환상통」). 그렇다. 애도는 영원히 사람만의 것이다. '그들'은 사람들이다.

[『문학과사회』 2024년 가을호]

계몽의 본질과 변증

1. 낭만과 계몽의 혼유(混淆), 이별의 길

AI 시대가 초래하고 있는 전대미문의 갖가지 현상들의 복합적인 어울림과 갈등의 바탕에는 낭만주의와 계몽주의, 혹은 낭만성과 계몽성의 오래된, 기이한 근원 대립이 있어 보인다.

'낭만성은 계몽성의 자연스러운 적수'라거나 '거의 모든 분야에 걸쳐서 계몽성에 맞서는 일선에 서 있다'면서 낭만성의 이념을 설명하는 일은 거의 상식이 되어 있다. 낭만성을 비난하면서 계몽성과의 불화를 큰 소리로 지적하는 일도 거의 잘 알려진 역사적 사실이 되었다. 낭만주의가 가장 먼저 태동했을 뿐 아니라 민족 정서의 근본으로까지 여겨지는 독일의 경우 이러한 생각은 문학/사상사의 통념이 되어왔다. 이 글에서는 이미 논의된 낭만의 개념과 그 와해의 과정에 대한 기본적 이해의 바탕 위에서 보다 본질적인 계몽성의 구체적 내포와 성격을 더욱 세밀히 살펴보면서, 근대의 추동력이 된 계몽성의 본질과 아울러 야기되고 있는 문제와 한계에 대해서까지 살펴볼 것이다. 초점은 이처럼 대립적으로만 인식되어온 낭만/계몽의 구도와 그 진실성이며, 혹은 아예 양자는 처음부터 혼재해온 상호 보완의 개념은 아닌지 우선 문제시된다. 사실 '인류사상사에서 단 하나의 결정적인 전환을 가져왔다'는 계몽성이 하늘에서 뚝 떨어진 독자적인 사고와 영역이 아니라면, 앞서 거니 뒤서거니 나타났을 뿐 아니라, 독일 정신의 본질로 간주되는 낭만성과의 관계가 깊은 관심의 대상이 되는 것은 당연하다.

대표적인 낭만주의 작가 노발리스Novalis 시대에도 계몽주의적 세계관과 이른바 로코코 스타일은 지배적인 문화 형태였다. 예컨대 노발리스의 대표작 『파란꽃Die Blaue Blume』(원제: Heinrich von Ofterdingen, 1802)에서 주인공 하인리히가 마틸데의 부친 클링조르로부터 "참된 시의 불꽃이 없는 공허하고 가련한 말놀이"[1]로 자신의 젊은 날 문학에 대한 비판을 들었을 때, 그는 이에 스스로 동의하였다. 그러나 이와 달리 노발리스는 결코 "로코코적인 비자립적 시인은 아니"라는 평가를 받기도 한다. 체험의 기준을 일방적으로 적용하는 것만으로는 충분하게 여겨지지 않았다. 체험은 계몽주의에서 중시하였으나, 반드시 그렇지도 않았다는 양면성이 있는 가운데, 노발리스에게도 이러한 면은 온존하였던 것이다. 말하자면 낭만주의 시인이기는 하였으나 전통적인 선범으로서의 계몽주의를 존중하는 한편, 이를 모방하는 이른바 '계몽의 모방Mimesis der Aufklärung'이 그에게도 있었다는 것이다.[2] 특히 초기에 문학작품에 이러한 현상은 두드러지게 발견되는데, 일관된 어떤 모습이라기보다 상충하는 요소들이 서로 혼재하는 양상이다. 예컨대 낭만적 이상과 감성의 예민성 대신에 가정적 행복과 평온, 만족 등의 심성은 낭만적이라기보다 계몽적인 것에 가깝다고 할 수 있다. 세속화된 교회의 풍경과 함께 독일 계몽주의의 한 단면이기도 했던 경건한 색채가 깃들어 있

---

1 노발리스, 『파란 꽃』, 김주연 옮김, 열림원, 2003, pp. 154~55.

2 낭만주의와 계몽주의의 상통은 '자유로운 자립성freie Selbständigkeiten'이라는 볼테르의 용어에서 이미 비롯되며 슐레겔에서 확인된다. 김주연, 『노발리스―낭만주의 기독교 메르헨』, 문학과지성사, 2019, pp. 291~92 참조.

는 것도 또한 사실이다. 화려한 로코코 스타일과 경건주의적 풍취가 모두 계몽주의의 풍속인데 소피 체험으로 인한 밤으로의 열광과 분열로 가기 이전 노발리스 문학의 한 성격이었다는 점이 두루 지적된다.[3] 이 시절 노발리스 문학의 특징에는 이를테면 근대『삶의 철학 *Philosophie der Lebens*』에서 엿보이는 바로크적 감정과도 비슷한 것이 있었으며 종교적 정서의 계몽적 소박성이 깔려 있었다. "평안과 만족에 대한 생각"이 주조를 이룸으로써, 예컨대 다음과 같은 시를 쓸 수 있었다.

> 즐거움이 곧 축복을 받으리.
> 그대 모든 땅은 그대를 통해 복 받고,
> 그대 눈을 감았으나 우리는 기쁜 마음으로 그대가 영원으로 간
> 것을 보았노라.

일종의 행사 시이지만, 계몽성이 지닌 종교적 입장의 천명이 거기에 있다. 프리드리히 2세의 죽음에 부친 시인데, 물론 진부한 시다. 그러나 '만족'과 '평안'이라는 전승된 감정 없이는 씌어지지도 않았을 시다. 계몽주의는 합리성, 낭만주의는 환상성을 그 요체로 대별되지만 18세기를 지나가면서 두 사상은 뚜렷한 구별점과 함께 서로 섞여 있는 점들도 적지 않았다. 노발리스 초기 시에 나타난 평안의 분위기는 계몽의 또 다른 성격이기도 했던 경건주의와 상통하고 있다.

그러나 결국 계몽주의는 낭만주의와의 친연성에서 벗어나, 거의 매몰차게 낭만주의를 홀연히 외면하고 홀로 선다. 가령 가장 대표적인 계몽주의 작가라고 할 수 있는 독일의 레싱G. E. Lessing은 그 자신이

---

3 같은 책, pp. 13~21 참조.

기독교 목사의 아들임에도 불구하고 선험적으로 주어진 종교적, 정치적 권위 대신 인간 스스로의 노력을 강조하는 작품으로 일관한다. 가령 『현자 나탄』과 같은 작품이 대표적이다. 사실 계몽주의는 종교개혁과 르네상스로 대표되는 인본주의적 흐름에 힘입어 이미 17세기 말부터 유럽 각국에서 그 기운이 태동하였고 앞서 살펴보았듯이 낭만주의적 분위기 안에서도 꾸준히 그 에너지가 축적되었던 것인데, 실제 문학작품보다는 이론적, 사상적 측면에서 그 힘이 분출하게 된다. 계몽주의가 내세우는 '계몽'은 기본적으로 18세기에 이르도록 인간이 이 세계에 대해서 무지하고, 따라서 자기 발견을 제대로 해오지 못한 미숙한 존재였다는 자각을 의미한다. 그럼으로써 동 세대의 '낭만'이 지니는 몽환적 요소와 분위기로부터의 탈출을 시도하는데, 낭만주의가 독일의 경우 정신사의 전통을 이룬다면, 계몽주의는 이 같은 전통으로부터의 과감한 단절을 동시에 의미하는 것이 된다.

'낭만'이 전통 속에 감추어져 있던 것을 더욱 세련화하여서 숨은 에너지를 발굴해보고자 했다면 '계몽'은 지나간 모든 것을 훌훌 털고 일어나 인간 스스로의 힘으로 새로운 출발을 해보자는 점에서 극명하게 대비된다. 한쪽이 전통의 계승의 발전이라면, 다른 한쪽은 전통의 단절과 쇄신이다. 계몽에서 '지나간 모든 것'이라고 하는 것은 봉건 절대주의의 정치적 억압, 그리고 이러한 정치와 결탁된 종교적 억압이다. 요컨대 그것은 억압으로부터의 해방 지향이었다. '계몽'의 개념과 정의에 대해서는 뒤에 자세히 살펴지겠지만, 이러한 지향에 있어서는 모든 학설과 주장이 거의 한목소리가 되며 그것은 강한 역사 추진력이 된다. 계몽주의가 궤도에 올라서 본격적인 힘을 내게 된 것은 19세기이며, 이후의 역사는 '근대'라는 이름을 달고 내달린다. '근대'는 합리적인 시민사회의 구현을 실천하면서 20세기의 과학과 기술, 안락한 문명을 열었으나 그로 인한 파괴와 살상의 아픔도 겪었다. 그런 가운데 '후기 근대Spätmoderne'와 '후근대Post-moderne' 사회, 21세기를 지나가고 있다. '계몽'은 성과와 더불어 거센 비판을 만나고 있다.

2. 『계몽의 변증법』의 '계몽' 이해와 계몽의 모순

이성이 도구화된 시대로서, 근대가 과학기술과 산업의 발달을 가져 왔음에도 불구하고, 생태계의 파괴와 인간성의 타락, 전쟁의 위협과 같은 위기 사회로 치닫고 있는 원인의 핵심으로 '계몽'이라는 요소가 지적되고 있는 것은 어제오늘의 일이 아니다. 또한 이때 문제되는 '계몽'의 본질과 개념에 대한 논의 역시 그 자체로서 상당한 역사를 갖고 있다. '후기 근대' 혹은 '후근대' 내지 '탈근대'가 숱한 논란을 일으키며 20세기 말에서 21세기로 넘어온 오늘의 현실에서도 근본적인 논의를 종식시키지 못하고 있다. 과연 '계몽'이란 무엇인가.

계몽의 개념과 정의는 다양하다. 역사적으로 본다면 독일의 경우 그 것은 18세기 전반의 지배적인 사상을 포괄적으로 지칭한다. 그러나 이 '지배적' 사상 속에는 서로 갈등과 혼선을 일으키는 서로 다른 견해들이 내재해 있다는 사실이 간과되어서는 안 된다. 그렇다 하더라도 당대의 사람들이 스스로 '계몽'이나 '개화'로 자신들을 규정지은 배경에 중세의 권위주의로부터 그들이 해방되고 있다는 대립적 자의식이 있었다는 점은 공통된다. 구체적으로는 위트레흐트조약의 체결(1713)부터 프랑스 혁명(1789~1794)에 이르는 시기를 대체로 계몽주의 시기로 생각했던 것 같다. 여하튼 계몽은 그 말이 의미하는 바와 같이, 그 이전 즉 17세기 이전의 세계가 인간이 계몽되지 못한 채 정치적, 종교적으로 억압돼왔으므로 이제 해방되고 있다는, 지극히 긍정적인 의미로 받아들여졌고, 그로 인한 부정적 측면이 대두되기 시작한 근대 이

전까지는 긍정적 측면이 지속되었다고 보아야 할 것이다. 실제로 19세기 말까지 철학적-인식론적, 그리고 도덕적-교육적 이성운동으로서 긍정적인 평가를 받아왔다는 것이 일반적인 견해다. 이러한 견해가 가장 결정적인 도전을 만나게 된 것은 아도르노와 호르크하이머가 공동으로 집필한 『계몽의 변증법』에 의해서다. 신화로부터 해방을 목표로 달려온 '계몽'이 관념적 이성의 도그마dogma 속으로 인류를 밀어 넣어 그 스스로 타락한 신화가 되었다고 이 책에서 신랄히 비판함으로써, '계몽'은 더 이상 긍정의 표상이기를 멈추게 되었다. 계몽의 탈신화화 프로그램은 애니미즘을 완전 박멸하기를 꿈꾸었으나 신화 또한 계몽성으로 넘어갔고 자연은 단순한 객체가 되었다고 본다. 사람들은 권력에서 소외되면서 권력의 증가에 대가를 지불하는 형세가 되며 독재자가 백성에게 하는 것처럼 계몽성은 사물에 대한 태도를 취한다.[4] 『계몽의 변증법』은 긍정 일변도로 여겨져오던 '계몽'을 '계몽의 신화'로 바라보게 하는 결정적인 계기를 만들었으며 이후 '계몽' 또한 긍정과 부정의 비판을 수용하지 않을 수 없게 되었다. 이 책은 20세기의 한복판에서 20세기의 성격을 냉철하게 돌아볼 수 있게 만든 탁월한 업적으로서 그 내용은 계몽의 본질 파악에 매우 소중하게 기여한다.

　『계몽의 변증법』은 크게 세 가지를 새롭게 밝히면서 그 논지를 전개한다. 첫째, 계몽의 신화화에 관한 담론이다. 신화를 깨뜨리고 여기서 벗어나는 것을 목표로 했던 계몽이 그 자신 어떻게 신화가 되었는가. 저자들은 『오디세이Odyssee』 이야기부터 이 문제를 풀어간다. 『오디세이』의 주인공 오디세우스는 방랑하는 인물이지만 그는 이미 '시민적 개인'의 원형으로 본다. 저자들은 호메로스의 세계가 질서 있는 우주라는 루카치 식의 감탄을 비판하면서, 그 세계는 이미 "이성에 의해

4　Th. W. 아도르노·M. 호르크하이머, 『계몽의 변증법』, 김유동 옮김, 문학과지성사, 2001, pp. 80~130 참조.

만들어진 작품", 즉 소설이나 다름없는 서사시였다고 분석한다.[5] 말하자면 호메로스는 그 당시 벌써 시민적, 계몽적 요소를 지니고 있었다는 것이다. 이 책은 이러한 사실을 인식한 니체에 주목하면서 그가 헤겔 W. F. Hegel 이후 '계몽의 변증법'을 바라본 소수의 철학자 중 한 사람이었다고 적고 있다. 특히 저자 두 사람은 '지배'에 대한 '계몽'의 이중성을 날카롭게 파고들었다는 점에서 니체의 위상을 높이 평가한다. "계몽은 민중 속으로 들어가야만 한다. 그리하여 모든 성직자는 속이 검은 족속임이 밝혀지고, 국가에 있어서도 비슷한 일이 일어나야만 한다. 계몽의 과제는 군주나 정치가의 모든 행동이 의도적인 거짓말임을 들추어내는 것이다." 니체는 동시에 계몽은 통치 기술로서도 탁월하다는 점을 아울러 제시한다. 이를 증명하는 논거로 "모든 민주주의에서 보듯 이 문제에 대한 대중의 자기 착각은 아주 중요한 것이다. 인간을 통치하기 편한 왜소한 인간으로 만드는 것은 '진보'라는 이름하에 추구되었다."[6]고 인용하면서 호르크하이머와 아도르노는 니체의 '계몽' 이해를 탁견으로 손꼽는다. 결국 계몽은 이중성을 지녔다는 것이다. 정신의 보편적 운동으로서의 가치가 긍정적 측면이라면, 삶에 오히려 적대적일 수 있는 허무로 작용하는 것이 부정적 측면이 된다는 것이다. 아도르노 등은 이때 후자의 부정적 힘이 나치즘으로 하여금 계몽을 이데올로기로 이용하게 했던 것으로 본다. 그러나 아도르노 등은 19세기 말의 신낭만주의들이 계몽과 세계의 역사를 동일시하는 우를 범했다고 보고 계몽주의자들과 낭만주의자들에게 일종의 양비론을 취한다. 이성, 자유, 시민이라는 개념은 일반적으로 중세 봉건사회가 끝나면서부터 출발한 것으로 알려져 있지만, 호메로스에서 볼 수 있듯이 훨씬

5 같은 책, p. 81.

6 같은 책, pp. 81~82.

그 이전부터라는 것이다. 호메로스에게 사실상 반신화적인 계몽의 성격이 존재했기 때문이라는 것이 『계몽의 변증법』의 관점이다.[7]

홍미로운 것은, 계몽에 대한 이들의 이해가 문학과 긴밀한 관계에 입각해 있다는 점이다. 아도르노 등은 호메로스의 작품이 서사시라는 점을 매우 중시하는데, 이는 서사시와 신화에는 모두 '지배와 착취'가 들어 있다고 보기 때문이다. 만일 호메로스의 서사시를 일부의 견해처럼[8] 소설로 간주한다면 이 점을 놓치기 때문에 이들은 애써 이를 분리해서 보려고 하며, 서사시와 소설의 구분은 그 역사적 맥락을 달리하는 중요한 분기점이 된다. 이들은 신화의 성격을 극단적으로 부정적으로 봄으로써 "원래의 신화도 파시즘에서 극명하게 나타나는 '기만'의 요소를 이미 포함하고 있는데 파시즘은 이러한 요소를 계몽에 전가시킨"[9]다고 본다. 파시즘은 이 부분을 계몽의 한 요소로 교묘하게 분장시키고 있다는 것이다. 결국 호메로스를 서양 문화의 기본 텍스트로 삼을 때, 여기에 혼재한 신화와 계몽의 복합성을 간과해서는 안 된다는 것이 이들의 지론이다.[10] 호메로스의 문학, 즉 서사시는 단지 문학 장르상의 문제일 뿐 아니라 보편적인 역사철학의 발로라는 인식인데, 이로써 아도르노 등이 지닌 사회 통합적인 관점에서의 문학예술에 대한 이해가 단적으로 드러난다.[11]

호메로스를 비롯한 고대 문화의 계몽성, 그리고 신화가 숨기고 있는

---

7 신낭만주의자들이 세계사와 계몽을 동일시하는 우를 범했다는 지적은 이 글의 문제점이기도 하지만, 여전히 논쟁적이라는 점에서 함께 수용한다. 같은 책의 82~84페이지를 특히 주목하기 바란다.

8 같은 책, p. 83 참조.

9 같은 책, pp. 83~84.

10 같은 책, pp. 119~21 참조.

11 같은 책, pp. 93~94.

폭력과 지배, 이들의 기만성을 『계몽의 변증법』은 예리하고도 집요하게 탐험한다. 이 과정에서 많은 중요한 관찰과 분석, 인식들이 이루어지는데, 탈신화화의 성격을 무용한 경험들을 털어낼 수밖에 없는 불가피한 역사 이행으로 판단한 것은 반드시 기억되어야 할 대목이다. 자아는 자신이 해체되어 단순한 자연이 되어버리는 것을 완강히 거부하지만 자연은 그 대가로 희생을 요구한다는 설명이다. 자아는 그 성격상 자신을 내세우지만 유기체의 일부이므로 희생과 교환이 불가피하다. 희생의 극복을 통해 주체성을 획득해가면서 자아는 희생 의식을 만들어나간다. 이들은 기독교의 희생 제의도 이러한 문맥에서 파악한다. 즉, 일신교이기는 하지만 이 역시 신화의 탈신화화 작업의 일환이라는 것이다. 자신을 위한 자아의 희생은 신화의 한 특징으로서 신화가 문명화되면서 더 촉진된다. 저자들은, 외부의 자연과 다른 인간들을 지배하기 위하여 인간 내부의 자연도 부정할 수밖에 없는 자아의 적대성을 들추어내면서, 이러한 부정성이 바로 신화적 비합리성을 끊임없이 부추기고 있다고 말한다. 이들은, 인간 내부의 자연이 부인됨으로써 외부의 자연을 지배하는 목적과 정당성도 흐려지고 인간 자신의 삶의 목표 또한 흔들리게 되었다고 날카롭게 분석한다. 인간이 자연이라는 인식이 희미해지는 것은 계몽성이 맞닥뜨린 최대의 약점이다. 사회적인 진보, 인간의 정신적, 물질적 힘의 추진, 결국 삶의 목적 자체가 무화되어버리는 상황이 거기서 나타난다. 아도르노 등은 급기야 수단이 목적이 되며, 후기 자본주의에서는 광기마저 공공연하게 대두된다고 우려한다. 인간이 자신을 지배함으로써 '자아'가 탄생하였으나, 그 자아는 그 주체를 파괴할 위험을 내재한다. 자아에 의해 지속되는 삶은 동시에 지배당하고 억압당하면서 오히려 해체되는 역설을 피할 수 없다. 여기서 저자들은 자본주의에 대한 혹독한 비판을 이 같은 역설의 논리를 원용함으로써 행한다.

『계몽의 변증법』에서 자본주의는 반이성적 이데올로기로 매도된다. 그도 그럴 것이 지배에 의해 결정된 '대상화라는 형식'을 통해서 욕구를 불능케 하는 욕구를 창출하여 마침내 인류를 위기로 몰고 가는 것이 자본주의이기 때문이다. 이러한 기술은 마치 자신을 희생시킴으로써 희생을 면하는 영웅의 모습과도 같다. 아도르노 등은 그럼으로써 매우 중대한 선언을 내놓는다.

> 문명의 역사는 희생이 내면화되어온 역사다. 다른 말로 하면, 체념의 역사다.[12]

이렇게 선언함으로써 아도르노와 호르크하이머는 그들 스스로 체념하는 자의 모습을 띤다. 희생은 희생 자체에 맞서는 희생까지 요구한다면서 이른바 시민사회에서 자본주의에 이르는 사회적 희생과 피곤을 개탄한다. 그러나 사실인즉 이러한 희생과 피곤은 벌써 호메로스 시대에도 있었으니, 오디세우스는 방랑 가운데에도 자신을 추구했으나 허무를 반추하고 잘못된 길을 회상할 수밖에 없었는데, 아도르노 등은 그를 '희생을 없애기 위한 희생Dennoch ist er zugleich Opfer für die Abschaffung des Opfers'이라고 부른다. 그러나 '희생'으로 정의된 오디세우스는 『계몽의 변증법』에서 엄청난 활약을 한다. 저자들이 그에 대해 부과하는 기능과 역할은 대단하다. 몇 가지를 추려보면 이렇다:

첫째, 희생을 할 때 거기 있기 마련인 어떤 계책의 신호를 통해 희생은 주체성으로 전환된다는 것이다. 희생 속에 계책이 있다는 논리인데, 이 계책이란 결국 희생을 당하고만 있을 수 없으니 '나도 살아야겠

---

12 원문은 다음과 같다. "Die Geschichte der Zivilisation ist die Geschichte der Introversion des Opfers. Mit anderem Worten die Geschichte der Entsagung." M. Horkheimer · T. W. Adorno, *Dialektik der Aufklärung,* Fischer, 1969, p. 62.

다'는 일종의 자의식을 통한 강한 성격의 형성인 것으로 보인다. 또한 그는 낙오자들과의 경쟁을 통해 그 자신이 고귀한 인물임을 증명하고자 한다.

둘째, 오디세우스의 계책은 탈영혼화된 자연의 경직성을 '주체'로 하여금 모방하게 한다. 그럼으로써 그는 자연을 지배할 수 있게 되는데, 그것은 사실상 자연에의 순응을 통한 자연의 지배라는 아이러니를 낳는다. 체념과 희생의 내면화를 통한 자연의 지배는 자신을 스스로 탈마법화Entmythologisierung함으로써 살아남는다는, 어쩌면 서글픈 생존의 계략이며 합리적 이성이란 것도 여기서 일종의 미메시스인 것이다. 그러나 아도르노 등은 이러한 자연에의 미메시스를 통해 자연을 기만하는 행위가 이루어지고 있다고 또 한 번 논리를 뒤집는다.

셋째, 오디세우스는 신화적 상황에 항거한다. 자아는 운명에 맞서는 합리적 보편성을 주장한다는 것이다. 그러나 운명과 합리성은 항상 섞여 있다. 신화로부터 벗어나면서 다시 빠지는 순환의 얼개 속에 그는 있다. 그는 자연에 대해서는 자신이 노예라는 계약을 지키면서 계약으로부터 일탈한다.[13] 음악학의 체계를 세우기도 한 아도르노는 이러한 모순을 "문명 속에서 노래가 처한 모순"이라면서 오디세우스와 세이렌의 행복/불행한 만남 이후 노래는 병이 들었는데, 병든 노래가 서구 음악이라고 한다. 흥미로운 것은, 음악이 심금을 울리는 것이 바로 이 모순 때문이라고 아도르노는 말한다.[14] 오디세우스—그는 모순의 인물이다.

끝으로, 오디세우스는 단어들 그리고 그것들의 조합이 형성하는 명목론을 이미 터득한 인물로 오늘의 현대사회에서의 형식주의에 해당

13 『계몽의 변증법』, p. 101 참조.

14 같은 책, pp. 102~104 참조.

하는 것들을 언어를 통해 구현한다. 이렇듯 현대적 면모를 벌써 지니고 있었던 그는 시민사회의 근본원리에 따라 살아간다. 요컨대 오디세우스는 신화 가운데에서도 합리적인 면모를 갖고 있고, 약하면서도 강하고 신화 속에서 오히려 그 탈출을 도모하는 계략의 인물이다.

『계몽의 변증법』이 말하고자 하는 것은 신화와 계몽은 대립하고 있으며, 그 흔적을 보여주는 것이 호메로스의 『오디세이아』 서사시라는 것이다. 그러나 이 대립이나 대결은 상반의 형태 아닌 혼재로 이루어져 있다. 오디세우스에 대한 섬세하면서도 난해한 저자들의 분석 자체가 그 성격을 증명하고 있는데, 그 가운데에서도 다음과 같은 진술은 의미심장하다.

> 선사시대, 야만 그리고 문화의 뒤엉킴에 대해 호메로스는 오직 '옛날옛날에Es war enimal'라는 '기억Eingedenken'을 통해서 독자를 위로한다. 서사시는 소설이 됨으로써 비로소 메르헨으로 넘어간다.[15]

신화와 계몽은 전자가 와해되어가면서 후자가 득세하게 되었고, 그 것이 마치 문명화의 과정처럼 이해되고 있다는 통념을 비판, 거부하는 주장의 한 핵심을 앞의 인용은 말해준다. 이 가운데에서 흥미 있는 요체는 '서사시, 소설, 메르헨'이라는 문학의 세 장르가 형성하고 있는 삼각관계다. 아도르노 등에 의하면 서사시는 신화, 혹은 신화에 현저히 기울어 있는 장르이며 소설은 계몽의 산물, 혹은 그로부터 계몽이 본격화되는 장르이다. 그런데 메르헨은? 메르헨은 일반적으로 낭만주의의 핵심 장르이다. 그런데 여기서 서사시는 소설/메르헨으로 변화 혹

---

15 "Fur die Verstrickung von Urzeit, Barbarei, und Kultur hat Homer die trostende Hand im Eingedenken Es war von einmal. Erst als Roman geht das Epos im Märchen uber," M. Horkheimer·T. W. Adorno, *Dialektik der Aufklärung*, Fischer, 1969, s. 87. 같은 책, p. 130.

은 발전한다. 문맥상 소설과 메르헨은 동일한 카테고리에 있는 것으로 보인다. 그러나 시간적인 계기를 따져본다면, 소설이 조금 먼저, 그리고 그 이후 메르헨이 된다는 작은 차이를 발견할 수 있다. 또한 소설은 형태라는 모습으로, 메르헨은 상황이라는 모습으로 그려질 수도 있다. 이것은 신화가 계몽의 양상을 통해 선조적인 형태로 발전해온 것이 아니라, 여러 가지의 변증법적 변화를 내재하면서 오늘에 이르고 있다는 하나의 증좌에 대한 언급이다. 서사시–소설–메르헨의 관계는 비록 소설–메르헨의 동시대적 성격을 감안하더라도 신화로부터 탈신비화(탈마법화)가 이루어지는 과정이 직선적인 계몽화 혹은 근대화 과정은 아니라는 것이다. 『계몽의 변증법』은 이러한 견해를 논리화하기 위한 다른 많은 어려운 작업을 행한다. 예컨대 노동의 문제, 성의 문제, 도덕의 문제 등도 이와 관련하여 예리한 주목의 대상이 되고, 실제로 자세히 분석된다. 그 결과 저자들은 "계몽은 진리를 학문적 체계화와 동일시하는 철학"[16]이라는 결론에 이르는데, 이 말속에는 학문적 체계화 자체가 말처럼 그렇게 엄격한 사실, 혹은 진실이 되지 못한다는 뜻이 들어 있다. 실제로 이 책은 "자연의 객관적 질서라는 것이 편견과 신화임이 드러난 이후, 자연은 단순한 물질의 덩어리"[17]인 것으로 묘사한다. 말하자면 학문은 이것을 진실인 것처럼 체계화한다. 저자들은 니체의 사상과 언술에 많은 경우 동의하는데 여기서도 "'우리가 무엇인가를 인식할 뿐 아니라 우리 자신에 대해서도 인식할 수 있는' 어떤 법칙도 없"다는 니체의 말을 인용한다.[18] 계몽의 허구인 것이다. 이처럼 『계몽의 변증법』의 탁월한 업적은, 계몽이 18세기의 새로운 산물도 아니고,

---

16 같은 책, p. 136.

17 같은 책, p. 155.

18 Nietzsche, *Nachlaß*, a. a. O., Band XI, Leipzig, 1901, s. 214; 같은 책, 같은 쪽에서 재인용.

근대 또한 계몽에만 빚지고 있는 것은 아니어서 권리도 책임도 전적으로 부담할 필요는 없다는 것을 밝힌 데에 있다. 과학기술이 아무리 발달하고, 객관적인 사물의 생산이 폭주해도 그 자체는 다시 새로운 신화일 수 있다는 것이다.

3. 계몽의 이론과 와해

계몽에 대한 견해와 학설은 다양하다. 가령 칸트에 의하면 "스스로에 기인한 미성숙으로부터의 빠져나오는 것"[19]이다. 이때 미성숙이란 타자의 인도가 없이는 스스로의 분별력을 사용하지 못하는 무능이 되는데, 그것은 결국 이성의 올바른 사용을 통한 성숙을 의미한다. 그런가 하면 "신학의 후견으로부터 이성의 해방"(폴 아자르Paul Hazard)이라는 견해, "18세기 유럽의 합리적/경험주의적인 사상의 다양한 흐름들"(골드만Lucien Goldman)이라는 견해들이 대표적인데, 이들은 이성·경험 등의 공통성에도 불구하고 인간 삶의 바탕이 정신/도덕이냐, 육체/물질이냐는 문제에서는 차이를 보인다. 이런 가운데 계몽주의를 이데올로기로 해석하고, 바람직한 문명의 방향으로 수용하면서 밀고 나간 이가 루카치G. Lukács다. 그는 계몽주의가 18세기 시민계급의 산물이라면서 개혁적, 혁명적인 이념이라고 극찬하였다. 다른 한편, 하버마스J. Habermas는 "신화적인 근원으로부터의 멀어짐"이라고 인류학적/문명론적 관점에서 통찰했다. 하버마스는 이러한 멀어짐이 뿌리로부터의 단절에 대한 두려움과 함께 해방에 대한 안도감이라는 이중의 의미를 갖고 있다고 한다. 이 중 후자를 의미할 때, 계몽은 성취될 수 있

---

19 Kant, "Beantwortung der Frage: Was ist Aufklärung?," *Kants Werke: Akademie Ausgabe Bd. VIII,* Berlin, 1912, s. 35; 같은 책, p. 131에서 재인용.

다는 것이 하버마스의 입장인데,[20] 크게 보아서 이러한 생각 쪽에 보다 많은 견해가 기울어 있는 것이 사실이다. 그러나 이때 '해방'이란 것이 단순히 신화 혹은 신화적 사고나 그 시대로부터의 해방이라면 그 의미가 그토록 중대하다고 할 수 있을 것인가. 이런 의미를 넘어서 전체 인류의 자아 해방이라는 보다 넓은 맥락에서 이 문제를 바라보는 통찰도 있는데, 이러한 통찰에 의하면 '계몽의 개념은 이 개념들의 역사'가 되며, 매우 광대한 초역사적 개념이 된다. 이렇듯 자아 해방을 계몽의 내용으로 삼을 때, 해방된 인류가 자신의 사고와 행위를 위탁하거나 준거할 그 어떤 표상도 더 이상 존재하지 않게 된다. 신도, 학문도, 어떤 권위도 오직 억압으로만 반영됨으로써 인간은 자기 자신만을 믿고 움직이는, 이른바 '자율적 인간Homo Autonomius'이 될 수밖에 없다. 모든 권리와 의무, 책임이 한몸에 주어지는— 과연 인간은 그것을 감당할 수 있을까.

사전적인 설명에 따르면, '계몽'은 어두운 중세에 분명한 조명을 가하면서 기독교와 그 신학의 절대적 권위로부터의 해방을 추구하는데, 이성의 자율성에 입각한 인간적인 자율성의 고양이 진보적으로 이루어지는 것으로 설명된다.[21] 이때 이성은 계몽의 자연스러운 수단이자 동시에 권력을 세우는 질서이다. 이성의 힘으로 진리를 인식하고 현실을 지배하는 일이 가능해진다. 계몽주의의 정점에서 칸트는 '계몽이란 무엇인가?'라는 질문을 제기했다. 미숙으로부터의 탈출이며, 해방이라는 이론은 여기서 도출되었다.

그렇다면 성숙은 언제 어떻게 이루어졌는가. 아이로니컬하게도 성숙은 바로 칸트의 이러한 질문을 통해 정점을 찍었다.

20 J. Habermas, *Soziale Strukturen der Öffenrlichkeit: Erforschung der deutschen Aufklarung(hrsg. von P. Putz)*, Konigstein, 1980. pp. 139~56.

21 같은 책, p. 138 참조.

계몽은 칸트에 따르면 "스스로에 기인한 미성숙으로부터 빠져나오는 것인데, 미성숙이란 다른 사람의 인도 없이는 자신의 오성을 사용할 수 없는 무능력이다." "다른 사람의 인도가 없는 오성"이란 이성에 의해 인도되는 오성이다. 이 말은 즉 자신의 독자적인 일관성을 근거로 인식을 체계화한다는 것이다. "이성의 대상은 오직 오성과 이의 합목적적 사용이다."[22]

이성의 전 단계로서 '분별력Verstand'을 말하고 있지만, 용기와 더불어 개성을 촉구하는 칸트 선언의 하나다. 칸트는 사고의 자율성과 주체의 독립성이 계몽의 조건이자 내용임을 주장하였고 크리스티안 볼프Christian Wolff를 비롯한 계몽사상가들이 이러한 인본주의 이념을 발전시켜 헤겔을 비롯한 이상주의 역사철학의 토대를 이루었다. 그러나 계몽의 성취는 흔들림과 함께 왔다.

계몽철학에서의 첫 수확은 합리주의에서의 자아, 혹은 주체의 문제다. "나는 생각한다, 고로 존재한다"는 데카르트의 이른바 '코기토' 명제 이후 활발해진 자아의 문제는 계몽이 제기한 가장 열렬한 명제가 되었다. 데카르트 이외에도 스피노자, 라이프니츠, 혹은 홉스, 버클리 등의 경험론자들과 로크, 흄 등의 자아론이 있었으나 가장 뚜렷하게 각인된 자아론은 인식론의 입장에서 전개해나간 칸트의 자아론이었다. 그다음의 확실한 성과는, 거듭 반복되듯이 해방의 문제인데, 이것은 자아의 각성과 발견에 따른 당연하고도 자연스러운 결과이다. 다음으로는 역시 함께 거론될 수밖에 없는 '자율'의 문제다. 칸트가 결단력을 촉구했듯이 인간이 자신의 행위를 자율적으로 결정하는 일은 동시에 책

---

22 *Kants Werke*, Bd. VIII, s. 35; 『계몽의 변증법』, p. 131에서 재인용.

임을 동반하는 윤리적 행위라는 사실이 강조되는데, 이 점은 결국 '계몽의 타락'과 연결되는 도전의 고리가 된다.

　근대의 강한 추동력이 된 계몽은, 그러나 그 절정을 구가하는 19세기에 이르러 전면적인 도전에 직면한다. 절대주의에 항거하는 시민 세력의 승리가 점차 확실해지면서 헤겔로 대표되는 이상주의가 개화되었으나 절제 없이 마르크시즘으로 치달았고, 그것은 정치적으로는 볼셰비즘으로, 문화적으로는 자연주의로 그 래디컬한 양상을 나타내었다. '계몽'의 이론가이자 동시에 '낭만'의 이론가이기도 했던 칸트가 책임이 따르는 자율성을 역설함으로써 계몽의 도덕성이 부각되었음에도 불구하고, 도덕은 봉건귀족 계급을 향해서만 집중됨으로써 계몽의 주체가 된 시민계급의 그것은 은폐되고, 마침내 정치적·물질적·육체적 유용론으로 흘러가게 된 것이다. 그것은 요컨대 기독교와 형이상학이 추방된 상황에서의 현세주의가 부딪힐 수밖에 없는 역사적 추세이기도 했다. 이들의 상황을 논리적으로 설명한다면 비판적 이성이나 논리적 이성 아닌 "계산적 이성"[23]이라고 부르는데, 사실상 이 계산적 이성이 19세기 이후의 문명을 지배하면서 다른 이성들을 압도한다. 그러나 이보다 더욱 두려운 것은 계몽의 자기도취로서, 그것은 헤겔/마르크스의 이상주의에서 드러났고, 그 같은 총체적 욕망은 일반 대중에게 물질과 육체적 욕망으로 환원되어 성적 탐닉을 인권으로 생각하는 자연주의 문학, 그리고 물질적 평등의 신화를 꿈꾸는 볼셰비즘으로 발전하였다. 더욱 결정적인 것은, 이 모든 것이 물러가고 약화된 듯이 보이는 20~21세기 시민사회를 지배하고 있는 모더니즘-후근대(포스트모더니즘)의 현실이다. 여기에 대해서는 수많은 연구가 이를 분석하고, 우려하고, 전망한다.[24] 근대, 모더니즘, 포스트모더니즘은 어쨌든 문제 상

---

23 『계몽의 변증법』, p. 134.

황으로 파악되며 포스트모더니즘이 급진화된 근대로서 근대의 연장이든, 근대의 배반이든 포괄적인 의미의 근대로서 '계몽'과 무관한 자리에 있지는 않다. 그러나 계몽을 향한 반란은 벌써 예비되고 있는지 모른다.

특히 문화 산업Kultur industrie 시대로 지칭되고 있는 오늘의 후기 근대사회에서 계몽의 성격과 그 의미에 대해서 날이 갈수록 회의가 증가하고 있다. 이러한 회의의 첫 출발에는 역시 아도르노 등이 자리 잡고 있다. 그는 문화 산업이 자유주의가 도달할 수밖에 없는 필연적인 결과이며 양식이라고 판단하면서[25] 이 분야의 특징으로서 저항과 이견을 창의성으로 소화하는 면을 드는데, 그렇다 하더라도 이렇듯 자유로운 문화 시장에도 통제가 은밀하게 가해진다고 그는 지적한다. 문화 산업이 자유주의적 산업국가, 즉 미국을 중심으로 발달하고 있는 현실에 날카로운 비판을 보이는 그는, 영화, TV, 잡지 등 이른바 미디어 산업으로 대표되고 있는 문화 산업의 진보가 결국 자본의 산물이라고 단정한다. 그는 역설적으로 독일이 이 부분에서 상대적으로 지체된 까닭은 민주적 분위기 대신 권위주의적 분위기가 잔존했기 때문이라고 해석했다. 계몽-진보-민주의 진행이 이 경우 오히려 독점적 문화 산업의 폐해를 촉진시켰다는 것이다. 이 점에 있어서 아도르노 등은 매우 보수적이어서 문화 예술의 전통이 절대주의의 보호하에 그 질과 수준이 유지될 수 있었음에 큰 다행을 표하며, 자본의 폭력 아래에서 발전하는 문화산업이 영혼을 잃었다고 개탄한다. '문화 산업— 대중 기만으로서의 계몽'이라는 안타까운 부제목은 이런 배경으로 설정된다. 대

24 페터 지마, 『모던/포스트모던』, 김태환 옮김, 문학과지성사, 2010. 특히 제1판, 제2판 서문을 비롯하여 p. 57까지 각별한 참조 필요.

25 『계몽의 변증법』, pp. 183~185 참조. 계몽과 진보가 대중 기만으로서의 문화 산업을 지배하고 있다는 거대한 아이러니는 계몽이 진보 아닌 퇴보를 함축하고 있다는 무서운 지적을 담고 있다.

중, 즉 "피지배자들이 지배자들로부터 부과된 도덕을 지배자들보다도 더 진지하게 받아들이는 것이 자연스러운 것처럼 기만당한 대중은 성공한 사람들보다 더욱 성공의 신화에 사로잡힌다."[26] 전문가들은 거만하다는 이유로 경멸당하며 문화는 민주적으로 자신의 권리를 대중에게 나누어준다는 환상을 부추긴다. 이데올로기 싸움이 휴식하는 듯한 상황에서 문화 소비자들의 순응주의와 공급자들의 후안무치는 그야말로 '문화적'으로 범람한다. 이것이 문화 산업의 실상인데, 이러한 현실은 아도르노가 분석하고 경계한 20세기 중반보다 21세기에 들어선 오늘날에 훨씬 교묘한 형태로 증식되고 있다. 그러나 이때의 '증식'은 문화 상품의 소비와 생산 사이에서 발생하는 도덕적 괴리의 단순한 증가가 아니다. 양자는 물론 각자의 서로 다른 비도덕성에 눈감고 둔감해지는 수준에서 벗어나 이제는 그 비도덕성 자체를 광고하고 상품화하는 거의 범죄적인 영역에 들어선다. 그것은 사회적 약자, 혹은 소수자라는 이름으로 주변 문화, 소수자 문화를 오직 '소수'라는 이름만으로 새로운 가치로서 띄우는 행위와 연결된다. 대표적인 것이 동성연애인데, 과거에 자연의 질서에 배반하는 것이라 여기고 성경에서는 신의 정죄 대목 가운데 가장 무거운 것으로 나와 있는 호모, 즉 남색이 떳떳하게 권리를 주장할뿐더러 인권 아이템의 대표 주자로 선전된다. 이런 류의 전복적 현상은 '문화'가 새로운 아이콘으로 급부상하고 있는 이른바 디지털 영상 시대에서 증식된다.

  계몽이 계몽주의의 대두와 더불어 내세웠던 자랑거리는 '이성'이었다. 이성은 곧 '합리성'으로 그 구체적 내포를 얻어갔고 마침내 근대의 키로 성장, 발전하였다. 그러나 문제는 '이성' 자체에 대한 이해에서 먼저 출발하며, 그것이 근대에 들어와 기술·정보사회, 대중사회에서 도

26 『계몽의 변증법』, pp. 202~203.

구화되고 있는 현실 속에서 더욱 확대된다. 애당초 '이성'은 칸트적 실천이성의 차원에서 존중되었다. 그것은 도덕적 판단의 기준이었고, 막연한 신화적 허상이나 권위에 맞서는 인간성의 올바른 내용이었다. 가령 선을 보고 행하는 행위에는 다른 현실적 조건을 넘어서는 이성적 실천이 내재된 것으로 평가되었다. 그러나 극도로 기술화되고 정보화된 이기적 이익사회에서 도구적으로 작용하기 일쑤인 합리성은 이미 칸트적 이성이 아닌 것이다. 아도르노식으로 해석한다면 오히려 비이성적 신화로의 퇴행일 수 있다.

후기 근대 내지 후근대(혹은, 포스트모더니즘)가 계몽의 결과임은 부인할 수 없으나 여기에는 이미 흔적만 있을 뿐 계몽은 없다. 와해되었기 때문이다. 계몽이 흔들리다가 와해되었다는 견해의 전제로서는 이 시대에 대한 현실 인식이 긴요하다. 크게 보아 근대와 모더니즘으로 명명되고 특징지어지고 있는 오늘의 시대는, 그러나 다시금 후기 근대와 후근대라는 이름을 동시에 달고 있기 때문에 매우 복잡한 양상을 띤다. 이 복잡한 양상 자체가 바로 계몽의 와해를 시사하는 것인데, 계몽의 완전한 와해를 단정 짓지 않는 일부 견해가 있다는 사실은 계몽 와해론 전체를 거부하지 못한다. 페터 지마에 의하면 근대, 모더니즘, 후근대의 개념으로 설정될 수 있는 이 시대는 근대와 모더니즘에 대한 후근대의 비판을 받으면서, 다른 한편으로 이것이 무차별성, 이데올로기, 보편주의/특수주의의 상호 관련이라는 틀 안에서 이루어진다는 것이다.[27] 이러한 진술은 18, 19세기를 거쳐서 형성된 근대와 근대의 산물인 20세기가 노정시키고 있는 온갖 폐해를 역사적으로 비판하는 운동/학문/세력으로서 후근대, 즉 포스트모더니즘이 태동하였다는 것이다. 당연히 그것은 계몽에 대한 치열한 비판이다. 그러나 20세기 후반

---

27 페터 지마, 같은 책, pp. 7~12.

부터 가열화된 이러한 움직임은 그 곁에 보편/특수, 이데올로기 논란과 같은 엄청난 다른 움직임과 공존함으로 말미암아 사태의 단순화에 어려움을 겪는다. 그러나 후근대는 무엇보다 계몽과 근대의 중심적인 개념들, 예컨대 개인, 주체, 진리, 유토피아 등의 개념들에 더 이상 친화적이지 않다. 후근대라고 불리는 상황은 이제 징후적인 차원을 넘어 한국 사회에 정착하고 있는데, 그 가장 현상적인 특징은 페미니즘과 결혼, 가족 그리고 연애 관계에서 부각되고 있다. 직장에서도, 비슷한 조직에서도 나타나는데 그 특징은 전반적으로 전통 혹은 수직적 인간관계의 와해와 진리의 순수성에 대한 회의, 주체 대신 간주관성, 그리고 유토피아 관념의 약화를 예거할 수 있다. 모든 것은 상대적이어서 절대성 자체의 강조가 현저하게 낡은 것으로 치부된다. 무엇보다 후근대 논의가 촉발된 유럽적 지성의 전통에 대한 회의와 중국 및 중국 문화의 급격한 부상도 이 논란에 합세하고 있다. 보편주의는 억압적 메커니즘이라는 것이 후근대에서 일반화되고 있다. 특수자, 소수자가 더 이상 그 자리에 머물러 있지 않음으로써 야기되는 문제들은 '계몽' 이후의 새로운 틀과 패러다임을 요구한다. 변질됨으로써 사라져버린 계몽의 자리에 자, 무엇이 들어설 것인가.

[2020]

문학, 위기에 빠지다

1. 무엇이 위기인가?

1-1. 생태계의 위기

> 인류가 더 이상 지구 생태계의 중심이 아니라
> 자연에 종속된 존재라는 집단적 자각을 일깨워주기 위하여
> 반성의 뜻으로 이 기념관을 세운다.
>
> ──마틴 고메즈 플라테르

최근 우루과이 수도 몬테비데오 인근 해변에 세계 팬데믹 기념관 설치가 결정되었다. 건축 디자이너는 마틴 고메즈 플라테르. 위 언급은 그의 설치의 변이다.[1]

그렇다. 자연과 인간은 공존해야 한다. 그런데 그 관계가 파괴되었다. 오늘의 위기는 이 같은 파괴에서 비롯되었고, 이 비극은 벌써부터 충분히 예견, 예고되었다. 따라서 이 위기의 극복은 간단하다. 파탄된 관계를 회복하면 되는 것이다. 그러나 이 간단함은, 간단한 처방에도

---

[1] 자연과 인간과의 관계에 대해서는 김태환의 글 「근대 문화와 자연의 개념─비판적 재구성의 시도」(『삶』 2020년 하권) 참조.

78

불구하고 쉽게 실행되지 않는다. 그러므로 위기는 진단을 넘어서 처방의 실행에 집중하고 성공할 때 비로소 극복될 수 있을 것이다. 그것은 상당 부분 문명을 되돌리고 인간의 욕망을 대담하게 절제하는 일과 같은 것이어서 그 가능성이 낮다. 과연 어떻게 가능할 수 있을까?

2020년 벽두부터 우리를 급습한 코로나19 바이러스는 좀처럼 물러갈 줄 모르고 맹위를 떨치고 있다. 21세기 들어와서 찾아온 갖가지 역병들이—사스, 신종플루, 메르스 등— 우리의 일상을 간단없이 위협하고 있는데, 코로나19는 아예 우리 일상을 압수하고 오랜 기간 지배하는 형국에 이르렀다. 고령자 중심으로 볼 때 10퍼센트 안팎에 이르는 치사율을 등에 업고 살아가는 오늘의 현실, 언제쯤 끝날 것이라는 아무런 정보도 주어지지 않고 있는 현실은 우리 인간이 확실히 죽음과 함께 살아가고 있음을 실감케 한다. 이러한 재앙의 원인과 배경이 자연과의 공존을 파괴하면서 초래되었지만, 문제는 우리 자신이 사태를 야기한 주범임을 알면서도 치유하지 못하고 있는 상황에 대한 절망이다. 인간은 죄짓기만 할 뿐 회개도, 갱신도, 새롭게 할 의지와 능력도 없어 보인다.

이른바 생태학적 위기라고 불리는 그 내용을 살펴보자. 첫째는 기후변화로 인한 생태계 파괴다. 인간들의 무지와 탐욕, 뻔뻔스럽게 대책조차 외면하는 패역에 의해 야기되고 있는 지구온난화 현상, 그로 인해 지구를 지탱하는 적정한 온실가스가 유지되지 못하고 있는 현실을 보자. 2007년 유엔 산하 국제기후변화위원회(IPCC, International Panel on Climate Change)는 기후변화에 따른 재앙으로서 화산, 홍수, 가뭄, 지진, 태풍, 허리케인, 토네이도, 쓰나미 등의 지표와 지각, 지질 변동과 이에 따른 역병의 유행을 경고하였으나 어떤 나라도 심각하게 대응하지 않았다. 그 이후 전문가들은 빠른 속도의 사태 악화를 증언하면서 적색 등불은 계속 켜졌으나 그 위험한 불은 꺼질 조짐을 보이지 않았다(전 세계 온실가스 2018년 연간 553억 톤. 중국 1위, 미국 2위).

둘째, 기후변화를 가져오고 있는 그 내용의 엄청난 모습이다. 지면에서 복사된 적외선 복사열이 대기 중 기온을 높이는 온실가스 혹은 온실 기체는 그 적정량으로 지구를 따뜻하게 혹은 춥게 하는 중요한 기능을 한다. 지금 이 비중이 균형을 잃어 지구온난화가 야기되고 있는데, 그 주범은 산업화다. 이로 인한 이산화탄소, 이산화질소, 메테인 등의 방출이 대기를 뜨겁게 달구고 있는 것이다. 산업화는 중화학 제조업으로부터 유해가스를 지속적으로 쏟아낼 뿐 아니라 각종 폐기물을 통해서도 온난화를 촉진한다. 최근에는 반도체 산업을 통해서 수소불화탄소, 과불화탄소, 삼불화질소 등의 독성 가스가 온실효과를 높인다고 보고된다. 여기에 프레온가스 등 모든 공해 물질이 결국 산업화를 내용으로 하는 문명의 상징 기제들이라는 점이다.

셋째로, 인간의 식생활 고급화가 가져오는 공해 현상도 간과할 수 없다. 예컨대 육식 위주의 식단은 소를 비롯한 가축의 증가로 이어져 이들이 방출하는 메테인과 같은 독소의 배출이 문제가 된다. 또한 식음료 찌꺼기 쓰레기의 증가와 기타 폐기물의 소각 등 처리 과정에서의 가스 배출도 심각한 수준에 이르고 있다. 또한 비닐과 플라스틱, 깡통 식기류와 일회용품 등이 쏟아지면서 지상은 물론 해상에 이르기까지 극심한 공해를 야기하고 처리가 불가능한 상황까지 초래하고 있다. 식생활 절제의 긴요성에도 불구하고, 사람들은 오히려 더 미식의 개발 확장에 급급하고, 미디어들은 먹방이니 뭐니 하는 무절제한 방송을 향해 달려가고 있다.

넷째, 그린벨트 훼손을 포함해 각종 개발과 건축물의 난립으로 건물을 헐고 새로 짓는 과정에서 이로 인해 건축 폐기물이 대량 발생되고, 미세먼지, 일반 먼지 들이 끊임없이 일어나는 개발 위주 도시화의 추진은 결국 공해 양산으로 귀결되고 있음을 보여준다. 특히 우리나라의

경우 이 문제에 심각하게 해당된다.[2]

요컨대 생태 환경의 위협은 의식주 생활 전반에 걸쳐서 우리의 강력한 반성을 요구하고 있다. 더 잘 먹고 더 좋은 집에 살겠다는 욕망은 상당 부분 그 성취를 이룩하거나 성취를 향해 질주하면서 이산화탄소를 비롯한 각종 유해가스들과 폐기물을 쏟아놓고 반(反)생명의 역풍이 되어 인간을 공격한다. 게다가 반성의 효과 또한 구조적으로 미미하다. 지식으로서 습득된 생태 환경의 중요성은 몸의 실천으로 이어지지 못하는 한계의 반복에 머물러 있다. 또한 환경 파괴를 큰 그림에서 억제하기 위해 고안된 제도나 시설, 가령 석탄과 석유 등의 대체 에너지로 등장한 원자력, 태양열, 풍력 등도 또 다른 환경 파괴를 일으킨다. 생태의 위기는 지구라는 온실의 적정 환경이 균형을 상실한 데서 발생한 것이므로, 문제는 모든 것이 균형을 찾아야 한다는 점이다. 어떤 시설이나 제도 아닌 주어진 자연과의 관계에서 균형을 지키는 일이며, 이것은 인간이 욕망을 절제하는 바탕에서 가능한 것인데 그 실천은 자발성이라는 한계 앞에서 무력할 뿐이다.

1-2. 정치 경제적 위기

정치/경제의 위기는 정치와 경제가 생태의 위기를 인식하지 못하고 있고, 설령 인식한다고 하더라도 이를 그 분야에서 제도적으로 해결하지 못할 뿐 아니라, 무엇보다 실천하지 못한다는 취약성에 노출되어 있다. 예컨대 세계는 2009년 11월 국가 온실가스 감축 목표를 2020년

---

2 생태계 위기의 현황에 대해서는 김명자의 글 「기후변화와 팬데믹의 복합위기, 돌파구는 없는가?」 (『철학과현실』 2020년 가을호) 참조.

까지 배출 전망치 대비 30퍼센트로 정한 바 있으나 그 결과는 밝혀지지 않고 있다. 그리하여 전 세계적으로 4천만 명에 가까운 환자 발생, 백만 명 넘는 사망자 발생이라는 코로나19 재앙에도 모든 나라의 위정자들은 그저 속수무책으로 앉아 있지 않은가. 그들이 하는 일이라곤 정치적 허언을 남발하는 일 이외에 아무것도 없다는 사실이 이를 입증한다. 미국 대통령은 마스크 쓰기마저 거부하는 알량한 권위의식으로 마침내 그 자신도 코로나에 감염되는 사태가 발생하였다. 그러나 그 주위에는 어디에도 반성의 리더십이 보이지 않는다. 그렇기는커녕 뜬금없는 인종 분규 사태나 즐기고 있고, 우리나라 위정자들의 경우 이 전염병 재난 가운데에서 의료계와 대립하는 갈등을 빚는 무능을 노출하고 있다. 참다운 리더십을 찾을 길은 아무 데도 없어 보인다. 자국민의 보호라는 국가의 기본 업무가 흔들리는 마당에 정치는 대체 무엇을 위해 존재하는가? 국가와 정치에 대한 회의론마저 일어나는 상황이다. 문명에 대한 성찰과 자신을 반성하는 진지한 자세의 결핍에서는 위기가 더욱 조장될 뿐이다. 이 사태 속에서 최근 어느 원로 가수의 반성적 잠언이 큰 울림을 갖고 국민적 공감대를 형성했다는 사실은 위기의 시대 리더십의 현주소를 말해주는 좋은 범례라고 할 수 있다.

한때 발병 추세가 소강 상태에 머문 듯하였을 때, 각 나라 위정자들은 앞다투어 방역 태세를 완화하였고, 자신들의 치적을 떠벌렸다. 무엇을 위하여? 경제를 위한다는 명분이었다. 먹고사는 일의 중요성을 부각시키기 위한 조치였지만, 코로나 사태의 본질을 모르는 어리석은 행위였다. 그런가 하면 방역을 명분으로 한 정치적 조치들이 행해지면서 사태를 해결하기 위한 진정성 있는 지도자의 모습은 거듭 찾기 힘든 현실이 되곤 하였다. 코로나 사태는 왜 초래되었는가? 거듭 강조되거니와 그것은 인간의 욕망, 그것도 물질적 욕망의 결과라는 점이 잊혀서는 안 된다. 이 욕망의 확대는 결국 올바르지 못한 정치로 연결되어온 것은 근현대사가 기록해 보여주고 있다. 생명은 재산과 바꿀 수 없는 절대적 가치라는 사실은 지도자일수록 깊이 새겨야 되는 명제이며, 이를 중심으로 조화와 균형의 리더십이 발휘되어야 한다. 정치적 계산이나 이념 따위는 버려져야 할 패덕이라고 할 수 있다.

한국의 경우, 정치/경제적 위기는 생태학적 측면을 논외로 하더라도 매우 심각해 보인다. 건국 이후 국민들의 자부심과 지향점이 되어온 민주주의의 동요 현상을 우선 거론하지 않을 수 없다. 대한민국 헌법에 명시되어 있듯이 민주주의는 주권재민의 원칙을 바탕으로 대의민주주의, 즉 의회주의를 통해 구현된다. 그러나 이른바 촛불 정권의 탄생 이후 직접 민주주의로의 유혹이 허구한 날 거리를 누비고 있고, 그 거리에는 SNS라는 새로운 디지털 거리까지 포함되는 기이한 양상이 전개된다. 경제에서도 경제 민주화라는 명제가 대두되면서 자본주의의 여러 요소들이 새로운 도전을 만난다. 그러나 깊이 있는 성찰과 탐구 대신 이에 대한 당위성만이 강조되어 혼란스럽다. 사회주의는 이미 무너졌고 자본주의도 위협을 받는 상황에서 침착한 대안의 모색 대신 이기주의적 욕망만이 무질서하게 넘실거리고 있는 형국인데, 이를 정리해줄 리더십은 보이지 않는다. 이 위기 역시 인간의 무절제한 욕망과 관계된 것으로서 깊이 있는 절제의 철학이 동반된 리더십이 긴요하다. 이 상황 또한 위기라고 할 수 있다.

20세기 초 유럽에서 분출된 욕망의 무분별한 세리머니에 놀란 슈펭글러O. Spengler가 『서양의 몰락』[제1권(1918), 제2권(1922)]을 써서 기존 체제와 관습·이념의 몰락을 예견하였고, 뒤이어 이 가세트J. O. y. Gasset가 『대중의 반란』(1930)을 발표함으로써 인간들의 욕망이 모든 부분에서 역사에 엄청나게 밀려들고 있음에 놀라워하였던 것을 기억하자. 이제 이들보다 한 세기 뒤, 이미 모든 인간의 욕망이 모든 분야를 평정하고 있음을 보게 된다. 이러한 세상에서 리더십을 발휘한다는 것은 지난한 일이다. 이 시기 어떤 지도자도 눈에 잘 보이지 않는다. 나의 노안 탓일까.

1-3. 계몽의 위기

  결국 모든 위기 현상은 계몽Aufklärung, Enlightment의 끊임없는 작동으로부터 야기된다. 계몽이라고 하면 계몽주의가 연상되고 이 연상은 계몽을 계몽주의로 제한시킨다. 그러나 계몽은 오늘의 근대문명을 이룬, 그리하여 마침내 생태 파괴를 포함한 모든 문명적 과오를 초래한 인류의 욕망 전반을 가리킨다. 이에 대해서는 이 분야의 거장 아도르노의 진단과 지적에 겸허하게 귀 기울일 필요가 있다. 아도르노는 그의 대표작 『계몽의 변증법』에서 "왜 인류는 진정한 인간적 상태에 들어서기보다 새로운 종류의 야만 상태에 빠졌는가"[3]라는 통절한 물음을 내놓으면서 그의 저술을 시작한다. 이성과 합리성을 인간 존재의 자긍심으로 뽐내면서 자기 증식이 시작된 계몽은 18세기 중반 이후 한동안 낭만과 낭만주의의 자아, 혹은 환상이라는 명제에 다소 위축되는 느낌도 주었지만, 곧바로 그것들을 비합리적인 망상으로 일축하고 이른바 역사 발전의 길을 달려왔다. 그 자신이 기본적으로 계몽주의자의 모습을 하고 있는(물론 비판적 계몽주의자 혹은 계몽을 넘어서는 사상가로 이름되는 편이 훨씬 타당하지만) 아도르노는 신화의 근본원리가 자연에 주관을 투사하는 것으로서, 신령과 귀신들은 자연현상에 겁먹은 인간의 자화상이라고 보았다. 낭만성은 이와 근접한 생각들이며, 계몽은 이를 배격한다. 계몽은 보편성이라는 당위 아래 통일성을 중시한다. 계몽

---

3 Th. W. 아도르노· M. 호르크하이머, 『계몽의 변증법』, 문학과지성사, 2001, p. 12.

의 이상은 세부에 이르기까지 모든 것을 도출해낼 수 있는 어떤 체계다. 합리주의적인 형태든 경험주의적 체계든 통일성과 체계에 대한 존중은 계몽의 기본 개념에 속한다. 모든 다양성은 위치와 배열로 질서화되고, 사물은 질료로 환원된다. 명확한 논리적 연관성을 우선시하면서 탈신화를 염원한다. 따라서 숫자는 계몽의 경전이 되었고 어떤 사상도 결국 상품이 되고, 언어는 상품을 위한 선전의 도구가 된다. 따라서 시민사회는 등가 원칙에 지배되고, 숫자로 환원될 수 없는 것, 즉 통일성과 계산의 영역에서 작동할 수 없는 것은 '가상schein'으로 간주된다. 계몽의 정신에 바탕을 둔 근대 실증주의는 이 가상을 문학의 영역으로 넘기면서 문명의 가시성, 대량성, 확실성, 보편성을 '발전'이라는 이름으로 끊임없이 자축한다. 그 끝에서 효율과 편의가 반복되면서 더 크고 더 높은 '문명'이 구축되어온 것이다. 그 결과물이 건축, 도시 그리고 핵을 포함한 무기이다. 숫자놀이로 부를 쌓아가다가 허물어지는 모습을 반복하는, 오늘날의 소위 금융자본주의도 이러한 논리의 한 소산이다.

계몽이란 원래 중세 신본주의로부터 벗어난 인본주의 사상과 그 흐름에 이어지는 사상으로서 권위 그리고 권위주의로부터 벗어난 개인의 자유와 인간의 독립적인 권리를 지향한다. 17세기 서양에서 발흥한 이러한 움직임은 인간의 자유와 권리 추구라는 점에서 인류의 자연스러운 진화 과정으로 보이기도 한다. 사실 영적/정신적 존재라고도 할 수 있는 인간은 종교 지배 체제와 결탁된 왕정 치하에서 오랫동안 억압되어왔으므로 계몽주의의 출현은 당연한 것으로 평가된다. 따라서 계몽사상은 인간의 이성과 지성을 강조하면서 경험과 과학을 중시하고 인간의 존엄성을 내세운다. 칸트의 정의대로 미성년에서 성년으로 들어선 것이 계몽주의라는 것이다.

계몽의 이러한 역사적 낙관론과 진보성은, 그러나 19세기 이후 진화론과 과학의 발달, 리얼리즘과 물질주의의 대두를 가져오면서 한편으로 그 본질이 강화되는가 하면, 다른 한편으론 급격한 도전을 만나게 된다. 세상이 끊임없이 발전하리라는 진보적 역사관에 기초하고 있는 계몽은 19세기 중반 이후 산업사회의 성장과 더불어 발전, 곧 절제의 붕괴라는 현실에 직면하게 된 것이다. 욕망의 무한 질주 현상이 사회 도처에서 나타난 것이다. 문명의 견인차였던 계몽, 이성의 듬직한 담지자였던 계몽은 각각 이성과 문명의 배신자 자리에 올라선다. 계몽— 이제는 당신을 믿을 수 없게 되었다— 인간의 인간다움을 개화시켜온 계몽은, 바로 그 개화로 말미암아 주체할 수 없는 욕망의 기관차가 되어 달리는, 두 얼굴의 메두사가 되었다.

계몽은 이처럼 자기 파괴의 모습을 드러내면서 발전 아닌 퇴행의 비판을 받고 있는데, 이에 대한 위기의식은 의외로 약하다. 계몽은 무조건 진보적인 것, 그리하여 이를 맹신하였던 루카치 같은 20세기 사상가는 독일이 낭만주의로 말미암아 18세기 계몽주의가 지체되었다고 개탄하였던, 그 진보성에 사실은 퇴보의 싹이 원천적으로 잠복해 있었다고 아도르노는 분석한다.

> '계몽'이 이러한 퇴행적 계기를 자각하지 못한다면 계몽 스스로가 자신의 운명을 돌이킬 수 없는 것으로 만들게 될 것이다. '진보'의 파괴적 측면에 대한 고려가 진보의 적에게만 내맡겨져 있는 상태가 지속된다면, 맹목적으로 실용화된 '사유'는 지양시키는 힘을 잃게 될 것이며 이에 따라 진리에 대한 그의 연결끈도 상실하게 될 것이다.[4]

---

4 같은 책, p. 15.

쉽게 말해서 계몽은 역사를 직진시키지도, 그 스스로 직진하지도 않는다는 것이다. 계몽은 앞으로도 나가고 뒤로도 나가는, 변증법적 운동을 한다. 이러한 논리의 수용 여부와 상관없이 어쨌든 계몽은 위기에 직면했다. 계몽이 이룩한 근대 문명이 위기에 직면하지 않았는가. 근대 문명은 새로운 바벨탑이 되었다. 현대의 바벨탑은 고층 빌딩 이미지를 촬영하던 것을 지나서 미세한 메모리 칩의 모습으로 문명의 심부에 침투한다. 지금 코로나19 바이러스의 모습으로 그 칩은 변모하고 있다. 인간의 무한대한 욕망과 교만은 제 모습을 작게 하면서 오히려 그 크기를 확대하고, 그 끝에서 인류를 추락시킨다. 계몽은 끝났다. 여기에 매달리는 것은 위험하다!

2. 문학의 능력

예술은 자연을 훨씬 능가한다Die Kunst ist weit überlegen der Natur!

— 니체

그가 19세기 말 이렇게 외쳤을 때 문학을 포함한 예술 안에서 자연과 인간과의 관계는 격렬하게 찢겨버렸다. 인간이 자연보다 훨씬 잘난 존재임을 교만하게 주장할 때 신의 오묘한 질서로 창조된 자연은 인간에 의해 함부로 버려졌던 것이다! 니체 이후 수많은 철학자와 예술가들이 니체를 뒤따르면서 신 아닌 니체 찬양을 하고 있지 않은가. 오늘날 대세를 이루고 있는 후기 구조주의와 포스트모더니즘도 그 원류에 니체가 자리 잡고 있음을 부인하기 힘들 것이다. 자연과 인간의 평화스러운 공존은 깨어지고, 극렬한 표현주의자들은 니체가 아직도 자연을 끌어들이고 있다고 공격하는가(G. 벤 등) 하면, 예술이 자연이나 그 어떤 힘으로부터도 자립할 수 있다는 순수시, 절대시das absolute Gedicht를 주장했다. 그러나 자연은 그 자신 자연의 일부이기도 한 인간을 방치하지 않는다. 인간에 의한 자연의 방치가 그릇된 것임을 깨닫게 한다. 자연과의 공존 파괴에서 발생하는 재앙은 인간에게 닥치는 재난이며, 그 시작은 20세기 초 카프카의 소설에서부터 벌써 비롯된다. 인간이 벌레가 되는 소설 「변신」을 포함한 그의 문학은 인간의 앞날을 불길하게 예언한다.

한편 우리 문학에서 재난 문학은 21세기 벽두인 2000년에 등장한 여성 작가 편혜영이 그 문을 열었다. 그 뜻도 알쏭달쏭한 『아오이가든』(2005)이라는 소설집을 비롯하여 『저녁의 구애』(2010) 『재와 빨강』(2011) 『홀』(2016) 등 적지 않은 작품들이 재앙에 처한 인간들의 고통과 고독을 그리고 있는데, 특히 소통과 인과관계의 부재 등 절망적인 상황을 말해줄 뿐 어디에도 구원은 보이지 않는다. 2011년, 나는 편혜영론을 쓰면서 다음과 같은 현실 진단을 한 바 있다.

> [……] 이런 가운데에 역병 또한 도처에서 창궐하고 있어 과연 종말이 가까워오고 있음을 피부로 느끼게 한다. 2002년인가 중국 쪽에서 사스라는 독감이 번져 들어오더니 이어서 조류독감이 유행하였고 재작년에는 신종플루라는 괴이한 독감이 또 세계를 강타하였는데, 이 세 가지는 모두 한국을 예외 지역으로 놓아두지 않고 괴롭혔다. [……]
>
> 생명과 죽음, 무시무시한 재앙 앞에서도 한갓 피조물인 인간들은 여전히 교만하였다. [……] 문학이, 소설이 이에 불감으로 나태하다면, 그마저 아예 폭삭 재가 된 것이리라.[5]

5 김주연, 『미니멀 투어 스토리 만들기』, 문학과지성사, 2012, pp. 20~21.

이로부터 9년이 지난 오늘, 2020년, 사태는 극도로 악화되었다. 모든 상황은 전면적으로 진행되고 있다. 편혜영이 소재로 삼았던 역병은 실제 현실이 되어서 수천만 명을 감염시키고 있고, 백만 명 가까운 인명을 죽음으로 몰아감으로써 현실은 그 자체가 재앙이 되었다. 자, 이때 문학은 무슨 소용이 있을까? 치료제가 될 수 있는가? 위로가 되는가? 편혜영 소설이 사태를 예감하고 작품을 통해 예견, 예고하였다 하더라도 그 이상의 힘이 되지 않는다. 나 역시 문학의 예표적 역할에 관심을 갖고 비평 50년 결산의 선집 이름을 『예감의 실현』(문학과지성사, 2016)이라고 붙여보았지만, 예감은 역시 예감일 뿐 대책이 되는 것은 아니다. 이때 문학과 정서의 반응은 다분히 계몽에 관습화된 이른바 계몽적 지성의 결과라고 할 수 있다. 이 문제를 예리하게 지적한 시가 있다.

애된 목소리 속으로
눈치없이
가차없이 흘러들어온 모래알들이

[……]

발효된 저의 목소리가
자기 목을 졸라 어디론가 모셔간 것 아닐까

남의 비애까지 먹여 살리기엔
너무 여렸던 것

그렇다면 니체는?

산골마을 텃세와 싸울 때도 자칫
피투성이일 수 있는데

하물며
지병을 사색이나 초인적 의지만으로 달래다가

신은 죽었다고 외쳤으니
미치지 않고 무슨 수로 버텨?

[……]

제 몫의 비애조차 먹여 살리지 못하면서
지성이 너무 강했던 것?

　　　　　　　　　　　　　　　　—「김광석과 니체는」 부분[6]

　이 시는 '타인에 대한 배려'라는 문제와 지성을 대비시킴으로써 오늘
의 인류가 당면하고 있는 비극의 원천을 건드린다. 문명이란 무엇인가.
시에 의하면 그것은 "제 몫의 비애조차 먹여 살리지 못하"는 "지성"이
다. 그 잘난 지성 때문에 니체는 신이 죽었다고 외치면서 타인에 대한
따뜻한 배려는커녕 자신의 비애조차 감당하지 못했다. 그 결과는 미쳐
버림이다. (계몽과 이성 그 자신 그리고 그 산물인 육체에 깊은 관심과 연
구를 보이면서도 비이성/광기가 배제되는 현상을 천착한 푸코Michel Fou-

6　박라연, 『헤어진 이름이 태양을 낳았다』, 창비, 2018.

cault의『광기의 역사』를 보라!) 반면에 가수 김광석의 노래는 서러움으로 발효되어 있지만 남의 비애를 감당하기엔 너무 여리다. 너무 여린 감상성을 버리고 지성주의로 달려온 문학에게 어떤 위로를 받을 수 있을까. 문학에 그런 능력이 있기는 할까.

3. 문학을 넘어서

위기의 시대를 살아가면서 그 극복의 힘을 찾는 가운데 문학의 능력에 대해 질문할 때, 우리는 만족할 만한 답을 얻지 못한다. 인간의 모습이 그대로 반영, 노출되는 문학은 인간 그 이상도 이하도 아닌, 그냥 인간 자신이기 때문이다. 더욱이 오늘의 문학, 이른바 포스트모더니즘 시대의 문학은 인간을 왜소화시켜 편혜영 소설에서처럼 고양이와 쥐, 개 같은 동물로 환원되거나 젊은 여러 시인에게서처럼 개구리, 도롱뇽 같은 기이한 양서류를 옆에 놓는("깊은 잠을 자는 개의 규칙적인 숨소리 옆에는/음을 영원히 놓친/가수의 표정만이 허락된다고 하지")[7] 구원 상실의 표정만이 있을 따름이다. 신해욱은 적는다.

동지들

밤은 온다

또 온다

7 신해욱,「무족영원」,『무족영원』, 문학과지성사, 2019, p. 124.

자꾸 온다

　　죽을 때까지 오게 되어 있다 봐주지 않는다

　　　　　　　　　　　　　　　　　—「놓고 온 것들」 부분

　　시집 『무족영원』에 들어 있는 시의 뒷부분인데, 독일 여성 시인 바하만I. Bachmann의 "훨씬 모진 날들이 오고 있다Es kommen härtere Tage"는 시구를 연상시킨다. 이 시구는 그녀의 대표작 「유예된 시간Die gestundete Zeit」(1953)의 첫 행인데 묵시록적 경구를 방불케 한다. 한편 신해욱의 시는 "남은 은총. 남은 손톱. 나타냄의 표시를 더 많이 가진 머리카락"으로 끝나면서 실제로 시가 상징성 강한 경구가 되고 있다. 이렇듯 문학이 위기의 시대에 위로가 되기 위해서는 문학을 넘어서는 잠언의 경지로 나아가야 하지 않을까. 말하자면 문학이 되기 위해 문학을 버리는…… 그런 문학. 여기에는 계몽의 남성성을 버리고, 역사를 여성성으로 감싸 안으려는 바하만 식의 페미니즘이 유용해 보이기도 하고, 새롭게 조명되는 여성 신학적 관점도 도움이 될 수 있을 것이다. 실제로 지구 위기에 대한 생태 신학 이론과 환경 신학 이론이 학제간 연구를 통해 활발하게 이루어지면서[8] 기존의 문학을 넘어서는 부문에까지 문학적 관심이 확대될 필요와 가능성이 제기된다. 지구가 창조 질서의 산물이기 때문이다. 신학과 문학은 이때 먼 거리에 있지 않다. 문학은 이제 자기 팔을 훨씬 넓게 벌려야 할지 모른다. 계몽은 그렇게 탄생했고, 지금 재탄생의 급박한 요구 앞에 직면해 있다. 이성의 과잉이 초래한 몰이성과 광기를 함께 경고하고 있는 푸코의 다음 언급은 어쩌면 바로 이 재탄생의 시급성에 대한 비유가 될 수도 있을 것이다.

8　김은혜, 「기후변화와 생태위기에 대한 신학적 성찰—새로운 인간주의를 향하여」, 『장신논단』 2009년 12월호 참조.

식탐의 유혹에 전혀 흔들리지 않던 사람이 과도한 단식의 결과로 타락하는 것을 여러 번 목격한 일이 있는데, 이것은 그들의 억제했던 정념이 몸의 쇠약을 틈타서 보복했기 때문이다. [⋯⋯] 분별력에 관한 모든 예찬을 동원할 정도로 신랄한 반고행적 비판에는 잘 알려진 역사적 이유가 있다.⁹

4. 덧붙여 생각하기

코로나의 발생을 인류에 대한 습격이라고 생각할 때 팬데믹이라는 용어가 받아들여지며 위기의식이 태동한다. 그러나 이 사태가 1년 가까이 지속되고 이에 대한 논의와 담론도 활발해지면서 포스트코로나라는 용어도 등장하였고, 심지어 뉴 노멀이라는 말까지 나왔다. 코로나로 말미암아 문명 전환이 이루어진다는 인식이다.¹⁰ 이러한 인식은 단순한 위기의식에서 더 나아가 그 문명사적 의미를 천착하고 그 결과 코로나가 인간의 힘으로는 하지 못했던 문명의 패러다임 전환을 단행할 수 있는 기회를 열어주었다는 결론으로까지 달려간다. 공룡이 지구상에서 산 나이가 무려 1억 5천만 년임에 비해 기껏 7백만 년 살아온 인류도, 공룡이 그랬듯이 어느 순간 재난과 더불어 화석 문명으로 떨어질 수 있다는 논리인데 설득력이 없지 않다. 그러나 이러한 현실의 타개를 디지털 기술에 기초한 4차 산업혁명에서 찾고 뉴 노멀을 시대정신으로 보자는 주장은 약간 모순된다. 왜냐하면 코로나 사태가 바로

---

9   미셸 푸코, 『성의 역사 4─육체의 고백』, 오생근 옮김, 나남, 2019, pp. 198~99.

10 김기봉, 「포스트 코로나 뉴 노멀과 신문명 패러다임」, 『철학과현실』 2021년 가을호 참조.

발전주의와 성장 추구, 즉 계몽의 자기 확신으로부터 비롯되었기 때문이다. 뉴 노멀 또한 계몽 정신의 변용이라는 엄중한 자기 성찰이 필요하고, 그런 의미에서 패러다임의 전환은 모든 것을 받아들이는 문학의 영역에서 오히려 폭넓게 수행될 수 있다. 여성성에 대한 진지한 탐구, 그리고 초월적 세계관의 적극적 수용 등을 포함하는 여성 신학을 문학의 새로운 가능성으로 열어놓는 열린 마음은 위기의 전환기를 헤쳐나가는, 가장 겸손하면서도 가장 현실적인 방안일 수 있다고 생각한다. 현실 인식의 주체에 대한 자각, 즉 인간 자신의 마음에 대한 깊은 자각, 그 열림이 절대적으로 긴요하다.

[〈문학의 집 강연〉, 2020. 10]

모더니즘, 지금 어떻게 볼까

1

21세기 재난의 시대에 모더니즘을 다시 생각해본다. 근대, 혹은 현대는 어디에서 어디까지 왔는가.

유럽의 모더니즘은 어떤 통일된 비전이나 미학적 형태 혹은 실천이 아니라는 점은 대부분의 이론가가 공통으로 인정하고 있다. 모더니스트라고 일컬어지는 작가들이 상징주의와 인상주의의 뒤를 밟으면서 본격적으로 활동했지만, 여기에 속하는 것으로 여겨지는 작가들이 같은 혹은 비슷한 경향을 보이지는 않기 때문이다. 예컨대 아도르노가 스트라빈스키 음악에 반대해서 쇤베르크의 음악을 옹호하고 있으나, 큰 그림에서 아도르노와 비슷한 노선의 브레히트는 큐비즘 미술을 따라가면서 릴케와 도스토옙스키 같은 문학인들을 공격한다. 그런가 하면 벤야민은 상징주의자와 초현실주의자 시인들을 껴안으면서 표현주의를 싫어한다. 표현주의는 루카치도 배격했는데, 두 사람의 이유는 서로 다르다. 루카치는 브레히트를 곧잘 공격했는데 이유인즉 모더니즘의 뿌리가 자연주의자들의 활동 시기에 밀접하게 닿아 있다고 보기 때문이다. 어쨌든 모더니즘이라고 부를 때, 거명하고 지나가지 않을 수 없는 중요한 사상가/이론가 들로서 루카치와 브레히트, 벤야민 그리고 아도르노를 들지 않을 수 없다. 자본주의 사회 비판이라는 공통된 지향에도 불구하고 이들의 성향과 세계는 서로 아주 달라서 모더니즘이라는 큰 시대적 색채를 한가지로 칠하는 데에 어려움을 겪게 된다. 그러나 그 까닭은 명백하다.

모더니즘이란 무슨 뜻인가. 현대성이라는 말 아닌가. 근대성이라는 말로도 번역할 수 있는데, 이 둘 사이에는 약간의 뉘앙스 차이가 있다. 현대성이라고 하면 현대라고 불리는 시대의 시작과 관계없이 그 끝은 언제나 열려 있다는 의미가 된다. 그러니까 지금 이 시점도 현대에 포함되는 그리고 앞으로의 시대도 포함될 수 있는 열린 시간·공간이 되는 것이다. 반면에 근대성은 이미 어느 시점에서 끝난 것 같은 느낌을 준다. 어딘가에서 시작되어 어딘가에서 끝난 시대―근대. 물론 현재로부터 아주 가까운 시대이지만 지금은 아닌. 모더니즘은 말하자면 이 두 가지 느낌과 의미를 한꺼번에 가진다. 이러한 해석은 모더니즘을 역사의 흐름이라는 시대성의 시각에서 바라볼 때 파악되는 현상 혹은 상황이며, 동시대의 평면에서 바라볼 때는 또 다른 상황을 만나게 된다. 그것은 마르크시즘이다. 그리하여 유진 런Eugene Lunn 같은 학자는 『마르크시즘과 모더니즘』(4C Press, 1982)이라는 책자를 통해 마르크시즘과 모더니즘을 극명하게 대비시킨다. 마르크시즘 자체에 관한 내용 분석은 이 자리에 합당하지 않지만, 모더니즘을 굳이 마르크시즘과 대비시킨 의도에 대해서는 모더니즘의 이해를 위해 들여다볼 필요가 있다.

마르크시즘과 모더니즘은 동시대를 살면서 적대적이라고 할 정도로 정반대되는 세계관을 지닌 사상이었다. 그러나 양자는 생각만큼 그렇게 완전히 상반된 것은 아니어서, 가령 벤야민과 아도르노는 마르크시즘적 모더니스트라는(모더니즘적 마르크시스트라고 불러도 마찬가지

96

다) 평가를 받는다. 마르크시즘과 모더니즘은 무엇보다 20세기에 들어와 본격적으로 형성되기 시작한 부르주아 사회에 대한 비판에서 태동하기 시작했다는 점에서 궤를 같이한다. 부르주아 사회는 19세기 중반부터 대두된 산업사회의 발달에 따라서 야기된 노동과 자본의 문제에 있어서 어떤 관점을 갖는가, 그 결과 부의 축적이 어떻게 이루어지는가 하는 질문과 함께 형성된다. 이 문제는 자연스럽게 노동과 그 과정에 대한 질문을 동반하며 결국 노동과 문학예술을 연결 짓는다. 쉽게 말해서 전혀 상관없어 보이는 노동과 예술이 밀접한 관련이 있다는 인식으로 인하여 마르크시즘과 모더니즘은 기이한 부분 동거의 형상을 하게 된다. 마르크스는 예술의 목적, 문화적 생산물과 인간의 노동에 주된 관심을 보인다. 그리하여 소외의 문제가 발생하는 가운데 문학이 이 모든 것을 얼마나 제대로 반영하는가 하는 이른바 리얼리즘에 주목하게 되는 것이다. 그러나 여기서 리얼리즘이 과연 자본주의 사회에 대한 구조적 비판의 실효성이 있는가 하는, 저 유명한 리얼리즘 논쟁이 유발된다. 마르크시즘이 오히려 문학의 기능과 방법에 대한 논쟁을 일으키면서 문학의 섬세한 운동력을 자극한 것이다. 루카치, 브레히트, 벤야민, 아도르노 사이에 주고받은 논쟁들은 그 자체가 모더니즘의 내부를 활발하게 촉진시킨 공헌이 크다. 가령 마르크시스트 루카치가 「표현주의의 위대성과 몰락」(1934)이라는 글로 표현주의의 모더니즘적 위상을 깊이 살펴보았는가 하면 브레히트는 「범죄소설의 대중성」이라는 글로 문학의 대중적 인기에 대해 고찰을 했다. 그런가 하면 벤야민은 유물론을 지지하면서도 보들레르를 높이 평가해서 그의 보들레르론은 꽤 유명하다. 마르크시스트 브레히트는 비용J. Villon과 랭보의 방랑적인 서정성, 그리고 뷔히너와 베데킨트의 냉소적 물질주의로부터 초기에 영향을 받았다. 이로부터 그는 탈신성화의 길을 걸으면서 자연의 허무성을 토굴한다. 자본 자연 세계는 루소의 낭만주의 혹은 괴테

의 자연이 아니었다. 그는 거기서 인간의 고통에 무감각한 적대적 환경과 비도덕성을 보았는데, 이것이 아마도 모더니즘보다는 마르크시즘에 머문 배경이었을지도 모른다. 그러나 그 마르크시즘조차 신비한 비의적 종말론과 결부되는 모더니즘적 분위기에서 벗어나지 못했다.[1]

방법론적 차원에서 모더니즘은 1910년대 세계 1차대전을 전후하여 발생한 아방가르드에 크게 빚지고 있다. 전쟁 중에 생겨난 다다이즘을 필두로 이른바 입체파, 표현주의, 초현실주의가 계기하는데, 이 모든 유파를 모더니즘은 폭넓게 껴안는다. 반면 루카치와 브레히트 등의 소박하고 직접적인 리얼리스트들은 그 한계와 부딪히면서 벤야민, 아도르노 등의 입지를 강화해주는 결과를 유도하며, 20세기 후반에 넘어가면서 포스트모더니즘이라는 새로운 흐름을 만든다(포스트모더니즘은 포스트자본주의, 포스트공산주의 등 소위 포스트존재Postexitenz 현상을 가져오면서 마침내 데리다 등의 포스트구조주의로 연결된다). 요컨대 모더니즘은 산업사회와 부르주아 사회 비판에서 마르크시즘과 동조했으나 여기서 한 발짝 더 나아가서 그 비판의 핵심적 도구로서 문학예술이 지니는 방법의 세계를 자랑한다. 보들레르가 그랬듯이 알레고리의 부활, 각종 비유와 상징, 비의적 아우라가 표방하는 낭만적 공간의 생산성, 언어의 생략과 과장, 단절 등의 조작 행위는 소박한 리얼리즘이 꿈꾸지 못하는 독창적인 문학의 도구들이다.

가령 역사와 사회뿐 아니라 학문과 문학, 비평까지도 비평하는 '비판의 비평가'라는 아도르노는 이런 의미에서 가장 모더니즘적인 인물이다. 그의 대표작 『계몽의 변증법』은 신화에 대한 비판이면서 동시에 계몽에 대한 비판이라는 평가를 받는바, 린더B. Linder의 지적처럼 아도

1 유진 런, 『마르크시즘과 모더니즘—루카치와 브레히트, 벤야민과 아도르노』, 김병익 옮김, 문학과지성사, 1986, p. 120 참조.

르노 사상의 기본 동기는 '절대적으로 현대적이어야 한다'에 놓여 있기 때문이다. '현대적'인 것은 더 이상 다른 '현대적'인 것을 허용치 않아야 하기 때문에 모든 문학적 도구가 사용 가능한 것이다.

2

그러나 포스트모더니즘과 페미니즘이 이미 전성기를 지나가고 있는 느낌을 주는 오늘에 와서 모더니즘에 대한 이해는 더욱 큰 역사의 틀 안에서 이해되어야 할 것이다. 모더니즘이 현대 그리고 모더니스트가 현대인을 표방한다면, 가장 소박한 의미에서 현대 혹은 현대인은 무엇이며, 또 누구인가.

우선 무엇보다 현대인이라고 한다면 가장 먼저 떠오르는 비근한 개념은 '자아', 즉 '나'일 것이다. '나'는 '나'라는 의식이다. 그 무엇도, 그 누구도 아닌 나의 발견과 나의 의식, 더 나아가 나에 대한 인식이다. '나'에 대한 인식은 칸트를 비롯한 낭만주의 이론에서 활발하게 개진되기 시작했지만, 보다 거시적·통시적인 시점에서 바라본다면 르네상스 이후의 인문주의, 그러니까 계몽주의로부터 계발되었다고 보아야 할 것이다. 넓은 의미에서 자아의 발견과 추구, 인간성의 확보와 같은 모더니즘의 이념은 사실 17세기 이후 계몽주의의 발달과 역사를 함께 한다고 할 수 있다. 그러므로 모더니즘은 크게 보아 계몽주의의 역사 자체이며, 더욱 세밀하게 살펴본다면 19세기 후반 이후 20세기 전반에 이르는 역사 비판의 구체적인 미학적 전개와 그 내용이라고 할 수 있다.

그렇다, 나는 내가 어디서 왔는지 안다!

불꽃처럼 탐욕스럽게

나는 나를 불사르고 소멸시킨다.

빛은 내가 붙잡고 있는 모든 것,

숯은 내가 놓아버린 모든 것

불꽃이야말로 정말이지 나다!

──「인간을 보라Ecce Home」 부분

1888년 니체에 의해 씌어진 이 작품의 제목은 '이 사람을 보라'는
뜻이다. 다른 어떤 것도 아닌 '사람'을 보라는 것이다. 얼마나 그동안
사람 아닌 다른 것들을 보아온 역사이기에 바로 사람 그 자체를 보아
달라는 시가 나오게 되었을까. 니체가 출생한 1844년, 19세기 중반의
현실은 그러하였다. 계몽주의가 머리를 들고 신성 아닌 인간성에 관한
관심이 본격화되었지만, 인간 자체에 대한 깊은 접근은 여전히 이루어
지지 않은 상태였다. 17세기 중반에서 19세기 중반에 이르는 2백여 년
간 인간성은 계몽이라는 기치 아래에서도 여전히 다른 많은 요소에 의
해 그 접근이 올바로 이루어지지 않았다. 신성을 독점하다시피 해온
오래된 교회 세력, 즉 종교 지도자들과 제도, 이를 뒷받침하는 갖가지
이념들은 거대한 형이상학적 전통과 관습을 이어갔고, 인간성 또한 여
기서 관념적으로 이해되기 일쑤였다. 인간성에 대한 가장 열렬한 동경
을 추구하는 낭만주의조차 정신으로서의 인간성이라는 스스로의 제한
을 넘어서지 못했다. 말하자면 정신과 육체라는 양면성을 함께 껴안는
전면적 총체적으로서의 인간성은 니체의 이러한 충격적인 시적 발언
이전까지 선명한 전환을 만나지 못한 상황이었다. 그때 니체가 나타
났다. 그리하여 니체는 모더니즘의 선구자가 된다. 한편 그 앞에 또 큰
사람이 있다. 보들레르다.

100

침대 위에는 거리낌없이 벌거벗은 몸통이

자연이 그에게 부여한

은밀한 광채와 숙명적인 아름다움을

유감없이 드러내 보인다

[······]

자세도 눈도 모두 욕정을 불러일으키는

이 나른한 큰 초상화와

이 야릇한 고독의 모습은

검은 애욕을 드러낸다

그리고 죄 많은 쾌락을, 야단스런 입맞춤 가득한

괴상한 향연을,

수많은 악마들이 휘장의 주름 속에서 헤엄치며

즐겼을 그 향연을;

— 「순교의 여인」 부분

　　1857년 출간된 『악의 꽃Les Fleurs du Mal』의 시인 보들레르는 섹스
와 죽음이라는 주제를 중심으로 길지 않은 삶을 살다 갔다. 섹스와 죽
음은 보들레르 이전의 시대, 즉 18세기와 그 이전에는 수치스러운 문
학의 대상이며 주제였다. 고전주의든 낭만주의든 르네상스 이후의 문
학은 그 이전과 아주 다른 예술이다. 문화 전반과 마찬가지로 형이상
학적 품위가 자연스러운 가치이며 질서였다. 고전과 낭만은 물론 인본
주의적 계몽을 지향하는 역사의 진행과 더불어 나타난 현상이지만, 그
계몽은 아직 문명의 극대화를 예감하지 못한 상황이었다. 이때 섹스와

죽음을 즉물적, 노골적으로 표현하는 작품의 등장은 파괴를 통한 역사의 단절과도 같은 모습으로 받아들여졌다. 시인은 스스로 자신의 시에 대해 이렇게 말했다.

> 이 시집은 차갑고 불길하지만 아름답다. 이 책은 분노와 인내로 씌어졌다. [……] 이 책은 사람들을 화나게 한다. 이 책의 긍정적인 가치는 사람들이 악이라고 부르는 것 안에 들어 있다.

그러나 이 시는 비평을 포함한 그 시대의 문화 가운데서 제자리를 찾지 못하고 조롱과 비난의 대상이 되었다. 시인의 주장은 "이 시집에서 유익하지 않은 것은 타락한 것들뿐"이라는 반격을 만날 뿐이었다. 대체 섹스와 죽음은 왜 그토록 타기의 대상이었던 것일까. 이에 대해서는 그로부터 20여 년 후 나타난 니체의 사상이 이를 잘 설명해준다.

니체는 "나에게 있어서 정신은 육체"라고 일갈하였다. "신은 죽었다"는 선언만큼이나 유명한 니체의 전언이다. 보들레르에게서의 섹스, 그리고 죽음의 문제와 이를 합하여 생각해본다면 한 가지, 즉 인간 존재의 중심은 신체라는 인식이다. 이러한 사상은 니체 이후 마르크스, 프로이트로 이어지고 푸코 등으로 확대 계승되지만 고상한 형이상학적 분위기에 가득 차 있던 19세기 초 그것은 발칙한 도발이었다. 신체의 중요성은 자연히 그 신체의 출생과 구성 등 육체적 물질적 요소로서의 신체에 주목하게 되고 창조론을 기반으로 한 기독교적 세계관에 회의하게 된다. 대신 비슷한 시기에 대두된 진화론을 받아들임으로써 신체 중심주의는 자리를 잡는다. 따라서 섹스는 육체적 교섭으로서의 쾌락과 생산 활동이라는 두 측면에서 모두 새로운 긍정적 해석을 얻게 되고, 죽음 또한 신체의 소멸, 즉 생명의 끝이라는 단순한 인식과 만난다. 모든 것이 생물학적 지식과 인식의 테두리 안에서 시작되고 끝남으로써 신체의 중요성은 상대적으로 가중된다. 그리하여 신체를 간섭하고 지배하는 부당한 힘, 즉 권력에 대한 개념 역시 모더니즘의 중요한 관심사가 된다. 예컨대 아도르노는 문학예술의 독자적인 장치를 평가하고 부각하면서도 현재 고통당하는 인류의 현실에 주목하면서, 그 고통이 신체의 고통, 지배에 의한 것임을 역설한다. 뒤이어 푸코 같은 후기 구조주의 철학자도 성을 중심으로 한 신체의 문제에 집중하면서 모더니즘의 사상적 지향점을 가르켜준다. 이러한 비극은 계몽의 필요와 중요성을 강조하면서도 그 계몽이 초래하고 있는 역설적 모순의 결과임을 아도르노는 알고 있다. 그 역사는 말하자면 비틀린 역사인데, 그렇게밖에 인식될 수 없는 아도르노식의 회로가 바로 모더니즘인지도 모른다. 현대성의 끝없는 반복이 현대성의 박물관을 낳는다면, 아도르노는 그 문을 미래로 열어놓기 위해 안간힘을 쓰고 있는 형국이다.

포스트모더니즘의 대두 이후 모더니즘은 자연스럽게 물러간 것 같아 보이지만, 그것은 하나의 착시 현상인지도 모른다. 그도 그럴 것이 포스트모더니즘이 모더니즘을 극복하면서 그 자리를 차지하고 있는지, 아니면 모더니즘을 결과적으로 강화 혹은 극대화하고 있는 모습인지 소박하게 판단하기 어렵기 때문이다. 아도르노를 탁월한 모더니즘 이론가이자 사상가로 받아들인다면, 양자의 변증법은 여전히 진행 중일 것이다. 아도르노에 의하면, 모더니즘은 근대의 산물이고 근대는 계몽의 결과이다. 그러나 계몽이 그처럼 밀고 나왔던 근대는 진보 아닌 퇴행으로 후퇴하고 있다는 것이 그의 해석이다. 심지어 그는 계몽이 야만으로 돌아서고 있다고 질타한다. 모더니즘이 인간이 지닌 정신적·예술적·사상적 능력의 최대치를 선양하고 있지만, 그 높이 든 기치 아래 바닥에는 아름답지 못한 욕망의 찌꺼기가 풍기는 냄새 또한 진동하고 있으며, 모든 것을 인간 지성이 만들어낼 수 있었다는 인간주의는 그것 또한 신화일 수밖에 없다는 아도르노의 주장을 어떻게 부인할 수 있을는지, 재난의 시대 앞에서 망연해진다.

아도르노에 뒤이어서 나타난 푸코의 존재 또한 미묘하다. 니체에 의해서 극단화된 신체주의와 욕망의 문제를 역사적으로 점검하면서 욕망을 권력 그리고 주체의 문제와 결부하여 살피고 있는 그를 단순한 근대, 혹은 계몽주의자로 보기는 힘들다. 그의 주된 관심이 성과 욕망이라고 한다면 넓은 의미에서 모더니스트의 범주에 들어갈 수도 있다. 그러나 그는 성과 욕망을 기독교 및 금욕이라는 차원까지 포함하여 총체적으로 살피고 있으며, 무엇보다 근대와 계몽이 핵심 가치로 삼아온 이성을 냉철하게 비판하면서 오히려 이성으로부터 소외된 광기에 주목한다. 그런 의미에서 반인간주의라는 평가를 받기도 하는데, 그렇다면 푸코는 모더니즘의 극복이라는 면에서 포스트모더니즘의 효시가 아닐까 생각되기도 한다. 어쨌든 모더니즘이 그에 의해서 상당한 비판의 장에 들어선 것은 틀림없어 보인다. 이렇듯 재앙의 한복판을 지나가면서 인간 욕망이 불러온 문명의 앞뒤를 돌아보는 우리 인간 자신들의 시선은, 아뿔사! 이렇듯 눈 둘 곳이 없어 보인다. 그것이 단지 서구 사회의 지난 일로만 치부하기에 세계는 아주 좁아졌다.

[〈영인문학관 강연〉, 2020. 10]

노발리스 그리고 낭만주의의 현재성

1

AI가 마침내 챗GPT라는 알쏭달쏭한 말과 더불어 이른바 나이 든 원로들을 무식한 사람들로 밀어내고 있다. 원로라고 하면 상당한 전문 지식을 갖고 오래 산 이들을 가리키는데, 여기에 인격적으로도 별 하자가 없다면 나름대로 존중을 받는 것이 정상일 터인데 언제부터인가 상황은 반대가 되었다. 나이가 든 사람들일수록 그들의 지식은 쓸모없이 되어서 뒷방 늙은이가 된 감이 있다. 이것은 삶의 지혜라는 인문학적 필요보다 계몽주의적 합리성에 바탕을 두고 발달해온 과학의 성과가 시대정신이 되어서 세상을 지배하고 있기 때문일 것이다. 무엇보다 사람보다 더 똑똑하게 만들어진 또 다른 사람이 사람을 대체하고 있지 않은가. 이 시기에 사람의 감성과 기분, 특히 영성의 중요성을 강조하는 낭만주의를 말한다는 것은 혹시 시대착오적인 거대한 착각이 아닐까. 포스트휴먼이라는 말까지 나오고 있는 현실이다. 현재의 인간과는 다른, 그 능력이 신에 의해 창조된 인간(이에 대한 논의는 일단 생략한다)이 아닌 거의 기계화된 인간의 수준에 이르는, 일종의 신인류 개념의 인간이 현실화되고 있는 마당에 특유의 독자적 감성과 능력이 강조되는 낭만주의가 현실성이 있겠느냐는 의문이 제기된다. 실제로 내가

『노발리스─낭만주의 기독교 메르헨』이라는 책을 2019년에 내놓았을 때 이에 대한 서평에서 김태환 교수는 낭만주의의 현재성과 관련하여 매우 중요한 비판과 전망을 내놓은 바 있다. 조금 인용해보겠다.

> 요컨대 계몽주의가 근대의 본격적 시발점이라면, 바로 뒤를 이어 등장한 낭만주의는 근대에 대한 경고로서 근대의 과정을 동반한다. 낭만주의는 근대의 세속화 과정이라는 거대한 흐름 속에서 이에 저항하는 탈세속화의 흐름을 만들었고, 모든 가치를 계산 가능한 양적 가치로 환원하는 일차원적 사회에서 어떤 다른 차원에 대한 상상을 가능하게 했다. 새 시대에 대한 노발리스의 예언은 이처럼 낭만주의가 가져온 문화사적 전환을 생각한다면 완전히 빗나간 것이라고 할 수는 없을 것이다. [⋯⋯] 노발리스는 「기독교 혹은 유럽」에서 중세의 카톨릭 세계를 이상화했다는 이유로 복고적 이데올로기를 대변한 것으로 오해받기도 했으나, 사실 그는 전적으로 근대적 현상인 예술종교의 주창자 가운데 한 사람으로서 복고적이거나 전통주의적이지 않은 미래지향적 반근대의 가능성을 연 작가로 기억되어야 할 것이다.[1]

노발리스의 시대적 위상을 섬세하게 규정한 김태환의 이 글은, 근대의 부정적 측면을 일신하는 새 시대의 예언자로서 노발리스의 자리를 전면적으로 추앙하지는 않으면서 근대의 과정을 동반하는 가운데에서도 이에 저항하는 탈세속화의 흐름을 만들었다고 긍정한다. 미래지향적 반근대의 자리에 노발리스가 있다는 것이다, 그리하여 김태환은 부드러우면서도 단호하게 노발리스와 낭만주의의 앞날에 대한 희망을

---

1 김태환, 「노발리스 혹은 부활의 꿈」, 『문학과사회』 2019년 가을호, p. 352.

피력한다.

> 노발리스는 무신앙적 계몽주의의 공격과 종교의 죽음에 맞서서
> 도리어 종교의 부활을 예언하고, 기세등등한 이성 앞에서 수세에
> 빠진 환상과 상상력을 도구로 삼으면서 세계를 시화하고 낭만화하
> 라고 외쳤다. [……] 그런데 근대사회와 문화 곳곳에 뿌리내린 이
> 굳건한 역사적 개념이 오늘날 시효를 다하고 붕괴의 잔해만을 남
> 기고 있다면, 지금이야말로 낭만주의의 부활을 외쳐야 할 때인지도
> 모른다. 시대의 압도적인 파괴적 흐름에 저항하는 혁명 정신으로서
> 의 낭만주의의 부활. 그리고 노발리스가 예언한 종교의 부활이 중
> 세 가톨릭교회의 회귀가 아닌 것처럼, 부활하는 낭만주의 역시 역
> 사적 낭만주의와는 완전히 다른 어떤 것이어야 하리라.[2]

포스트휴먼 시대를 헤쳐나갈 수 있을까 하는 걱정이 담긴 글이 아
니었을까 나는 고마워했다. 그러므로 오늘 나의 발표는 이러한 시대의
조류에 맞서는 작은 저항과 보수의 성격을 갖는다. 낭만주의가 여전히
필요하고, 아니 지금도 인류의 근본원리로 작동하고 있다고 생각하면
서 그 현재성Actuality을 힘주어 말하고 싶은 것이다.

낭만주의는 일반적으로 18세기 유럽을 중심으로 성행하였던 문학·음
악·미술 등의 예술과 사상의 흐름이었는데, 그러나 그 원류 및 오늘
의 현재성과 관련해서는 매우 폭넓은 해석과 이해가 요구되는 정신사
적 형태라고 할 수 있다. 낭만주의의 본질에 대한 개념 정의는 다각적
으로 이루어져오고 있지만, 그중에서도 핵심적이라고 할 수 있는 것은
환상성Phantastik이라는 요소이다. 코르프August Korff 교수의 지론이라

---

2 같은 책, pp. 353~54.

고도 할 수 있는 환상성의 문제는 사실 거의 모든 전문가의 지지를 얻고 있는 이론일 뿐 아니라 이미 18세기 당시 작가 노발리스와 더불어 낭만주의론을 열렬히 전개했던 슐레겔 형제, 특히 프리드리히 슐레겔 Friedrich von Schlegel의 주장이기도 했다. 환상이란 말 그대로 눈에 보이는, 즉 감각적으로 인지 가능한 물리와 경험의 세계를 넘어서는, 비현실적인 것까지 껴안는 세계를 일컫는 것으로 낭만주의의 이러한 세계 인식으로 말미암아 현실은 그 범주와 차원이 훨씬 확대되었다. 이성과 합리에 기반을 둔 계몽주의의 세계가 도전받고 이른바 형이상의 인식이 수용되었다. 질서와 균제, 조화가 강조되는, 한마디로 아폴론적인 세계에 대한 존중을 통한 사회 발전을 지향하는 정신이 계몽주의라면 이에 반한 디오니소스적인 세계의 창조성에 대한 믿음이 낭만주의였던 것이다. 즉물적, 가시적 인식에만 머무르는 세계관으로 계몽주의가 비판되면서 반사회적인 부정의 세계로 여겨졌던 꿈이나 밤 등 환상과 이상에 대한 긍정적 지향과 평가의 상황이 18세기 말에 대두되었다. 이러한 현상의 중심에 낭만주의와 작가 노발리스가 있었다.[3]

낭만주의는 노발리스와 같은 문학인 중심으로 전개되었지만, 동시대의 상황 안에는 문학인들만 있었던 것은 아니었다. 1772년 출생하여 1801년에 세상을 떠남으로써 짧은 일생을 살다 간 노발리스였지만 세계사에 중요한 자취를 남긴 많은 동시대 인물이 그와 더불어 살고 있었다. 1770년대 유럽 지식사회는 노발리스를 제외하더라도 프리드리히 횔덜린, 헤겔, 루트비히 티크Ludwig Tieck, 베토벤Ludwig van Beethoven 등이 태어났으며, 실러Johann Christoph Friedrich von Schiller와 괴테 Goethe, 피히테Johann Gottlieb Fichte 등이 전성기라고 할 정도로 왕성하게 활동하던 시기였다. 여기 거론된 인물들이 낭만주의의 사상과 이념

---

3 김주연, 『노발리스—낭만주의 기독교 메르헨』(문학과지성사, 2019)의 제1장과 제10장 참고.

에 동일한 생각을 갖고 움직인 것은 아니지만 낭만주의의 본질과 특징이 되는 이상주의적 관념 사상에 직간접적인 영향을 주고받은 것은 사실이며, 그 결과 19세기 유럽, 특히 독일 관념론의 거대한 성채를 형성해나갔다고 할 수 있다. 이 가운데 특히 낭만주의 이론가 프리드리히 슐레겔과 변증법의 대가 헤겔의 존재에 대해 주목할 필요가 있어 보인다. 먼저 널리 알려진 슐레겔의 낭만주의 지론이다.

> 낭만적 문학은 진보적인 보편성의 문학이다. [……] 낭만적 문학이 의도하고 있는, 또 마땅히 해야 할 것은, 시와 산문, 창의성과 비판, 창작시와 자연시를 때로는 혼합, 때로는 융합시켜 문학에 생동감과 친근감을 줌으로써 삶과 사회를 시화하는 것이며, [……] 동시에 낭만적 문학은 모든 현실적 또는 이념적 관심에서 벗어나 시적 반영이라는 날개를 타고 묘사하는 자와 묘사의 대상 사이를 자유롭게 떠다니며 마치 무한히 늘어서 있는 거울 속 처럼 이 반영된 모습을 끊임없이 강화하고 늘려간다. [……] 낭만적 문학만이 오직 무한하며 또 자유롭다.⁴

여기서 주목되는 표현으로서 "삶과 사회를 시화"한다는 대목이 있다. '시화'란 독일어 원문으로 "poetisch machen"인데, 나중에 노발리스의 소설 『하인리히 폰 오프터딩겐』에도 자주 나오는, 그리하여 마침내 낭만주의 전반에 결정적인 역할을 하는 키워드가 되기도 한다. 앞의 인용에서 다음으로 중요한 부분은 "마치 무한히 늘어서 있는 거울 속처럼 이 반영된 모습을 끊임없이 강화하고 늘려간다"는 대목이다. 이러한 말은 낭만주의의 핵심을 이루는 이른바 '낭만적 반어' 즉,

---

4 F. Schlegel, *Athenaum, Berlin*, 1798; 김주연, 『독일문학의 본질』, 민음사, 1991, p. 89.

'Romantische Ironie'를 가리키는 것으로서 나는 이 뜻을 일찍이 『문학이란 무엇인가』라는 책자의 서문을 통해서 다음과 같이 풀이한 일이 있다.

> 말을 바꾸면, 문학의 형태로 주어져 있는 문화양태란 인간에게 공연히 겁이나 주고, 혼자 잘난 체 하는 어떤 화석화(化石化)된 관념이 아니라, 그 스스로 변화와 생성·파괴를 거듭하면서 인간을 부단히 자유스럽게 하는, 말하자면 움직이는 충격인 것이다.[5]

결국 '낭만적 반어'라는 역사적 개념은 단순히 낭만주의뿐 아니라 문학의 본질을 형성하는 동시대적 중심 개념이 되었는바, 무엇보다 그것은 문학의 진보성과 보편성을 규정한다. 보편성이란 시간과 공간을 초월하여 언제 어디서든 통하고, 또 통해야 하는 진리의 개연성Wahrscheinlichkeit이며, 진보성은 파괴와 생성을 거듭하는 움직이는 충격으로서의 문학을 말한다. 그러나 문학은 진보성과 아울러 보수성을 동시에 갖고 있는데, 그것은 형태성을 의미한다. 문학은 작품을 통해 존재하며 따라서 좋은 문학은 좋은 형태를 가진다. 좋은 형태를 만들어 지키고자 하는 욕망은 문학의 보수성이며 기존의 작품을 비판하고 새로운 작품을 만들고자 하는 욕망은 문학의 진보성이다. 파괴와 생성을 거듭하는 진보성은 작품이라는 형태를 보수하는 입장과 짝을 이루면서 공존한다. 그 공존은 정지된 상태로 머물러 있지 않다. 머무름은 상투화된 질서이며 그 상태로 지속될 때 우상으로 떨어질 위험은 매우 높다. 우상은 비판이라는 파괴를 만나서 부서져야 하고 더 좋은 새로운 작품을 통해 새 질서를 만들어가야 한다. 이러한 창조의 끊임없는

5 김현 외, 『문학이란 무엇인가』, 문학과지성사, 1976, p. 2.

회로 때문에 문학의 가치가 존중받는 것이며 그것을 가능케 하는 역동적인 힘과 논리가 바로 낭만주의로부터 주어지는 것이다. 낭만주의가 언제나 현재적일 수밖에 없는 이유다.

2

낭만주의에 대한 나의 관심은 『독일문학의 본질』이라는 책자를 준비하던 1980년대 말쯤부터 고조되었던 것 같다. 독일 문학의 정신사적 계보를 훑어가던 연구는 자연스럽게 낭만주의에 머물렀는데, 참고문헌의 간섭이 그 원인이 되었던 것이다. 정신사와 관련된 책자들을 찾아보는데 낭만주의 문헌이 압도적으로 많았다. 예컨대 『독일 낭만주의의 정신Der Geist der deutschen Romantik』(Jose Sanchez), 『낭만주의와 계몽주의Romantik und Aufklärung』(Helmut Schanze), 『1945년 이후 낭만주의 연구Romantikforschung seit 1945』(Klaus Peter), 『괴테와 유럽 낭만주의Goethe und die europäische Romantik』(G. Hoffmeister), 『독일 낭만주의 시학 개념Der Poesiebegriff der deutschen Romantik』(K. K. Polheim) 등등이 생각나는데, 특히 『독일 운명으로서의 낭만주의Romantik als deutsches Schicksal』(Ferdinand Lion)라는 책은 그 제목부터 그야말로 운명적인 분위기를 띠면서 나를 사로잡았다.

낭만적Romantisch이라는 독일어 단어는 원래 프랑스어의 로망Roman에서 나왔는데 라틴어로 씌어진 고전문학과 달리 로망어로 씌어진 기이하고 공상적인 이야기를 일컫는 것이었다. 고전문학이 조화와 균제의 아름다움을 추구했다면 낭만문학은 처음부터 공상적이면서 이상야릇한 것을 좋아한 문학이어서 오늘의 포스트휴먼한 신인류적인 기이함과 오히려 상통하는 면이 있다는 점이 주목된다. 포스트휴먼의 AI

나 챗GPT를 계몽주의적 합리성의 산물인 과학의 결과라고 본다면 정반대가 되는 이해라고 할 것이다. 낭만주의의 현재성도 여기에서도 또 다른 설득력을 얻는다. 낭만주의가 처음부터 추구한 꿈과 동경의 세계가 지금 실현되고 있다고도 볼 수 있기 때문이다. "유한한 것 속에 무한한 외관을 부여하고 세계를 낭만화하는 것이 궁극의 목표라고"[6] 말한 노발리스의 현현이 도처에 나타나고 있다고 할 수 있기 때문이다. 게임산업의 번창은 낭만주의에 기반을 준 문화 산업의 실상으로서 벤야민과 아도르노가 한 세기 전에 날카롭게 예언한 예감의 이론이 적중하고 있다고 하겠다. '기계천사Maschinenengel'라는 용어를 창안하고 사용한 아도르노의 육성을 지금 그대로 한번 인용하고 싶다.

> 카리카추어나 앙가쥬망에 따른 어떤 우화적 의미도 지니지 않은 기계천사지만 거기서 양자는 폭넓게 서로 덮어주기는 한다. 기계천사는 관찰자로 하여금 그가 완전히 파멸되었는지 아니면 구원이 거기 숨겨져 있는지 의심스러운 눈으로 질문케 한다. 발터 벤야민의 말에 의하면, 그는 주기만 할 뿐, 취하지는 않는 천사라는 리플리트를 지니고 있다.[7]

3

결론은 장편 『하린리히 폰 오프터딩겐』 제7장 끝부분의 다음 장면에 압축되어 있다.

6 Novalis, "Blütenstaub," *Athenäum*, 1789, s. 85.
7 Th. W. 아도르노, 『아도르노의 문학이론』, 김주연 옮김, 민음사, 1989, p. 1.

사랑과 성실이 너희들의 인생을 영원한 시로 만들어줄 것이다Liebe und Treue werden euer Leben zur ewigen Poesie machen.[8]

사랑은 여기서 에로스를 가리킨다. 이타적인 신의 사랑까지 그 범위가 넓혀지지는 않는다. 성실은 지속성과 인내인데, 그것은 일회적인 불꽃의 특성을 가진 에로스와 대비된다. 이렇게 볼 때, 낭만주의의 특성을 압축한 이 대비되는 성격은 앞으로의 부활이 기대되는 보다 지양된 낭만주의의 진로에 대한 강력한 암시일 수 있다. 아마도 그것은 기계천사에서 천사로의 과잉 기대가 축소되고 '인간적 기계'의 수준으로 계몽적 이성이 조절되고 도입된 낭만성이 아닐까 생각해본다. 뷔르거P. Bürger의 음미할 만한 새로운 낭만주의 강령이 떠오른다. 낭만주의를 포함한 독일 이상주의 미학을 비판하는 뷔르거는 마법에 홀리는 두려움과 동경의 낭만성에 함몰될 때 파시즘의 위협이 증가한다고 경고하지만, 동시에 그는 이렇게 말한다.

'영원한 평화의 성스러운 시대'라는 노발리스의 유토피아는 바로 우리가 직면한 현실적 위협 때문에 강렬한 매력을 품고 있다. 낭만주의로의 경도는 10여 년 전부터, 그것은 이해할 뿐 아니라 옳은 것이다. 낭만주의를 탐구하는 가운데 바로 우리의 현실 문제를 통찰할 수 있기 때문이다. 이런 입장이 언제나 성공하지는 못하는데, 그것은 무엇보다도 낭만주의를 구원하려는 노력이 원래 의도와는 상관없이 종종 낭만주의 변호로 빠지기 때문이다. [……] 우리에게 낯선 비합리성은 작품 속에서 가까워지고 우리는 그것에 대

---

8 Novalis, *Novalis Schriften I*, de Gruyter, 1901, p. 284.

해 대화하면서 서로를 이해하게 될 것이다.[9]

여기서 가장 주목되는 점은 낭만주의를 통해 우리의 현실 문제를 통찰할 수 있다는 발언이다. 그렇다. 싫든 좋든 계몽의 수레바퀴에 실려 지금까지 달려온 세상은 낭만주의에 의해서 반성이 불가피하게 요구되는 상황에 직면했다. 계몽이 초래한 것은 다만 재앙뿐이라는 아도르노의 지적을 다시 상기하지 않더라도, 오늘의 현실은 숱한 재앙들로 점철되고 있지 않은가. 그 상황과 반성을 다음 몇 가지로 요약해볼 수 있을 것이다.

첫째, 반성 없는 질주에 대한 반성이다. 반성, 즉 'Reflexion'의 또 다른 뜻 '반영'은 낭만주의의 소산이자 그 용어인데, 오늘날 이에 대한 관심이 현저히 약화되고 있다. 챗GPT 현상만 보더라도 그것이 출시된 지 불과 1년밖에 되지 않았는데 각종 시험, 심지어 국가고시에서도 검증 없이 이용 가능하다고 수용되는 상황이다. 반성 없는 질주다. 반성의 힘에 대한 진지한 성찰이 요구된다.

둘째, 포스트휴먼, 즉 사람 대신 기계라는 역사적 상황의 제동과 그 정당성 검토가 시급히 요구된다. 그 명제의 당위성은 낭만주의로부터 나온다. '기계천사'라는 용어와 개념은 그 성립 여부가 불투명하다. 뷔르거가 인용한 노발리스의 꿈, 즉 "영원한 평화의 성스러운 시대"라는 소망이 과연 포스트휴먼 시대에 가능하겠는가 하는 물음이 이 시점에서 당연히 제기되어야 할 것이다. 낭만주의는 노발리스의 발언을 통해 세 가지 희망, 즉 평화·영원·성스러움을 제시하였는데 그것은 인류의 실현 가능한 꿈으로서 초시대적인 꿈이 되어야 할 것이다. 이러한 희망을 내걸고 계몽은 그 합리적 이성의 힘을 주창하였고 심지어 마르크

9 페터 뷔르거, 『관념론 미학 비판』, 이기식 옮김, 아카넷, 2005, pp. 46~48.

스 이후의 이른바 진보적 이념들도 그 정당성을 주장해오지 않았는가.

   셋째, 이른바 탈근대적 시각에서의 새로운 인식의 자세와 관련된 탐구이다. 모더니즘을 지나고 포스트모더니즘도 지난 오늘의 지적 상황은 19세기 초 헤겔 전후와 유사하다는 시각이 있는데[10] 여기서 그 시대의 성격이 바로 낭만주의였다는 지적에 귀 기울일 필요가 있다. 왜냐하면 그 시대의 고유한 역동성은 계몽주의에 대한 낭만주의의 도전으로부터 왔기 때문이다. 이때 낭만주의는 단순한 사조의 하나가 아니라 계몽주의적 문화 전략에 대한 전복의 기획이며 이론적 학문의 권위에 대한 혁명적 반항이라고 김 교수는 역설한다. 또한 그는 "낭만주의적 물음 속에서 예감된 최후의 사태는 진리와 가치의 정치성"[11]이라고 말한다. 이 반동의 힘은 계몽적 질서와 대비되는 또 다른 문화와 역사를 일으키고 있는데, 그 모습은 계몽의 산물로서의 과학이 낭만적 과학으로서의 기이한 모습으로 나타나고 있다는 점에서 발견된다. '포스트휴먼'이라는 기이한 예감이다. 챗GPT? 참고로 필자는 2016년 『예감의 실현』이라는 평론집을 상자한 바 있는데, 이제는 '예감의 비판'을 준비해야겠다.

[〈한림대 도헌학술원 강연〉, 2023년]

---

10 김상환, 『니체, 프로이트, 맑스 이후—현대 프랑스철학의 쟁점』, 창작과비평사, 2002, p. 153.

11 같은 책, 같은 쪽.

AI와 낭만주의

나는 낭만주의(혹은 낭만)에 대하여 지속적으로 언급을 해왔다.[1] 이러한 활동을 통해 점차 사라져가는 낭만주의와 그 자취를 더듬어보고 그 의미를 반추하고자 했으며, 더 나아가 이 현상이 바람직한 것인가 하는 문제에 대하여 성찰해볼 것을 제의하였다. 가장 최근에 직접적으로 이 문제에 대한 관심은 낭만주의가 이제는 소멸된 시대 사조인가 아니면 여전히 유효한 역사적 개념인가 하는 점에 관한 물음으로 비롯되었다. 널리 알려지고 있듯이 낭만주의는 유럽, 특히 18세기 독일 문학과 사회를 중심으로한 지배적인 사조였고, 그 흐름은 멀리는 12세기부터 오늘에 이르기까지 연면히 이어져오고 있는 것으로 여겨진다. 그 본질에 관해서는 낭만주의 이론의 중심인물이라고 할 수 있는 슐레겔의 다음과 같은 진술이 가장 대표적인 선언으로 받아들여지고 있다.

> 낭만적 문학은 진보적인 보편성의 문학이다. [……] 낭만적 문학
> 이 의도하고 있는, 또 마땅히 해야할 것은 시와 산문, 창의성과 비

---

1 가장 멀리는 2013년 서강학술총서로 『사라진 낭만의 아이러니』라는 책을 상자한 바 있고 그 이후로 몇 번의 평문과 특강을 통해 이와 관련된 견해를 발표하였다. 최근에는 「노발리스, 그리고 낭만주의의 현재성에 관하여」(한림대 도헌학술원 강연, 2023. 4), 『기억소설, 낭만이라는 파레시아─송호근과 조용호의 소설을 읽다』(『문학과사회』 2022년 겨울호)를 발표하였고 이 문제와 간접적으로 관계된 글들도 몇 편 있다.

판, 창작시와 자연시를 때로는 혼합, 때로는 융합시켜서 문학에 생
동감과 친근감을 줌으로써 삶과 사회를 시화하는 것이며 [……] 동
시에 낭만적 문학은 모든 현실적 또는 이념적 관심에서 벗어나 시
적 반영이라는 날개를 타고 묘사하는 자와 묘사되는 대상 사이를
자유롭게 떠다니며, 마치 무한히 늘어서 있는 거울 속처럼 이 반영
된 모습을 끊임없이 강화하고 늘려간다. [……] 낭만적 문학만이
무한하며 또 자유롭다.[2]

슐레겔의 이러한 진술은 오늘날까지 낭만주의의 교본으로 수용되고
있을 뿐 아니라 동시에 그 자체가 문학의 기본 개념으로 원용된다. 그
것은 문학의 진보성, 자율성, 독립성 그리고 무엇보다 자유의 정신을
의연하게 드높인 문학 정신의 선포라고 할 수 있다. 이 정신은 이 같은
진보·자율·독립을 위협하는 동시대의 계몽주의적 간섭을 물리친 문
학의 승리라고 할 수 있는데, 슐레겔은 그 같은 선포에 그치지 않고 이
를 발전시켜나가기 위한 구체적 방법론까지 세밀하게 다듬었다. '낭만
적 이로니Romantische Ironie'와 같은 개념은 놀라운 탁견으로서 오늘
날 문학을 문학되게 하는 창조적 혜안이 담겨 있는 성찰이라고 할 수
있다.[3] 이러한 형이상학적 발견은 자유의 구현을 담보하는 형식으로서
의 예술을 양식(樣式)화할 수 있었는데, 그것은 물론 계몽 혹은 계몽주

---

2 F. Schlegel, "Athenaum Fragment 116," pp 80~81; 김주연, 『노발리스─낭만주의 기독교 메
르헨』, 문학과지성사, 2019, p. 282에서 재인용.

3 낭만적 이로니('낭만적 아이러니' 혹은 '낭만적 반어'로 표기된다)는 정통적인 반어법을 끊임없이
구사함으로써 어떤 생각이나 형태가 한자리에 머물러 있는 것을 거부한다. 낭만주의의 본질이라
고 할 수 있는 동경과 환상을 표상화하고 추구하는 방법론이라고 할 수 있는데 "파괴와 생성을 거
듭한다"는 슐레겔의 언표에서 명료하게 드러난다. 말하자면 자기 파괴와 자기 창조의 정신인데,
후기 낭만주의가 퇴조하면서 대두된 헤겔 미학은 이러한 정신을 "진지함이 결여되어 있기 때문에
예술은 지나치게 자의적인 형식"이라고 비판한다. G. W. F. Hegel, *George Wilhelm Friedrich
Hegel's Werke, Vol. 14*, Suhrkamp, 1986, p. 139.

의와의 힘겨운 고투 끝에 얻어진 결과이며 그 싸움은 지금도 계속되고 있다고 보아야 할 것이다. 낭만주의와 계몽주의의 싸움은 역사적인 것이며, 문명적인 것이기도 하다. 예부터 시작되었고 오늘에 와서는 훨씬 교묘하고도 가열찬 모습으로 변형되었기에 그만큼 운명적인 것이라고 볼 수도 있다. 어떤 의미에서는 인간 혹은 인류의 내면에 음험하게 자리 잡고 있는 양면적인 짐승의 모습이라고 할까. 그 기원과 관련해서는 다음 견해가 주목할 만하다.

> 낭만주의에 대한 효과적 비교 대상이 어디서 발견될 수 있는지 처음부터 불분명하다. 고전주의인가, '질풍노도'인가, 혹은 계몽주의인가. 나는 그것이 계몽주의라고 말하고 싶다. 그리고 이 대답에는 낭만주의를 이미 고전주의에 대한 반대 사조로서, 혹은 '질풍노도'와 관련지어보고자 하는 학설에 대한 나의 근본적인 반대 입장이 포함된다. […] 그러므로 다음과 같은 확고한 결론이 유도된다. 시대를 소급해 올라가 낭만주의가 부딪히는 시대사조이자 근본적 대립항은 계몽주의이며, […] 보다 높은 정신적 차원에서 낭만주의는 고전주의와 같은 자리에서 합리주의, 현실주의와 맞서는 그 싸움을, 계몽주의를 상대로 벌였던 것이다.[4]

그렇다면 낭만주의의 그 어떤 무엇이 계몽주의의 그 어떤 무엇과 날카로운 대립을 보였던 것일까. 낭만주의의 본질과 관련해서는 첫째, 역사적 연원이라는 측면 그리고 다음으로 그 성격 자체에 대한 측면이라는 점에서 주목된다. 낭만주의의 역사에 대해 개관하는 일은 간단치 않다. 그 성격에 대한 분석과 성찰도 만만치 않다. 그러나 이 두 측면

---

4 Ernst Fisher, *Ursprung und Wesen der Romantik*, 1986, Sendler, p. 8.

이 함께 어울려 있는 상황에 대한 개관이 있을 수 있는데, 그것은 '낭만주의' 혹은 '낭만적'이라는 말의 어원을 살펴보는 일이다. 문학예술 용어로서 'romantik'(독일), 'romantique'(프랑스)의 어원은 고대 프랑스어인 'romanz'에서 유래한다고 알려져 있는데, 이 말은 라틴어가 아닌 프랑스 통속어인 로만어로 씌어진 모든 문예 작품 일반을 뜻하는 것이었다. 12세기경으로 알려진다. 그 후 소설이나 설화를 지칭하는 것으로 사용되었는데 요컨대 '옛이야기'쯤이 아니었나 싶다. 옛이야기 속에는 신기하고 마법적인 것, 공상적이며 비현실적인 것이 많아서 17세기 영국에서는 'romantic'이라는 형용사가 현실과 동떨어진 애매성을 가리키는 것으로 여겨졌으며 그러한 분위기는 프랑스로, 독일로 넘어가는 경향을 보였다. 그 사이 독일어 'romantisch'는 로만어를 뜻하는 'romanisch'와 동의어가 되었고 결국 로만어로 씌어진 소설과 같다는 뜻이 되었다. 그 과정에서 그 의미는 조금씩 바뀌고 확대되어서 저 멀리 있는 것, 모험적인 것, 허구적이며 불합리한 것, 기사소설의 내용 같은 것들이라는 뜻을 담게 되었다.[5] 이처럼 중세시대 서구를 중심으로 하여 발원한 사연은 어원과 내용 면에서 모두 비현실적인 이야기 일반을 뜻하는 것이어서 다소 잡스러운, 그러나 재미있는 양식이라는 면을 지닌, 긍정과 부정의 양면성을 띤 문학 장르의 성격을 가지고 있다.

따라서 합리성을 강조하는 계몽주의가 대두하면서 낭만주의가 엄격한 비판에 직면하게 된 것은 자연스러운 일이자 거부할 수 없는 역사의 흐름이라고 할 수 있다. 계몽주의는 원래 18세기 초부터 말까지 이르는 18세기 서구의 사조로서 중세 기독교 신앙과 그 권위에 반발하여 그로부터의 해방을 추구한 일체의 정신사적 흐름을 일컫는 바, 시기적으로나 그 흐름의 내용 면에서 낭만주의와 정면으로 배치된다. 그러나

---

5 지명렬 편저, 『독일문학사조사』, 서울대학교출판부, 1986, p. 228 참고.

계몽주의자를 자처하는 쪽에서 생각하는 계몽주의와 이에 의해 배척되는 낭만주의자들에 의해서 인식되는 계몽주의는, 당연한 일이겠으나, 사뭇 다르다. 전자의 경우 계몽주의는 새로운 이성의 시기의 표상이었고 문명적 발전의 예표이자 동력이었다. 그리하여 18세기 후반 작가와 지식인들은 계몽주의라는 말속에서 강한 자부심을 느꼈고 서구 문명의 새로운 선각자적 사명감을 드러내기도 했다. 그 성격과 위상은 칸트의 다음과 같은 말속에서 분명하게 압축된다.

> 계몽주의는 스스로에게 책임을 져야 할 인간이 미성숙 상태에서 벗어나는 것이다. 미성숙이란 타인의 인도를 받지 못하면 자기 스스로의 이해 능력을 수행하지 못하는 무능을 뜻한다. 이때 그 원인이 이해 능력의 결여 아닌 타인의 인도 없이도 그 능력을 수행하지 못하는 결의와 용기의 결여에 있다면 그 미성숙은 자신에게 책임이 있다. 담대히 알려고 하라! 당신 자신의 이해 능력을 밀고 나가는 용기를 가져라! 이것이 계몽주의의 슬로건이다.[6]

계몽주의가 이성 추구의 합리성의 바탕 위에서 18세기 말 이후 새로운 시대정신을 주장하면서 19세기 시민사회 건설에 힘을 쏟고 다윈의 진화론 등을 배경으로 한 자연과학적 질서를 구축하고 근대를 개척해온 것은 사실이다. 그러나 이 과정에서 낭만주의가 역사적 반동으로 치부되어 비현실, 비실용의 공상적 문학으로 배척되어온 것은 이 두 사조의 성격이 지나치게 양극화되어 현실적 설득력이 떨어진다는 비판에도 귀를 기울일 시점이 되었다. 아니, 그 시점은 벌써 지나갔고 너무 늦은 감이 있다. 무엇보다 계몽주의의 공리성에 대한 비판, 그리고

---

6 같은 책, p. 106 참고. 부분적으로 필자가 수정하였음.

기계문명의 도구적 이성으로 전락한 '계몽적 이성'에 대한 프랑크푸르트 학파의 비판이 제기된 지는 오래되었다. 가령 아도르노의 『계몽의 변증법』에 대한 유효한 공격은 일어나지 않은 채 오히려 아도르노의 유효성을 입증하는 새로운 문명의 상황이 도처에서 발생하고 있어서 이제는 '계몽'이 버리고 간 '낭만'에 대한 복원을 부분적으로라도 진지하게 검토할 단계가 아닌가. 나로서는 그러한 생각을 가지게 된다. 자, 그 접점을 어디에서 찾을 것인가.

그 접점을 이 시점에서 나는 AI 혹은 챗GPT 문명에서 찾아보는 것이 어떨까 생각한다. 인간의 행복을 추구하기 위해 달려온 문명이 그 열쇠를 기계에게 맡기는, 아도르노의 이른바 '기계천사'론이 그 얼굴을 드러내는 장면이 여기서 본격화되고 있기 때문이다. 이처럼 기계가 승리하고 있는 것 같아 보이는 인공지능의 현실화는 과연 계몽의 결과인가, 낭만의 승리인가. 어차피 역사의 수레바퀴가 여기까지 굴러왔다면 거대한 이 두 사조의 압도적인 영향 아래에서 흡사 게임처럼 보이는 인공지능이라는 새로운 '인간기계'가 나타난 것이다. 구글의 설명에 의하면, 인공지능이란 컴퓨터에서 음성 및 작성된 언어를 보고, 이해하고, 데이터를 분석하고 추천하는 기능을 포함, 다양한 고급 기능을 수행할 수 있는 일련의 기술이다. 그러므로 인공지능은 인간의 지능이 미치는 것보다 규모가 큰 데이터를 포함하면서 컴퓨터 공학과 하드웨어 엔지니어링은 물론 철학과 심리학 등의 인문학까지 영향을 끼칠 수 있다고 주장한다. 특히 주목되는 것은 AI 개발의 4단계 가운데 3, 4단계에 자리 잡은 마음 이론과 자기 인식에 대한 비전이다. 인간의 마음을 모방할 수 있고 인간과 같은 감정을 가지며 인간과 동일한 의사 결정 능력을 가지는 단계가 차츰 성공해가는 듯 보이는 것은 주목된다. 만약 이 단계가 이루어진다면 AI 자신이 자신의 존재를 인식하고 지적, 감성적 능력을 가진 기계로 진화하게 된다. 아직은 존재하지 않는다고 하더라도 전문가들 사이에서는 꿈의 비전이 실현될 것으로 기대한다. 챗GPT는 이를 향한 전진으로도 보이는데 로봇의 실생활화 등 인공지능 시대는 사실상 열렸다고 보아야 할 것이다.

문제는 이러한 포스트휴먼, 즉 비인간의 세상이 과연 바람직한 길이며, 대체 이 현상이 인간의 어떠한 역사적 활동의 소산인가 하는 점에 대한 반성이다. 말하자면 비합리성을 제거하고 합리적 과학성의 세계를 추구해온 계몽의 결과로서 기계천사가 등장하게 되었는데, 그것이 과연 계몽의 올바른 선택인지 성찰이 필요한 것이다. 게다가 만일 그것이 낭만의 배척 가운데 이루어지고 있다면 계몽과 낭만의 현대적 해석이 다시금 긴요하다고 할 수 있다. AI와 챗GPT는 생활의 편의를 위해 필요한 방법일 수 있겠으나 그 자체가 삶의 목적이나 더 나아가 인생의 가치에 있어서 선(善)으로 자리매김하는 손쉬운 역사적 진행으로 나아가는 일은 신중해야 할 것으로 보이기 때문이다. 무엇보다 '낭만'은 손쉽게 배제될 수 있는, 단순한 역사적 개념은 아닌 것이다.

'계몽'은 그것이 '이성'의 표상으로서 근대와 문명을 추동하는 가치와 힘으로 18세기 후반 이후, 특별히 19세기 후반부터 시민사회의 소중한 덕목으로 여겨져왔으나 20세기에 들어와 몇 차례에 걸친 세계대전과 격화된 이데올로기의 대립, 경제적 풍랑과 가치관의 전도 등을 겪으면서 그 유효성이 회의에 직면하게 되었다. 이에 대해서는 일찍이 아도르노가 20세기 중반 『계몽의 변증법』(1947)을 통해 계몽이 이미 이데올로기로 전락했다고 개탄했으며 그 부정적 성격을 전면적으로 비판한 바 있다.[7] 낭만 혹은 낭만주의는 기계천사를 발명하고 이를 인간 진

---

7 아도르노의 '계몽'에 대한 비판은 『계몽의 변증법』에서 신랄하고 상세하게 이루어진다. 특히 니체 이후의 상황에 대한 비판은 20세기 들어 왜곡된 계몽주의를 참혹하게 고발한다. "니체가 계몽을 지고한 정신의 보편적 운동으로 파악하면서 동시에 계몽은 이러한 운동의 완성자로서 **삶과는 적대적인 허무주의적인 힘**이라는 사실을 인식했다면, 파시즘이 창궐하기 직전 니체의 후예들은 [……] 계몽을 이데올로기로 전락시켰다. 이 이데올로기는, 살아 있는 모든 것을 억압하는 지금까

보의 화신이나 인류 문명의 승리로 자축하는 무리들을 곁눈질하면서 그로부터의 탈출을 꿈꾼다. 계몽을 믿었으나 그로부터의 배신감을 느끼고 새로운 변증법을 발견한 아도르노의 다음과 같은 진술이 새로운 낭만의 싹이 될 것으로 기대한다.

> 기독교에서 일어났던 것— 바꾸어 말하면 현실에서는 고통에 무방비 상태로 노출되어 있는 선(善)이 역사의 진행을 결정하고 궁극적 승리를 가져오는 숨겨진 힘이라는 것— 이 역사철학에서 다시 되풀이된다. '세계정신'으로서든 '내재적 법칙'으로서든 신격화가 일어나는 것이다. 이런 식으로 역사는 직접 그 반대되는 것으로 바뀔 뿐만 아니라, 사건의 논리적 흐름인 필연성을 끊고 싶어 하는 '이념' 자체도 왜곡된다.[8]

결국 인간 자체를 배제하는 데 성공한 듯이 보이는 AI 기계천사의 위력이 합리성과 효율성을 뽐내면서 그것을 가능케 한 계몽의 세계정신, 그리고 내재적 법칙을 내세울수록 그 한계의 시한은 가까이 오게 된다는 것이다. 아도르노의 이 같은 역사철학 비판 안에는 파괴와 생성을 끊임없이 거듭하는 낭만적 아이러니가 내재해 있다. 인류는 역사를 비판하는 자기부정 앞에서조차 낭만의 숨겨진 이 힘을 부정할 수 없다.

낭만의 힘은 낭만적 반어의 무한한 활용으로부터 그 가능성이 엄청나게 기대된다. AI와 챗GPT를 부정하지 않으면서도 그 인문적 확장의 가능성은 촘스키Avram N. Chomsky의 견해를 들어보면 거부할 수 없는

지의 실천을 맹목적으로 되풀이하는, 눈먼 삶에 대한 눈먼 찬양이 된다." Th. W. 아도르노 · M. 호르크하이머, 『계몽의 변증법』, 김유동 옮김, 문학과지성사, 2001, p. 82 참고.

8 같은 책, p. 334.

이중의 희망으로 다가온다. 이와 관련된 한 철학자의 진단이다.

> 언어학자 노엄 촘스키는 챗GPT를 놓고 '하이테크 표절'이라 규
> 정했다. 이런 진단은 향후 논의의 방향을 표절의 문제로 몰아갔다.
> 솔직히 말해 챗GPT의 등장을 신기술 환경에서 글쓰기의 본질이
> 무엇이고 교육에서 글쓰기가 '무슨 소용이 있는지'를 논하는 계기
> 로 삼았어야 했다. 또한 '읽기와 쓰기'를 중심 활동으로 삼는 인문
> 학의 현재 위상을 살피고 혹 필요하다면 어떻게 재정의되어야 할
> 지 논했어야 했다.[9]

그렇다면 촘스키 교수는 이 문제에 대해 어떤 견해를 피력했는가.
그는 케임브리지 대학의 이언 로버츠 언어학 교수와 함께 『뉴욕 타임
스』에 기고한 원고 「챗GPT의 거짓 약속」에서 "오늘날 AI의 소위 혁
명적인 진보는 낙관론과 동시에 우려를 불러일으킨다"면서 "문제 해
결 수단으로서 지능을 활용하는 것은 바람직하지만 최근 유행하는 머
신러닝 유형의 AI는 근본적으로 결함이 있는 언어·지식 개념을 기술
에 포함해 과학과 윤리를 저하시킬 수 있다"고 비판했다.[10] 그는 "인간
의 정신은 패턴매칭과 방대한 데이터 학습에 의존해 가장 그럴듯한 답
을 추론하는 챗GPT와 달리 '놀라울 정도로 효율적이고 우아한 시스
템'"이라고 하면서 인간 정신의 오묘한 절대성을 평가했다. 적은 양의
정보로도 작동하고 데이터 간 상관관계를 추론할 뿐 아니라 그에 대한
설명도 할 수 있다는 것이다. 인간의 무의식적인 언어 습득 능력은 유
전적으로 문법 체계를 바탕으로 신속하게 발휘되지만 머신러닝 프로

9 김재인, 「확장된 문해력과 인문학의 재정의」, 『광주일보』 2023년 11월 21일 자.

10 장형임, 「언어학 대가 촘스키 "AI, 인간에겐 한참 멀었다"」, 『서울경제신문』 2023년 3월 9일 자.

그램은 인간이 아닌 수준의 인지 혁명 단계에 갇혀 있다는 것. 촘스키 교수는 특히 "챗GPT 같은 프로그램들은 설계상 가능한 것과 불가능한 것을 구분하지 못한다"면서 머신러닝 시스템의 불확실성을 지적했다. 물론 도덕적 사고의 불완전은 이 시스템의 치명적 결함이다. 이들의 다음과 같은 비판과 전망은 예리하면서도 신선하다.

  암기력 등 양적 능력은 물론 통찰력, 예술적 창의성 등 질적인 측면에서까지 기계가 인간의 뇌를 추월하는 날이 언젠가 올 수는 있겠지만 아직 동도 트지 않았다. 챗GPT 같은 머신러닝 프로그램이 AI 분야를 계속 지배하는 한 그런 날은 오지 않을 것이다.

[〈대한민국예술원 세미나〉, 2023. 12]

기억소설, 낭만이라는 파레시아

—송호근과 조용호의 소설

1

사라져버린 옛 애인을 닮은 여인을 우연히 만나면서 소설은 기억 속으로 빠져들고, 그 기억은 오늘의 현실 속에서 아픔으로 다시 떠오른다. 아픔이 된 기억을 작가는 왜 다시 떠올리는가. 기억이 혹 치유의 기능을 갖고 있다면 모르되 그렇기는커녕 새록새록 그 상처가 오히려 살아나지 않는가. 맞다. 기억은 상처를 다시 일으킨다. 누가 기억이 상처를 치유시켜준다고 했는가. 기억은 그것이 상처인 줄 몰랐던 상처를 그 주변의 피와 물, 흙 따위를 닦아주면서 상처를 상처답게 오롯이 드러내준다. 그리하여 상처의 주인공은 물론 그것을 보는 이들로 하여금 아! 하는 탄식과 신음을 뱉게 하고, 시간 속에 기억도 없이 묻혀버린 상처를 흔적과 함께 재현시킨다. 소설가 조용호의 소설 제목처럼 그것은 "사자가 푸른 눈을 뜨는 밤"이 된다. 혹시 낮에는 잠을 자거나 새끼 사자들과 유순하게(?) 노닐다가, 밤이면 푸른 눈을 부릅뜨고 먹이를 찾는 사자를 본 일이 있는가. 아프리카 야생동물 공원 사파리에서 흔히 볼 수 있는 광경이다. 이제 사자가 푸른 눈을 떴다. 그가 그 눈으로 보고자 하는 것은 무엇보다 뇌리에 박혀 있는 기억이며, 그 기억 속에서 벌이고 있는, 벌어졌던 끔찍했던 역사들, 그리하여 이제는 '끔찍한 현재'가 되어버린 우리의 왜곡된 일상이다. 마치 사자처럼, 푸른 눈을 뜨기 위해 밤을 기다려온 사자처럼, 작가는 기억을 지켜왔다고 할 수 있다.

조용호의 『사자가 푸른 눈을 뜨는 밤』(민음사, 2022)은 물론, 송호근의 『다시, 빛 속으로』(나남, 2018)도 이러한 관점에서 주목되어야 할 장편소설로 생각된다. 우리에게 다소 덜 익숙한 이름의 이 두 작가는, 그러나 주목할 만한 소설집을 이미 몇 권 상자한 일이 있는 중진 언론인(조용호)이며, 세상에 상당한 영향력을 뿜어내는 거물 사회학자(송호근)이다. 이들은 소위 문단을 중심으로 한 프로 소설가들이라고 하기엔 어딘가 덜 어울리는, 그러기에 육십대의 연령에도 불구하고 젊은이들 같은 신선한 공기를 자아낸다. 나이를 무력화시키는 그 공기는 어디서 불어오는 것일까. 그것은 바로 기억의 힘이다. 기억이라는 날개를 달고 이들 소설의 현실은 40년 전, 70년 전, 80년 전으로, 그리고 다시 오늘로 가볍게 왕래한다. 그 무거운 세월을 짖혀가면서—

장편 『사자가 푸른 눈을 뜨는 밤』은, 이란인들이 보석처럼 여기는 도시 아스파한에 있는 사자상에서 그 제목이 나온 것으로 소설에서 설명된다. 사자상의 무엇이 작품 제목이 되도록 작가에게 다가온 것일까. 작가는 소설 안에서의 묘사, 그리고 다시 '작가의 말'에서의 부연 설명을 거듭함으로써 그가 받은 감동을 술회한다. 그 감동은 바로 이 소설의 모티프이자 주제가 된다.

카주다리 남단과 북단 아래에는 돌로 만든 사자상이 강을 사이에 두고 서로 마주 보고 있다. 사자는 페르시아를 상징하는 동물로 왕궁이나 주요 지역에 어김없이 존재한다. 이 사자상이 밤에 신묘한 마술을 부린다. 아스파한의 3대 미스터리 중 하나인데, 남쪽 사자상 앞에서 강 건너 북쪽 사자상의 두 눈을 보면 녹청색 빛이 레

이저 광선처럼 뻗어 나오는 것을 볼 수 있다. [……]

왜 이런 현상이 일어나는지 정확한 이유는 밝혀지지 않았다. [……] 돌아보니 그동안 써온 소설의 기저에는 모두 하원의 그림자가 어른거리고 있었다. (『사자가 푸른 눈을 뜨는 밤』, pp. 158~59)[1]

하원은 소설의 여주인공이다. 다른 한 주인공은 소설 화자인 '나'다. 정확하게 말하면 '나'가 사라져버린 하원을 찾는 이야기이므로 두 사람 모두 주인공인데, 세밀히 읽어보면 이 밖에도 이 일에 관계된 여러 인물이 모두 주인공이라 할 수 있다. 무엇보다 실종된 하원의 딸로 추정되는 희연이라는 젊은 여성은—그녀는 '나'를 도와서 하원 찾기의 현장에서 공동 주인공이 된다—오로지 하원과 외모가 닮았다는 이유로 '나'에게 발견되어 모르고 있었던 자신의 뿌리가 비극의 터였음을 알게 되는 피해자가 된다. 피해자! 그렇다. 이 소설의 주인공들은 모두 '야만의 시대'로 통칭된 독재 정권의 피해자이다. '나'와 하원, 희연뿐 아니라 40여 년 전 1980년대 야학 연대에 봉사했던 젊은 학생들 모두가 피해자이며 주인공들이다. 그중에는 옥상에서 투신한 수호도 있고, 학강이라고 불리었던 순영, 하원으로 추정되는 여성을 돌보아주면서 함께 살아가는 해녀 금희, 심지어는 '나'와 하원 등 젊은이들을 수사하고 심문했던 수사관들, 형사 최상국 등 모두 피해자이자 주인공의 자리에 있을 수밖에 없는 인물들이다. 그러므로 이 소설은 하원의 종적을 찾는, 그녀에 대한 아득한 그리움의 서정적 서사이자 그 시대를 함께 산, 그러나 지금은 만날 길 없는 사람들에 대한 추모와 연모, 따뜻하면서도 강렬한 기억의 문학으로 기념된다. "사자가 푸른 눈을 뜨는 밤"은,

1 이하 이 글에서 『사자가 푸른 눈을 뜨는 밤』의 본문을 인용할 때는 괄호 안에 쪽수만 밝힌다.

이처럼 우리 소설들 가운데 드문 기억소설Erinnerungsnovelle[2]이 된다.

1) 모든 것은 서서히 바스라진다. 한때는 절절하고 애틋했던 기억조차 모두 사라진다. 스러져 가다가, 한 번 사로잡혔던 사람이나 기억은 깊은 망각 속에서도 가끔 유령처럼 솟구쳐 올렁일 때가 있다. 그 사람에 대한 기억이 독자적인 생명체가 되어 저 홀로 희미한 빛줄기 속을 부유한다. 강렬했던 기억이 다 그런 것은 아니지만, 아픈 기억은 세월이 흘러도 쉬이 잊히지 않는다. 세월이 흐를수록 더 선명해지다가 미라로 박제되는 기억도 있다. (p. 7)

2) 하루하루가 이즈음은 낯설었다. 매일 생을 새로 생각하는 느낌이 드는 건 기억 회로에 이상이 생긴 탓일까. [……] 기억 세포에 생긴 문제라기보다 하원의 젊은 아바타 같은 존재가 나타난 것이 결정적인 이유일 수도 있다. (pp. 28~29)

3) 가까스로 빠져나왔다고 생각했는데 어느 날 한 발짝도 벗어나지 못한 채 그 기억을 수면 아래로 지그시 눌러놓고 살았다는 자각을 한다면 어떤 느낌일 거 같아요? (p. 30)

4) 지금 내 기억은 어느 단계인가. 그녀에 대한 내 기억만은 세월이 흘렀어도 여전히 선홍빛이라고 장담할 수 있을까. [……]

---

2 나이가 들어서 어린 날을 아름다웠던 시간으로 회상/기술하거나, 근대문학이 낭만주의의 원천을 이루는, 모든 것이 합일 상태에 있었다고 믿고 고대를 재현하고자 할 때 이러한 명칭이 사용되기도 한다. 기본적인 개념은 다음 책을 참조. Gero von Wilpert, *Sachwörterbuch der Literatur*, Stuttgart, 1979, p. 237.

여전히 따스한 다홍빛인 건 부인할 수 없을 것 같다. (p. 32)

5) 하원과 함께 꾸렸던 인생의 날들, 그 순금 같은 기억의 성소
가 저만치 보였다. (p. 40)

6) 우리는 그대의 흔적이라도 붙들고 그대를 기억하고 싶었던
거지. (p. 42)

소설의 전반부에는 '기억'과 관계된 진술이 이처럼 곳곳에 편재해 있
다. 여기서 '기억'은 기억밖에 남지 않을지도 모른다는 불길한 예감 아
래에서 씌어진 듯한 느낌마저 준다. 혹은 이미 기억밖에 남지 않은 상
황을 보고함으로써 기억의 속성을 새삼 깨우쳐준다. 확실한 것은 작가
는 이미 기억을 통한 소설의 작성을 작정하고 있다는 사실이며, 그 의
미의 깊이를 인식하고 있다는 것이다. 그 의미가 무엇인지에 대해서
소설은 문제의 본질에 직접적으로 육박하는 이른바 '파레시아Parrhesia'
개념을 꺼내 든다.

또한 그가 말한 내용 중 더 각별하게 다가온 말은 '기억은 전쟁'
이라는 주장이었는데 "반인권적이고 비민주적인 역사 과정의 승인
을 강요하고 정당성을 강요한 권력을 지지하도록 기억을 조작하는
국가와 이로부터 벗어나 기억의 자율성과 역사의 진실을 찾고자 하
는 국민들 간의 갈등이 기억을 둘러싼 전쟁"이라는 것이다. (p. 94)

의문사 현황과 해결 방안에 관한 한 심포지엄에서 발표된 주장의 인
용 형식으로 개진하고 있는 이러한 내용은, 곧 이어서 '파레시아' 개념
을 가장 바람직한 방식이라고 소개한다. 이 개념을 소설 속의 설명 그

대로 옮기면 다음과 같다.

> 그 교수가 의문사 해결을 위한 정치사회학적 모색의 한 방법론
> 이 바로 '파레시아Parrhesia'였다. 파레시아는 프랑스 철학자 푸코의
> 말년을 사로잡았던 개념으로, '모든 것을 말하기'를 뜻하는 그리스
> 어다. [……] 심포지엄에서 돌아와 구체적으로 들여다본 파레시아
> 는 인간이 자신의 삶을 변화시키는 자기 수양의 방편이었다. 진실
> 을 말하는 것, 그럼으로써 자기가 빚어 나가는 자신이라는 예술 작
> 품을 완성시키기 위해 필연적으로 갖추어야 할 덕목이 바로 파레
> 시아였다. [……]
> 파레시아는 누군가의 일그러진 내면을 바로잡게 만드는 과정일
> 뿐 아니라, 진실을 알지 못해 고통 받는 이의 형상도 복구할 수 있
> 는 명약인 셈이다. (pp. 94~95)

작가는 여기서 왜 파레시아를 꺼내드는가. 그 이유는 기억, 그리고
사자상과 긴밀히 연관된다. 조용호 소설이 기억을 강조하면서 동시에
기억의 기반 위에서 씌어지고 있는 까닭이 무엇일까. 사자상의 푸른
눈빛과 대체 무슨 관련이 있을까. 파레시아와 기억은 모두 "희미하지
만 맑은 느낌을 주는 청록빛" 돌사자의 한쪽 눈에 연결되어 있다. 조금
더 따져 들어가보자. 자, 사자는 돌사자, 즉 살아 있는 사자가 아니다.
그러나 마치 살아 있는 사자처럼 빛을 발하지 않는가. 기억이 그렇다.
기억은 살아 있는 실재das Reale가 아니지만, 실재 이상으로 움직이며
영향력을 가진다. 사실 소설에서 실재는 아주 자주 '유령의 삶'으로 비
실재화되기 일쑤이며 '나'는 "현실보다 허구에서 더 위로를"(p. 89) 받
기도 했다. 실제로 '나'는 소설을 썼고 소설가가 되었다. 작가와 주인공
의 동일화Identification가 이루어진 것이며, 소설의 내용이 지닌 현실적

개연성은 자연스럽게 증가한다. 혹시 자전적 소설이 아닌가 하는 의문도 따라서 슬그머니 대두된다.

결국 돌사자는 기억의 역할을 하고 있는 것이다. 돌처럼 제자리에 있지만 푸른빛을 쏘아대는— 그리하여 '나'가 하원과 함께 인생을 꾸렸던 서해안의 누추한 집이 '기억의 성소'가 되는 것이다. 그 자리는 그대로이지만 두 사람의 뜨거우면서도 서늘한 열정은 시간이 가도 바로 거기서 발원하고 있지 않은가. 소설의 전 장면은 그 빛의 파장 안에 있다.

파레시아는 그렇다면 어디에 자리하는가. 파레시아의 자리는 애매하다. 모든 진실을 말한다는 뜻의 파레시아는 작가의 설명대로 원래는 의문사 해결의 한 방법론이다. 말하자면 하원의 실종에 관계된 가해자들의 정직한 고해가 필수적인데 여기에는 또 피해자 쪽의 용서가 수반된다. 그러나 이 방법은 의문사 진실을 밝히는 길이 될 수 있을지 모르나, 그 자체가 기억과 돌사자를 껴안는 현실적 카테고리의 기능을 하는 것은 아니다. 조용호는 파레시아가 "진실을 알지 못해 고통받는 이의 형상도 복구할 수 있는 명약"이라고 했지만 현실성이 보장되지 않는 푸코의 희망 논리라는 평가를 넘어서기 힘들다. 따라서 나로서는 여기에 덧붙여 만약 파레시아가 실현된다면, 이때에는 돌사자의 빛도 기억의 힘도 다른 평가 앞에 설 수밖에 없지 않겠느냐는 문제를 제기하지 않을 수 없다. 파레시아의 자리가 애매하다는 말은 이러한 정황의 소산이다. 왜냐하면 이 소설은 이미 저질러진 정치적인 압제의 산물이기 때문이다. 소설의 시작과 끝에 출몰하는 자욱한 바다 안개는 이러한 애매성의 세계에 대한 슬픈 상징이 아닐까. 파레시아는 기억을 통해 예술의 자리로 나아간다는 슬픔.

그러나 문학에서 기억의 자리가 슬픈 것만은 아니다. 오히려 낭만주의 문학에서는 상상력의 원리로 오래전부터 작동하여왔으며 근대의 계몽적 세계관에 맞서는 영적 동력으로서 현대에 와서도 그 유효성이 인식되고 있다.[3] 『사자가 푸른 눈을 뜨는 밤』은 이러한 기억의 힘을 배경으로 몇 가지 메시지를 던지고 있는 중요한 작품이다. 첫째는, 그렇게만 읽지 말아달라는 작가의 당부에도 불구하고 소설이 공권력의 폭력에 대한 고발임은 누가 보아도 분명하다. 실종의 모티프가 불법 연행에서 시작되고 있지 않은가. 그다음의 메시지는 작가가 드문드문 설정해놓은 대로 모든 죽음은 의문사라는 실존의 인식이다. 세상에 어디 합리적인 죽음이 있겠는가. 스쳐 지나간 인연을 포함한 인간들을 다시 만나지 못한다면 그 자체가 부조리일 것이다. 그러나 가장 큰, 가장 소중한 주제는 그리움이다. 그리움은 그 대상이 사람이든 사물이든, 혹은 자연과 풍경이나 어떤 관계이든 그것이 소멸되었거나 존재를 알 수 없게 되었을 때 발생한다. 그러나 반드시 그런 것은 아니다. 이 소설은 이 모든 메시지를 품고 있다.

한편 소설 말미에 등장하는, 하원으로 추정되는 여인으로 말미암아 그녀가 이 땅에 생존해 있음이 암시된다. 그러나 기억력이 상실된, 해녀처럼 살아온 실성한 그녀의 모습은 앞서 말한 세 가지 메시지를 모두 함께 던져준다. 무엇보다 발랄한 생명의 청춘을 망가뜨린 공권력의 폭력, 더 나아가 모든 관계가 해체되어버린 부조리한 실체, 덧붙여 사랑의 생명체를 향한 가없는 그리움을 그녀는 가감 없이 드러낸다. 이 모두가 그 메시지이다. 복원 불가능의 선사시대[4]가 그 속에서 울고 있다. 오직 기억만이 그 속으로 들어갈 수 있다.

---

3 기억소설은 노발리스와 횔덜린 등 낭만주의 문학에서 본류를 이루고 있고, 이와 관련해 최근에는 귄터 그라스의 『양철북Blechttrommel』(1959)이 거론된다. 그라스의 경우 『양파 껍질을 벗기며 Beim Höuten der Zwiebel』(2006)에서 자신의 나치 복무 경력을 고백함으로써 큰 파문을 일으킨 일이 기억소설과 파레시아의 관계를 보여준 사례로 주목된다. 조용호의 소설이 가해자의 고백을 촉구하는 의미의 파레시아를 도입한 것과 대비된다.

4 태고(혹은 선사시대Vorzeit)는 노발리스가 기억을 통해 재현하고자 했던 그리움의 대상이다.

멀리서 해무를 뚫고 배 한 척이 서서히 포구를 향해 윤곽을 드러
낸다. 뱃전에서 한 여인이 오른팔을 들어 방파제를 향해 길게 손을
흔들고 있다. 아직 얼굴은 잘 보이지 않는다. 뱃전의 외등에 반사되
는 안개가 여전히 짙다. [……] 해무와 너울 속에 윤곽이 드러났다
사라지기를 느리게 반복한다. 바다에 떠 있는 솟대 하나가 어둠 속
에 출렁거린다. 사자가 푸른 눈을 뜨는 밤이다. (p. 186)

하원으로 보이는, 그러나 이제 40여 년 전의 그녀와는 모든 관계가
끊어지고 풀려나간 하원이 그녀인 듯 아닌 듯한 모습으로 바다에 서
있다. 소설은 이 마지막 장면에 다시금 "사자가 푸른 눈을 뜨는 밤이
다"라는 말을 마치 시의 각운이나 되듯이 거듭 넣고 있다. 여기서 그
말은 새삼 또 다른 여운으로 울린다. 아프리카 사파리 야생 공원의 사
자가 낮 시간을 보내고 밤을 기다리듯이, 작가 조용호도 이제 길게는
40년, 짧게는 8년(그는 8년을 꿈틀거렸다고 '작가의 말'을 통해 고백한
다)의 시간을 접고 파레시아의 밤으로 접어든 게 아닌가 하는 깨우침
의 울림. 이제 작가는 파레시아의 밤이 되어 비로소 입을 여는 사자가
되었는가. 파레시아의 입이 된 푸른 눈.

2

조용호가 제기한 공권력 폭력의 비극과 그 슬픔을 보다 더 깊은 곳
에서 다루고 있는 작품이 송호근의 『다시, 빛 속으로』이다. 이 모든 문
제의 속 깊은 환부로서 남북 분단과 한국전쟁, 일본의 한반도 강점의
비극적 근대사가 떠오른다. 이때에 대부분의 우리 문학작품은 역사적
기술과 병행하는 자리에서 그 환부를 만지며 시간의 엄혹함, 일제의 잔

인함과 이념의 허황됨, 민족의 파멸을 인간적 시점으로 그려나갔다. 말하자면 기억소설의 형식으로 주인공이 소환된 일은 드물었다. 2018년에 발간된 송호근의 장편소설『다시, 빛 속으로』는 얼핏 1930년대 재일 작가 김사량 평전의 형태를 띠고 있는 것 같지만, 그런 식의 분류로 만족할 수 없는 중요한 작품으로서『사자가 푸른 눈을 뜨는 밤』과 거의 동일한 범주의 해석을 할 수 있어 보인다.

조용호 소설이 독재정권 압제 아래의 조국 땅에서 펼쳐지는 비극이라면, 송호근의 소설은 일제 치하에서, 그것도 먼 중국 땅에서 시작된 비극이다. 앞의 작품에 비해 압제받는 작가의 비극이라는 상황의 유사함이 뒤의 작품에도 있으나 그 구조는 다소 더 복잡하다. 무엇보다 기억소설이라는 공통성이 있으나 전자의 경우 소설의 화자가 곧 주인공이었고 후자는 이른바 삼인칭 소설이다. 주인공 김사량이 객관화된 입장에서 서술된다. 이러한 관점은 화자가 소설 바깥에 서 있음으로 인하여 주인공 김사량의 내면의 변화를 직접적인 고백의 형태로 포착하는 데 일정한 한계를 지니며, 무엇보다 시대의 변화에 대응하는 주인공의 심정적 추이를 좇아가기 힘들다. 예컨대 감성적인 김사량의 한국전쟁 종군기에 담긴 뜻밖의 변신을 어떻게 이해할 것인가. 이 지점을 바라보는 작가의 시선과 입장은, 단순한 삼인칭 기술과 일인칭 고백 사이에서 착종을 보인다. 기록문학적 고백에 육박하는 무엇이 있는 것이다. 이와 관련하여 다소 길지만, 작가 자신의 육성을 들어본다. '작가의 말'이다.

> 10년 전, 교토의 봄은 하얬다. 만개한 벚꽃이 무심히 내려앉는 어둠을 밀어 올렸다. 잠을 잊은 벌들이 하얀 꽃잎에 취해 밤새 잉잉거렸다. 나는 김사량(金史良)과 함께 밤을 뒤척였다. 1940년 일본 문학계 최고봉인 아쿠타가와상을 수상한 작가, 식민지 조선의 뒤

틀린 세계를 일본어로 실어 낸 작가, 김사량의 혼백을 불러내 벚꽃
잎이 후드득 떨어지는 교토대학 교정과 시내를 걸었다. [……]

　김사량은 일본어로 민족의 감각과 현실을 벼려 구원의 작은 구
멍을 뚫었다. [……]

　나는 계속 물었다. 왜, 무엇이 당신의 예상치 못한 변신을 재촉
했는가 하고, 그것이 자율적 선택이었는지, 생존을 위한 잠정적 타
협이었는지 말이다. 묻는 나도, 머뭇거리는 김사량도 곤혹스럽긴
마찬가지였다. [……]

　『빛 속으로』의 작가를 원점에서 생각하고 싶었다. (『다시, 빛 속
으로』, pp. 5~7)[5]

　삼인칭 소설임에도 불구하고 화자의 직접적인 개입이 분명하게 천
명되고 있다. 아니, 오히려 화자가 객관화된 인물, 즉 김사량을 압도하
고 있다. '나'는 김사량과 "함께 밤을 뒤척였다"고 하지 않는가. 왜 뒤
척였는가. 식민지 조선을 일본어로 실어낸 김사량의 거대한 모순, 그
부끄러움과 자랑스러움에 함께하면서도 함께하기 힘든 패러독스에
'나'가 김사량과 동일화되었기 때문이다. 이후 소설은 사실상 기억소
설의 내용으로 진행된다. '나'는 계속 묻는다. 김사량에게 묻고, 그것은
곧 '나' 자신에 대한 물음이 된다. 김사량을 원점에서 생각하고 싶었다
는 작가의 고백은 자신이 김사량이 되어서 생각하고, 움직이고 싶었
다는 진술의 다른 표현이다. 결국 '나'와 김사량은 소설 안에서 하나가
된다. 노발리스의 낭만주의 소설 『하인리히 폰 오프터딩겐』에서의 꿈
이 합일의 꿈이었듯이 이 소설의 기조 역시 합일이다. 김사량의 실체
에 대한 탐구 이상의 의미는 송호근의 소설가로서의 뜻과 방향을 넘

5　이하 이 글에서 『다시, 빛 속으로』의 본문을 인용할 때는 괄호 안에 쪽수만 밝힌다.

어선다.

송호근은 김사량 안에서 재탄생하며, 그것이 『다시, 빛 속으로』에서의 '다시'이다. 낭만주의 이론가 슐레겔F. Schlegel이 말한 낭만적 거듭남이다. 기억을 통해 소환하는 낭만적 방법과 그것이 유발하는 파레시아의 효과는 『다시, 빛 속으로』의 '다시'에 아주 절묘하게 부합한다. 김사량은 그렇게 송호근에게서 부활하고, 송호근은 김사량과 함께 뒤척인 덕분에 1914년의 김사량부터 1950년까지의 김사량과 동고동락할 수 있었다. 물론 작가 송호근은 김사량의 깊은 고민과 갈등을 뒷세대에 넘김으로써 붓을 놓지만, 문학은 그 너머의 세계를 넘보지는 않는다.

『다시, 빛 속으로』는 '고향만리' '아버지를 찾아서' '다시, 빛 속으로' 3부로 구성된다. 내용상 제일 첫 부분은 김사량의 일본 유학과 문학청년 시절, 그리고 중국 연안을 중심으로 한 독립군 시절을 다룬다. 다음 부분에 와서는 시점을 아들로 이동하여 김사량을 찾는 대목이 등장하고, 제일 마지막 부분은 생사마저 확실치 않았던 한국전쟁에서의 김사량 행로 추적이다. 그러나 이러한 물리적 이동을 포괄하는 식민지 압제 아래에서의 자유와 언어, 이념의 문제가 작품 전편의 수로 아래에 흐르고 있다. 왜 식민 일본에 와서 글을 쓰는가. 독립을 위해서 어떻게 싸워야 하는가. 일제에 대한 투쟁과 사상과의 관계는 어떻게 되는가. 한국전쟁 종군기는 또 무엇인가 하는 문제 등등 김사량으로 대표되는 식민지 지식인의 정신적 고투가 엄청난 정치적 격랑 가운데 월파를 타고 전개된다. 결국 문제는 김사량에게서 '빛'은 무엇이었으며, 송호근에게서 '다시'는 무엇인가 하는 것 아니겠는가. '빛'은 김사량 원래의 작품 「빛 속으로」(1940)에 있겠으나 『다시, 빛 속으로』에서의 빛은 송호근의 기억 속의 빛이 된다.

어머니 병환은 좀 어떠오. 전장에 나와 절망이 더 쌓였소. 회복할 기력이 없구려. 생명의 마지막 심지가 꺼지고 있소. 역사가 나를 밀어낸 것이오. 한 사람의 미약한 작가가 파도처럼 밀려드는 물결을 감당하기엔 벅찼소. 우리의 고난이 후손들에게 반복되지 않을 것을 바랄 뿐이오. 빛은 없었소, 우리의 생애엔 한 줄기 빛을 보았던 이곳에서 다시 시작하고 싶었소. (p. 348)

김사량이 아내 창옥에게 남긴 유서에서 밝힌 이 심정적 백서는 문자 그대로 이 소설의 결론이자 주제가 되고 있다. 빛은 없다는 것! 그럼에도 "한 줄기 빛을 보았던 이곳"이라고 말하고 있는데 그 '이곳'은 과연 어디인가. '이곳'은 김사량이 아내 창옥과 만났던 땅, 즉 일제로부터 해방되어 독립된 조국으로서 일본어가 아닌, 한국어로서 글을 써보고자 했던 땅이었던 것이 분명하다. 그러나 그 같은 희망의 빛은 '한 줄기'에 지나지 않았고 남북 이데올로기의 갈등과 한국전쟁으로 사라져버렸던 것. 김사량의 죽음은 그 자체가 이러한 빛의 소멸을 의미한다.

그렇다면 "다시, 빛 속으로"는 무엇을 의미하는가. 거듭거듭 동일한 희망을 가지겠다는 것인가. 조국의 한 시민으로서, 그러한 희망은 당연하고 또 자연스럽다. 그러나 이 일은 자칫 진부한 클리셰의 시를 읽는 일처럼 재미없을 수 있다. 기억소설의 형태로 이루어진 『다시, 빛 속으로』는 이러한 관점에서 신선하며, 과거와 미래를 연결시킨다. 『다시, 빛 속으로』의 작가를 원점에서 생각하고 싶었다는 송호근의 그 '원점'은 어디인가. 기억소설은 거기서부터 출발한다. 소설에서 살아 있는 현재형은 아들 봉현인데, 그에게 반영된 아버지 김사량의 모습이 이 경우 원점에 가까울 수 있다. 거기가 어디일까.

아버지가 동굴 속에 누워 있었다. 동굴은 얽히고설킨 나무 등걸로 가려져 밖에서는 잘 보이지 않는 천연의 은둔지였다. 식은땀을 흘리는 아버지 옆에 잘생긴 청년이 앉아 뭐라고 말을 걸었다. 한쪽 구석에서 웅성거리는 소리가 들렸다. 모습을 식별할 수 없는 물체들이 꿈틀댔다. 청년이 아버지를 들쳐 업고 동굴을 나섰다. 봉현은 안 된다고 소리쳤으나 목소리가 나오지 않았다. 아버지가 슬쩍 뒤를 돌아보았다. 웃는 표정이었다.

"낭림아, 빛을 찾으러 가야 돼, 빛을 찾아야지."

목소리는 슬펐다. 체념이 서린 목소리였다. 청년은 아버지를 업고 등성이로 사라졌다. [……]

맑은 하늘에서 갑자기 나타난 미군 전투기가 총을 쏴댔다. 아버지는 황금색 산기슭에 풀썩 주저앉았다.

"아버지…."

봉현은 옅은 잠에서 깼다. 벌써 깬 채원이 봉현을 바라보고 있었다. (pp. 276~77)

꿈이다. 아들 봉현이 꿈에서 만난 김사량의 모습은 동굴에 갇혀 있는, 결국 잘생긴 청년의 등에 업혀 사라지다가 미군의 공습을 받는, 슬픈 체념의 상황으로 그려지고 있다. 이 상황은 세 가지의 현실을 보여준다. 첫째, 김사량은 아들의 꿈을 통해서나 현실에 등장할 수밖에 없다는 점. 둘째, 김사량의 상황은 갇힌 현실에 포박되었다는 점. 셋째, 그를 부자유하게 하는 사람은 '잘생긴 청년'으로 표상되는 정치의 힘이라는 점이다. 요컨대 김사량의 아들도 그를 꿈의 형태로 기억하면서 전달하고 있다는 사실은, 그 현실을 있는 그대로 그리는 파레시아가 사실상 힘들다는 것을 말해준다. 리얼리즘의 장벽이다.

『사자가 푸른 눈을 뜨는 밤』에서의 파레시아가 하원을 찾아가는 낭만의 도정 위에서 펼쳐졌듯이, 그 빛깔과 강도는 다르다 하더라도 이 소설에서는 홍숙영이라는 여의사의 등장, 그리고 아들의 애인 채원의 동행에 따른 낭만적 전개가 중요한 기능을 한다. 낭만은 현실의 개선과 발전이 리얼리즘적 방법으로 이루어지지 않을 때에도 좌절하지 않고 이를 추구하는 끊임없는 현실에의 도전이며, 그 힘은 인간애, 즉 사랑이다. 노발리스와 횔덜린을 비롯한 낭만주의자들이 비록 꿈을 통해서라도 이를 놓지 않았던 것은 그 영원한 힘을 믿었기 때문이었다.

오늘에 와서 낭만과 낭만주의에 대한 회의가 일각에서 번지고 있고, 심지어 구시대적 유행이었던 것처럼 인식되는 경향도 없지 않으나 반낭만성이 그 본질의 하나였던 계몽이 오히려 그 생명을 비판받고 있는 현실을 바라볼 필요가 있다. 오히려 계몽과 합리성의 발달, 과학기술에의 맹신과 정치주의는 과연 무엇을 가져왔는지 통렬하게 되물을 시점 아닌가. 아도르노가 일찍이 예언했듯이 지구의 재앙 이외 인류의 평안과 행복이 '계몽' 안에서 보장되고 있다는 시그널은 아무 데도 없다. 송호근의 21세기 소설은 차라리 한국전쟁 이전의 '기억'으로 돌아간다.

> "흑흑……"
>
> 숙영은 울고 있었다. 사량은 으스러져라 숙영을 안았다. 울음은 멈추지 않았다. 잠시 후 평온을 찾은 숙영이 나지막이 말했다.
>
> "돌아가기 싫어요. 여기서 선생님과 같이 있고 싶어요. 영원히……"
>
> "나도 심사가 복잡해졌소. 일본이 패망하면 모든 것이 해결되리라 믿었는데 아닌가 보오. 내가 정치에 무관심했거나." (p. 125)

여기서 한국전쟁 이전의 기억은 중국 태항산을 중심으로 한 독립 투쟁을 가리킨다. 이때의 투쟁은 당연히 일제에 대항하는 그것이었으나 막상 일본이 패망하자 상황이 "복잡해"진 것이다. 지도부는 투쟁의 성격이 독립과 함께 사회주의 사상의 수립이라는 이중의 것임을 내비치게 되었고, 투쟁에 가담했던 많은 이는 그 이중성 앞에서 복잡해지게 된 것이다.

"나도 심사가 복잡해졌소"라는 김사량의 고백은 이를 말해준다. 그러나 투쟁의 현장에서 사랑이 끈끈해졌던 여의사 숙영은 이제 무엇보다 사랑을 놓지 않으려고 한다. 사랑과 정치의 이율배반적인 관계는 여기서도 그 모습이 숨김없이 드러난다. 한 가지 분명한 것은 김사량은 가고 없어도 숙영을 통해 그 모습이 기억으로 전달되고 있다는 점이다. 사랑의 끈을 쉽게 간과할 수 없는 부분이다. 조용호의 소설에서도 '나'와 하원을 통해서 그 끈의 끝에 앉아 있는 비극의 현실이 보이지 않았던가. 낭만주의의 비극──그러나 낭만주의를 통해 그 본질과 실상이 구현될 수밖에 없었던 '정치'의 비극은 원천적으로 이 지점에서 비롯된다.

> 내가 우연히 속한 연안은 중국 공산당 노선을 따르고, 동북항일연군은 소련 노선을 추종하고, 임시정부와 광복군은 미국에 의존하는 편인데, 일본이 물러간 빈 공간에서 일어날 권력투쟁과 노선대립이 불을 보듯 뻔했다. 인민인가, 계급인가, 아니면 민족인가? (p. 54)

"복잡"했던 김사량이 한국전쟁에서 북쪽 신분으로 종군기를 남기고 강원도 산기슭에서 죽어갔다는 사실은 작가 송호근이 그 행적을 추적, 확인하고 '기억'하는 것으로 만족할 수밖에 없음을 보여준다. 『독일비극의 원천』[6]을 쓴 벤야민의 심정과 상황보다 어쩌면 더 깊은 상처이며,

---

6 벤야민의 이 책은 형식 내지 양식의 중요성에 있는 것으로 평가되고 있으나 사실은 그 깊은 곳에 내재한 멜랑콜리와 알레고리가 주목되어야 한다. 바로크 비극의 슬픔에서 출발하고 있는 독

역설적으로 문학이 그 기억의 소환으로 살아갈 수밖에 없음을 동시에 드러낸다. 낭만이 파레시아의 역할을 했다고 할 수 있을까. 조용호와 송호근은 오늘의 시점에서 그 가능성 앞에 서 있다.

3

프리드리히 슐레겔의 낭만, 혹은 낭만주의에 대한 이론, 그리고 노발리스 이후 낭만주의가 문학의 본질로 간주되어온 경향은 현대문학에 이르기까지 대체로 수용되어왔다.[7] 그러나 이에 대한 비판과 이의가 없는 것은 아니었고, 특히 루카치를 중심으로 한 사회주의적 리얼리즘 계통으로부터의 공격은 신랄한 면이 있었다.[8] 더욱이 오늘날 포스트휴먼 시대에 직면한 인공지능의 현실 앞에서 낭만의 회복을 꿈꾸는 일은

일 비극의 뿌리를 보아야 한다면 송호근과 조용호의 비극 또한 그 뿌리가 깊다고 할 것이다(W. Benjamin, *Ursprung des deutschen Trauerspiels,* Suhrkamp, 1969 참조). 바로크의 비극은 요컨대 제 것을 갖지 못한 비극이다. 그러나 기억과 멜랑콜리에 관한 의미 있는 분석으로는 최윤영의 「풍크툼, 기억 그리고 개인의 정체성—제발트의 『아우스터리츠』분석을 중심으로」(독일어문화권연구, 2010)가 있다. 그는 여기서 "사진의 동시성은—프로이트 식으로 말하자면—관찰자로 하여금 그의 멜랑콜리를 불러일으키며 죽은 자를 슬퍼하면서 이별하게 되는 '애도Trauer'가 아니라 죽은 자와의 관계를 아직도 정리하지 못하는 '멜랑콜리Melancholie' 속에서 일어나게 만든다"고 말한다. 여기서 사진은 풍크툼의 개념 안에 있는 사진이다.

7 "낭만적 문학은 진보적인 보편성의 문학이다. [……] 동시에 현실적 또는 이념적 관심에서 벗어나 시적 반영이라는 날개를 타고 묘사하는 자와 묘사되는 대상 사이를 자유롭게 떠다니며 마치 무한히 늘어서 있는 거울 속처럼 이 반영된 모습을 끊임없이 강화하고 늘려간다. [……] 낭만적 문학만이 오직 무한하며 또 자유롭다"(김주연, 『노발리스』, 문학과지성사, 2019, pp. 281~82 참조).

8 루카치의 낭만주의 내지 비합리주의에 대한 비판은 노발리스에 대한 긍정과 동의에도 불구하고 역사철학적 입장에서 매섭게 가해진다. 「부르주아적 사고의 모순Die Antinomien des bürgerlichen Denkens」 등을 통해 칸트를 비롯한 낭만주의 이론을 그는 날카롭게 비판한다. Georg Lukás, *Geschichte und Klassenbewußtsein*, Neuwied, 1968, pp. 210~25.

그야말로 시대착오적 인식으로 생각되는 면이 없지 않다는 반론이 제기된다.[9] 그럼에도 불구하고 인간의 주체성과 주체적 능력에 대한 신뢰가 완전히 소멸되지 않는 한 문학은 낭만의 능력에 대한 신뢰 또한 완전히 소멸되지 않으리라는 믿음을 지닐 수 있다. 그것은 나노 기술과 바이오 공학의 발달로 인간과 기계가 하나가 되어가는 현실에서도 무너지지 않아야 할 강력한 희망이기도 하다. 송호근과 조용호의 소설은 이러한 시점에서 만나게 된 반가운 소식이다. 그들은 험난한 한국 현대사의 한복판을 꿰뚫은 인물들을 주인공으로 한 문학을 빚어내었다. 조용호의 '나'는 신원이 불분명한, 실성하다시피 한 한 여인을 멀리서 바라볼 수 있을 뿐, '그녀 찾기'는 실패한다. 도저한 권력의 폭력 앞에서 애당초 성공할 수 없었던 이 실종자 찾기는, 그러나 문학의 성공을 가져온다. 문학의 성공은 현실의 패배를 어떻게 수용, 형상화하는가 하는 재현에 있으며 결국 낭만의 파도를 타고 일구어내는 감동에 있다. 이것이 낭만의 힘이 중시되는 이유다. 어쩌겠는가. 정체가 희미해진 '그녀 찾기'는 이제 문학 찾기가 되었다.

> 모든 것은 서서히 바스라진다. 한때는 절절하고 애틋했던 기억조차 모두 사라진다. 스러져 가다가, 한 번 사로잡혔던 사람이나 기억은 깊은 망각 속에서도 가끔 유령처럼 솟구쳐 울렁일 때가 있다. 그 사람에 대한 기억이 독자적인 생명체가 되어 저 홀로 희미한 빛줄기 속을 부유한다…… (『사자가 푸른 눈을 뜨는 밤』, p. 7)

9 "근대 이후의 모든 역사적 프로젝트에 대한 발본적인 재검토를 요구하고 있다"는 전면적인 반성 아래 '포스트휴먼'이라고 할 수 있는 이 시대와의 관련 아래에서 역사적 개념으로서의 낭만에 대한 성찰이 요구될 수 있다. 혹은 비역사성으로서의 낭만에 대한 비판도 마찬가지로 가능할 수 있다. 특히 "지금 반시대적 이미지들의 출현 앞에 문득 멈추어 선 자가 비평가"라는 한 평론가의 예리한 자가 검열은 낭만의 시대적 유효성에 대한 질문으로서도 숙연한 느낌을 준다. 이광호, 「비평의 시대착오」, 『문학과사회』 2022년 가을호, pp. 345~47.

『사자가 푸른 눈을 뜨는 밤』의 소설 모두(冒頭)는 낭만에 함축된 의미의 깊이를 보여주면서 그 깊이를 형성하고 있는 이 소설의 아름다운 문체를 동시에 드러낸다. 낭만의 힘은 『다시, 빛 속으로』의 결구(結構)에서도 마찬가지로 크게 작용한다. 혁명적 사고의 주인공이었던 김사량의 무덤을 돌아보고 내려오는 가족 일행의 장면을 보자. 아들 옆에 있는 사람들──그들은 김사량의 애인, 그리고 아들 봉현의 애인, 결국 세 사람이 아닌가. 낭만은 어디서나 삶의 가난한, 그러나 정직한 뼈대를 가감 없이 드러낸다. 거기에는 이념이나 정치, 제도, 그 허세와 허위 대신 인간 욕망의 가장 소박한 염원만이 꺼지지 않고 조용히 타오를 뿐이다. 무엇보다 시간을 초월하는 믿음이 있다. 낭만은 여기서 파레시아가 되었다.

세 사람은 일어나 한참을 서 있었다. 그리움과 눈물이 섞였다. 회한과 서러움이 섞였다. 뒤틀린 역사의 험로를 걷다 시대의 부하(負荷)를 이기지 못해 주저앉아야 했던 작가의 고뇌가 혈육과 사랑에 섞여 눈 더미에 묻혔다. 세 사람은 어렵사리 발을 돌려 다시 산길을 내려왔다. (『다시, 빛 속으로』, p. 347)

[『문학과사회』 2022년 겨울호]

지식 너머 진리와 권력
―문학의 쇄말화 현상 극복을 겸하며

1

　모든 지식은 변한다. 그것이 하나의 가설에 지나지 않는다는 사실
은 시대의 진행과 더불어 갈수록 명확해지고 있다. 그럼에도 불구하고
그 지식을 불변의 진리인 양 붙잡고 있으려 하는 경향 역시 날이 갈수
록 완강해지고 있다. 지식의 가변성이 확실해질수록 진리에의 동경이
고개를 들게 되고, 그 가변성에 대한 무지한, 혹은 의도적인 외면이 그
지식을 이데올로기로 경화시키고 그 집착자들을 권력화시킨다. 말하자
면 진리와 권력의 대립, 요즈음 유행어로 말한다면 양극화가 가속된다.
테마로 걸린 '지식 너머'라는 말속에는, 지식 너머에 무엇이 있는가 하
는 질문이 있을 터인데, 그 너머에는 바로 이 같은 진리와 권력이 숨어
있다는 것이 나의 생각이다. 숨어 있다고 했으나 사실은 너무 엄청나
고도 명백한 모습으로 부각되고 있는 것이 현실이다.
　우선 진리의 가변성에 대한 이해는 후서들은 비롯한 현상학자들에
의해 벌써 한 세기 전부터 제기되어왔고, 사르트르는 이미 그 성격을
다음과 같이 재미있게 정리한 일이 있다.

　　우리는 정신의 거미가 사물들을 자기의 거미줄 안으로 유인한

후, 하얀 점액으로 덮어 싸 천천히 그것들을 소화하여 저 자신의 본질로 화하게 한다고 믿어왔다. 탁자, 바위, 집이란 무엇인가? 〈의식의 내용들〉의 어떤 집합이요, 그 내용들의 질서라는 것이다. 오, 급식 철학이여! [……] 세계의 단단한 뼈대들은 이 근면한 효소들, 동화작용, 단일화, 동일화에 의하여 침식되고 있었다. [……] 경험 비판론, 신칸트주의의 소화철학에 대항하여, 모든 심리주의에 대항하여, 후서를은 사물을 의식 속에 용해시킬 수 없음을 지치지 않고 주장하고 있다.[1]

따라서 말의 엄밀한 의미에서, 인간의 지식이란 일부의 정보를 제외한다면 거의 대부분 이념화된 이데올로기라고도 할 수 있다. 20세기 중반 세계대전의 종전과 함께 찾아온 수많은 사상과 이론은— 실존주의, 구조주의, 프랑크푸르트 학파의 비판이론, 탈구조주의의 여러 이론들, 해체론, 포스트모더니즘, 탈신민주의, 보편주의 그리고 페미니즘 등등—그 상세한 리뷰가 생략된다고 하더라도 결국 이 같은 시각에서의 관찰로부터 자유롭지 못할 것이다. 우선 실존주의라는 반세기 전의 폭풍부터 그 징조는 완연하다. 현상학에서 발원하여 하이데거와 사르트르를 거쳐 세력화된 실존주의라는 말 그대로 실존, 즉 그냥 이렇게 존재하는 것 자체가 중요하다는 생각인데, 그렇기 때문에 모든 사물과 현상을 인간의 눈으로 바라보고 이름 붙이는 것을 최대한 배격한다. 이러한 생각에는 모든 사물과 현상의 명명과 개념화는 필경 인간의 공리적 이해관계에 의한 해석이 개입되어 있다는 주장이 놓여 있다. 그러므로 현상학과 실존주의는 지식과 권력과의 관계를 정직하게 받아들인 최초의 사상, 그 사례로 기록될 만하다. 지식사회학적인 입장에서

---

1 피에르 테브나즈, 『현상학이란 무엇인가—후설에서 메를로퐁티까지』, 심민화 옮김, 문학과지성사, 1982, p. 113.

볼 때, 이러한 사례는 파워 엘리트와 밀착된, 적어도 지적 엘리트의 소산이라고 할 수 있는 지식이 만민을 향해 열리게 되는 계기로서 작용하기 시작되었다고도 할 수 있다. 앞서 예거한 일련의 사상과 이론들은 모두 이러한 관점에 부합해 있으며, 이름을 달리하더라도 결국 이 방향으로 가속페달을 밟아온 것이다.

1930년대부터 1970년대까지 사상과 이론을 풍미해온 지식으로서 프랑크푸르트학파의 이른바 비판이론을 상기해보자. 우파 마르크시즘이라는 이름을 듣기도 하는 이 이론은, 자본주의 비판이라는 타자 지향성을 이에 속한 모든 이론가가 공유하고 있어서 자본주의와의 함수 관계라는 결정적인 가변성을 지니고 있다. 이와 관련해 비판이론의 이론가들 가운데 독창성 측면에서 자국(독일)의 지식인들로부터 집중적인 관심의 대상이었던 아도르노의 주장은 전형적으로 의미심장하다. 가령 다음과 같은 견해를 지식사회학적인 관점에서 음미해볼 수 있을 것이다.

과학에 의한 철학의 대체는 알다시피 '반성'과 '사변'이라는 두 요소의 분리—이 두 요소의 통일이 헤겔에 따르면 철학의 삶을 이루는데—를 초래했다. 진리의 영역은 냉철한 반성 규정에만 내맡겨지며, 그 안에 있는 사변 행위는 마지못해 가설들을 표명하기 위해서만 용인되지만 그나마 노동시간 바깥에서 이루어지는 공상 같은 것으로서 가능한 한 빨리 냉철한 반성 행위로 이행되어야만 한다. 그러나 그 때문에 사변의 영역이 과학의 외부에 고스란히 보존되며 보편적인 통계 활동에 의해 방해받지 않는다고 믿는 것은 근본적으로 잘못된 것이다. 반성으로부터 분리되는 것은 사변 자체에 본래부터 유리하지 못한 것이다. 사변은 전수되어온 철학의 윤곽을 얌전하게 복창하는 행위로 전락하든지 아니면 맹목적으로 만

들어진 '사실들'과는 거리를 두면서 구속력 없는 사적 세계관을 떠들어대는 행위로 퇴화한다.[2]

『미니마 모랄리아』에서 밝힌 이 짧은 단상 가운데에는, 그러나 소중한 담론이 들어 있다. 무엇보다 과학의 부상으로 인한 철학의 퇴조에 따른 반성과 사고의 분리 문제다. 아도르노는 사고의 중요성을 인정하지만, 보다 더 중요한 것은 반성이다. 냉철한 반성은 진리에 이르는 길로 인도되지만, 사고 자체는 기껏해야 가설에 이를 뿐이다. 이러한 상황은 철학과 과학의 분리, 더 정확하게 말하면 과학의 압도에 의해 유발된 현상으로서, 그는 근대의 모습을 이와 관련하여 비판한 것이다. 그러나 나로서 주목하는 것은, 근대 혹은 자본주의에 대한 비판 못지않게 반성의 중요성에 대한 강조이다. 부정의 부정, 즉 부정의 변증법과 관계되는 이러한 반성론은, 쉽게 풀이한다면 열림에 관한 것이다. 반성 없는 사고는 열려 있지 않기 때문에 경직된 반복, 답습만으로서 가설의 보수에만 머무를 뿐이다. 그러나 반성은 자기 자신에 도전하며, 자기 자신을 와해시킨다. 이것이 부정이며 열림이다. 반성이 결핍된 사고는 가설을 진리로 표방하기 쉽지만, 반성을 동반한 사고는 진리의 흉내조차 내지 않기 때문에 오히려 진리에 가까울 수 있다. 자본주의 비판이라는 비판 이론 일반의 특성 가운데에서도 아도르노의 사상과 이론이 독특한 자리를 차지할 수 있었던 것은, 이처럼 타자 지향성에 있어서 그가 비교적 독자적인 무연성(無緣性)을 지킬 수 있었기 때문이다. 그의 비판은 타자 지향 아닌 자기부정의 자리에서 늘 자신을 열어놓고 있었던 것이다. 프랑크푸르트학파 이론가들 가운데에서 그의 영향력이 다른 이론가들, 예컨대 벤야민이나 하버마스에 비해서 상대적

---

2 테오도르 아도르노, 『미니마 모랄리아─상처받은 삶에서 나온 성찰』, 김유동 옮김, 길, 2005, pp. 97~98.

으로 미약해 보이는 까닭은 그의 소견 자체가 이미 가장 가까운 진리에의 접근성을 보여주고 있기 때문인지도 모른다. 진리에 가까워졌을 때 이론과 사고는 무력해질지도 모른다.

그러나 1970년대 이후 푸코를 비롯한 이른바 후기 구조주의자들의 사상과 이론은 결국 반성을 동반한 사고의 영역보다는 과거의 지식을 확대, 심화시키는 또 다른 지식의 구축에 기여한 것으로 판단된다. 피상적으로 이해할 경우 푸코 역시 탈체계적 사고를 행하는, 말하자면 반성적 사고의 이론가처럼 보이며, 또 어느 정도 사실에도 부합한다. 지식과 권력이 어떻게 담합하면서 이데올로기와 짝을 이루는가 하는 문제에 대한 푸코의 깊은 관심과 전복적 전위주의는 데리다의 해체주의와 더불어 아도르노의 반성론에 대한 하나의 실천으로도 보일 수 있다. 그러나 하나의 실천일는지는 몰라도 반성론 자체에 대한 부정으로 이어지지는 않는다. 그렇기는커녕 넓은 의미에서 니체의 인간론/예술론/권력론의 계승자라는 의미가 강해 보인다. 가령 해체론자로 각인된 데리다의 경우, 그는 공공연하게 거의 한 세기 앞선 선배인 니체를 해체론의 동반자로 설명하기를 마다하지 않았다. 말하자면 니체 그리고 해체론이라는 지식의 확대자, 재해석자로서 데리다는 새로운 지식을 자처한 것이지 자기부정의 주인공으로서 자신을 해체하는 중심에 자신을 갖다 놓은 것은 아니었다. 푸코의 경우도 마찬가지여서 그는 결국 신적인 것, 형이상학적인 것, 정신적인 것의 물질화 전환으로서 니체를 주목하며 그것을 바뀐 기호로 파악하고 새로운 해석에 착수한다. 현대적 형태의 해석학이라고 할 수 있는 푸코의 지식은 그러므로 정신의 물질화라는 전화 코드를 재료 삼아 요리하는 요리사의 그것이라고 할 수 있으며, 이는 지식의 가변성과 더불어 지식의 소재성, 재료성으로의 추락을 입증하는 부동의 사례가 된다.

문제를 훨씬 가까운 보기로부터 다시 확인하기로 한다. 우리 주위에서 일어나고 있는 두 가지 현상을 들어보기로 하겠다. 그 하나는 페미니즘이다. 페미니즘에 대해서는 그 내용과 방향이 다양하여 접근이 조심스러우나, 그 핵심이 권력화된 남성주의로부터 여권의 회복, 즉 여성권력의 복권이라는 점에서는 이론이 없을 것이다. 그러나 이 과정에서 우리가 주목하여야 할 부분이 있다. 그것은 여기서도 지식이 권력의 추구, 소멸, 복권 과정에 긴밀하게 동원되고 개입되고 있다는 사실이다. 어떤 의미에서는 최근 가장 이해하기 쉬운 사례가 될 터인데, 푸코와 페미니즘의 갈등을 다룬 저서 『푸코에의 대항』의 여러 필자가 이와 관련하여 살펴질 만하다. 그중 카롤라인 라마자노글루의 다음과 같은 지적을 들어보자.

> 푸코는 자신이 특별히 페미니스트들에 대해서 직접적으로 도전한 바는 없다. 개인적으로는 권력관계를 변화시키려는 여성들의 욕망에 동정적인 것처럼 보인다. 그러나 설령 그렇다 치더라도 그의 저술은 페미니스트 사상과 페미니스트 정치학에 특별한 함축적 의미를 던져준다. 페미니스트들이 푸코에 항거하는 것은, 푸코의 저서가 그와 동시대인들이 쓴 일부의 저서들과 마찬가지로 우리에게 지식과 권력의 본질에 대하여 다른 각도로 생각하도록 인도하는 의미에서이다. 특히 남성들이 여성들을 지배한다는 페미니스트적 사고방식에 대해서 의문을 제기한다는 의미에서 더욱 그러하다.[3]

이 짤막한 인용은, 그러나 매우 중요한 함축을 지닌다. 첫째, 푸코가 직접적인 도전을 한 바는 없으나 그의 지식이 오도(誤導)의 가능성을 갖고 있다는 점이다. 공격의 대상이 지식 자체라는 점을 주목하자. 다

---

3 C. 라마자노글루, 『푸코와 페미니즘—그 긴장과 갈등』, 최영 외 옮김, 동문선, 1998, pp. 11~12.

름으로 푸코의 그 지식이란 지식과 권력의 본질에 관한 것이라는 점이다. 이 글의 필자인 페미니스트는 지식과 권력의 관계에 대한 푸코의 이론에서 1)지식 2)권력 3)그 관례 모두에 반발한다. 이것은 페미니즘이 바로 이 세 가지 문제를 의식하고 있으며, 여기에 민감할 수밖에 없다는 사실의 반증이 된다. 필자인 라마자노글루는 실제로 자신의 글에서 푸코식으로 설명하면 페미니즘의 중심 가설이 무너진다고 진술한다. 그녀에 의하면 페미니즘은 여성적인 것은 무엇이든지 예속시키고, 분리시키고, 평가절하해온 서구 사상의 여러 가지 방식에 대한 반발, 거부로서 발전해왔다. 그러나 이러한 그녀의 진술은 그 자신이 대항하고 있는 푸코의 공식에 바로 부합하는 모순과 직면해 있다. 많은 지식이 권력에의 의지로서 촉발되고 연구, 발전된다고 푸코는 이미 누누이 설명하고 있기 때문이다. 지식은 이처럼 가변적이며 권력적이므로 믿을 수 없다고 말할 수 없으며, 동시에 믿을 만하다고도 말할 수 없는 것이다.

 권력에 의한 지식의 변형 시도는 날이 갈수록 과격해지고 있는 듯하다. 액추얼리티와 떨어진 상황에서 흡사 원맨쇼하는 것 같다고 이론의 마스터베이션 현상을 꼬집은 테리 이글턴Terry Eagleton의 지적처럼(혼자 연출하고 혼자 연기한다는) 이제는 모든 것이 공평해야 한다는 이른바 보편주의가 심상찮은 기세다. 그 구체적 현장으로서 주변 문화──우리 문단에서는 하위문화로 번역하는 이들이 많은데, 그 번역 자체에 벌써 권력의 냄새가 난다──논의를 예거할 수 있는데, 이는 우리 문화예술계에서 이미 상당한 효과를 거두고 있는 현상이다. 전통 서사 대신 만화 같은 개그, 개성 넘치는 악당, 아름다운 본드 걸, 픽션 대신 팩션faction, 연애소설 대신 칙릿chick-lit이라는 새로운 명명이나 장르를 지나서 순수한 문학과 연예의 영역을 허물고 있는 각종 주변 문화적 서식 행위들, 예컨대 조폭과 동성애들이 오히려 인기를 얻고,

마약과 범죄까지 마이너리티라는 이름 아래 그 인권의 보호가 역설되는 상황이 눈앞에 펼쳐지고 있는 것이다. 그들은 숨어 있지 않고 전면에 등장하면서 '하위문화'라는 이름으로 '지배문화'를 공격한다. 의도적인 권력투쟁의 장으로 지식을 변형시키고 있는 것이다. 그리하여 품위와 교양은 지배문화라는 이름으로 폄하되고 범죄와 패륜에 가까운 엽기는 전복과 전위라는 이름으로 옹호되고 추구되는 것이 오늘의 문화 현실이다. 최근의 새로운 젊은 시, 소설, 연극, 영화, TV 등의 일반적인 양상이다. 지식의 권력화가 극화(極化)될 때, 지식은 타락의 도구가 될 수밖에 없음을 보여주는 것이다.

　여기서 분명히 해야 할 것이 있다. 문학/예술을 포함한 최근의 비평과 학문이 행하고 있는 '전복'과 '전위'는 그것이 '반성'의 구체적 방법론이라는 사실에 대한 인식의 환기가 필요하다. 무조건적인 전복과 전위가 아니다. 무엇이 보다 인간적이며, 무엇이 보다 훌륭한 인간의 삶인가 하는 질문을 향한 끊임없는 반성의 길 위에서 현실과 규범이 재해석되는 과정에서 전복과 전위는 정당성을 지닌다. 인간적 삶을 위한 진리로의 행진이라는 의미가 제거된 상황에서의 그 기계적 이해와 동작은 문학예술이나 학문, 즉 지식으로 하여금 인간을 해충화하는 일에 기여하게 할 따름이다. 테리 이글턴의 실천적 윤리의 문제 제기는 이 같은 현실 상황에서 나온 급박한 호소일 것이다. 지식인은 언제나 이러한 호소인으로서 세상을 향해 사이렌을 울려왔다. 반성 없는 전복은 자기 함몰이며, 진리를 바라보며 열려 있는 전복은 자기비판이며 반성이다. 권력화의 유혹을 떨구고 진리를 향할 때, 지식은 새로운 차원을 만날 것이다.

인간적인 삶과 사회를 향한 자기비판이라는 의미에서 전복과 전위라는 문학의 기능과 운명 또한, 결국 냉철한 현실 인식과 열린 마음을 통해 그 진리로의 길을 걸어가게 마련이다. 그런 의미에서 최근 세상과 삶에 대한 반성, 자기 구원의 노력 등을 엄숙주의라고 비꼬면서 엽기적 트리비얼리즘trivialism을 공공연하게 표방하는 일부 젊은 문학은, 문학의 자기 비하일 뿐 아니라 진리로의 길을 스스로 차단하고 현실을 방기하는 세태의 안타까운 주종으로서 염려스러워 보인다. 이러한 상황에서 한국문학의 추락을 질타하듯 중국 문학의 활발한 활동과 성과가 세계적인 이목을 끌고 있어서 주목된다. 그들의 문학은 무엇보다 현실에 깊이 뿌리를 내리고 있으며, 이른바 전통적인 서사를 중시하고 있다는 점에서 단단해 보인다. 그들에게도 서양 문화와 모더니즘은 엄청난 양과 힘으로 밀려들고 있지만, 중국 소설은 그것을 삶의 총체성이라는 차원에서 소화하며 현실 반영/현실 반성의 적극적 서사문학을 훌륭히 수행한다. 이즈음 크게 각광받고 있는 중견 소설가 위화(余华)의 경우는 이런 관점에서 진지하게 받아들여질 만한다. 소설『허삼관 매혈기』(1995), 『형제』(2005) 등으로 우리에게도 잘 알려진 그의 작품들은 전통 서사를 존중함으로써 독자 대중의 역사적 맥락과 우선 소통한다. 전자의 작품은 문화혁명기 공포와 비극을 다루고 있으며, 후자는 개방화–산업화 이후의 중국, 즉 오늘의 중국을 그려낸다. 이 같은 설정은 그 자체로서 이미 현실 핵심을 향한 정면 도전인바, 작가의 견고한 문학적 자부심과 패기가 거기에 있다. 인권이 탄압되던 문혁기가 '수녀 시대'로, 천민자본주의의 양상이 넘실거리는 경제 발전기가 '창녀 시대'로 작가에 의해 명명되는 것을 보면서 나는 위화의 자유스럽고 날카로운 현실 비판 의식이 부러웠다. 일견 평범해 보이는 이 의식은, 그러나 최근의 우리 문학에서 쉽게 간과되거나 아예 백안시되고 있지 않은가. 과연 작가 자신의 겸손한 진술대로 2008년의 베이징 올림픽으로 인한 중국에의 관심 때문에 전 세계 23개국에서 벌써 2백만 부가 팔리거나, 팔리도록 되어 있는 것일까.

아니다. 그 원인에 대한 짧은 고찰이 허락된다면, 한마디로 말해서 그의 탁월한 작가적 능력이 그의 성공을 이끌고 있다. 그 능력은 두 군데에서 온다. 첫째는 깊고 넓은 현실 인식이다(이 점은 아무리 강조해도 지나치지 않는다). 둘째는 다양한 방법론의 원숙한 수용과 소화다. 지난 4월 상하이에서 열린 제1회 한중작가회의에서 짧은 만남을 가졌을 때 그가 한 말은 '올바른 주관'이었다. 올바른 주관, 얼마나 평범한 말인가. 그러나 대단히 유감스럽게도 오늘 우리 젊은 작가들에게 이 두 요소가 과연 얼마나 진지하게 인식되고 또 수용되고 있는지 의문스러운 것이 사실이다. 오히려 전통 서사에 대한 혐오감을 드러내면서 성, 폭력 등에 함몰된 만화나 게임을 모방하고 추종하는 몰주체적인 행태가 새로운 소설 주류로 부상하고 있다. 문학을 통한 비판의 대상이 되어야 할 타락한 현실 속으로 문학이 희희낙락 걸어 들어가고 있는 모습이다. 젊은 어느 작가의 다음과 같은 진술은 그들을 대변한다.

문학에 대한 생각도 저희 세대는 선생님 때와는 많이 다른 것 같아요. 저는 소설 쓰는 일이 굉장히 숭고한 일이라거나 숙명적인 일이라고는 생각하지 않아요. [……] 내 글이 조국의 통일에 기여해야 한다는 생각도 물론 없어요.

선배 소설가와의 대담을 통해서 밝혀지고 있는 젊은 소설가의 말이다. 문학이든 뭐든 세대와 연배에 따라서 생각이 많이 다르다는 것은 자연스럽고 좋은 일이다. 그러나 여기에는 짚고 넘어가야 할 우리 소설/문학의 치명적인 함정이 숨어 있다. 전통 서사가 거부된 만화적 딜레탕티슴dilettantisme과 같은 문학은, 얼핏 보아 매우 복잡한 소피스티케이션을 동반하고 있는 것 같은데도 불구하고, 근본적으로 매우 단순하다. 작가 본인들이야 의식하지 않았을지 몰라도 거기에는 통일에의 기여-숭고, 만화적 유희-지적 전복성이라는 대치의 도식이 잠복해 있다. 말하자면 이것도 일종의 양극화이다.

그러나 그렇지 않다. 참다운 소설은, 문학은 그렇지 않다. 1970~1980년대 군사독재 시기에 리얼리즘론이 주류로서의 지배력을 가졌다면, 사회주의의 몰락과 민주화의 1990~2000년대 문학이 그 반작용으로서 만화의 게임 코드의 엽기 문학으로 곧장 달려가는 것은 전혀 정당한 일이 못 된다. 거시적인 관점에서 흔히 거대 담론의 소멸과 그로 인한 방황이 후일담이나 내면 탐닉을 가져온 것으로 거론되는 일이 있는데 이 역시 옳지 못한 판단으로 내게는 생각된다. 거대 담론 운운의 발상은 지극히 비문학적인 것으로서, 현실의 크기와 상관없이 작가는 그것을 거대한 세계로 만들어야 한다. 군사독재나 이데올로기 대립의 시대이든, 민주화·개방화의 시대이든, 시대 현실 자체는 작가에게 중요치 않아야 한다. 오히려 그 시대 현실은 오목렌즈를 통한 태양 광선에 의해 발화되는 종이처럼 작가의 '올바른 주관'에 의해 불살라져야 한다. 이런 의미에서는 시대와 상관없이 의식의 흐름을 끊임없이 추적하는 소설가 이인성의 세계가 주목될 필요가 있다. 그는 그의 세계를 믿는다.

다시 중국의 위화를 보자. 많은 중국 문학인이 평가하고 있듯 그는 유럽의 모더니즘, 남미의 마술적 리얼리즘, 작가로서는 카프카, 마르케스, 보르헤스를 껴안으면서도 철저히 전통 서사 안에서 이를 용해하여 새로운 서사를 일구어낸다. 위화의 소설이 과연 이러한 평가에 얼마나 부응하고 있는지 구체적 작품 분석을 병행하고 있지 않은 나로서는 정확히 알 수 없다. 그러나 어느 수준 사실일 것이며, 또 사실이어야 좋다. 내가 평가하고 싶은 것도 이러한 소설이다. 문혁 시대는 그 시대대로, 그 시대가 지나간 자유의 시대는 또 그 시대대로 작가의 프리즘 앞에서는 벌거벗은 모습으로 그 핵심을 드러내야 할 것이다. 저절로 드러날 것인가. 천만에! 작가가 그 위장된 옷을 벗겨야 한다. 우리 작가들 앞에도 벗겨지기를 기다리는 옷들은 얼마든지 있다. 거대 담론이니 비루한 의식이니 할 것이 아니다. 군사독재/개발독재/권위주의 시대로 일컬어지는 20여 년은 우리 소설 속에서 전통 서사와 새로운 방법의 어울림을 통해서 묘파된 일이 있는가. 그 시대와 싸워온, 그러면서도 일상의 설득력을 지닌 어떤 문학적 형상도 나는 만난 기억이 없다. 아니, 경제성장과 복지 평등, 서로 다른 요소와 제도가 충돌하며 소용돌이치는 오늘의 대립조차 그 갈등의 현장을 수렴하고 있는 어떤 소설적 주인공과도 나는 아직 만나지 못하고 있다. 문학의 올바른 주관과 그 현실 대응이 실종된 느낌을 주는 상황에서, 문학의 운명은 전복이니 혁명이니 운운하면서 내면 반란이나 작업 모방에 시종한다면, 우리 문학은 말할 수 없이 왜소한 자리에 머무를 수밖에 없을 것이다.

다시 말해보자. 이제 한국문학은 현실에 대한 깊이 있는 성찰을 동반한, 이 세계를 전면적으로 껴안고 넘어서는—이것이 진정한 전복이며 혁명이다—다양한 방법을 사용하면서 궁극적으로 사회와 소통하는 서사를 만들어야 한다. 학교 안에서만 기능적으로 교육되고 자신의 일상적 내면 반란만을 일삼는 자학적 서사 모방은 문학을 문학 정신 없는 가련한 문학 기능인의 것으로 타락시키기 일쑤다. 진리를 향한 열린 길은커녕 문학 바깥의 세상과도 단절되고 유리되는 답답한 골방으로의 유폐에서 탈출해야 한다.

[2011]

한국문학과 디아스포라

디아스포라[1]

그들은 조센진이었다
그들은 고려인이었다
그들은 조선족이었다

그들은 한때 재독 광부요, 간호사였고
열사의 땅 중동의 노동자였고
더 멀리는 하와이 사탕수수밭 일꾼이었고
멕시코의 애니깽이었다

이제 재미 교포라는 이름으로
재일 동포라는 이름으로
글뤼크 아우프[2]가 생활화된 이름
당신들은 대체 누구인가

1   이 시는 필자가 얼마 전 창작해본 소품이다.

2   Glück auf. 광부들이 광산에서 무사하게 일을 끝내고 살아 나오는 것을 표현하는 독일어 인사.

디아스포라

디아스포라는
밖으로 나가 있는 이름만이 아니다
지금은 우리 곁에도 친숙하게
때로 조금은 낯설게 다가오는 이름들
베트남과 우즈베크의 여인들
필리핀과 네팔에서 온 손님들
주인과 나그네가 뒤바뀌어 살아가는

디아스포라
더 이상 팔레스타인 바깥에서 유랑하는
유대인만도 아니고
만주 벌판을 헤매는
헐벗은 우리 조상의 역사만도 아니다
옛 고향집의 객사(客舍)에 드리운
남모르는 그림자의 창백한 이마
아, 모두가 한 모습의 디아스포라인 것을

1. 팔레스타인을 떠나다

디아스포라 그리고 디아스포라 문학이라는 말에는 비애가 묻어 있다. 아득한 거리감과 함께 다가오는 슬프고 아련한 정조(情調). 디아스포라 문학을 말할 때 이러한 정조의 부정적 분위기가 환기하는 의미를 생각해보면서 그것이 혹 버려야 할 어떤 것이라면 극복의 길을 모색

158

해야 할 것이다. 세계 곳곳에서 펼쳐지고 있는 한국문학의 디아스포라 현상과 그 현실에 대해서는 한국문학번역원의 최근 여러 종류의 세미나 등을 통해 많이 알려진 바 있으므로 먼저 재외 한국문학의 발생과 그 의미를 훑어보는 일이 필요할 것 같다. 디아스포라 현상은 오늘날 세계 각처로 흩어진 민족의 이산화 현상으로 일반화되었지만 원래의 발원지와 그 본질에 대해서는 언제나 다시금 일단 재음미하고 지나가야 한다. 즉 세계에 흩어진 유대인들이 왜 그대로 사라지지 않고 도처에서 자기 목소리를 내느냐는 것이다. 이상하지 않은가. 그냥 사라지면 될 터인데— 논의의 초점은 문제의 발원지 팔레스타인이 어떤 장소인가 하는 점이다. 하나의 의미 없는 지역 이름인가, 나라의 이름인가, 아니면 민족이나 부족의 이름인가 하는 점을 분명히 해두어야 할 것이다. 왜냐하면 디아스포라의 원래 뜻이 '팔레스타인을 떠나' 세계 각지에 흩어져 살면서 유대교의 규범과 생활 관습을 유지하는 유대인을 가리키기 때문이다. 이 뜻은 오늘날 비단 유대인만을 가리키는 것이 아닌, 다른 민족의 경우로도 광범위해졌고 팔레스타인 아닌 고향 혹은 조국을 떠나는 것으로 완화되었으나, 그럼에도 팔레스타인 분쟁이 여전히 그치지 않는 것을 볼 때 '팔레스타인'의 문제는 좀더 진지하게 살펴보아야 할 것이다.

이때 포인트는, 디아스포라의 출발지가 된 팔레스타인이 과연 실재하는 땅인가, 정신적 고향이라는 종교적 믿음인가 하는 점이다. 그도 그럴 것이 팔레스타인은 성지적 성격을 갖고 있기 때문이다. 사전(위키백과)에 의하면 팔레스타인이라는 용어는 이스라엘, 가자 지구, 요르단강 서안 지구 전체를 가리키는 지리학적 지역을 의미한다. 이와 관련된 용어는 고대 그리스의 헤로도토스가 쓴 『역사』에 "시리아에서 팔레스타인이라고 불리는 지역은 페니키아인들이 다른 해상인들과 교역하는 곳"이라고 기술되어 있다. 지중해의 남동쪽 육지 가운데 시리아와 맞닿은 곳으로 보이는 것이다. 그런가 하면 팔레스타인 전체 혹은 그 일부를 지칭하는 다른 지역적 용어나 국가로서는 가나안, 에레츠 이스라엘, 유다이아 속주, 코엘레 시리아, 대시리아, 통일 이스라엘왕국, 예루살렘왕국, 시온, 남부 레반트 등등 수다하다. 요컨대 지리적으로 그 경계가 확정되어 있지 않은 듯한데, 그 까닭은 오늘날의 분쟁이 보여주듯이 유대와 아랍 사이의 종교적 갈등과 쟁투가 원인일 것이다. 일찍이 창세기 12장 1절에 나오는 성경 말씀이 그 요체를 간략하게 보여준다.

'~너머'를 뜻하는 '디아dia'와 '씨를 뿌리다'를 뜻하는 '스페로spero'가 합성된 디아스포라의 내용이 벌써 창세기부터 담겨진 것이다. 창세기 12장에 의하면 여호와 하나님이 노아의 홍수 이후 아브라함에게 나타나서 아버지의 집을 떠나서(너머-디아dia) 하나님이 보여줄 땅으로 가서[이산(離散), spero-spora] 큰 민족을 이루도록 하라는 것이다. 이렇듯 디아스포라는 '아담/이브의 죄'-'낙원에서의 추방'-'노아의 홍수' 이후 하나님이 인간으로 하여금 재출발의 은혜를 베푸는 '제2의 창조'라고 할 수 있다. 그러나 이 사건은 인간에게 엄청난 은혜이기는 하지만, 아이러니하게도 알 수 없는 막연한 땅을 향한 출가 명령이기도 하다. 복을 주겠다는 신의 약속과 그 약속 이외 아무것도 보장된 것이 없는 인간적 고행이라는 이율배반의 여정이 디아스포라라고 할 수 있다. 디아스포라의 출발은 그러므로 인간적 합리성의 차원에서 설명되고 수용될 수밖에 없는 신의 약속, 즉 종교적인 차원에서 이해되어야 할 믿음의 사건인 것이다.

따라서 팔레스타인이 어디인가 하는 소박한 질문조차 사실은 간단치 않다. 그러나 앞서 위키백과 사전이 다양한 답을 내놓았듯이 그 위치에 대한 정확한 지리적 정답은 확실치 않고 또 중요하지도 않다. 종교적 차원에서 바라보아야 할 믿음의 사건이라면, 바로 그러한 배경이 오히려 중요하다고 할 수 있다. 하여간 팔레스타인이 어디든지 간에 디아스포라는 '그 너머'로 흩어진 현상과 현장이 중요한 것이 되었다. 여기서 확실히 해둘 것은 팔레스타인이라는 지역 자체의 중요성과 달리 그 같은 발원지가 지니고 있는 상징성, 종교적 권위라고까지 말할 수 있는 규범과 관습에 대한 주목이다.

2. 흩어짐의 의미

디아스포라에서 흩어짐의 의미는 원래 나쁜 것이 아니었다. 그러나 신의 약속이라는 관점에서 나쁜 것이 아니었을 뿐, 인간적으로는 수다한 고난이 예견된 행사였으며 실제로 아브라함이 고향과 친척, 아버지의 집을 떠난 이후 만난 일들은 도저히 사람으로서 감당하기 힘든 엄청난 고행이었다. 성경으로 다시 되돌아가 본다면, 소돔과 고모라 사건을 비롯하여 아브라함-사라의 출산과 그 아들 이삭을 하나님께 바치는 사건, 다시 야곱 형제들과 요셉에게 가해지는 무수한 죽음의 고통 등등은 실로 신의 간섭과 은혜가 아니면 살아서 회복되기 힘든 고비였다고 할 수 있다. 그 과정과 결과를 요약한다면, 아마도 인간적 실책과 신의 가호라는 말로 줄일 수 있을 것이다. "실수하는 인간, 보호하는 하나님" 정도로 말할 수 있을까.

인간의 역사에 있어서도 이러한 상황은 비슷하다. 그리스어로 파종·이산을 의미하는 디아스포라는 본토를 떠나 타지에서 살아가는 공동체나 이주 자체를 말하는데, 유대인 이외에도 아일랜드인·스코틀랜드인·그리스인 등의 유럽계와 남중국계 화교·남인도인 등의 아시아계를 열거할 수 있다. 그러나 일반적으로 디아스포라는 유대인 디아스포라를 가리키며 역사상 가장 기록될 만한 디아스포라는 서기 132년 로

마제국을 상대로 일으킨 유대인들의 반란 결과 하드리아누스 황제가 유대인들의 예루살렘 거주를 금지하자, 유대인들은 불가피하게 국외로 뿔뿔이 흩어지게 된 사건이라고 할 수 있다. 또한 확실히 해두어야 할 점은, 팔레스타인-예루살렘 일대에서 유대인들이 쫓겨난 것만이 아니라, 많은 유대인이 자발적으로 이집트나 소아시아 일대로 이주하고 있었다는 사실이다.

자발적 이주는 오늘날의 디아스포라를 특징지어주고 있는 중요한 성격이다. 그러나 이 자발성은, 말의 온전한 의미에서의 자발성은 아니다. 자의 반 타의 반이라는 말이 있듯이 불가피한 자발성이며, 이 불가피한 상황은 거의 쫓겨나다시피 한 이주라고 보아야 하며, 우리 한국인의 경우가 대부분 여기에 해당한다. 자발적인 이주라고 볼 수 있는 경우는 그리스와 아일랜드라고 하겠는데 가령 그리스는 고대 이후 지중해와 흑해 연안 전역으로 퍼져나갔는데, 이는 지역적으로 그리스 인근이라는 점을 고려할 때 차라리 민족의 확산이라고 할 수 있다. 이들은 남이탈리아, 북리비아, 동스페인, 남프랑스 등 지중해 연안 지역에 뿌리를 내리면서 그리스식 도시국가를 건설했다. 헬레니즘 시대가 열렸는데 많은 그리스인이 자발적으로 이주하면서 그리스어 사용 지역도 확대되어 라틴어와 더불어 지배계급의 언어가 된다. 4세기경 로마 제국이 기독교화되면서 비잔티움 제국에 정교회가 정착되었다. 이후 근현대에 들어서 그리스 이주민들은 유럽 여러 나라의 민족들과 동화되면서 융합의 역사를 전개하고 있다고 할 수 있다.

자발적 이주라고 하더라도 디아스포라는 결국 본토에서, 고향에서 살아갈 수 없어서 불가피하게 국외로 나가는 경우가 대부분인데, 유럽에서는 아일랜드가 대표적이다. 19세기에서 20세기 초까지 8백만에 달하는 인구가 아일랜드를 떠나서 미국을 비롯한 해외로 떠났는데 그 원인은 감자 뿌리가 병들어 말라죽는 병 때문이었다. 농작물의 이 같은 피폐 현상은 혹심한 가난을 몰고 왔으며 사람들은 정든 땅을 떠날 수밖에 없었다. 아일랜드인들의 해외 이주 원인은 20세기 들어서 경제적인 측면을 넘어서 정치 문화적인 측면으로까지 확산되었고, 지리적으로 가까운 미국은 물론 캐나다 그리고 먼 호주로도 뻗어나갔다. 최근 10여 년 안팎에는 그 규모가 더욱 커져 아일랜드 출생 인구의 20퍼센트가량이 외국에서 살고 있는 것으로 나타났다. 아일랜드인의 이주가 갈수록 늘어가고 있는 현상은 디아스포라가 성공적인 사례로 보고되는 바, 거기에는 해외 현지 특히 미국에서의 성공적인 정착이 그 이유로 손꼽힌다. 왜 그럴까? 경제적인 이유 이외에 정치적, 문화적인 면에서 미국 문화와 융합에 성공한 것으로 보이기 때문이다. 말하자면 단순한 기계적 어울림이 아니라 아일랜드 고유의 전통문화로 미국 문화를 선도해나감으로써 20세기 이후의 새로운 모습을 창출해내는 데 기여했다고 해석되는 것이다.

한국의 디아스포라 현상은 이렇듯 역사에 있어서 선범을 보여온 나라들을 타산지석으로 할 필요가 있다. 중세에 있어서는 그리스, 근현대에 와서는 아일랜드가 그런 의미에서 우리의 눈을 확 끈다. 이들의 공통점이 있다면, 경제적으로 핍진한 상황에서 조국을 떠났지만 새롭게 안착한 나라에서 그들이 전통적인 문화의 힘을 발휘하였다는 사실이다. 그 거창했던 로마제국 안에서 헬레니즘을 소생시킨 그리스인들, 그리고 황금만을 추구하는 미국 사회에서 인간 정신의 감성적 원류를 불어넣은 아일랜드인들은 현지 문화를 갱신하면서 자신들의 사회적·정치적 위상까지 높여가는 성취를 이룩한다. 19세기 말부터 일제 식민 통치로 뒤통수를 맞고 남부여대하는 가운데 세계 각지로 흩어졌던 한국인들은 이제 정신을 차리고 제 나라를 올바로 바라보게 되었다. 본국에 재외동포청까지 발족한 현실에서 한국인들이 문화적으로 각성하고 움켜쥘 문화는 무엇인가.

3. 한국문학과 디아스포라

1996년 한국문학번역원의 발족을 전후하여 한국문학도 해외에 서서히 눈을 뜨기 시작하였다. 거칠게 요약한다면 한국문학은 2000년 이전 해외로 진출하는 데 적극적으로 관심을 두지 않았고, 해외로부터 받는 관심은 더더욱 미약한 형편이었다. 요컨대 한국문학은 21세기 들어서야 비로소 대내외적으로 독립된 문화 장르로서 주목을 받게 되었는데, 그 시기는 한국이 디아스포라 관점에서 스스로를 점검하게 되는 시점과 거의 일치한다고 할 수 있다. 한국문학번역원의 출범은 우리 사회가 국가적인 차원에서 이 문제를 진지하게 인식하기 시작했다는 뜻깊은 사건이 된다. 무엇보다 문학이 국가적 관심이 되었다는 사실 자체가 한국으로서는 문화적 웅비라는 자부심을 가져도 좋을 쾌거가 되며, 그것을 국제사회의 커다란 틀 안에서 바라보고자 했다는 점도 이제 해외에 할거하고 있는 문화의 망(網) 가운데에서 문학을 볼 줄 아는 안목으로 발전했다는 뿌듯한 자기 확인이 되는 것이다.[3] 한국문학의 이러한 자기 확인에 앞서서 한국이 디아스포라라고 부를 만한 넓은 그물 아래에 들어와 있다는 사실은 역설적으로 한국으로의 외국인 유입이 활발하게 이루어지는 현실과도 맞닿아 있다.

2000년대에 들어서면서 K팝으로 대변되는 한국문화의 다양한 국제적 명성이 홀연히 세계 각지에서 그 성가를 높여가면서, 한국은 유학생을 중심으로 한 미국 진출, 베트남전 참전으로 인한 베트남 진출, 광부와 간호사들의 취업을 중심으로 한 독일 진출의 부정적 디아스포라 이

---

3 물론 문학에 관한 국가기관이 출범하였다는 사실은, 그것도 해외 진출을 진작시키기 위한 기관의 발족은 문학예술이 자유로운 국제시장에서 경쟁한다는 원리에 비추어 보아 반드시 긍정적인 면만 있는 것은 아니다. 그러나 문학의 기본 매체가 되는 언어, 즉 한글이 소수 언어minor language라는 점을 고려할 때 불가피한 측면이 있다. 번역원이나 세종학당 등의 활동으로 이러한 핸디캡은 최근에 조금씩 개선되고 있다.

미지가 갱신되는 성과가 발생하게 된다. 부정적 이미지는 물론 이보다 훨씬 앞서 진행된 일제 식민지 아래 중국과 만주 그리고 중앙아시아 등에서의 핍절한 고통을 겪었던 피식민의 삶을 예거할 수 있고, 1945년 이후에도 일본 땅에 남아 있는 재일 동포들의 수난을 상기할 수 있다. 최근에는 중국 사회를 떠도는 조선족의 나그네 같은 삶을 상기할 수 있는데, K팝으로 덮인 한류의 저류(底流)를 흘러가는 이 같은 아픈 역사는 한국 디아스포라의 눈물과 웃음으로 얼룩진 이중주라고 하겠다.

대중문화를 앞세운 한류의 급격한 대두는 한국으로 흘러 들어오는 일종의 역디아스포라 현상을 일으키면서 한국의 디아스포라가 이제는 어떤 문화적 지향을 가져야 하지 않겠는가 하는 성찰을 제시한다. 역디아스포라는 한국을 향한 외국인 노동자, 유학생, 국제결혼으로 인한 신랑 신부 등 크게 세 부류를 조성하면서 2023년 현재 2백만 명이 넘는 외국인 거주민들이 국내에 살고 있는 것으로 보고된다. 밖에 나가 있는 내국인들과 안에 들어와 있는 외국인들의 복합은, 그러므로 이제 경제적 실존의 차원을 넘어 문화적 지향의 필요성을 불가피하게 가져오며, 한국문학은 이 같은 관점에서 의미가 반추될 수밖에 없고 또 그렇게 되어야 할 것이다. 값싼 노동력의 제공자로서, 정치적 협상의 희생자로서 열사의 땅과 지하 갱에서 땀을 흘리며 살아야 했던, 혹은 이보다 더한 식민 통치하의 노예 같은 삶을 살아야 했던 고통스러운 디아스포라를 뒤로하고 한민족의 자랑스러운 문화의 싹을 널리 심어주는 문화적 디아스포라로 위상과 품격을 높여나가야 할 단계에 이르고 있다. 그리스와 아일랜드 디아스포라는 이런 의미에서 우리에게 시사하는 바가 매우 크다.

많은 훌륭한 문인을 배출하여 세계문학사에 크게 기여한 아일랜드의 경우를 한국문학은 존경의 시선으로 바라다볼 필요가 있다. 아일랜드 문학의 전통은 조너선 스위프트, 로런스 스턴을 비롯하여 특히 19세기 이후 조지 버나드 쇼, 윌리엄 버틀러 예이츠, 제임스 조이스, 오스카 와일드, 20세기 들어서 사뮈엘 베케트, C. S. 루이스 등 거인들을 만나지 않는가. 20세기 전반 세계문학의 문호들은 대부분 아일랜드 출신이라고 하여도 과언이 아닐 정도다. 아일랜드가 이렇듯 문학에서 강세를 보이는 까닭은 이야기를 좋아하는 국민적 성향과 춤 등 가무를 즐기는 예술적 기질 그리고 식민지 체험에 따른 저항성 등에서 찾아볼 수 있는데, 이는 한국문학과도 상통하는 과제가 될 수 있다. '한강의 기적'이라고 불리는 우리의 1970~1980년대 경제 발전과 '켈틱 타이거'로 이름 지어진 아일랜드의 1995~2007년 경제 부흥의 공통 경험을 문학 분야로도 아날로지적 확산이 가능할 수 있다는 희망 아래 디아스포라적 시도를 해볼 만하다는 것이다.

디아스포라 문학이라고 한다면 현지, 즉 미국이나 일본, 중국 등 한국인이 이주해간 나라에서의 한국계 현지인들에 의한 문학 활동을 폭넓게 지칭한다. 그 작가가 어떤 작품을 쓴 것인가 하는 작품 내용에 대해서는 일단 문제시되지 않는다. 이때 반대로 그 작가의 국적과 씌어진 언어를 중심으로 원래의 고향을 문제시하지 않기도 하는데, 이에 대한 법률적 구속이 있는 것은 아니다. 이런 측면에서 한국계로 간주되어온 이들로서는 독일의 이미륵, 일본의 김사량·김석범 등을 20세기 전반부의 작가로 들 수 있으며, 최근 21세기에 와서 본국과의 구체적 교류가 단절된 상태에서 현지어로 활발한 작품 활동을 하고 있는 2세·3세·4세 들이 나타나고 있다. 가령 미국의 이민진, 중국의 진런순(김인순), 러시아의 아나톨리 김, 독일의 박본과 같은 이가 그 작가들이다. 물론 미국에서의 리처드 김(김은국), 일본의 안우식 같은 작가들이 이들 세대 사이의 교량 역할을 하면서 1950년 이전의 식민지와 6·25전쟁 이전의 상황을 오늘의 전후 세대와 연결 지어주고 있다. 10여 년 전에는 대표적인 중견 소설가 김영하가 식민지 한국의 궁핍하고 비통한 현실에서 탈출하여 멕시코로 이주한 한국인 난민들의 삶을 그린 장편『검은 꽃』(문학동네, 2003)을 상자하여 한국 디아스포라 문학에 대한 본격적인 관심을 소환하기도 했다.

그렇다면 20세기 세계문학에 충격을 던지면서 아일랜드 문학을 세계적인 반열로 업그레이드한 조이스나 베케트 같은 이단과 반란의 예술성이 한국문학에는 없는 것일까? 없지 않다. 예컨대 1930년대의 이상, 오늘의 김혜순과 같은 시인이 국제적 주목을 받고 있지 않은가. 소설에서도 이인성과 같은 의식/무의식의 세계를 유영하는 작가들이 있고 기독교적 진리의 진실성을 천착하는 이승우도 세계의 시선을 항상 받고 있다. 아일랜드 문학의 우수성은 그 다양성 속에서도 나타난다. 예술을 통해서 가난과 결핍을 극복하려는 의지는 무의식 세계의 탐구 이외에도 풍부한 감성과 유머, 위트 등의 개발에서도 드러난다. 한국문학도 다양성의 측면에서 20세기 근대문학의 소양을 적잖게 개척해온 바, 특히 시와 소설 장르에서 상당한 성과를 올리고 있다. 시의 경우 소월이나 만해의 웅숭깊은 서정시가 한국인의 희로애락을 운문적 정서로 울리는가 하면, 2000년 이후의 젊은 시에서는 언어의 단절과 비약 등의 실험 시를 통해서 초현실의 세계로 진입을 꾀하기도 한다. 궁핍한 시대와 현실에 상응하는 예술적 시도로서 탁월한 노력이라고 할 수 있다. 소설에서도 장편/중편/단편의 분야에서 다양하게 진행되고 있는 한국문학 특유의 감수성은 한편으로는 센티멘털리즘에 입각한 감성적 관습, 다른 한편으로는 이를 극복하고자 하는 이념적 접근, 최근에는 페미니즘적 이념의 구현이라는 새로운 지향으로 다채로운 세계의 전개가 이루어지고 있다. 이러한 과정을 통해서 많은 여성 시인, 여성 소설가가 활동하고 있는 것도 한국문학의 새로운 현상이다. 페미니즘의 열기는 때로 이에 대한 비판에도 불구하고 한국문화 전반의 속 깊은 에너지의 표출이라는 점에서 음미할 만한 대목이라고 할 수 있다.

한국을 대표하는 여성 소설가 신경숙, 여성 시인 김혜순이 탐구의 대상이 될 수 있으며, 미국의 한국계 소설가 이민진에 대해서도 깊은 관심을 가질 만하다. 이민진의 소설 『파친코』(인플루엔셜, 2022)는 간단한 소설이 아니며, 이 작가 또한 이주자로서 간단한 소설가가 아니다. 그렇다는 것은, 디아스포라의 내용이 간단하지 않다는 의미인데 실제로 이 소설은 식민 근대사와 6·25전쟁 등 비극적 팩트와 이를 소설화하는 기법의 중층적 구조가 복합적으로 어울려 있다. 결국 한국문학과 디아스포라는 그 다층적 현실이 야기하는 중층적 구조로 말미암아 문학적으로도 깊이 있는 성취를 이룩할 가능성이 높다.

이제 한국문학은 밖으로 나아가는 디아스포라에서 안으로 들어오는 디아스포라를 함께 껴안는 마음으로 이 문제를 보아야 하고, 그 같은 사랑과 연민은 문학의 내발적 동기부여를 향상시킨다. 나로서는 그런 의미에서 신경숙의 소설 『엄마를 부탁해』(창비, 2008)의 상징 구조를 강조하고 싶다. 길을 잃어버린 엄마를 찾아 헤매는 이 소설은 그 구조가 단순해 보이지만 그 상징성은 단순하지 않다. 엄마로 상징되는 고향과 조국, 가정의 상실과 약화는 현대인들이 잊고 있는 망향과 그리움, 모성애의 서정을 소환해주면서 오늘날 인류의 보편적 감정을 사로잡는다. 다른 한편 서사 기법으로서 어디 있는지 알 수 없는 대상을 '찾아다닌다'는 추리소설적 수법이 가져오는 가독성은 대중적 설득력을 제고시키면서 독자들, 특히 미국과 그 계열의 흥미와 관심을 제고시킨다. 아울러 모성의 근원으로서 한국과 한국문학의 본질을 확산시키는 문화적 힘이 될 수 있다. 한강이나 김혜순 같은 화려한 변화도 이러한 에너지와 더불어 더 큰 힘이 될 수 있을 것이다. 디아스포라는 이러한 문학의 힘을 바탕으로 보편적인 문화의 역량을 증진시키고 세계 평화의 구축에 기여할 수 있을 것이다.

[〈한국문학번역원 강연〉, 2024. 9]

망각을 위한 변명[1]

1

인근에 사는 이웃이 문을 열고 들어오면서 "댁에 계셨네요?" 그런다. 아침부터 무슨 말인가 싶어서 "그럼요, 왜요?" 하고 반문했다. 이야기인즉, 아래층 주차장을 통해서 우리 집으로 오는데 항상 같은 자리에 있던 우리 자동차가 없어서 내가 어디 나간 줄 알았다는 것이다. 차가 없다니? 나는 아내를 쳐다보면서 어리둥절하였다. 10년이 훨씬 넘은 중고차이지만 제자리에서 사라졌다니 당황하지 않을 수 없었다. 이 집에서 20년 넘게 살았지만 이런 일은 없었다. 아니, 차가 어디로 갔나? 저 혼자 굴러갔을 리 없고, 내 차 옆에 즐비하게 서 있는 고급 차들을 놓아두고 누가 하필 그 차를 가져갔을 리 없다. 아내와 둘이서 잠시 생각해보았다. 잠시 시간이 흘렀다. 그리고 둘은 함께 거실 앞 창밖을 내다보았다. 아 ─ 어제 낮 일이 떠올랐다 ─ 그렇구나.

법화산 오르는 기슭 밑에 있는 아파트 단지, 그중에서도 끄트머리 동에 앉아 있는 우리 집은 4, 5월 봄 시즌이면 그야말로 기화요초의 꽃대궐을 이루고 향기로 뒤덮여 집 안에 가만히 앉아 있을 수가 없다. 그

---

1 본문 속 한용운의 시는 1926년 회동서관 초판 복각본인 『님의 沈默』(지식인하우스, 2023)을 참조해 인용하였다.

날도 밖에 나갔다가 돌아오는 길에 아파트 주차장으로 바로 들어오지 않고 우리 동 앞의 공원 길로 올라가 차를 세워놓고 산책을 했다. 거기까지는 좋았는데 꽃에 취한 나머지 차를 그냥 그곳에 놓아두고 아파트 뒷문으로 집에 들어왔던 것이다. 그리고 편안하게 저녁과 밤을 보내고 아침도 무사태평으로 맞이하고 있었다. 그 손님이 오기까지는— 일컬어 망각의 혜택을 보고 있었다!

나이가 들어가면서 망각은 갈수록 친근한 벗이 되어간다. 그렇지 않겠는가. 어제 누구를 만났던가, 종전에 갔던 곳은 어디던가, TV에 나오는 저 사람은 누구던가 하는 따위의 일이 모두 물음이 된다. 그 물음은 조금 뒤 답을 찾아오기도 하지만 오랫동안 망각의 그늘 아래 그냥 남아 있기도 한다. 그런데 이러한 망각 작용은 비단 나이 든 사람들만이 겪는 일이 아니다. 모든 이가 다소간 경험한다고 하는데, 이에 대해서 가령 니체 같은 철학자는 "삶의 파괴로부터 우리를 지키는 구성적, 적극적 힘의 결과가 망각"이라고 말한다. 이른바 '망각의 힘Kraft des Vergessens'이다. 망각은 기억의 상실이나 결핍, 부재가 아니라 기억 활동의 생산적 과정을 유지해준다는 것이다. 말하자면 기억 작용의 일부이다. 그런 만큼 기억이 안 난다거나 잊어버리기를 잘한다고 주눅 들거나 졸아들 필요가 전혀 없다. 오히려 한편으로 잊고, 한편으로 생산적 기억을 일으켜 세운다면 과거에 얽매이지 않는 활발한 창조 작업을 할 수 있지 않을까. 실제로 예술가나 과학자 가운데에는 이 같은 활동의 좋은 예가 되는 이들을 적지 않게 만날 수 있다. 대표적으로 상대성 이론의 발견으로 유명한 아인슈타인이 떠오른다. 그는 전차를 타면 차가 움직이기도 전에 다른 쪽 문으로 내리는 경우가 많았는데 이때 그는 차가 이미 목적지에 도착한 것으로 생각했다는 것이다. 승차와 하차, 어느 쪽에 대해 망각 작용을 했다고 할까(아인슈타인의 아들 한스 알베르트 아인슈타인—UC 버클리 대학 수공학 교수로 있었다—에게서 내가 예전에 직접 들은 말이다).

작은, 짧은 망각의 경험을 상당한 예술가의 재능이나 수준과 연결지어서 나를 드러내어보고자 하는 것은 아니다. 그러나 재능이나 도덕에 있어서 평범한 시민의 모범적인 규준에 도달하지 못한다고 낙심하는 일은 누구에게도 바람직하지 못하다. 오히려 어떤 의미에서 그러한 일탈이나 비범이 창조적인 성취를 가져오는 일이 꽤 있다는 사실에 관심을 가지고 그러한 인재들을 격려하는 분위기가 필요하다. 그런 의미에서 인공지능이니 알고리즘이니 하는 재능의 기계화/평준화 현상은 우려스러운 점도 있다

물론 AI를 발달시킨 인재들의 천재성을 그들 인물의 특출함에서 찾음으로써 개인적·개별적 수월함이 문명의 기계화/집단화를 유발하는 역설을 만나게 되는 것도 사실이다. 그러나 기계화/집단화를 초래하는 천재성을 유능한 지성이라고 할 수 있을지는 몰라도 예술적 지성이라고 할 수는 없을 것이다. 그렇다면 망각의 힘에 대해 그 기능을 받아들이고, 자신이 실제로 그 같은 기질과 증상에 있어서 비슷한 면이 있었다 하더라도 니체와 아인슈타인이 비슷한 지성이라고는 할 수는 없을 것이다. 아인슈타인의 냉철함과 니체의 디오니소스적 혼란은 아주 다른 범주에 속하며, 이때 예술이 반드시 냉철함을 따라가지는 않는다.

2

나는 지금 니체와 아인슈타인의 지성적 자세와 수준을 비교하는 글을 쓰고 있는 것이 아니다. 그보다는 자신을 내려놓는 망각의 모습을 보여줌으로써 예술적, 철학적 경지를 아울러 구현하고 있는 큰 시인 만해 한용운을 다시 한번 예술적 지성이라는 측면에서 바라보고 싶은

것이다. 그의 철학과 사상은 내려놓기라는 망각의 실현을 통해 시가
된다. 이때 그는 한국인이자 세계인이 된다. 시라는 예술의 바다에서는
민족과 국가, 어떤 경계도 모두 사라지고 전인적인 감동만이 물결칠
뿐이다. 널리 알려진 「님의 침묵」의 '침묵' 이외에도 망각 사상을 드러
내는 위대한 시 작품들로 그의 세계는 충만해 있다.

> 나는 나룻배
> 당신은 행인
>
> 당신은 흙발로 나를 짓밟습니다
> 나는 당신을 안고 물을 건너갑니다
> 나는 당신을 안으면 깊으나 옅으나 급한 여울이나 건너갑니다
>
> 만일 당신이 아니 오시면 나는 바람을 쐬고 눈비를 맞으며 밤에
> 서 낮까지 당신을 기다리고 있습니다
> 당신은 물만 건너면 나를 돌아보지도 않고 가십니다그려
> 그러나 당신이 언제든지 오실 줄만은 알아요
> 나는 당신을 기다리면서 날마다 날마다 낡아갑니다
>
> 나는 나룻배
> 당신은 행인
>
> ──「나룻배와 행인」 전문

  망각은 잊힘인데, 잊힐 수 없는, 잊히지 않아야 할 존재가 잊히는 일
이다. 행인을 물 건너 데려다주는 나룻배── 나룻배 아니면 건널 수 없
었던 물이기에 나룻배는 잊힐 수 없는 고마운 존재다. 그러나 나룻배

는 잊힌다. 세상사의 이러한 흐름을 적어놓음으로써 시인은 가장 중요한 사람이나 사물, 그리고 일 들은 곧잘 망각 뒤로 사라지고 있음을 노래한다. 그 망각은 슬프지만 슬픔을 통해 진리가 조용히 드러난다. 이것이 예술이다. 세상은 승부의 세계이고 이기기 위하여 사람들은 소리를 높이고 주장한다. 그러나 문학을 비롯한 예술의 세계는 승부를 넘어선다. '물만 건너면 돌아보지도 않고 가는' 행인이 세상의 행태이며 그를 감수하는 나룻배의 마음이 문학과 예술의 세계이다. 돈이나 권력과 같은 물질의 세속적 논리를 넘어선 진리를 향유하고 있기 때문이다. 행인을 태워주고 돈을 버는 공리의 세계를 말하는 것은 아무런 예술적 행위가 못 된다. 이 시가 아름다운 것은 그러한 쓸모 위주의 세속을 망각으로 밀어버리고 헌신하는 나룻배의 모습을 조용히 그려내고 있기 때문이다. 이렇듯 좋은 시, 위대한 문학은 세속의 질서를 넘어서는 망각의 초월성을 지닌다. 이와 반대로 세속적인 영화를 과시하는 글쓰기 문학은 올바른 의미에서 문학도 예술도 아니다. 세속을 따라가는 글쓰기는 시인의 세속적 지위를 선전하는 자기만족이 될지 모르지만, 그런 모든 것을 망각하는 슬픔이 주는 상실의 미학을 모른다. 예술은 지는 것 같지만 패배를 통한 영원한 승리를 누리는 진리의 세계를 거닌다. "당신을 기다리면서 날마다 날마다 낡아"간다는 시인의 슬픈 듯한 망각의 독백이 시의 진정한 승리라는 사실을 깨닫는 사람만이 시의 맛을 알고 그 참된 경지에 들어설 수 있다.

　만해 한용운의 망각에의 헌신은 기다림과 이별의 반어법으로 나타난다. 「님의 침묵」이 대체로 그러하지만, 이러한 시적 반어법은 결국 기다림도 이별도 하기 싫다는 뜨거운 열망의 다른 표현이다. 망각은 이렇듯 완전한 잊힘의 세계가 아니라 기억의 은밀한 소환이다. 은밀함이야말로 언어의 가장 강력한 힘이 아니겠는가. 숨김은 드러남을 향한 기다림이다. 만해의 시는 애인으로 표현된 모든 인간과 사물 들을 향

한 보편적인 사랑을 기다림으로 그려낸다. 망각에 숨겨진 은밀한 힘을 보여주는 것이다

남들은 님을 생각한다지만
나는 님을 잊고저 하여요
잊고저 할수록 생각하기로
행여 잊힐까 하고 생각하여 보았습니다

잊으려면 생각하고
생각하면 잊히지 아니하니
잊도 말고 생각도 말어 볼까요
잊든지 생각든지 내버려두어 볼까요
그러나 그리도 아니 되고
끊임없는 생각생각에 님뿐인데 어찌하여요

구태여 잊으려면
잊을 수가 없는 것은 아니지만
잠과 죽음뿐이기로
님 두고는 못하여요

아아 잊히지 않는 생각보다
잊고저 하는 그것이 더욱 괴롭습니다

—「나는 잊고저」 전문

한용운의 대표작 가운데 한 편인 이 시는 그의 관심과 주제가 망각임을 잘 보여준다. 그러나 망각은 시인에게도 쉽지 않은 일임이 고스

란히 나타난다. 그럼에도 중요한 것은 망각을 향하여 시인이 부단히 노력한다는 점이다. 많은 만해 연구자는 이 점을 그의 불교 사상과 관련하여 설명한다. 망각은 새로운 기억을 발생시키는 새로운 동력으로서 작용하는 필수적인 단계라는 니체주의적 발상과도 연동되는데, 이러한 생각은 만해가 기독교 사상을 바탕으로 한 서구 사상에도 열린 자세로 임했다는 『불교대전』(1914)에서의 해석에서도 드러난다. 만해는 불교 사상 가운데에서도 특별히 민중성과 평등성에 주목하면서 개개인의 생명과 개성을 존중하는 평화로의 길을 주창하였는데 이는 기독교 정신과도 상통하는 근대성이기도 하다.

망각은 빈 마음이며 이는 문학예술의 근본 동기이다. 특히 시에서 빈 마음은 시인으로 하여금 창작을 추동시키는 역동적 힘이 된다. 고요한 정지 상태가 불러일으키는 동력학은, 가령 릴케의 『두이노 비가』와 같은 현대시를 탄생시킨다.

> 아, 우리가 대체 누구를 이용할 수 있단 말인가요? 천사도, 인간도 이용할 수 없지요. 명민한 짐승은 이 해석된 세상에서 우리가 편안할 수 없다는 사실을 진즉부터 알고 있답니다. [……] 우리 앞엔 어제의 그 거리, 그리고 왜곡된 관습의 충직성만이 남아 있지요.

제1비가는 이처럼 앞부분부터 이 세상은 인간에 의해 '해석된 세상'이어서 순수하지 못함을 개탄하면서 시작한다. 천사도 인간도 이용할 수 없는 존재임에도 불구하고 세상과 사물은 인간에 의해 이용되고 해석된다. 그 꺼풀을 걷어낸 순수의 세계를 릴케는 갈망한다. 그것은 망각으로서만 가능한 기억의 발생으로 이루어진다. 제 마음대로 해석하고 이용하는 공리의 세계를 넘어서고, 만남과 소유를 인내로서 참아내며 이별을 침묵하는 망각의 길 끝에서 발견하는 초월의 순간, 시는 태어난다. 빈 마음에 채워지고 세워지는 새로운 언어의 세계이다. 만해 한용운은 우리 시에서 이 위대한 일을 시작한 20세기 전반의 거대한 발자취다. 이 사람이 시인이다.

[2024]

문학은 질문이다

챗GPT가 온통 화제다. 오픈AI라는 인공지능 서비스(혹은 회사)가 개발해낸 대화형 인공지능이라는 뜻인데, 당연히 공학 내지 정보과학 분야에서 창궐해야 할 화제가 뜻밖에도 인문학 쪽에서 요란하다. 그것도 철학 쪽에서 깊이 있는 관심을 보여주면서 『철학과현실』이라는 저널은 벌써 여러 번째 이와 관련된 특집을 내놓았으며 2023년 6월호에도 '챗GPT, 인간에게 묻다'라는 중후한 특집을 꾸렸다. 인문학의 중심 부문이 철학이라면, 철학 저널이 이처럼 당면한 지적 현상에 다각적인 학문적 접근을 보여주는 것은 매우 반가운 일이다.

그런데 신기하달까. 철학 못지않게 이 문제에 접근해 있는 신학·문학·역사학 쪽의 관심은 상대적으로 희박해 보이고, 특히 가장 관심이 깊고 넓을 문학으로부터의 반응이 상대적으로 미약한 것은 어쩐 일일까. 문학은 곧 책이라고 할 수 있을 정도의 자기 정체성을 띠고 있는데, 이 문학=책 프레임을 가능케 한 구텐베르크 인쇄술의 혁명적 출현을 생각한다면, 챗GPT와 문학과의 관계는 숙명적 동행을 연상시켜도 무리가 아니라고 할 수 있다. 그렇다면 문학은 왜 이처럼 조용한가. 챗GPT에 대한 관심, 즉 필요성을 느끼지 못한 탓일까. 아니다. 인터넷에 의하면 챗GPT는 소설 창작 부탁을 받고 3초 만에 도입부를 그럴싸하게 완성하였다는 것이다. 예컨대 인터넷에 나온 소설 묘사는 가령 이렇다.

문을 열어 들어선 다음 그가 본 것은 황량한 고요와 아름다움이었다. 흰 구름이 파란 하늘을 배경으로 유영하고 있었다. 예쁜 도시였지만 사람의 흔적은 보이지 않았다.

챗GPT의 도움을 받아가며 썼다는 SF『매니페스토』(네오북스, 2023)는 외계인과의 동거를 다루고 있는데, 7인의 작가가 일종의 협업을 하고 있는 것이 특징적이다. 그런데 이 소설들은 이미 오래전에 등장했던 장르 소설과 모든 것이 너무 흡사하다. 무엇보다 SF이지 않은가. 게다가 작가들 면면이 보통 거론되는 일반 작가가 아닌 이른바 장르 문학 전공자 같은 인상이다. 실제로 이들 중 일반 작가로서 작품이 알려진 경우는 별로 없어 보인다. SF 소설, 장르문학, 챗GPT, 전자책의 출현은 우연한 범주의 만남이라고 할 수는 없어 보인다. 그렇다면 장르문학과 본격문학을 여전히 구분하는 문학의 관습을 고려할 때, 챗GPT와 문학의 사이가 아직은 썩 원활하다고는 할 수 없을 것 같다. 이 사이는 시기적인 것일까, 본질적인 것일까. 나로서는 본질적인 문제라는 가정 아래, 격렬하게 대두되고 있는 챗GPT의 문학성을 비판하고 싶다.

챗GPT에 문학성이 있다는 가정이나 주장의 근거는 그것이 대화형 언어 모델이라는 점에 있다. 대화, 언어 모델, 빅데이터, 이야기 형성 등의 단어 들은 챗GPT가 야기한 문제의 주제어들인데, 그것들은 결국 이야기라는 전통적인 서사를 생산하면서 문학의 바탕을 대규모적으로 만들고 있지 않느냐는 논거를 구성한다. 문학적 역량에 대한 가능성은 무엇보다도 빅데이터를 형성해내는 능력을 지닌 언어 모델에 있으며, 다른 한편의 비판은 인공지능이 과연 창의성과 사고력을 지닐 수 있겠느냐는 의문으로 귀결된다. 특히 이 경우 대화형 언어 모델은 결국 주어진 명제, 혹은 질문에 대한 대답이나 정리 수준의 카테고리를 뛰어

넘을 수 없을 것이라는 반론과 만나게 된다. 그러나 대답이나 정리에 있어서도 그 수준과 내용은 윤리적, 성적, 정치적으로 결코 창의적이지 못함으로써 그저 그런 상황의 재현이라는 비난 앞에서 무력한 모습이다. 사무적인 일의 효율성을 넘어서는 예술적 가치의 개척과는 무관한 작업에만 머무른다는 비판 앞에서 챗GPT는 합당한 이의를 제기하지 않는다. '마땅한 이의'는 아직 챗GPT의 몫이 아직 아닌 듯하고, 그런 의미에서 문학과의 거리가 지금은 떨어져 있을 수밖에 없는 듯하다. 문학과의 거리 문제는 차치하더라도 언어 모델 능력이 뜻밖의 분야에서 위력을 발휘함으로써 사회적 위험을 야기할 수도 있다는 문제도 제기된다.[1] 인공지능 분야의 세계적인 석학들이 해당 분야의 발전에 몰두하는 가운데 다른 한편으로 이 발전이 사회적 위험을 초래할 수도 있다는 생각을 보여줌으로써 인문학 쪽과 균형감을 유지하는 측면이 없지 않다. AI 전문가들이 그 방면의 더욱 진화된 지식을 심화시키는 가운데, 다른 일면에서 사회적 위험에 대해 스스로 경고를 하고 있다면, 모순처럼 보이는 이 현상이 일단 안심이 된다는 것이다. 그러나 대규모 언어 모델에 오직 즐거워해야 할 전문가들의 위험 의식은 대체 어디서 오는 것인가. 몇 가지로 그 지점을 추론해본다면 대략 다음과 같은 사항들이 떠오른다.

첫째, 인공지능 자체의 능력에 대한 회의다. 즉 챗GPT가 지닌 미증유의 언어 모방 능력을 인정한다 하더라도 모방은 진정한 지능에 이를 수 없기 때문에 이를 바탕으로 한 챗GPT의 활동을 신뢰하고 방임할

---

1 '생명의 미래 연구소'는 '거대 인공지능 실험에 대한 잠정 중단'을 요구하는 공개 서한을 발표하였는데, 여기에는 요슈아 벤지오, 스튜어트 러셀, 일론 머스크, 유발 하라리 등을 포함, 3만 명 이상의 지식인들이 서명하였다. 이 서한은 "인간에 비견할 만한 지능을 갖춘 인공지능 시스템이 사회와 인류 전체에 미치는 심대한 위험을" 경고하면서 적어도 6개월 동안 챗GPT-4보다 더 강력한 인공지능 시스템을 훈련시키는 일을 즉각 중단할 것을 요구했다. 천현득, 「챗GPT의 인식론적 위험」, 『철학과현실』 2023년 여름호, pp. 101~102.

수는 없다는 인식이다. 이렇게 볼 때에 챗GPT가 지니는 위험은, 위험이라기보다 불안에 가까운 것이다. 여기서 챗GPT가 정말 참된 지능을 가지고 있느냐 하는 질문이 나오고, 만약 그렇다면 인식의 행위와 능력이 가능하겠느냐는 문제가 제기된다. 위험은 이때 발생한다고 보아야 할 것이다. 챗GPT의 지능이 인식을 동반한다고 한다면 진짜 사람과 다를 바 없지 않겠는가. 인식의 문제는 이렇듯 인공지능의 생명에 관한 핵심적인 포인트가 된다.

다음으로 살펴보아야 할 점은, 챗GPT의 환각 현상에 대한 혼돈의 문제다.[2] 챗GPT가 내놓는 부정확한 정보 혹은 허위 정보를 일컫는 일들이 적지 않은데, 이에 대한 대처를 어떻게 할 수 있겠느냐는 것은 매우 심각한 일이 아닐 수 없다. 최근에 이르러 가짜 뉴스 현상이 급격하게 대두되고 있는데 인공지능의 무의도적인 환각이라는 관점에서도 주목되지 않을 수 없다. 이와 관련하여 언어 모델의 일관성 부재, 더 나아가 행위성 부재에 큰 주의를 기울여야 한다는 점이 강조되는데, 실제로 적잖은 오류가 발생하고 있는 것을 알아야 할 필요가 있다. 가령, 챗GPT에게 독도가 어느 나라 땅이냐고 물어보았을 때 세 가지 유형의 대답이 나오는데 심각하게 일관성이 결여돼 있다. 한국 땅이라는 대답, 그러나 다케시마라는 일본어로 질문했을 때, 국제적 분쟁 지역이라는 답이 나온다면 어떻게 되는가. 제3의 대답도 있다. 요컨대 대규모 언어 모델일수록 일관성은 없고 혼돈과 가짜의 가능성은 높아지게 된다.

결국 문제는 챗GPT에게 인식 능력이 있느냐 하는 것이다. 여기서 인식이란, 오늘날의 지적 탐구 능력만이 아니라 지금까지의 주체적 형이상학의 모든 축적을 바탕으로 한 활동 전반을 가리킨다. 더 나아가

2 같은 책, pp. 112~13.

모든 인식 행위는 신학, 심리학과 같이 의식, 무의식을 다루는 학문을 포함한 인간 주체의 초(超)시간, 무(無)공간의 영적 움직임까지 추적하고 넘어서는 데에 이른다. 그 가장 비근한 영역이 문학이라고 할 수 있다. 문학은 챗GPT가 내놓는 답안들의 진실 여부를 물어보는 질문이지 그 대규모 언어 모델에 맞추어 가장 그럴싸한 어떤 것을 형성해나가는 포맷이 아니다. 그런 의미에서 문학은 챗GPT의 인식 능력과 그 행위에 대한 전면적 비판과 부정의 양식이라고 할 수 있다. 챗GPT가 문학을 쓰고 있고, 읽고 있다는 말은 그러므로 어불성설이다. 그럼에도 불구하고 일본에서는 챗GPT가 쓴 소설이 문학상을 수상하는 일이 발생하여 아예 챗GPT에 의한 작품은 접수 자체를 하지 않음으로써 전통적인 문학관을 고수하고 있다고도 한다. 그러나 다른 한편에서는 SF 문학상 응모 조건에 "사람이 아니어도 된다"고 적시하여 실제로 AI가 상을 받는 일이 생겨나기도 했다. 일본의 작가 아시자와 요우(芦沢央)는 챗GPT가 자신의 조교라면서 자신의 일과 상관없이 그가 많은 일을 해주기 때문에 유용하다고 좋아한다. 미국의 SF 월간지『클라크스월드 매거진Clarkesworld Magazine』의 경우 처음에는 챗GPT에 의해 창작된 작품들을 잘 받아주었으나 응모가 너무 많이 폭주하면서 노골적으로 돈 좀 벌자는 소동이 일어날 정도가 되니 이제는 아예 접수 자체를 중단했다.『클라크스월드 매거진』편집장은 이런 투고를 스팸 투고라고 하면서, 스팸 필터가 필요하게 되었다고 역설한다. 챗GPT와 문학이 만날 때의 타락상은 이처럼 필연적일 수밖에 없는데, 한국문학의 경우 이에 대한 경각심보다 호기심으로 접근하는 것이 현 단계의 모습 같아 보인다. 처음부터 AI 문학의 본질을 터득하는 일이 중요할 것이다.

AI 문학이라는 말은, 그 용어 자체가 성립하지 않는다. AI가 인공이라는 뜻이라면, 문학은 인공을 배격하기 때문이다. 업무 효율성과 생산성의 향상을 기대하면서 인공지능의 탄생을 환영하였던 인류는 사실 인공지능의 출현과 더불어 효율성과 생산성이라는 계몽의 거대한 열매에 그저 환호작약만 할 것이 아니라, 그 의미를 반추해보아야 할 것이다. 효율성과 생산성의 증가가 반드시 좋기만 한 것일까? 이세돌의 바둑 패배가, 즉 인공지능의 승리가 인류의 승리일까? 인공지능과 이세돌의 반상 대결은 반상 대결일 뿐, 그 이상도 그 이하도 아니라는 인식이 필요하다. 인공지능은 사람과 비슷한 기계이며, 이세돌은 사람 자신이다. 사람들은 두 존재를 대결시켜보았는데 승률이 일방적인 것은 아니다. 기계 쪽이 우세하다고 하는 것 역시 그렇게 설계한 인간 두뇌의 한시적인 승리로 볼 수도 있다. 비인간도 인간의 일종이라는 것이다. 그런 의미에서 포스트휴먼Post-human이라는 말은 있을 수 없을는지 모른다. 사람 앞에도 사람 뒤에도 존재하는 것은 언제나 사람뿐이라는 인식— 이것이 인공지능 시대의 문학의 자리여야 할 것이다. 다시 말하면, 인공지능 시대일수록 문학은 사람의 자리를 지켜야 하며, 그 일을 하는 든든한 기능은 여전히 문학에 주어져 있다고 믿어야 한다. 언어를 대규모적으로 형성해나가는 모델인 챗GPT는 따라서 이러한 문학의 기능과는 원천적으로 가까운 듯 멀리 있을 수밖에 없는 것이다. 언어를 형성하되 언어철학이 애당초 결여되어 있기 때문이다

이러한 인공지능의 시대에 챗GPT와 문학의 관계는 더욱 소상하게 짚어볼 필요가 있다. 일부에서는 챗GPT의 출현으로 문학의 범역이 넓어지고 더 나아가 개념의 확장까지 이루어지는 것으로 기대하기도 하는데, 이와는 달리 오히려 문학 자체의 의미를 숙고할 계기가 되었다고도 할 수 있다. 근대문학은 서구의 경우, 낭만 혹은 낭만주의의 산물이며 이성을 중시하는 계몽 혹은 계몽주의와 만나면서 17세기 이후 문학이라는 이름으로 그 모습을 갖추어왔다. 바로 이러한 문학은 그렇기 때문에 그 스스로 인공지능과는 엄격한 자기 구별의 세계를 구축한

다. 물론 인공지능 전문가, 그리하여 그 능력과 미래를 믿는 사람들은 인공지능의 기능 아래 그 같은 문학의 모든 활동과 본질이 포함된다고 본다. 중요한 것은 문학이 절대적인 자의식을 지닌 거의 유일한 정신의 양식이라는 점에 대한 인식의 환기. 문학은 낭만과 계몽이 함께 어울리면서 발전해온, 자유의지를 가진 윤리적 형식이라는 것이다. 효율과 능률을 지향하는 이성 활동의 결과물이 인공지능이라면, 거기에는 원천적으로 윤리성이 존재하지 않는다. 게다가 생명의 자율성도 존재하지 않는다. 건조한 이성의 기계적 움직임만이 활발하다. 칸트는 이성을 인간 두뇌의 아름다운 개화로 생각했지만, 그로부터 2세기도 안되어 마르쿠제H. Marcuse는 이성이야말로 합리적 도구에 불과하다고 개탄하지 않았는가. 문제는 그 같은 맹목의 기계적 움직임인 인공지능이 낭만과 계몽, 정신의 복합체인 인간을 지배하는 상황이 올지도 모른다는 가상의 시나리오다.

아니다! 더 큰 문제는 그 같은 패배 의식 아래에서 문학도 영화도 음악·미술도 사이버 상황을 즐기고 있다는 사실이다. 벌써부터 나타나 극장가를 휘젓고 다녔던 사이보그는 대체 무엇인가. 사이보그를 만들어서 그 휘하에서 돌아다니는 인간은 이미 챗GPT의 노예이다. 그러나 오늘의 인간은 사이보그의 출현을 승리라고 생각할지언정 그것이 기술 앞에서 인간의 패배라는 생각은 추호도 갖고 있지 않다. 챗GPT를 지휘하는 인간의 리더십— 그 위에 서 있는 문학/예술의 가능성을 끌어올릴 생각은 왜 하지 않는가.

챗GPT는 대답의 언어 모델이고, 문학은 질문하는 양식이다. 챗GPT에게는 이른바 빅데이터로 불리는 수많은 자료가 있지만 문학 앞에는 의문을 자아내는 무수한 호기(好奇)의 덩어리들만이 있다. 호기심을 유발하는 사상(事象)들에 대하여 질문을 던짐으로써 문학은 시작한다. 그러므로 문학에 있어서 중요한 것은 자료가 아니라 사람, 즉 문학 하는 (혹은 하려는) 사람이다. 사람은 수많은 개별적 존재로 존재함으로써 한 사람 한 사람이 모두 다른 독립된 사상들이자 자료들이기도 하다. 따라서 사람은 객관적으로 규정되는 존재가 아닌, 그 스스로가 발언함으로써, 즉 질문함으로써 그 순간순간 존재한다. 마치 현상학에서 의식의 발생을 통한 인간 존재의 형성을 설명하는 논리와 비슷하다. 후설이나 하이데거, 사르트르로 이어지는 현상학 내지 실존주의에서 질문하는 인간으로서의 인간이 자리 잡는 모습을 생각해보자. 인공지능과 실존으로서의 인간이 완전히 마주 보는 대척으로서의 지점이다. 인공지능이 수많은 잡다한 것을 수집, 정리하는 사이 실존 인간은 끊임없이 질문한다. 왜? 왜? 왜……? 그리고 무엇을 위해? 무엇을 위해……? 이 질문과 더불어 인간의 의식은 쉬지 않고 움직이기 때문이다. 그러므로 사람은 참된 의미에서의 빅데이터 자체이다.

의식이 만들어내는 질문을 담는 그릇이 문학이라면 문학 또한 기계라고 할 수도 있다. 그 기계는 사이보그처럼 기하학적으로 조립된 것이 아닌, 태어날 때부터 완제품으로 출생하여 시간과 더불어 성장하는 인간 자체의 전면적 투영체로서의 기계이다. 여기서 가장 중요한 부분은 '시간과 더불어 성장한다'는 점이며, 그 가운데에는 세계를 향해 질문하는 존재라는 점이 자리한다. 다시 한번 반복이 허락된다면, 문학은 우선 언어를 매개로 한 인간 정신의 표현 양식이라는 것, 언어로 된 표현 양식은 다양하게 존재하지만, 문학만의 독특한 자기 신뢰와 자부심은 문학이 '질문하는 양식'이라는 사실이다. 인간이 누구이며, 그를 둘러싼 숱한 관계 속에서의 진실이 무엇이냐는 문제는 인문학, 특히 18세기 이후 형이상학의 주제가 되어왔으며, 이로부터 문학예술의 본질에 관한 논의가 심도 있게 진행되었다. 20세기 초의 현상학을 거쳐 발전된 실존주의는 문학의 토대가 여기에 있음을 보여주면서 인간과 문학예술의 숙명적 관계를 끈끈하게 입증한다. 『예술작품의 근원 *Der Ursprung des Kunstwerkes*』이라는 하이데거의 주목할 만한 저서와 이에 앞서 잉가르덴Roman Ingarden의 『문학예술 작품의 인식에 대하여 *Vom Erkennen des Literarischen Kunstwerks*』(1931) 같은 명저는 문학의 본질과 위상에 대하여 부동의 자리를 확립해주어서 오늘에 와서도 챗GPT 앞에서 흔들리지 않는 내용을 보여준다. 과연 문학예술의 근본은 무엇인가.

뿌리로 올라가보자. 문학은 챗GPT와 같은 인공지능으로 대체되거나 그 의미가 이를 통해 더욱 훌륭하게 향상 가능할 수 있는 것일까. 『문학예술 작품의 인식에 대하여』는 문학예술을 거론함에 있어서 가장 중요한 것은 무엇보다 작품 자체에 대한 인식임을 내세움으로써 문제의 핵심을 제시한다. 여기서 제시되고 있는 요소들은 1) 인식의 대상 2) 주제 3) 표현된 대상의 구체화 4) 문학작품 이해의 특수성 5) 작품의 전체적인 층위의 통합 6) 작품 순서의 구조 7) '서술 시점'의 현상들 8) 문학작품과 학술작품 사이의 차이 9) 문학작품 인식에 있어서 서로 상이한 입장과 조정 9) 비판적 관찰의 문제 등등이다. 무엇보다 잉가르덴은 후설과 함께 의식의 문제에 주목하였다. 무엇에 관한 의식으로서 그 본질은 대상에 대한 '지향'에 있다는 이른바 '지향성의 원리'를 강조하였다. 이러한 요소들은 잉가르덴이 등장한 20세기 초 이전에는 이처럼 객관적으로 조목조목 관찰되고 분석된 일이 없었다. 그 이전에는 칸트나 헤겔, 니체나 마르크스 그리고 프로이트와 같은 거대 담론에 휩쓸려서 강한 주체적 이념으로 문학 또한 이념화되어온 것이 현실이었다. 따라서 잉가르덴의 등장은 문학 그 자체로, 문학이 하나의 예술작품으로 자립하는 역사적 순간이 된 것이다. 잉가르덴의 선배 후설이 "사물 자체로!"를 선언한 현상학의 탄생은 문학으로서도 독립적인 예술로서의 생명을 동시에 선언한 것이다. 말하자면 인간 혹은 인간성, 그러니까 주관이 철저히 배제된 작품 자체의 순수성이나 절대성을 모색하고자 한 것이다.

이 시기를 전후하여 말라르메나 발레리의 순수시, 그리고 고트프리트 벤의 절대시 등이 대두된 것은 깊은 의미가 있다고 할 수 있다. 그러나 후설이나 잉가르텐의 현상학은 다소 모순되어 보이는 두 가지 갈래를 나타내는데, 그것은 첫째로 대상의 객관성을 엄밀하게 드러내고자 하는 의욕이며, 다음으로는 대상이 된 문학 텍스트를 인간인 독자의 독서를 통해 완성하고자 하는 인간적 개입의 유혹이다. 전자를 '자아론적 환원'이라고 부른다면 후자는 '간주관적 환원'이라고 부른다. 어떻게 해서든지 자아를 배제하고 최후의 순수한 대상이 남는 순간까지 환원을 거듭하고 남는 '현상학적 잔여'를 순수한 본질로 보는 것이다. 그런가 하면 '간주관적 환원Intersubjektive Reduktion'은 다수의 자아 혹은 주관에 의한 공동적 환원으로서 이것을 추가한다, 그럼으로써 세계 전체가 의식의 내용이 되고 온전한 본질이 제대로 인식된다는 것이다. 이러한 과정과 결과는 이것들이 종합되면서 나타나는 하이데거에 의해서 보다 질서 있게 정리된다. 후설을 존경하였던 그는 개개의 사물이란 특정한 시간과 공간에서의 일회적인 존재로서 '지금-여기 있음'의 무엇이 된다. 그 일회성은 무한한 개별성이며 이것은 문학작품에 있어서도 근본 원리를 이룬다. 하이데거는 그 근본 원리를 언어와 사물과의 관계에서부터 출발한다. 그는 이렇게 말한다.

예술이 무엇인가 하는 사실은, 작품으로부터 인식되어야만 한다. 그런데 작품이 무엇인가는, 오직 예술의 본질로부터만 인식될 수 있다. [……] 만일 우리들이 예술적 감상은 하지 않은 채 작품의 어찌할 수 없는 현실성만을 고려에 두고 작품을 본다면, 작품은 다른 사물처럼 그저 자연스럽게 사물적으로 존재하고 있다는 사실이 밝혀질 것이다. [……] 모든 예술작품들은 이러한 사물적 측면을 갖는다. 사물적 측면 없이는 작품은 존재할 수 없다. [……] 인간이 문장을 통해서 사물을 파악하는 방식으로 미루어 볼 때, 즉 문장 구조로부터 사물 구조를 도출하고자 하는 것만큼 자연스러운 일이 있을까.[3]

요컨대 문장 구조와 사물 구조를 구조적으로 동일시하고자 하는 발상과 그 결과라고 할 수 있는데, 도대체 문장이라는 것을 독립된 어떤 개체로 인식하고 있다는 것 자체가 가히 혁명적이라고 할 수 있다. 하이데거는 이 책에서 세 편의 논문, 즉 「사물과 작품」 「작품과 진리」 「진리와 예술」을 서술하고 있는데 「작품과 진리」에서 다음과 같이 문제의 핵심을 파헤친다.

예술작품의 근원은 예술이다. 그러나 예술이란 무엇일까? 예술은 예술작품 가운데 실재로 존재한다. [……] 가장 잘 확인할 수 있는 현실적인 것으로서 예술작품은, 비록 방식이 매우 다른 것이라도, 일반적으로 사물적 성격을 보여준다. [……] 작품의 순수한 자립상태In-sich-stehen가 명확해지지 않는 한 작품에 있어서의 사물적 성격은 밝혀질 수가 없다.[4]

중요한 것은 예술, 곧 문학은 문학작품 속에 실제로 존재한다는 사실이다. 문학은 "작품 속에 실재로 존재"하지 AI나 기계, 혹은 작품 아

---

3 하이데거, 『예술작품의 근원Der Ursprung des Kunsstwerks aus Holzwege』, 오병남 옮김, 경문사, 1982, pp. 80~87.
4 같은 책, pp.106~107.

닌 어떤 다른 현실 속에서도 존재하지 않는다는 것, 한 세기 가까운 시간 전에 현상학과 실존주의를 통해 역설되어온 문학의 근원이 이렇듯 새삼 강조될 필요가 있어 보인다. 왜냐하면 후설, 하이데거, 사르트르 등을 통해 자리 잡힌 이 같은 문학의 인간학이 거의 동시대의 심리학자들, 예컨대 프로이트나 라캉 등에 의해 인간 욕망의 불가피한 소산으로 확인되었고, 오늘날 AI와 챗GPT 등의 왜곡된 기계적 산물로 튕겨져 나감으로써 인간의 카테고리를 벗어났기 때문이다. 공공연하게 포스트휴먼 혹은 비인간을 운운함으로써 탈인간이 자처되지 않는가. 문학은 문장구조를 갖춘 작품을 반드시 동반하고 있어야 하는데, 그것은 다 같은 작품들끼리 사물 대 사물로 질문이 가능하기 때문이다. 질문을 할 줄 모르고 대답만 하는 기계는 문학작품이 아니다. 문학은 끝없는 질문이다. 21세기에 불쑥 나타난 비인간의 어리둥절하고 기이한 지성은 우리를 당혹케 한다. 기이한 이 지성은 계몽의 특출한 업적의 소산을 자랑할 것이 아니라 이제까지 온갖 험로에도 불구하고 이룩된 깊은 지성과 영성에 허리 굽히고 역사적 의미를 배워야 할 것이다. 기계 지성이 알게 된 대답의 능력은, 질문하는 인간의 근원적 힘을 통해 질문과 대답의 회로 속에서 참된 문명의 모습이 성숙해간다는 사실을 알게 될 것이다.

[『예술원 문집』, 2023]

2부
자연의 값

문학에서 왜 향기가 나는가

향기는 보통 꽃에서 난다. 바야흐로 지금, 온 산야가 꽃향기로 덮여 있지 않은가. 노란 산수유 물결이 지나가고 난 다음 또 다른 노란 물결로 유채꽃 향기가 밀려온다. 어느 꽃이 먼저 피고 어느 꽃이 나중인지 알기도 힘들다. 아, 그 사이 개나리도 있지 않은가. 산수유, 유채꽃, 개나리, 봄은 노랑 꽃 삼총사와 함께 확실하게 만개하는데, 이러한 식물도감만 펼쳐 든다면 봄을 놓치는 형국에 빠진다. 너무 많은, 그야말로 형형색색의 기화요초가 향기를 뿜어대며 얼굴을 내밀기 때문이다.

당장 핑크빛으로 화사한 벚꽃을 어찌할 것인가. 봄이 먼저 오는지 벚꽃이 먼저 피는지 알 수 없는 벚꽃의 붉은색은 붉은 꽃 삼총사, 그러니까 진달래와 철쭉을 뒤에 거느리고 나타나는데 자신의 아름다운 자태를 감추면서 붉은색 꽃의 결정판으로 열정의 장미를 소개한다. 붉은 장미가 활짝 웃으면 5월, 봄은 절정에 이른다. 자, 이쯤되면 어지럽다. 화려한 색의 잔치가 시야를 행복하게 해주지만, 그 사이사이로 풍겨오는 향기가 우리의 후각을 사로잡는다.

향기는 사물이 자신의 존재와 본질을 단숨에 나타내는 무언의 언어다. 유식한 말로 하자면, 시니피앙이다. 물론 시니피앙이 되는 것이 향기만은 아닐 수 있지만, 향기야말로 가장 즉각적이며 가장 결정적이다. 어느 소설가는 언젠가 보릿고개로 삶이 팍팍한데 꽃이 아름답다거나 강물이 푸르다거나 하는 한가한 타령을 할 수 없다고 말한 일이 있다. 그러나 꽃의 아름다움은 비가 오나 눈이 오나, 심지어 전쟁 중에서라도 변하지 않는 것. 정치적 상황이나 경제적 현실, 더 나아가 도덕적 타락의 피폐한 현실 옆에서 꽃의 아름다움과 향기는 강력한 힘을 내뿜는다. 그 아름다운 존재만으로 옆의 현실이 얼마나 부패하고 부정한 것인지 드러내준다.

문학은 아름다운 향기다. 이 향기는 어디서 오는가. 그 향기는 문학이 지닌, 독자적 독립적 질서로부터 나온다. 꽃의 아름다움은 어디에서 오는가. 한 송이 장미꽃이 지닌 독립적인 생명의 질서로부터 나온다. 그가 뿌리를 내리는 땅, 물과 햇빛을 주는 하늘, 꽃술과 꽃잎, 꽃받침으로 보호되는 구조의 신비, 어느 하나 외부의 간섭과 개입 없이 스스로의 독자적인 힘으로 피어나고 자라나고 숨을 거둔다. 그 옆에 쓰레기 같은 오물이 있을지라도 전혀 개의치 않고 자신의 아름다운 생명체를 뻗어나간다. 그리하여 꽃을 꽃되게 할 뿐 아니라 쓰레기를 쓰레기되게 한다.

문학의 아름다운 질서는, 그 질서의 아름다움에서 생성된다. 그 질서는 꽃의 신비한 구조처럼 신비하다. 땅과 물, 공기와 햇빛이 있어야 되듯이, 그리하여 꽃술과 꽃받침, 꽃잎과 함께 꽃이 피고 향기를 내듯이, 문학의 질서도 작가 자신의 세속적 욕망의 극복이라는 힘이 우선 토양이 된다. 거기서 힘의 훈련을 쌓을 때 그 시간이 물, 햇빛과 공기가 된다. 이러한 과정 없이 성급하게 꽃을 피우려고 한다면 이름만 내려는 매명주의의 가화(假花)만을 거둘 뿐이다. 좋은 작품의 성과 없이 이름만 나열되는 문인들이 범람하는 현실은 향기 없는 가화 속을 걷는 것과 같다. 현실의 비판적 수용이 우리 문학의 과제가 되어야 한다. 우리의 삶을 괴롭히는 억압의 핵심을 짚어내고 그것을 시와 소설, 혹은 비평적 산문으로 형상화할 때 문학이라는 형태의 질서가 탄생한다. 그것은 이념과 관습, 허세에 반란하고 저항하지만 견고한 새 형태를 구축하기에 강렬한 진보의 힘으로 만들어진 성성한 보수다. 저 혼자 피는 문학이라는 꽃은 어떤 타자에게도 비판적이다. 그 비판은 사랑이며 향기다. 진정한 문학의 향기를 맡고 싶다.

[『문학의 집·서울』, 2024. 5]

nD는 힘인가 향기인가

사람들은 꽃을 좋아하면서도 우습게 안다. 모순의 마음이 인간 심리의 큰 맥인 것은 심리학자들 분석으로도 이미 잘 알려진 일이지만, 그래도 참으로 묘한 일이라는 생각이 든다. 꽃이 좋은가? 누구나 꽃을 아름답다고 말한다. 사랑스럽다고 특별히 아끼는 사람들도 많다. 그리하여 마침내 꽃은 아름다움의 표상, 상징이 되지 않았는가. 그러나 아름답지만 그뿐, 꽃이 대체 인생에 어떤 보탬이 되겠느냐는, 유용성과 관련된 논란이 있다. 이러한 논란은 흔히 문학의 존재 이유, 그 기능과 보람을 꽃과 연관 지어 생각할 때 슬그머니 머리를 쳐든다. 문학이 꽃처럼 아름다운 예술이기는 하지만 대체 그 이상의 쓸모가 어디에 있겠느냐는 것. 문학이 쓸모가 있다느니 없다느니 하는 논쟁이 심심하면 간헐적으로 제기되는데, 결국 그 자체가 아마도 문학의 운명인 모양이다.

코로나 팬데믹이 2년이 넘게 계속되면서 사람들의 일상이 많이 바뀌었다고 모두들 말한다. 무엇보다 동적인 습관이 정적인 패턴으로 달라지고 있다. 도대체 집 바깥으로 웬만하면 나가지 않는다. 씩씩하게 돌아다니는 사람들도 있지만 우선 나 같은 고령자들은 갈 곳도 별로 없고, 혹시 공사 간에 모임이 있더라도 사양하는 경우가 많아졌다. 고령자들을 고위험군으로 몰아가는 사회 분위기, 마스크 챙기고 나갔다가 외출에서 돌아오면 손 씻고 옷 벗어 널어놓는 일 따위도 번거롭거니와 자동차 운전이나 대중교통 이용 등도 신경 쓰이고 귀찮아진다. 그러나 먹고사는 생존에 걸린 일은 어쩔 수 없어서 마트나 식당과 같은 곳은 불가피하게 출입하는데, 이럴 때면 영락없이 삶의 공리성에 따른 작은 고뇌로 머리가 살짝 아프게 된다. 공리성이라고 해서 뭐 대단한 이야기는 아니고, 사람이 먹고사는 동물이라는 존재에 대한 엄중한 자각과 인식이다. 그런데 이러한 인식은 역설적으로, 그래도 인간은 거기서 벗어나 그 이상의 어떤 자리에 있어야 되지 않을까 하는 반발의 심리를 태동시킨다. 그러니까 먹고사는 단순 생존의 정적인 실존을 벗어나는, 영적, 정신적이며 어떤 동적인 nD의 세계를 향한 꿈틀거림이 느껴진다는 것이다. 나는 그것이 꽃과 같은 아름다움을 향한 지향성이 아닐까 생각하게 되고, 거기서 문학의 힘, 그 향기가 새삼스럽게 소환되는 것을 본다. 가만히 앉아서 창밖의 소나무와 하늘을 무연히 바라볼 때에 오히려 마음의 어떤 동요를 느끼게 되는데, 그것은 아름다움을 향한 동경 비슷한 것이다. 그리고 거기서 향기 같은 것이 올라오는 것도 본다. 몸은 가만히 앉아 있지만 머리는 활발히 움직인다고 해야 할까. 꽃이나 나무, 아름다움을 향한 움직임은 곧 책과 글을 향한 마음으로 설레게 된다. 오래전 어떤 소설가는 힘든 삶 앞에서 흘러가는 강물이 파랗다느니 어쩌니 하면서 문학이 한가로움만을 읊조릴 수 있겠느냐고 한 일이 기억난다. 그러나 팬데믹으로 생존이 위협받는 상황 가운데 영적, 미적 가치의 소중함이 더더욱 절실하게 다가오는 것을 어쩌랴.

nD라는 개념을 떠올려본다. 나 혼자 써본 말이지만 3D, 4D로 발전해가는 가상공간이 어느 순간 5D, 6D……로 계속 확장되어가리라는 예상 아래 기왕의 메타버스metaverse의 세계를 포괄적으로 짚어볼 때 이런 단어도 나타나지 않을까. 지금은 나 혼자만의 말인데, 아마도 곧 어떤 식으로 안착하지 않을까. 차원 돌파를 거듭하면서 새로운 영상을 끊임없이 확장해온 그 세계는 처음에는 말 그대로 환상적이었지만 차츰 공포스러운 면마저 띠기 시작한다. 나로서는 넷플릭스 드라마 〈오징어 게임〉(2021) 〈지옥〉(2021) 등에 열광하는 대중의 모습에서 그것을 발견한다. 이 같은 환상 공간의 출발점은 꽃과 같은 아름다움이었다. 그러나 그때는 실체가 있었다. 그러던 것이 차츰 실체와 환상 공존의 단계를 거치고 난 다음에는 오직 환상만의 세계를 향해 질주할 태세이다. 환상의 힘을 확인했기 때문이다.

그러나 이 지점에서 분명히 해두어야 할 것이 있다. 영적, 미적 가치가 바로 환상 혹은 환상 지향적인 것은 아니라는 사실이다. 문학은 영적, 미적 가치를 지닌 정신적 문화적 활동과 양식이며 동시에 환상 지향적인 활동과 역사를 지니고 있다. 낭만주의와 그 역사가 그것을 보여주며 문학의 본질 자체가 여기에 빚지고 있다. 문학은 꽃이며 아름다움, 향기라는 생각인데, 이 생각의 발전 위에서 모더니즘 문학의 당위성과 희망이 전개되고 있지 않은가. 그 당위성은 아름다움의 힘, 향기라고 할 것이다. 꽃과 향기는 당장 밥을 만들지도, 기계를 만들지도 못하지만 이 타락하고 추한 세상에서 그것이 타락인지도 모르는 사람들로 하여금 아름다움의 향기를 깨닫게 해준다. 존재 자체가 힘인 것이다.

향기의 힘. 내가 말하려고 하는 요지는 그것이다. 그런데 문제가 생겼다. 문학의 향기는 과연 무엇이며 어디까지 아름답게 피어오를 수 있을까 하는 의문이 슬슬 들기 시작하였다. 3D가 4D로 진화할 때까지 그것은 향기로웠고 아름다웠다. 그러나 4D가 블록버스터 영상과 연합을 하고, 그것이 다시 자본과 복합체를 이루면서 4D 이후의 세상이 갑자기 무서워졌다. 환상으로 달려간 문학이 끝없는 가상의 세상을 개발한 원조가 된 것은 아닌가 하는 두려움……

솔직히 고백하면, 그 이후의 세계를 문학이라고 부르는 일이 두렵다. 예술이라고 부르는 것도. 〈오징어 게임〉〈지옥〉과 같은 영상 — 이라고 부른다. 영화인지 드라마인지, 혹은 게임인지도 불분명하니까 — 이 사람들의 열광적인 환호 아래 엄청난 부를 창출하고 있지만, 그 정체를 나는 알 수 없다. 확실한 점 하나가 있다면 거기에서 향기는 나지 않는다는 사실이다. 이미 그 세계는 기술과 돈이 어우러진 마술의 세계가 아닐까. 거기에는 향기 대신 이상한 괴력이 솟는다. 문학은 힘이 없는 곳에서 생겨나지 않았는가. 문학을 현실 개혁의 힘이 있는, 그것도 아주 바람직한 모습으로 짠, 하고 등장하는 힘센 삼손과 같은 비전으로 믿는 경우도 있지만, 작가 한 사람 한 사람은 항상 현실 속의 아웃사이더였다. (프란츠 크로머로부터 핍박당하는 것이 일쑤인 데미안의 주인공들처럼) 아웃사이더 대신 승자와 패자의 냉혹한 싸움만 있는 세계…… nD로 증강해가는 광폭 현실 앞에서 향기는 사라지고 기이한 힘만 남았다. 이것이 문학이고 예술일까.

[『예술원보』 제65호, 2022]

문학은 사랑이다

사랑이라는 말이 귀청을 시끄럽게 때린다. 언제부터인가 장안이 온통 트로트 열풍인데, 그 열풍을 생산·유통시키고 있는 기관이 TV와 유튜브 등의 방송이어서 이들과 단절하지 않는 한 이 열풍을 피할 길이 없다. 문제는 거기서 쏟아져 나오는 '사랑'이라는 단어의 제품들인데 이 단어는 인근 영화, 연극 등의 장르와 더불어 우리의 감각을 완전히 장악하고 휘저으며 흘러간다. '사랑'의 압도적인 위세는 오로지 이러한 대중매체로부터 침투해오는 것만은 아니다. 어디 다른 곳이 있겠는가. '사랑'의 표방은 교회로부터도, 사찰로부터도 온다. 많은 사람이 '사랑'의 설교를 듣고 '사랑'의 감화를 받고 흡족한 모습으로 귀가한다.

그러나 세상은 결코 사랑으로 충만해 있지 않다. 오히려 그 많은 사랑이 어디로 갔는지 어리둥절할 정도로 사랑은 보이지 않는다. 사랑 타령으로 가득하던 TV 화면은 바로 그 옆 채널에서 온갖 증오와 저주의 언어를 쏟아놓는다. 온갖 증오의 범죄들이 인간에 대한 저주와 미움을 폭발시키고 있으며, 상대방에 대한 모략과 폭언이 일상이 된 정치인들이 보여주는 뉴스는 그 자체로 인간 혐오의 현장이다. 그 넘쳐나던 사랑은 어디로 갔는가. 결국 말로 떠도는 사랑은, 사랑의 부재와 결핍에 대한 한탄이며 사랑을 갈구하는 당위의 노래일 뿐 인간에게는 사랑의 능력이 없다는 것을 말해줄 따름이다. 사랑은 대체 어디에 있는가.

사랑은 사랑 자체로 존재할 뿐 사람과는 애당초 관계가 없다고 말하는 소설가가 있다. 이미 육십대에 접어든 중진 작가 이승우가 그이다. 그의 말을 들으면 사랑이 무엇인지, 사람이 어떻게 사랑을 할 수 있을는지 조금은 머리가 끄덕여진다. 이승우에 의하면, 사람은 사랑의 숙주일 뿐, 사랑은 사랑 독자적으로 자기의 생애를 살아간다. 물론 사랑은 사람 속에 들어가서 생애를 시작하고 생애를 끝내지만 어디까지나 그 스스로의 생애가 있는 것이다.[1]

사랑이 인간에게 본질적으로 결여되어 있음에도 불구하고, 인간은 사랑이라는 단어를 입에 달고 산다. "나는 너를 사랑한다"는, 마치 캐치프레이즈가 되다시피 한 멋진 호소문(?)이 가장 전형적인 구두선일 것이다. 과연 그럴까. 거의 대부분의 경우 이 문장은 가짜다. 특히 이성 간에 있어서 이 말은 발화자의 욕망을 은폐하고 있는 기만이기 일쑤이며, 경우에 따라서는 상대방에 대한 위협의 언어가 된다. "사랑한다"는 말속에는 결국 그 말을 하는 사람의 욕망과 협박이 숨어 있으니, 사랑한다는 말과 노래가 범람할수록 이 사회에는 오히려 증오와 저주의 무질서가 난무하는 것이 아닐까. 이처럼 '사랑'이 횡행하는 세상에서 사랑 없이 살아가는 가운데 그의 소설은 질문한다. "사랑이, 대체 뭐예요?"(p. 281).

소설 『사랑의 생애』 끝부분에서 다른 여자에게 미혹되어 집을 나간 남편이 30여 년 후 병들어 죽어가고 있다는 소식을 접한 그의 아내가 그를 돌보아주려고 한다. 그들의 젊은 아들은 이 같은 어머니의 결정에 분노한다. 사랑의 정체에 대한 물음은 여기서 폭발한다. 어머니에

---

1 이승우, 『사랑의 생애』, 위즈덤하우스, 2017. 이후 인용 시 쪽수만 밝힌다.

대한 항의와 함께 그의 내면을 휩쓴 의문들은 작가 이승우로 하여금 때로 사랑을 단순한 욕정으로, 때로 타인을 향한 아낌없는 헌신으로, 그리고 때로는 신의 거룩한 속성으로 느끼고 받아들이게 한다. 사랑은 변할 수 있는데 사랑에 대한 관념은 변하기가 쉽지 않다고 작가는 말한다. 사랑의 속성 때문이 아니라 관념의 속성 때문이라는 것. 이승우의 소설은 이 관념에 대한 도전이다. 문학은 사랑이 무엇이냐는 질문이다. 그것이 바로 사랑이다.

[『문학의 집·서울』, 2023. 1]

시는 상징이다

상징이 뭘까. 아주 쉽게 말해서, 그 글에서 씌어진 언어가 지시어(指示語)가 아닌, 지시된 사물과는 다른 의미를 갖고 있다는 것. 혹은 추상어를 구체적인 사물로 표시하는 것. 가령 사람을 보고「당신은 꽃이다」라고 적는다면, 당신 곧 꽃이라는 사물이 아니라 꽃과 같은 사람이라는 뜻이다. 이때 '당신은 꽃과 같은 사람이다'라고 적는다면 그것은 시가 아니다. 적어도 시적(詩的)이지는 않다. 너무도 당연해 보이는 이런 말을 늘어놓는 까닭은? 수만 명을 헤아리는 시인들이 우리 시단을 풍성하게 해주고 있음에도 불구하고 상징의 빈곤, 그 상징을 가능케 하는 상상력의 결핍을 느끼기 때문이다. 상징과 상상력은 궁핍한데 시와 시인은 많다? 대체 어떤 시와 시인들일까.

물론 상징은 하나의 어휘로만 나타나지 않는다. 어휘들이 합쳐진 문장으로, 또 문장들이 모인 더 큰 패러그래프를 이루면서 상징의 숲을 만들기도 한다. 그 숲이 풍요로울수록 우리는 시인의 깊고 오묘한 상상력 속으로 들어가서 현실에서 맛볼 수 없는 새로운 세상을 경험한다. 기계가 만들어내는 3D, 4D…… 아니 언어의 nD 세계를 누린다. 시가 주는 행복이다.

내 입술에서 네 입을,

성문 앞에서 이방인을,

눈에서 눈물을 찾지 마라.

일곱 밤 더 높이 빨간색이 빨간색으로 뒤바뀌고,

일곱 가슴 더 깊이 손길은 성문을 두드리고,

일곱 장미 핀 다음에야 샘물은 소리내고 흐른다.

　　　　　　　　　　　— 파울 첼란, 「크리스탈」 전문[1]

　단어 하나하나, 그리고 한 행 한 행 상징으로 생각하지 않고서는 쉽게 이해되지 않는 시다. 그러나 얼마나 흥미로운 깊이로 우리를 이끄는가. 시는 이렇듯 해석해보는 재미와 함께 이해된다. 무조건 난해한 시는 곤란하지만 아무 상징의 날개 없이 평면의 지상에서 산문적 이동만 하는 시가 쉬운 시로 용인되어서도 딱하다. 위의 시만 하더라도 첫 연(聯)에 나오는 입술이나 '입' '성문' '이방인' '눈' '눈물'은 모두 상징이라고 할 수 있다. 그것들은 사랑의 만남과 이별을 말해주면서 두번째 연으로 의미를 연결시켜준다. 예컨대 첫 연, 첫 행에서의 입맞춤은 둘째 연, 첫 행에서 빨간색의 교차, 즉 키스로 실현된다. 다음 행, 성문을 두드리는 손길은 무엇인가. 은유의 낱말들로 이루어져 있지만 결국 더 깊은 욕망의 상징 아닌가. 마침내 그 욕망은 마지막 행에서 '장미'를 피우고 샘물을 터지게 한다.

　이 시를 이렇게 읽으면 더할 나위 없이 아름다운, 그리고 다소 격렬하기까지 한 사랑의 시로 보인다. '일곱 밤' '일곱 가슴' '일곱 장미'는 얼마나 상징적으로 야한 장면을 고양(高揚)시키고 있는가. 육체적인 사랑의 현장에 영혼의 교류를 함께 승화시키는 이러한 모습 속에 시의

1　Paul Celan, "Kristall," *Gedichte I*, Bibliothek Suhrkamp, 2024. 번역은 필자.

힘, 상징의 힘이 숨어 있는 것이다. 이 시는 '일곱'이라는 숫자를 통해서 완성의 이미지 상징을 이끌어내고, 그것이 사랑하는 연인 한 쌍의 완성이라는 의미를 수행한다. 더 나아가 이 시의 절묘한 상징성은 그것이 유토피아의 출현을 예감케 하는 결정체, 크리스탈과 연결되고 있다는 점이다. 시의 상징은 그것을 구축해나가는 시인의 풍부한 상상력, 그리고 역추적해가는 독자의 흥미로운 분석과 시 독법(詩 讀法) 양쪽에게 '시란 무엇인가'라는 아름다운 정신의 충격을 준다. 시와 시인이 무시당하지 않고, 존경받고 존재하는 이유다.

[『문학의 집·서울』, 2022]

질문하는 언어

  20여 년 전 성민엽 교수가 엮어 펴내준 『김주연 깊이 읽기』(문학과지성사, 2001)라는 책에서 '나에게 있어서 문학이란 무엇인가'라는 글을 써야 할 기회가 있었는데, 나는 쓰지 못했다. 나에게 있어서 문학이란 무엇인지 딱히 이렇다고 말하기 힘들었던 것일까. 문학이란 무엇인지 여러 사람의 글을 모은 편저를 출판한 일이 있는데도, 무엇보다 30여 년 문학 선생을 하면서 숱한 강의와 강연을 해오면서도 막상 자신과의 관계를 중심으로 하는 고백의 요구는 은연중 피해왔던 모양이다. 그러나 60년 가까운 평생을 문학평론가로 살아왔으니 이제 더는 피할 수 없게 된 것 같다.

  이 상황이 내게 분명한 답을 이제 마련해주고 있는 것은 아니다. 확실한 것은, 분명한 답 대신 문학이 내게 무엇인지 끊임없이 질문해야 한다는 점을 환기시키고 있다는 사실이다. 그렇다, 내게 문학은 질문하는 언어이다. 일찍이 낭만주의 이론가 F. 슐레겔은 문학은 진보적이어서 끊임없이 자기 쇄신을 거듭한다고 하였는데, 말을 바꾼다면, 문학은 질문의 연속이라는 뜻이리라. 그러나 이때 그 질문은 허공에다가 던지는 빈말이 아니다. 그 질문은 반드시 언어화되어야 하는 형상화의 운명 안에 있다. 그런 의미에서 보수적인데, 이 양면성을 나는 "그 스스로 변화와 파괴·생성을 거듭하면서 인간을 부단히 자유롭게 하는,

말하자면 움직이는 충격"이며, "언어를 매체(媒體)로 하고 있다는 점에서 문학은 다시 그의 독특한 자부심을 갖는다"[1]고 쓴 바 있다. 양면성을 모순 아닌 총체성으로 받아들여야 한다는 생각인데, 이러한 생각은 비단 문학에만 적용되지 않는, 아마도 나의 인생관이나 세계관이 아닌가 한다.

나의 이러한 인생관은 다른 분들의 눈에도 그렇게 비치는 모양이어서, 가령 한 제자 교수는 나를 가리켜 "자유롭고 진보적이면서도 원칙과 질서를 존중"[2]한다고 했는데, 이 말은 문학의 총체성과도 통하는 지적으로서 아마도 슐레겔로부터의 영향이 아닐까 싶다. 총체성이란, 글자 그대로 모든 것을 껴안는다. 현존하는 실존 전체를 포함할 뿐 아니라, 아직 존재하지 않은 미래를 향해서도 열려져 있다. 그러므로 나에게 있어서 문학이란 미래까지 껴안는, 전 세계를 향한 부단한 질문이 아닐까 생각한다. 모든 것을 향해 열려져 있으므로, 규정되지 않는 질문.

[『문학의 집·서울』, 2021. 9]

---

1 김현·김주연 편저, 『문학이란 무엇인가』, 문학과지성사, 1976, pp. 1~2.

2 신혜양, 『김주연 깊이 읽기』, 성민엽 엮음, 문학과지성사, 2001, p. 329.

언어의 죽음

플로베르의 장편소설 『감정 교육』의 뒤표지에는 이런 글이 적혀 있다. "사랑과 예술, 혁명의 도시 파리. 장관을 꿈꾸는 지방 출신 법학도 프레데릭 모로가 서 있는 곳이다. 그러나 그런 그에게 정작 파리는 젊은이다운 순수한 야망을 쟁취하기 위한 발판이 아닌 연상의 여인 아르누 부인에 대한 과장되고 미숙한 열정의 불을 지핀 곳에 불과하다. *거기에 프레데릭의 서글픈 한계가 있으며*". 이 글을 읽으면서 나는 곧장 프레데릭 모로가 과연 아르누 부인을 얼마나 사랑했을까, 아니 사랑하기는 했던 것일까 하는 의문이 들면서 이 장편 속으로 서서히 스며 들어갔다.

나의 의문과 호기심은 사랑 자체에 대한 것이기도 했지만, 현대 문명에서, 특히 예술과 정치에서 숱한 파란의 중심을 이루고 있는 파리를 향한 것이기도 했다. 뒤표지 글이 묘사하고 있는 "어느 한쪽으로 편향된 불균형한 그 시대 사람들의 도덕성 혹은 감정의 부끄러운 실상이"라는 표현이 가슴 한쪽을 건드렸다. 프레데릭은 아르누라는 여인을 정말 사랑한 것일까. 그렇다면 '과장되고 미숙한' '편향된 불균형한 그 시대 사람들의 도덕성 혹은 감정의 부끄러운 실상'이라는 말은 왜

---

1 귀스타브 플로베르, 『감정 교육』 1, 펭귄클래식코리아, 2010.

나오는가. 요컨대 그 사랑은 왜곡된, 엉터리라는 것 아닌가.

프레데릭이 아르누를 사랑한 건 사실이었다. 그는 모든 "순수한 사랑이 그렇듯이 아름다운 마음, 설레는 가슴으로 그녀를 사랑했다. 오른쪽으로는 평원이 펼쳐지고, 왼쪽으로는 목초지가 완만한 경사를 이루며 언덕으로 이어지는데, 그곳으로 포도밭들, 호두나무들, 초원 속의 풍차 하나가 보였고 그 너머 작은 길들이 지그재그를 이루며 하늘에 닿을 듯한 하얀 바위를 향하고 있었다. 노랗게 변한 나뭇잎들을 그녀의 옷자락으로 쓸어가며, 환히 빛나는 그녀의 눈길을 받고, 그녀의 목소리를 들으면서, 한 팔로 그녀의 허리를 감은 채 나란히 걸어 올라간다면 얼마나 행복할까!"라는 서정적 묘사는 프레데릭이 지닌 사랑의 순수성을 보여주는 데 부족함이 없어 보이기 때문이다. 그렇게 그는 그녀를 사랑했다. 그 사랑의 언어는 소설 속에서 이렇게 묘사된다.

"아름다운 모든 것, 별들의 반짝임, 어떤 곡들, 어떤 한 문장의 흐름, 윤곽, 이런 것들이 자신도 모르는 사이에 갑작스럽게 그녀를 생각나게 했다". 이러한 묘사는 그의 사랑을 나타내기에 충분하다.

요컨대 사랑과 하나가 된 언어의 세계가 거기에 있었다. 그러나 프레데릭이 변호사가 되고 법학 박사가 되고, 백부로부터 유산을 받게 되자, 그가 살던 지방 도시 트루아에서 살기를 희망한 어머니의 권고를 뿌리치고 그는 파리로 갈 것을 결심한다. 의원이 되고 장관이 되겠다는 것이다. 그러면서 그의 언어는 서서히 변해간다. 무엇보다 아르누 부인 쪽의 형편이 좋지 않아지고 반대로 자신의 상승이 느껴지자 그는 그녀에 대해 "마음이 가라앉은 것" 같아지면서 "이기적인 결심"을 하게 된다. 변심의 언어를 소설에서 발견하는 것은 따라서 어렵지 않다. 위선적인 파렴치함에 대해서 분개하던 그는 이제 그 자리에 자신이 스스로 들어선다. "아무 두려움 없이 세상의 한복판으로 뛰어들" 수 있었다는 것이다. 이때 세상이란 부와 권력, 명예를 향한 추한 경쟁과 질주로 가득하며, 그것은 젊은 날의 사랑과 예술에 배반된다. 그 경쟁과 질투는 비열한 야망을 가속화시키는데, 여기서 사랑과 예술은 그저 버려지는 것이 아니라 교묘하게 이용된다. 덧붙여 개탄스러운 사실은 언어의 순수성마저 이 과정에서 더럽혀지고 그 타락의 현장에 이끌려 나가서 똥물을 뒤집어쓰고 있지 않은가.

"우정은 질투와 비열한 야망으로 퇴색되고, 예술은 공명을 얻으려는 탐욕적인 욕심으로 악취를 풍기며, 혁명의 순수성은 또 다른 권력에의 욕망으로 더럽혀졌다"(뒤표지 글)는 평가를 달고 있는 소설 『감정 교육』의 내용이 비단 19세기 프랑스에만 해당되는 이야기일까. 작가 플로베르는 그가 그린 소설을 가리켜 "나의 세대 사람들의 도덕의 역사"라고 말했지만, 그것은 아마도 근대 이후 세계의 역사라고 불러도 무방할 것이다. 소설 주인공 프레데릭을 중심으로 부에, 권력에, 명예에 집착하는 19세기의 도덕적 불구자들의 모습은 21세기 이 땅에서도 끊임없이 재현된다. 오늘에 와서는 오히려 공정이니 정의니 하는 언어의 허위가 그 앞뒤를 치장하고 있다는 점에서 더욱 역겹다고 해야 할 것이다. 19세기 한국 사회의 사대부 시절 그들은 권력과 명예를 좇았으나 부까지 거머쥐려고 하지는 않았다. 그러나 오늘의 엘리트들은 부마저 손아귀에 넣으면서 그것이 한 덩어리로 뒤엉킨 데에서 풍겨나는 악취를 정의라는 뒤집힌 언어로 감싼다. 그런 의미에서 지금은 그 무엇보다 언어가 타락한 세상이며, 파울 첼란을 비롯한 성스러운 시인들이 절망했던 언어 부재의 시대다. 문학마저 죽이고 있는 패역한 엘리트들을 다시 뒤집어버릴 새로운 언어는 정녕 없는 것인가. 언어가 죽어간다.

[『예술원 문집』, 2020]

문학의 집

　'문학의 집·서울'이라는 예쁜 요람을 알게 된 것은 순전히 이 집의 주인 김후란 선생과의 개인적인 인연 덕분이다. 김 선생과는 벌써 50여 년 전 1960년대 중반 한 신문사 문화부에서 잠시 함께 근무한 일이 있는데 나는 새내기 기자였고, 김 선생은 차장이라는 중후한 직책의 선배 기자였다. 그러나 워낙 온유한 성품의 김 선생은 아무것도 모르는 나를 따뜻하게 이끌어주었다. 신문사에서의 만남은 나의 유학 그리고 그 뒤의 대학 생활로 자연히 단절되었고, 그렇게 40여 년이 지난 다음 바로 이 '문학의 집'에서 만나게 된 것이다. 이 집은 그러니까 두 사람에게 재회의 플랫폼이 되어준 셈이다. 공기 좋은 남산 기슭에 자리한 이 집은 서울 도심 한복판이라는 점에서도 드물게 보는 명당이다. 어떻게 이 같은 명당이 '문학'의 차지가 될 수 있었을까. 이 집에 첫발을 들여놓는 순간부터 나는 감동과 더불어 솔직히 약간의 의아한 느낌이 들었다. 서울시가 갑자기 이처럼 성숙한 문화 의식으로 자라났다고 믿어지지는 않았으니까. 대한민국 어디를 가도 관청이나 공무원의 문화 의식은 효율성을 내세우는 타성과 무관심에 늘 밀려나 있으니까. 결핍의 문화에 익숙한 나로서는 놀라지 않을 수 없었다. 물론 거기에는 김 선생의 탁월한 능력이 뒷받침되었겠지만, 흔히 말하듯 그것은 어떤 정치력이라기보다는 김 선생만이 지닌 시인으로서의 품위와 격조가 바탕이 되지 않았을까 나는 짐작한다.

실제로 문학의 집·서울에는 묘한 품위와 격조의 분위기가 흐른다. 가장 혼잡한 서울의 한가운데에서, 그리고 1년 내내 행사가 그치지 않는 분주함 속에 흐르는 고요한 격조! 그것은 문학 본연의 품위일 수도 있겠지만, 무언가 이 집의 주인을 닮은 느낌을 준다. 문학은 예술의 중심에서 조용한 향기를 뿜어내지만, 어떤 의미에서는 시장판의 훤소가 잡다하게 뒤섞인 혼잡의 현장이기도 하므로 반드시 늘 깨끗한 품위가 숨 쉬는 것은 아니다. 특히 이즈음처럼 수만 명의 문인이 할거하는 대중문화 시대에는 더욱 그러하다. 따라서 이 집이 풍기는 고상한 공기는 신기하다고 할 수 있다. 이 공기는 문단의 다양한 인물과 사상을 편벽되지 않게 너그럽게 흡수하면서 폐활량을 늘려가고 있는 것으로 보인다. 김후란 선생과 직원 여러분, 관계자분 들의 넉넉한 인격과 꼼꼼한 솜씨가 어우러진 훌륭한 열매일 것이다.

문학의 집은 사실 선진 유럽의 경우 벌써 오래전부터 웬만한 도시에는 없는 곳이 없을 정도로 보편화되어 있다. 문학의 집을 중심으로 문학이 보존되고, 전시되고, 낭독되며, 전파된다. 작가들이 모이는 살롱 역할을 하는 것은 물론, 일반 시민들도 수시로 드나들면서 작가와 만나고 행사에도 참여하며 문학 자체와 교제한다. 도시가 숨을 쉬는 허파 구실을 할 뿐 아니라 도시와 시민들의 문화적 성숙을 직접 쪄내는 가마솥이라고 할까. 그 일대는 늘 뜨끈뜨끈하다. 남산의 문학의 집·서울로 말미암아 서울, 아니 한국의 문학적 성숙 역시 그 온도가 나날이 높아질 것이 확실하다.

[2018]

210

자연의 값

"예술은 자연을 훨씬 능가한다Die Kunst ist weit überlegen der Natur" 라는 유명한 말을 남기면서 자연에 대한 인간의 전통적 기대에 찬물을 끼얹었던 독일 시인이자 철학자 프리드리히 니체. 물론 그의 말은 예술의 위대성, 혹은 인간의 힘을 강조하기 위한 것이었지만, 어쨌든 이 말을 전후하여 시기적으로 자연 그리고 자연을 중심으로 한 생태계는 시들어갔다. 쉽게 말해서 19세기 중반 이후의 자연은 그야말로 찬밥이 된 것이다. 인간 스스로 그로부터 태어난 존재가 이처럼 어리석을 수 있단 말인지, 이즈음 생각해보면 참으로 민망하기 짝이 없는 망언처럼 느껴진다.

그렇다면 니체가 활발하게 활동한 지 한 세기 반쯤 지난 지금 인류는 생각이 달라졌는가? 천만에— 상황은 더욱 악화되어 자연 모멸은 아예 생활화되었다. 우습기도 하고, 우습지 않기도 한 예를 들어보자. 나는 용인 지역에 2002년에 이사 왔는데, 뒤에는 높지도 낮지도 않은 산이 둘러싸고 있고, 아파트 주변에는 숲이 무성하다. 서재 창문만 열면 사시사철 푸른 소나무들이 싱싱한 모습과 향기를 뿜어내준다. 자연, 바로 자연이다! 자생적인 것도 있고 식수를 통해서 풍성하게 자라난 것들도 있다. 모란과 동백, 장미, 철쭉 같은 꽃들은 대개 사람들 손이 간 것들이지만, 소나무, 감나무, 편백나무, 자작나무 들은 대부분 야생들이다. 이 나무들을 타고 오르는 다람쥐들도 물론 야생이렷다!

문제는 사람들이 이 고맙고 아름다운 자연의 값을 안 쳐준다는 점이다. 아파트 값이 평가되지 않는 것은 기본이다. 이유? 너무 자연에 가깝다는 것이다. 언제부터인가 집값은 자연에서 멀수록 그리고 도심에 가까울수록, 이른바 역세권일수록 비싸게 되었다. 자연보다는 미세먼지도 많고 시끄러운 역세권을 좋아하는 것이다. 교통이 좋다는 이유다. 교통이 좋으면? 차를 타고 어딘가를 다니는 것인데, 출퇴근을 감안한다고 하더라도 그 상황에 해당하지 않는 사람들마저 덩달아 따라가는 모습이 우습다. 내 주변을 보면 그런 의심을 지울 수 없다. 한마디로 말해서 주거 환경, 즉 살아가는 일상에 있어서 자연의 필요를 느끼지 않는다는 것이며, 이로 인해 우리네 자연의 값은 끊임없이 추락하고 있다.

자연을 모멸한 독일 시인 프리드리히 니체 뒤로도 이 생각을 더 극단화한 후배가 있었다. 역시 독일 시인 고트프리트 벤인데, 그는 니체를 향해 "그럼에도 여전히 자연에 어떤 기대가 남아 있는가?" 하면서 더 혹독한 비판을 숨기지 않았다. 물론 그는 시와 관련하여 추구된 이른바 절대시의 세계에서 자연을 철저히 배격하자는 주장이었지만, 그 세계관은 자연 부정의 보편적 사고를 바탕으로 한 것이었다. "믿음이 없는 시, 희망을 갖지 않는 시, 아무에게도 향하지 않고 있는 시, 당신이 환상적으로 조립하는 언어로부터 나오는 시, 절대적인 시……"(절대시)라는 그의 주장은 얼핏 불가능해 보이지만, 인공지능의 AI 시대에 걸맞아 보이기도 한다. 실제로 그와 비슷해 보이는 젊은 시인들의 시가 발표되고, 심지어 이런저런 상도 받고 하는 현실이 일부 눈에 띈다. '환상적으로 조립하는 언어로부터 나오는' 시인데, 비단 시만 그런 것이 아니다. 소설도 그렇고 모든 다른 예술들이 그런 경향에 눈을 팔고 있는 것이 사실이다. 3D, 4D, 5D…… nD가 되어가고 있지 않은가.

사이보그와 로봇, 사물 인터넷의 등장 앞에서 음풍농월(吟諷弄月)만을 일삼을 수 없음은 당연한 수긍 사항이다.

그러나 자연의 값이 갈수록 떨어지는 현실은 아무래도 안타깝다. 〈자연에 산다〉라는 TV 프로그램이 있고, 그 프로그램이 또 제법 시청률이 나온다니까 신통하다고 생각하고 있었는데, 알고 보니 그 또한 방송국 쪽의 연출이었다니 씁쓸하다. 등장인물도 연예인이고 상당한 사례를 받고 출연하는 것이라니 자연도 만들어지는 세상이 되었는가. 모든 것이 TV 혹은 영상을 통해야 존재하는 HOMO TV의 새로운 질서 가운데에서 자연의 위상은 얼마든지 조작 가능한 대상이 된 것이다. 자연은 여기서 비교적 향락이나 선망의 대상으로 인기가 있는 품목의 하나가 된 것 같다. 그중 살아남은, 그럼으로써 독보적 지위에 올라선 것이 소위 반려동물이라는 개·고양이 따위다. 반려동물? 나는 이 호칭이 썩 마음에 들지 않는다. 가장 가까운 호칭이 있다면 애완동물이다. 사람들은 그들을 '애완'하지 않는가. 그러면서 '반려'한다고? 여기서도 자연에 대한 인간의 거짓과 위선은 뻔뻔하게 드러난다. 자연을 모멸하고 그 값을 떨어뜨리는 메커니즘이 거의 기계적으로 작동한다.

누군가는 개나 고양이, 소나무 가운데 비싼 품종을 예거하면서 자연의 값이 떨어지지 않고 있음을 강변할지 모른다. 그러나 분명히 말해두고 싶은 것은, 그것들은 이미 자연이 아니라는 사실이다. 그들은 자연의 자리에서 내려와 사람들의 품속으로 들어와서 벌써 '애완 자연'이 되었다. 이들의 값은 자연의 값이 아니라 애완물의 값이므로 마치 가방이나 화장품, 의류처럼 그것들을 즐기는 사람들의 기호를 만족시켜주는 값이 된 것이다. 착각하지 마시기를— 그들의 값은 기호품의 값이지 자연의 값이 아니다.

환상적으로 조립된 언어에서 나오는 시나 소설은 독자를 현혹시키고, 많은 경우 독자들에게 허세의 독법을 불어넣는다. 전문적 고급 독자라고 할 수 있는 평론가들조차 미혹되어 그 같은 작품들에게 알 수 없는 찬사를 쏟아놓는 경우가 없지 않다. 말하자면 가짜에 속아 넘어가는 것이다. 그렇다면 진짜도 있는 것일까. 있기는 있다. 고트프리트 벤 류의 모더니스트라면 진짜 아니겠는가. 벌써 한 세기 전 소통의 단절을 언어의 단절로 표현한 묵언의 시인 파울 첼란은 진짜 가운데 진짜다. 그러나 어찌 된 셈인지 그 뒤로 한참 세월이 지났건만 그를 능가하는 시인은 별로 나타나지 않고, 일종의 에피고넨들이 난무하는 풍경이 계속되는 듯하다. 서양 쪽도 그렇고 우리도 그렇다. 한국을 방문하기도 했던 독일 시인 트라이헬Hans Ulrich Treichel의 시에 그 사정의 일단이 피력된다.

> 자연을 난
> 포기할 수 있어, 아침마다
> 똑같은 것, 바람과 비,
> 구름 두서넛 조각,
> 태양이 지고 뜨고, 웃기는 일이야,
> 나무에 대해 내가 뭘 알까, 새들은
> 새들, 난 내 두뇌에
> 노래의 짐을 지울 수 없다.
> 모든 도로변, 모든 개울,
> 푸른빛이 나는 모든 곳,
> 풀을 내가 어찌한단 말인가.[1]

「나무에 대해 내가 뭘 알까」라는 시인데, 자연을 포기할 수 있다는

---

[1] *Gespräche unter Bäumen*, Suhrkamp, 2002, p. 25. 번역은 필자.

담담한 어조가 놀랍다. 시니시즘 비슷한 울림인데, 자연을 포기할 수 없는 나로서는 이해가 힘들다. 자연은 시의 뿌리인데, 뿌리가 흔들린다. 시도 흔들리고 삶이 흔들린다. 이즈음 세상이 그렇지 않은가. 자연이 싸구려 취급 받는 세상에 역병만이 만연하다.

[『예술원보』제65호, 2022]

세계의 배꼽

　2년에 가까운 코로나 팬데믹이 우리의 삶을 많이 바꿔놓고 있다. 건강 면에서는 물론, 경제적인 면에서도 우리의 일상을 위협함으로써 그야말로 실존을 변형시키고 있다. 무엇보다 공동체적 삶의 형태로 이루어진 숱한 실존의 양식들이 변화를 강요받고 있다. 예컨대 직장과 학교, 필요 불가결의 집단이라고 할 수 있는 시장과 병원 등, 그리고 각종 집단 및 그 조직 들이 지금까지의 모습에서 달라지고 있다. 요컨대 사람끼리의 만남이나 모임이 경원시되고, 그렇지 않아도 그쪽으로 기울고 있는 '혼자 사는 삶(혼밥, 혼잠, 혼술 등등)'이 가속화되고 있다. 기본적인 주거 형태와 가족 형태도 이에 따라 가족 중심의 아파트에서 1인용으로 옮겨가는 추세다. 사람들은 세상을 떠날 때에도 아무도 모르는 사이에 조용히 숨을 거두고, 가족이나 친지들과의 이별은 뒷소식으로 남게 된다. 각종 요양 시설들이 그 자리에 들어서고 있는데, 불과 몇 년 사이에 달라진 풍경이다. 이러한 모습은 최근의 문학 속에서 은밀하게, 그러나 한편으로는 오히려 격렬하게 표출된다. 사실 고독한 실존의 운명에 대한 탐색은 원래 문학의 고유한 길이 아니었던가.

인간 실존에 대한 문학의 관심은 이미 한 세기에 가까운 역사를 갖고 있지만 오늘의 팬데믹 현실에서 다시 되돌아볼 때 한국문학에서는 소설가 이승우와 20세기 세계문학에서의 카프카가 떠오른다. 카프카로부터의 영향 혹은 카프카와 자신의 문학을 연결 지어 생각하는 한국 작가들이 적지 않아서 한국 현대문학의 카프카 수용에 대해서는 많은 논문과 단행본이 있을 정도인데, 문화예술 각 분야를 비롯하여 특히 소설에서의 영향은 압도적이다. 그 가운데에서도 해외에서의 관심도가 높은 중진 작가 이승우와 카프카와의 관계가 코로나 팬데믹의 엄중한 실존의 현실 속에서 문득 주목된다. 2001년, 이승우는 그의 한 소설에서 이렇게 말한 일이 있다.

> 카프카는 자기의 작품 한 곳에 사람들은 자기 집에 무엇이 있는지도 모른다고 썼다. 옳은 말이다. [……] 이를테면 이런 경우를 생각해보라. [……] 그의 갑작스런 죽음은 그를 알고 지내던 사람들을 놀라게 했다. 그는 자기 몸 안에 무엇이 있는지 몰랐다. 우리도 우리 몸 안에 무엇이 있는지 모르기는 마찬가지다. [……]
> 몸이 영혼의 집이라는 익숙한 비유를 상기할 필요도 없이, 카프카의 그 말은 우리 안에 무엇이 있는지 아는 사람이 없다는 뜻일 테고, [……][1]

이승우는 이 작품이 아니더라도 카프카를 연상시키는 많은 소설을 써오고 있는 작가이다. 1981년 『에리직톤의 초상』이라는 작품으로 소

---

[1] 이승우, 『사람들은 자기 집에 무엇이 있는지도 모른다』, 문학과지성사, 2001, pp. 253~54.

설을 쓰기 시작한 이래 지금까지 장편소설 17편, 소설집 14권을 정력적으로 간행해온 한국의 대표적인 작가인데, 그 작품 세계는 독해가 그리 만만치 않다. 대중적이지 않다는 의미인데, 그 까닭인지 그는 우리나라에서보다 오히려 유럽 지식인 사회에서 잘 받아들여지는 경향이 있다. 그가 카프카 같은 유럽의 실존주의 작가와 맥이 통한다면 자연스러운 일일 수 있다. 여기서 나의 관심은 카프카나 이승우의 문학 세계가 오늘 우리의 피폐한 현실을 어떻게 반영하고 있는가 하는 점이다. 혹은 반대로 말해서 피폐한 현실은 어떤 모습으로 문학화되고 있는지, 그 양상은 무엇인지에 관심이 집중된다.

먼저 카프카의 경우, 그는 철저하게 실존적이다. 실존적이라고 하면, 거기에는 그 이전의 정신세계를 지배해온 일체의 이데올로기, 사상이나 도덕, 규범 등에 대한 비판, 더 나아가 거부 등이 전제된다. 20세기 중반에 가장 절정을 이룬 실존주의는 사르트르나 카뮈 등을 통해 그 현상이 격렬하게 나타났던 것. 그러나 그들에게 직접적으로 영향을 주었던 사상은 하이데거 등의 현상학이었고, 그들의 선배로서 후설 등이 거론될 수 있다. 문제는 이들과 사상적으로 연대되지는 않았다 하더라도 후설의 현상학과 거의 비슷한 시기인 20세기 초에 릴케, 카프카 등에서 실존주의적 색채가 발견되고 있다는 사실이다.

그렇다면 카프카의 실존성은 어떠한가. 1883년부터 1924년까지 겨우 마흔두 살을 살다간, 그것도 1차 세계대전을 전후한 암울한 세기말 시기를 살다간 그에게 실존주의의 '～주의'를 붙이는 것은 전혀 타당치 않고 그저 '실존성' 정도가 어울려 보인다. 그의 실존은 신학자 한스 큉이 카프카론의 제목으로 삼은 「근대의 와해와 종교」에서 '근대의 와해'라는 말에 적절하게 부합한다. 카프카는 근대가 와해되면서 그 폐허에서 솟아난 인물이고 폐허의 부서진 벽돌들이 이리저리 뒹구는 땅을 그의 집터로 삼을 수밖에 없었던 작가였다. 카프카의 대표작 『성(城)』

(1926)과 관련하여 큉은 말한다.

> 그러므로 『성』에서는 수수께끼 같은 표상 속에 숨은 형태의 비판적 시대 분석도 중요한 의미를 가진다. 물론 그 비판은 고차적인 시각에서 이루어진다. 아도르노가 뚜렷한 악몽처럼 진행되는 카프카의 강박적 세계, 그 지긋지긋하고 너절하며 불합리한 세계를 두고 "번쩍거리는 자본주의 후기 국면의 암호"(『프리즘』, p. 319)라고 한 것은 틀린 말이 아니다. [……]
> 실존철학적 해석에 대해서도 마찬가지 얘기를 할 수 있다. 기존의 것에 대해 도전하는 존재로서 등장하는 소설의 주인공 측량기사를 통해 제기되는 문제가 사르트르와 카뮈가 카프카에서 발견했던 문제점과 상당 부분 일치한다는 데 이의를 제기할 사람이 있을까?[2]

『성』 『심판』(1925) 『변신』(1915) 등의 기이하고 낯선 소설로 잘 알려진 카프카 소설 세계의 특징은 부조리다. 조리가 없다는 것인데, 이를 풀이하면 인과관계, 즉 서사가 합리적이지 않다는 것이다(카프카의 시대가 세계 전쟁을 앞둔 세기말의 흉흉한 시대였다는 점 이외에도, 경제적으로 실물경제 맞은편에서 금융 경제가 나타나고 있었다는 점도 주목된다. 카프카는 보험처 직원이었다! 오늘날 금융 자본에 의한 세계의 왜곡과 불안이 세상을 얼마나 피폐하게 하는가). 합리적이지 않은 서사는 서사라고 할 수 없으므로 서사가 없다는 이야기가 된다. 그의 소설을 가리켜 많은 평자가 우화라거나, 심지어 판타지라고 하는 까닭은 이러한 서사의 부재를 가리키는 것이라고 할 수 있다. 그러나, 그렇다고 해서

---

2 발터 옌스 · 한스 큉, 『문학과 종교』, 김주연 옮김, 문학과지성사, 2019, pp. 372~73.

카프카의 작품들을 판타지로 보는 것은 조금 이상하고, 다소 끔찍하기조차 하다. 서사도 없고 판타지도 아니라면? 읽기 힘든, 그러면서도 무언가 있는 것 같은 그의 소설은 서사와 판타지를 넘어서는 제3의 영역을 개척하고 있다는 것인가? 이와 관련하여 카프카 자신 그의 막역했던 친구 막스 브로트Max Brod에게 보낸 편지에서의 고백이 흥미롭다.

> 암흑의 힘을 향한 하강, 그 본성상 구속되어 있는 영들의 해방, 의심스러운 포옹, 이 모든 일들이 아래쪽에서 일어나고 있다고 해도 위에서 햇빛을 받으면서 이야기를 쓰고 있는 사람은 이에 대해 아무것도 모르지. [……] 나는 여기 편안한 문필가의 태도로 아름다운 모든 것에 대해 쓸 작정을 하고 앉아 있지. 나는 무기력하게 (도대체 쓰는 것 이외에는 아무것도 할 수 없으므로) 나의 진정한 자아, 이 불쌍하고 힘없는 자아가 어떤 우연한 동기에 의해 [……] 악마에게 정복당하고 얻어맞고 짓이겨지는 것을 구경하고 있어야만 한다네.[3]

이 고백은 역설적으로 카프카가 직면한 상황이 절망적이지만은 않다는 것을 보여준다. 그는 소설 속에서와는 달리 '아래' 말고 '위'도 존재한다는 사실을 말하고 있으며 '암흑의 힘'뿐 아니라 '햇빛'도 있음을 증언한다. '의심스러운 포옹'이 있으나 '아름다운 모든 것에 쓸 작정'을 하고 있다. 특히 주목되는 점은 카프카가 '쓸 작정'을 하고 있다는 사실이다. 그는 작가였던 것이다!

서사로서도 맥이 없고, 판타지로서도 재미없는 것을 소설이라는 이름으로 쓰고자 했다는 사실의 의미는 무엇일까. 카프카는 바로 그 현

---

3 같은 책, p. 377.

실 그대로 썼다는 것인데, 이렇게 본다면 그는 엄밀한 사실주의자라고 해도 무방하다. 여기서 간과되어서 안 될 사항이 있다면, 글을 쓰는 행위는 햇빛을 받으면서 편안한 태도로 이루어지고 있다는 것인데, 이 말은 작가의 자책을 동반하는 거대한 아이러니임을 짐작하기에 어렵지 않다. 상반된 규정으로 인도되기 쉬운 이러한 설명은 뜻밖에도 카프카의 신앙 그리고 그의 긍정적인 성격에서 찾아볼 수 있다.

탁월한 문학평론가 발터 옌스Walter Jens와 무류성 교리를 비판하다가 로마로부터 신학 교수직을 박탈당했던(그러나 강의만 못 하게 되었을 뿐 연구 교수직은 유지되었다) 신학자 큉에 따르면 카프카는 기독교 신앙인이었던 것으로 보인다. 그는 『성』과 비슷한 시기에 나온 『잠언집』에서 악과 악마, 인간의 타락과 책임, 낙원과 낙원으로부터의 추방, 메시아의 출현과 최후의 구원, 진리와 인간 속에 존재하는 불멸성에 대해서 진지하게 진술하고 있다. 뿐만 아니라 1916년 2월의 일기에는 다음과 같은 참회의 음성도 기록되어 있다.

> 나를 불쌍히 여기기를. 나는 존재의 구석구석까지 죄로 물들어 있는 사람입니다. 하지만 완전히 경멸할 만한 사람도 아닙니다. 약간의 훌륭한 능력도 가지고 있었지만 이제는 다 탕진해버리고 아무 대책도 없이 된 인간인 것입니다. 나는 이제 겉으로나마 개심할 수 있는 마지막 순간에 와 있습니다. 나를 버리지 마십시오. [······] 나는 최후의 심판을 받았을 뿐 아니라 그것에 끝까지 저항하라는 판결도 받았습니다.[4]

친구 브로트는 카프카의 『잠언집Aphorismen』(1931)을 가리켜 "죄악

---

4 같은 책, p. 379.

과 고통과 희망과 진실의 길에 대한 성찰"이라고 불렀는데, 큉이나 옌스는 바로 이것이 '신학적인 성찰'이라고 명명한다. 이를 뒷받침하는 또 다른 전거로는 구스타프 야누흐Gustav Janouch의 『카프카와의 대화 *Gespräche mit Kafka*』(1951)가 있다. 여기에는 "신적인 것을 향한 동경"에 대한 성찰, "종교적인 것을 남김없이 미적인 것으로 증류시키는 문학에 대한 거부"와 함께 "원죄와 자유, 유대교와 기독교, 예수와 신에 대한 성찰이 담겨 있다".[5] 특히 이 책에는 문학적인 깊은 사유에서 바라본 신에 대한 통찰로서 다음과 같은 유명한 구절이 음미되고 회자된다.

> 실제로 우리가 파악할 수 있는 것은 비밀, 어둠입니다. 그 속에 신이 살고 있습니다. 이는 바람직한 일인데, 왜냐하면 이처럼 보호해주는 어둠이 없다면 우리는 신을 극복해버릴 것이기 때문입니다. 이것이 인간의 본성인 것입니다. 아들이 아버지를 폐위시키는 것입니다. 그래서 신은 어둠 속에 숨어 있을 수밖에 없습니다. 그리고 인간은 직접 그를 치고 들어갈 수 없기 때문에 신성(神性)을 둘러싸고 있는 어둠을 공격합니다.[6]

카프카는 이처럼 직·간접적으로 종교적일 수밖에 없는 문학의 운명에 대해 말하고 또 그렇게 살아왔지만, 그의 작품을 이와 관련해서 해석하고 평가하는 연구와 비평은 오히려 여기서 벗어나기 일쑤였고, 그로 말미암아 적잖이 힘들어했다. 그러나 눈을 크게 뜬다면, 사실 그렇게 어려운 문제만은 아닐 수 있다. 작품의 세밀한 구체성에서 잠시 물

---

5 같은 책, pp. 379~80.

6 같은 책, p. 380.

러나서 시야를 넓힌다면, 그리하여 처음에 만났던 구도, 즉 서사도 판타지도 아닌 소설의 큰 그림 앞에 선다면 비서사/비환상이 낳는 불가피한 종교성에 직면할 수밖에 없게 된다. 19세기 리얼리즘의 세계가 리얼하게 펼쳐가는 합리의 세계가 더 이상 자연스러운 전개를 하지 못하고 끝나는 지점이다. 그 옛날의 낭만적 환상의 날개가 더 이상 다시 솟아나지 못하는, 절벽만이 서로 바라보고 있는 협곡에서 카프카는 "실제로 우리가 파악할 수 있는 것은 비밀, 어둠"이라고 하지 않았는가. 그리고 그 속에 신이 살고 있다고 하지 않았는가. 카프카는 독해가 어려운 그의 문학을 어쩌면 신학에 넘겨준 것인지 모른다. 현대의 부조리하고 난해한 현실을 그대로 적어놓은 작품을 문학 혼자 끙끙거리고 풀어나가란 법은 없지 않겠는가.

옌스에 의하면, 카프카의 글쓰기는 '기도의 형식'이다. "광기에 이르기까지 몰고 가는 사냥, 내면의 최후의 한계를 향한 돌진"[7]이라고 하는 바, 까닭인즉, 카프카의 관심사는 대답 없는 자기 이해와 세계 이해의 질문일 뿐이기 때문이다. 카프카의 텍스트에서는 아무리 사소한 존재들도 악마적, 혹은 메시아적 투쟁의 웅장함과 격정성이 드러난다는 것이 옌스의 해석이다. 『성』에서의 이 초라한 행색의 사나이, 많은 죄를 지은 여성 학대자, 편집광, 성에 대한 망상을 품고 있는 발육 부진의 에고이스트라고 할 수 있는 이 주인공 사내는 우스꽝스러운 싸움을 마치 유대인 마을의 사람들처럼 벌인다. 때로 측량 기사로 때로 학교 사환으로 계속해서 가면을 바꾸어 써보지만 그를 둘러싸고 있는 세상은 변함없이 그 모습 그대로다. 우스꽝스럽다고 할 수 있는 이 사내는 성에 대해 제대로 묘사한 일이 없고, 도리어 이상한 비유를 들어가며 그자신 길을 잃는다. 옌스는 그러면서도 이 사내가 사악한 성의 지배에

---

7 같은 책, p. 402.

대항하여 지칠 줄 모르고 싸운다는 점을 평가하면서 "호메로스의 오우티스이자 키클롭스, 마녀, 세이렌 사이에 있는 오디세우스"[8]라고 말한다. 심지어는 너무 가엾다고 해서 구약의 욥에 그를 비교하기도 한다. 옌스의 해석은 얼핏 일관성이 없어 보이지만, 그는 오히려 자신의 이러한 입장을 스스로 유리하게 이끌고 뒤집어 보이기까지 한다. 그는 말한다.

> 그것은 이제 더 이상 [……] 꺼지지 않는 불 속에 있는 어둠이 아니라, 어둠 속에 있는 빛이다. 사탄과 세라핌, 천국과 지옥, 황무지와 가나안 땅이 카프카의 세계에서는 가까이 붙어 있다. [……] 그는 고독한 작가지만 동시에 한 유대인이다. "아마도 나는 가나안 땅에 머물러 있는 것 같다. 그렇지만 오래전에 이미 오래전에 황무지로 이주해 왔다. 단지 절망의 비전만이 존재한다. 특히 내가 거기서(황무지에서) 사람들 가운데 가장 비참한 사람이 되었을 때, 또 사람들에게 제3의 땅은 존재하지 않기 때문에 가나안을 유일한 희망의 땅으로 생각할 수밖에 없게 되었을 때는 더욱 그랬다."[9]

옌스는 부조리한 세계의 비극을 그린 카프카를 가리켜 아직 아우슈비츠가 없었을 때 아우슈비츠에 가 있었던 사람이었다고 지적한 일이 있는데, 이것은 어디까지나 작가로서의 카프카를 말한 것이었다. 카프카는 기독교인들 사이에 살았던 유대인이었고, 이 사실이 그의 실존을 이율배반적으로 보이게 하고 있지만, 그가 실제로 아우슈비츠를 방불케 하는 삶을 산 것은 아니었다. 카프카는 타자였다. 그는 부정적으로,

8 같은 책, p. 402.
9 같은 책, p. 404.

224

비유적이고 암시적인 방법으로 가나안에 축복을 준 영(靈)이 스스로를 「유형지」(카프카 소설, 1914)의 영으로 자처하고 나선다면, 그 의미가 무엇일지 선험적으로 서술했던 것이다. 그는 인격 신을 믿음으로 해서 자기 속에 있다고 믿는 불멸에 대한 신뢰가 숨겨진 채로 남겨진다고 생각한 아웃사이더였다. 그러면서도 신이 없는 실존, 형이상학의 불꽃을 꺼뜨려버린 존재는 더 이상 인간적일 수 없다고 보았다. 황무지와 가나안 땅의 피안에서 그러한 존재는 식물처럼 살 수 있을지언정 의미 있는 생명력을 지닐 수는 없다는 것. 결국 카프카에 대한 평가에는 '극단적인 리얼리즘, 디테일에 대한 극도의 집착, 그로테스크한 희극성, 현실을 규정짓는 초월성'(큉과 엔스)이라는 모순되어 보이는 규정이 들어 있다. 이들은 카프카처럼 인간에 대한 질문, 인간이 신 없이 살 수 있는가 하는 질문을 계속 추적하여 해답의 근처에까지 도달한 사람은 없다고 결론 내린다. 나로서는 카프카가 보여주는 실존의 비극성은 장차 도래할 세상(그러니까 20세기 후반에서 오늘에 이르는 세상 — 디지털 가상현실에 의해 조작되는 비인간적 세상, 금융자본주의의 무자비한 탐욕의 세상, 그리하여 마침내 겪게 되는 팬데믹 세상 등)의 피폐함을 선취, 예감하는 데에서 오는 예언적 리얼리즘이라는 말로 불러도 무방하지 않을까 생각한다. 예감 없는 작가는 생명 있는 아무것도 쓰지 못하니까.

2

카프카에 대한 나의 새로운 독해는 당연히 코로나 팬데믹과 연관되며, 카프카에 대한 깊은 관심을 자신의 작품 세계 속에서 반추하며, 적잖은 작품들의 모티프 혹은 주제로 삼고 있는 소설가 이승우와도 관계된다. 신이 있다고 믿으면서도 부조리한 세계 가운데에서 곧이곧대로 이를 신뢰할 수 없는 현실 사이의 번뇌— 이승우의 소설은 그 사이에 있는 것으로 보이며, 이러한 지적은 그 반대로 묘사해도 마찬가지다. 황무지와도 같은 세상이지만 신이 있다고 믿으면서 고투하는 인간들. 2001년 이승우가 내놓은 소설집 『사람들은 자기 집에 무엇이 있는지도 모른다』는 이러한 문학적 인식의 반영으로서, 오늘과 같은 팬데믹 상황에서 새삼 눈길을 끈다. 특히 소설집에 수록된 중편 「세계의 배꼽」은 절망의 상황을 벗어나 구원받고자 하는 인간의 처절한 몸부림, 그 실존의 노력과 한계가 여실히 표출되어 깊은 성찰을 불러온다.

'세계의 배꼽'이라는 말은 이따금 여기저기서 회자되는 일종의 에피세트epithet이다. 화가 살바도르 달리가 스스로 외쳤다고 전해지는가 하면, 세계 문명의 발상지로 여겨지곤 하는 몇몇 지역, 가령 그리스의 델피나 페루의 쿠스코가 이런 말을 듣기도 한다. 배꼽이 생명을 창조하는 신생의 상징이라면, 그곳은 모든 인류의 고향이기도 하다. 그렇다면 모든 인류가 힘들어하는 오늘날 '세계의 배꼽'은 어디일까. 더 이상 델피나 쿠스코일 수는 없다. 이승우의 소설 「세계의 배꼽」은 그곳을 찾아 나선다.

주인공 '윤'과 '나'는 현실적인 난관에도 불구하고 N국에 있는 사막을 향해 길을 떠난다. 사막 한가운데 '우길'이라는 곳이 있는데 그들은 그곳이 '세계의 배꼽'이라고 믿고 달려간다. "우주를 떠받치는 거대한 생명나무가 하늘을 향해 치솟아 있는 곳, 생명으로 하여금 생명이게 하고, 모든 살아 있는 것들을 살게 하고, 더욱 새롭게 살게 하는 생명의 근원, 그 깊고 신비스런 우물이 있는 곳, 그곳으로" 그들은 간다. "그곳에 가서 우리도 새롭게 태어날 것이다……"[10]

그들의 시도는, 그러나 실패했다. 그 곳의 낯선 군인들에 의해서 '윤'과 '나'는 차례로 죽임을 당했고, 사막에 묻혔다. 먼저 죽은 윤의 시신

226

을 수습하러 나 또한 다시금 그곳을 찾았지만 그 역시 죽임을 당하는 헛된 도로(徒勞). 생명의 근원이라고 믿었던 땅, 사막에서 죽은 것이다. 그러나 그들은 죽지 않았다.

> 나, 약속 지킨 거지? 그 뜨거운 모래 위에 누워서 윤이 입을 열고 말했다. 그의 몸뚱이는 엉망이었지만, 그래서 한층 짐승처럼 보였지만, 그의 목소리는 따뜻하고 아늑했다. 무슨 약속? 나, '세계의 배꼽'에 눕는다고 했지. '세계의 배꼽'에서 죽을 거라고 했지. 그것이 그의 마지막 말이었다. 그의 말은 모래 바람 속에 묻혔다.[11]

그들은 '세계의 배꼽'이라고 믿었던 사막에서 죽음으로서 영생을 얻은 것인가. 소설은 그것을 암시한다. 사막의 '우길'에서 우물물 한 모금 마시고 싶은 욕망을 '성스러운 열망'이라고 부르는 소설은 그 길을 떠난 이들을 성스러운 순례자라고 높인다. 아울러 그들은 순례 도중에 죽음으로써 성자가 된다. 성자들이 죽어 누운 사막은 성지가 되고……

소설 「세계의 배꼽」은 카프카의 소설들보다 구조도 메시지도 훨씬 선명하다. 그러나 일상적 현실에서 벗어나 있고, 그 리얼리티가 시민적 경험의 세계와는 떨어져 있으며, 삶의 궁극적 의미를 묻고 있다는 점에서 카프카적 실존에 닿아 있다. 특히 타자로서의 의식에 빠져 있었던 주인공 '윤'이 신이 없는 실존을 못 견뎌 하고 현실 너머 초월성을 추구했다는 사실에서 모순 위에 있는 종교인 카프카를 보는 듯하다. 문명으로 번성하는 도시, 꽃과 나무로 가득한 자연의 시골 마을 대신 하필 사막에서 성스러운 구원을 찾은 타자 의식은 작가 이승우의 문학

10 이승우, 같은 책, pp. 301~302.

11 같은 책, p. 329.

적 본질을 관통하고 있다. 한국 소설에서 이런 작품을 만나는 것은 행운이며 위로다.

근대가 와해된 이후 반근대의 회로 안에 나열된 기계, 귀신, 그 복합으로서의 디지털과 사이보그에 점령된 영에 대해서 작가들은 질문한다. 카프카가 결국 종교를 소환하였듯이 이승우가 실존과 실존주의를 타진하면서 다시 심각하게 되묻고 있는 물음은 종교적일 수밖에 없다. 문학이 신학에 손을 내민다면, 이 불우한 세상을 지나가면서 문학은 오히려 따뜻한 동지를 얻고 뜻밖의 깊이를 얻을지도 모른다. 실존에 힘들어하면서, 문학의 경계를 넘어 자신을 극복하고자 했던 두 소설가를 보면서 힘든 세월 작은 위안을 얻는다.

[『예술원 문집』, 2021]

「소나기」 너머 현대성

    황순원 작가를 기리는 마을이 조성되고 좋은 기념 시설과 기념 행사가 열리고 있다. 벌써 꽤 많은 시간이 흘렀다. 한국문학의 대표적인 작가가 이렇게 보존되고 존경받는 일은 작가 자신을 위해서도 바람직한 일이지만 이 일을 꾸리고 만들어온 후배 제자 문인들, 더 나아가 관계 기관 전체의 문화 의식의 발현이라는 면에서 우리 전체가 스스로 자긍심을 가져도 좋을 훌륭한 사업이다. 이 마을 이름이 '소나기 마을'이라는 점도 「소나기」가 황순원의 대표작 가운데 하나라는 점을 생각할 때 매우 재미있는 착안이었다. 「소나기」는 1953년에 발표되었는데 지금껏 단편소설의 정수로 불리고 있으니 마을 이름으로서는 "딱"이다. 그러나 이 작가의 매력의 포인트가 반드시 「소나기」에만 있지 않다는 점을 이제는 생각해볼 때가 된 것 같다.

    단편 「소나기」가 지닌 서정적 순수성과 문체의 단아함을 넘어서 황순원 문학은 삶의 깊은 곳에 도달한 고전이다. 이전에 나는 황순원을 집필하면 그 성격을 '실존과 종교의 공존'이라는 말로 이름 붙여본 일이 있다. 황순원은 1930년대에 글을 쓰기 시작했지만 일제 치하와 해방 공간이라고 할 수 있는 1940년대에는 침묵하였고, 제대로 활동한 것은 1954년 장편 『카인의 후예』(중앙문화사)를 발표한 이후라고 할 수 있다. 주목할 만한 사실은 한국의 전래적인 무속 신앙에 함몰되어 있는 동시대의 다른 작가와 달리 황순원은 그 같은 현실에 비판적인 개안을 하고 20세기 현대를 열었다는 점이다.

황순원은 무엇보다 고뇌하는 작가이다. 그의 소설 주인공들은 실존의 현실 가운데에서 단순한 생존, 혹은 이념의 지배를 받는 자들로만 그려지지 않는다. 가령 『카인의 후예』에서 보더라도 거기에는 악하다고 할 수 있는 많은 인물이 나오고, 그 가운데 누군가가 연구자들에 의해서 카인으로 지목된다. 그러나 황순원은 단순한 인간적 선악의 기준에 의해서 어떤 인물을 카인의 후예로 설정하고 비난을 집중시키지 않는다. 작가는 그 대신 기독교적 시각에서 인간이 카인과 같은 죄인일 수밖에 없는 운명과 실존을 근본적으로 예리하게 조명한다. 말하자면 취락주의적 전근대 의식에 머물러 있는 동시대 작가군들을 헤치고 현대를 개척한 것이다.

기독교가 한국사의 근대화에 적잖은 매개가 되었다는 점을 고려할 때, 그의 장편들에 나타나고 있는 기독교적 인식은 문학의 깊이를 심화시키는 중요한 철학이 되고 있는 것이 사실이며 문학의 현대성을 반영한다. 생존과 윤리의 기로에서 고뇌하는 젊은이들이 부각되고 있는 『카인의 후예』『나무들 비탈에 서다』(사상계, 1960) 등은 후기 장편 『신들의 주사위』(문학과지성사, 1989)와 함께 한국문학의 위상을 높인다. 괴테, 톨스토이, 도스토옙스키 등 세계적 문호의 종교적 고뇌도 그들을 문학의 거장으로 만들어주지 않았는가. 문학과 종교는 높은 극점에서 서로 만나서 인생의 심부(深部)를 만져주며 위로한다. 황순원이 그 앞에 서 있었다.

[『소나기마을』 제54호, 2023]

벽을 넘어서, 이어령과 그의 문학

1. 진정한 크리에이터로서의 삶

이어령, 그는 문화의 자부심이었다. 정확하게 말한다면, 문화라는 영역에 영예를 입혀준, 말의 정확한 뜻에서, 과감한 크리에이터였다. 그런 의미에서 그는 내가 아는 진정한 진보주의자였다. '진보'라는 말이 정치적으로 다소 폭넓게 쓰이는 것 같은데, 이어령이야말로 참다운 진보 그 자체였다. 그는 매일 새로운 말을 한다. 이미 있는 말도 그 의미를 뒤집고 작은 한 조각의 말마디에서 거대한 해석을 이끌어낸다. 그의 문화는 그렇게 진보적 형성을 이루어가면서 정치나 경제에 종속된 혹은 그 하위 영향권에 머무르는 자리에 있지 않고, 오히려 그것들을 이끌고 나아가는 강력한 힘을 끊임없이 발주시켜왔다. 이어령, 그의 이름은 그 자체로 한국의 독자적인 명예요, 브랜드였다. 예컨대 그는 정치 혹은 현실의 여러 가지 부끄러운 아이콘을 지워버리는 흔쾌한 자부심이었다. 따라서 그의 생각에 동의하든 안 하든, 심지어는 그 내용을 잘 모르는 이들에게도 이어령을 말하는 것은 자랑스러운 문화 행위일 수 있었다. 그런 그가 갔다. 허전하다.

2022년 2월 26일. 나는 중앙일보 신준봉 기자로부터 이어령 선생이 돌아가셨다는 부음과 함께 추모사 부탁을 받고 단숨에 이렇게 시작되는 조문을 썼다. 요점은 이어령 선생이야말로 참다운 크리에이터라는 내용으로, 지금 여기 다시 옮긴 것이다. 물론 조문은 그 밖에 훨씬 많은 부분을, 말이 천대받는 사회에서 말을 살려낸 언어의 구원자, 문학 평론을 넘어서는 문명 평론가로서의 폭넓은 활약, 그리고 세밀한 감수성의 천재 이어령 선생에 대한 추모를 담고 있었다. 그러나 지금 다시 참다운 크리에이터란 무엇인가 생각해보면서 이어령 선생의 보다 높은 경지, 종교적인 초월의 수평까지 바라다보게 된다. 더욱이 크리에이터라는 낱말이 기껏해야 드라마 제작자, 혹은 기획자, 그리고 아주 자주 그저 유튜브 수준의 방송 내지 영상 관계 직업인의 어중간한 직종들 이름으로 씌어지는 것을 볼 때, 크리에이터의 참다운 의미를 다시 깊이 음미해보지 않을 수 없다.

문학평론가 이어령이 크리에이터라는 이름으로 호명되기 시작한 것은 꽤 오래된 일이었다. 크리에이터라는 낱말이 창조자라는 뜻을 갖고 있다면, 그 말이 우리 사회에서 어떤 인물과 결부되어 사용되었을 때, 그가 바로 창조자, 즉 가장 처음의 인물 아니었겠는가. 크리에이터라는 낱말은, 내가 기억하는 한, 이어령이라는 이름과 더불어 등장하였다. PC 시대가 어느덧 스마트폰의 대중화와 함께 이른바 디지털 문화로 바뀌어가면서 한국 문화계는 이에 대한 저항을 보였다. 특히 문학의 경우 디지털 문화의 쇄도는 전통적인 활자 문화를 위축시키면서 문학 자체의 존립을 위협한다는 위기의식과 만나게 되었다. 소위 밀레니엄의 도래를 맞이하는 2000년 시대에 접어들면서 도처에서 이러한 문학의 신음 소리가 높아졌다. 전통적인 아날로그 문화가 설 땅은 좁아 보였고, "문학은 죽었다"는 개탄까지 나왔다. 실제로 원고지에 펜으로 글을 쓰는 문인들의 숫자는 줄어들었는데, 다른 한편에서는 자필 손원고를 지켜야 한다는 강한 반발도 있었다.

아날로그와 디지털 사이에서의 갈등과 고민은 나 역시 적지 않았다. 그러나 시대 현실을 민감하게 포착하는 일이 문학, 그것도 문학평론의 몫이라고 생각하는 나로서는 이러한 현상을 다룬『가짜의 진실, 그 환상』(문학과지성사, 1998),『디지털 욕망과 문학의 현혹』(문이당, 2001) 등의 평론집을 이와 관련하여 상자하였고, 2010년에는『문학, 영상을 만나다』(돌베개)라는 연구서 형태의 평론집을 간행함으로써 이 같은 도전에 반응하였다. 그러나 이 책들은 현상을 분석하고 고민한 나의 흔적일 뿐, 시대의 엄청난 새로운 물결을 소화하고 창조적인 기획을 선보이는 작업으로서는 미흡하였다. 평론 선집으로 묶인 책 제목대로 그저『예감의 실현── 김주연 비평선집』(문학과지성사, 2016)일 따름이었다.

창조적인 기획은 이어령 선생의 디지로그로 실현되었다. 디지로그란 무엇인가. 이어령에 의해서 크리에이트된 새로운 개념으로서 아날로그와 디지털의 행복한 결합이 거기에 있다. 실제 세계를 의미하는 아날로그와 IT, 혹은 가상세계 전반을 뜻하는 디지털이 상대적인 대립이 아니라 융합을 통해 보다 더 풍성한 세계를 이룰 수 있다는 것인데, 이어령 선생은 그것이 문학 안에서 만나게 된다고 보았다. 이러한 사고가 창의이며, 그 사람이 바로 크리에이터이다. 하늘 아래 새로운 것이 어디 있겠느냐고 성경도 기록하고 있듯이, 새로움은 새로운 실재의 사물이 탄생하는 것을 말하는 것이 아니라 융합과 조정을 통한 새로운 길의 발견을 의미하는 것. 이어령 선생은 끊임없이 그 길을 찾아다녔고, 무수한 새 길을 발견했다. 자연에의 순응이 아날로그라면, 이를 인간적으로 기호화하는 것이 디지털인데 이어령은 자연의 존중을 문학 평생의 가치로 주장하면서도 기호화의 길을 모색하였다. 그가 기호학을 연구하고 봉직하던 이화여대에 기호학 연구소를 만든 일은 잘 알려져 있다. 디지로그 학교까지 설립하지 않았던가. 이러한 작업이 진정한 크리에이터로서의 걸출한 면모라는 것이 나의 생각이며, 그와 만남의 기회가 있을 때마다 이러한 이야기를 나누었던 기억이 새삼스럽다.

융합은 파괴를 동반한다. 디지로그는 아날로그와 디지털이 파괴되면서 탄생한다. 융합을 통한 새로운 문화의 개척자처럼 보이는 그가 때로 과격하게 보이는 까닭도 여기에 있다. 이미 이십대 젊은 시절 그는 '우상의 파괴'를 부르짖지 않았던가. 이때의 우상은 허위와 허상이 지배하던 1950년대 한국문학이었는데, 이를 파괴하고 그가 새롭게 내세운 것은 일종의 '계몽적 이성'이었다. 물론 그의 이러한 주장은 그 자신을 포함하여 뒷세대에 의해서 다시 비판받는 역사의 길을 걸어왔지만 파괴와 생성을 눈치 보지 않고 과감하게 이룩해온 그의 성취는 곧 한국문학과 문화의 발전 자체라고도 할 수 있다. (이어령 선생과 나는 1960년대, 그러니까 이십대를 같은 캠퍼스 강의실에서 보냈다. 그는 강의하는 강사로, 나는 강의 받는 대학생으로—)

그러나 진정한 크리에이터로서 그의 독보적인 위상은 그가 지상의 모든 질서 위에서 천상의 질서를 발견하고 이 둘을 융합하는 초월의 길을 마침내 발견한 데에 있다고 할 것이다. 10여 년 전 어느 날 기독교를 받아들이는 크리스천으로서의 자신의 입장을 천명하고, 이와 관련된 책들을 펴내었다. 『생명이 자본이다』(마로니에북스, 2013)를 비롯하여 『지성에서 영성으로』(열림원, 2010), 『의문은 지성을 낳고 믿음은 영성을 낳는다』(열림원, 2017) 등등 길지 않은 시간에 기독교, 그리고 기독교와 자신과의 관계를 증거하는 글들을 발표함으로써 적잖은 파문을 일으켰다. 그도 그럴 것이 평생을 종교는 물론 모든 권위를 거부하면서 살아온 이어령이 일정한 교리를 지닌 기독교를 받아들인다는 것은 사실상 지식인 사회에 엄청난 충격이 아닐 수 없었기 때문이다. 그러나 이어령의 지적 궤적을 좇아가본다면(그 길을 아는 사람이라면)

그 길은 오히려 지극히 자연스러워 보인다. 왜냐하면 이제 이 땅의 지상적인 질서, 그것만으로서는 우상의 자리에 머물 수밖에 없고 따라서 당연히 비판되고 파괴되는 상황을 감내할 수밖에 없게 된 것이다. 그가 숱한 인터뷰와 글을 통해서 밝혔듯이, 지금은 로봇이 인간 사고를 대행하는 AI 시대가 되면서 창조주의 자리가 흔들리고 있지 않은가. 창조주와 피조물의 위상이 전도되는 무질서와 이성 실종의 세상에 진정한 크리에이터가 가야 할 길은 명백해 보였던 것이다. 이어령 선생은 그 길을 갔다. 세속적 사고를 버리고 초월적 사고로 뛰어올랐다. 그로서는 지금까지의 창조적 사고의 연장이었고, 로고스 이어령의 자연스러운 도약이었다.

2. 이어령과 그의 문학

그가 간 지 3년이 되었다. 그를 기리고 그리워하는 일이야 날이 갈수록 더해지겠지만, 우선은 그가 없는 한국 문단이 썰렁하고 허허로운 감부터 몰려온다. 이어령 선생, 어디로 가셨을까. 이 일은 어쩔 수 없이 문학인 이어령의 본질에 대한 회고와 질문으로 이어진다. 나로서는 오늘 두 가지로 이 문제를 나누어 돌아보고 싶다.

첫째, 이어령의 문학은 문학사조적인 측면에서 낭만주의 문학이라고 규정할 수 있을 것이다. 이미 잘 알려지고 회자되듯이 이어령의 대표작은 짧은 분량의 에세이 형식에도 불구하고 「우상의 파괴」(1956)라 할 수 있고, 비슷한 형식의 『흙 속에 저 바람 속에』(현암사, 1963)도 같은 관점에서 주목된다. 물론 『저항의 문학』(경지사, 1959), 『전후 문학의 새 물결』(신구문화사, 1962)과 같은 평론집 등이 있지만 우상에 도전하는 파괴력은 앞의 두 에세이 형식의 글이 단연 압도적이라고 할 수 있을 것이다. 『우상의 파괴』는 이렇게 시작한다.

우리의 정체를 감추기 위하여 그 거추장스러운 달팽이의 껍데
기를 등에 지고 다닐 필요는 없다. 혈혈단신 물려받은 유산도 없이
우리는 새로운 작업을 개시해야 한다. 50유년의 신문학 시대 그것
을 과도기나 초창기의 혼란이라 부르기엔 너무나 지루하고 긴 세
월이었다. 우리는 이 문학 선사 시대의 암흑기를 또다시 계승할 아
무런 책임도 의욕도 느끼지 않는다.
지금은 모든 것이 새로이 출발해야 될 전환기인 것이다. 우상을
파괴하라!¹

『한국일보』에 발표된 이 글은 기성 문단을 향한 폭탄이라고 해도 좋
을 정도의 파괴력 그리고 파급력으로 퍼져갔다. 스물두 살의 청년이
던진 이 폭탄은 진짜로 문단의 모든 인습과 질서를 파괴하였다. 「우상
의 파괴」라는 그의 글은 말하자면 새로운 문학 시대를 여는 선언문과
같은 것이었는데, 이때의 파괴는 창조를 동반한 것이었다. 훗날 그는
한 인터뷰에서 새로운 것을 창조하기 위해서는 기존의 것을 파괴해야
한다면서 이 둘은 사실상 동시에 일어나며 "파괴가 창조로 통하는 것"²
이라며 우상 파괴의 창조성을 역설했다. 이 문제는 문학 이론상 매우
중요하다. 왜냐하면 문학의 개념을 형성하는 '파괴와 생성을 거듭한다'
는 이른바 낭만적 아이러니의 기법이 바로 낭만주의 자체의 본질이기
때문이다. 결국 파괴와 창조 그리고 그 둘의 발생의 동시성을 강조하
는 선생은 낭만주의자였다는, 문학의 본질에 본능적으로 타고난 이였

---

1 『한국일보』 1956년 5월 6일 자.

2 김민희, 「우상의 파괴, 그리고 이상의 발굴」, 『주간조선』 2016년 4월 29일 자(https://weekly.
  chosun.com/news/articleView.html?idxno=9941).

다는 사실이 처음부터 입증되는 셈인 것이다. 우리가 문학인을 개념화할 때, 특히 문학평론가를 분류할 때 둘로 나누어 보는 경우가 있는데, 그 하나는 기성의 것— 이념, 제도, 인습을 파괴하면서 새로운 것을 창조해가는 일(사람)이며, 다른 하나는 기성의 것에 파괴 없이 새로운 것을 덧붙이는 일(사람)이다. 이때 전자가 평론가이고, 후자는 문학사가가 된다. 많은 수의 문학 교수는 대체로 후자이며 전자에 속하는 이들은 소수이다. 선생은 여기서 당연히 앞의 그룹을 이끄는 창조적 평론가이면서도 문학 교수이기도 한, 어느 한 범주에 머무를 수도 없었다. 이어령의 문학은 바쁠 수밖에 없었다. 창조를 통해 파괴가 불가피하게 이루어지는 현장은 시, 소설 등의 창작물에 종사하는 작가들이 자연스럽게 여기에 해당된다. 그런 의미에서 선생에게 파괴와 창조를 동시에 가져온 작업은 1930년대 작가 이상의 발굴이었고, 이 일은 창조적 평론가 이어령의 탄생을 확실하게 해주었다. 말하자면 평론가 이어령의 데뷔는 파괴적 창조의 작가 이상을 새롭게 발견해냄으로써 그 자신이 표방하고 선언한 우상의 파괴가 이루어질 수 있었던 것이다. 이 작업은 그 자체가 선생에게 있어서 창작이었다. 이 과정과 그 성격에 대해서는 이미 근 10년 전 한 주간지의 보도가 잘 말해주고 있다.

　　이어령은 이상에 대해 "동시대적 감각으로 나에게 감동을 준 최초의 작가"라고 표현했다. "기존 소설가들은 농경시대의 농촌을 기반으로 글을 썼어요. 이상만 그 틈에서 미운 오리새끼처럼 자신이 숨 쉬고 살아가는 도시문명을 그리고 그 갈등과 자의식을 각혈하듯이 토해낸 것이에요. 평균 체온을 넘어서는 문명의 미열, 그리고 그것을 냉각시키는 얼음찜질, 이 사이에서 한국말의 토착어가 문명어로 바뀌게 되는 것이지. 이상의 소설 『날개』에는 '33번지 18가구'라는 숫자부터 나와요. '내 집'이 아니라 '내 방'이라는 표현을 많이 쓰고. 33번지 18가구는 연립주택처럼 한 지붕 밑에 18개의 가구가 이어진 방들에서 사는 거지. 당시 일본말로는 '나가야'라고 했어. 도시문명의 시스템과 그 의식과 감각을 불과 네 개의 숫자와 네 글자의 말로 보여준 거예요. 더구나 18이라는 숫자는 '흡사 유곽처럼 생긴'에서 암시하듯 성적 비속어를 함의하고 있어요."[3]

작가 이상의 이상성에 대해서는 물론 이상 당시 그리고 그 이후로도 다각적으로 논구되어왔지만, 이처럼 극명하게 그 성격이 파헤쳐진 것은 아마도 선생이 처음일 것이다. 1910년 출생, 1937년 작고의 짧은 일생을 살다 간 이상은 1933년 출생의 선생과 매우 짧은 시간일지라도 세속의 삶을 함께 지내기도 한 바. 물론 이 같은 사실을 견강부회하여 같은 시대를 살았다고 주장할 수는 없을지 모른다. 그러나 큰 그림으로 볼 때 20세기 전반기를, 그것도 일제강점기를 함께 지나가면서 동시대 의식이라고 할 수 있는 어떤 것이 두 사람에게 내접했었을지도 모른다. 나는 그것을 천재적인 근대 의식이라고 말하고 싶다. 한때 한국문학에서의 '근대' 개념에 관한 정의를 둘러싼 논의가 활발하기도 했는데, 당시에 이상-이어령의 묶음이 관찰과 분석의 대상이 되지는 않았었다. 파괴와 생성의 낭만적 반어를 공유한다는 점에서 그리고 낭만주의 이론의 바탕이 되면서, 근대/현대문학의 개념으로 기능하고 있다는 점에서 이 문제는 앞으로 학계의 중심적인 관심이 될 것으로 보인다.

다음으로, 이어령은 말의 진정한 의미에서 한국인 최초의 문화산업자였다는 사실이다. 그는 문학평론가이며 문학 교수, 문화 컬럼니스트였지만 그보다 훨씬 넓은 의미에서의 문화인이었는데, 이 말은 그가

3 같은 글.

비문화적인 현실을 뚫고 문화의 산업성을 부각시킨 최초의 근대인이었다는 뜻이 된다. 문학평론가가 대학교수, 언론인이나 출판인을 직업으로 가지는 일은 비범하지 않다. 그러나 선생의 경우 보통의 평론가에게서 눈에 띄지 않는 직책이 나타난다. 문화부장관 같은 것은 본인의 전공과 능력에 따른 것이므로 이 역시 예외적이라고 할 수는 없다. 그러나 1988년 개최된 서울 올림픽에서 개회/폐회 준비위원장을 맡은 사실은 그의 탁월한 자질을 고려한다 하더라도 놀랄 만한 사건에 해당한다. 그에게 체육의 재능도 있었는가? 행사나 전시를 중시하는 소질과 경향이 있었는가? 이러한 질문들이 가능하다. 나로서는 조금 다른, 이 일도 역시 한참 선행하는 이어령의 문화적 감각과 그 시대적 의의라는 점에서 주목하지 않을 수 없다. 그것은 한국에서는 처음 제기되는 문화산업이라는 관점에서의 접근이다.

문화산업Kulturindustrie이라는 개념은 이에 대한 긍정과 부정, 양면적 평가가 존재하지만 그 자체는 근대의 소산이며, 이러한 현상의 출현과 수용 또한 그 자체로 문화적이라고 하지 않을 수 없다. 문화와 산업이 제휴한다는 것은 문화에 산업적 가치가 숨어 있고, 산업을 또한 문화적인 측면에서 향수하고 평가할 수 있다는 것인데, 이것은 이 현상을 그렇게 발견하고 인식하는 문화적 감각과 평가의 주체 없이는 가능하지 않다. 전 근대, 혹은 근대 초기 신칸트학파적 전통에서 정신과 물질의 이원론적 세계관에서는 쉽게 보이지 않는 현상이라는 말이다. 오늘날 산업미술, 산업 공예, 대중음악 등의 용어들이 일반화되었지만 반세기 전만하더라도 이와 비슷한 용어의 등장은 어색했으며, 특히 문학의 경우 어떤 범주든지 범주 사이의 벽은 꽤 견고했고, 산업적 이용은 백안시되기 일쑤였다. 1988년 이어령이 문을 연 올림픽으로의 입장은, 특히 그 슬로건에 있어서 상징적이다.

'벽을 넘어서'는 원래 동서 진영이 최초로 함께 어울려 참가하는 서울 올림픽의 정신을 나타내는 표어였다. 어린 소년이 올림픽 경기장에서 대각선으로 굴렁쇠를 굴림으로써 이념과 인종, 국가를 넘어서 벽을 넘었던 것이다. 그러나 이 '벽을 넘어서'의 정신과 실천은 넓은 의미의 모든 문화영역에서 벽을 넘었다. 무엇보다 선생에게서 문화와 산업의 벽이 깨어졌고, 문화 안에서의 모든 장르의 벽을 넘어 선생은 자유자재로 드나들었다. 미디어의 혁명이라고 불리는 디지털 세계가 다가오자 아날로그의 핵심 장르라 할 수 있는 문학과의 관련성을 연구하고, 양자를 교합하는 이른바 디지로그의 개념을 창안하였다. 이 역시 벽을 넘는 융합의 산물인데, 선생은 누구보다 앞서서 이를 고안하고 바로 실천하였다.

'벽을 넘어서'의 정신은 그가 분석과 통합이라는 두 개의 서로 다른 개념을 함께 사용하는 천재적 기술자였음을 보여준다. 분석은 과학의 기술이고 통합은 학문으로의 정신이다. 분석은 오직 그 대상 안에 진리가 있으나 통합에는 대상 밖의 목적, 즉 인간을 위한다는 관계의 설정이 요구된다. 이어령은 늘 이 두 가지를 천성적으로 동시에 발휘해왔다. 그의 대상 분석은 특히 언어에 관하여 이루어질 때 놀라운 성과를 거두었고, 통합은 인간과 사회를 향하여 때마다 생각지도 못한 효과를 거두었다. 이러한 그의 능력과 자질이 자연스럽게 문학의 개방성으로 연결되어 토속과 순수라는 미망을 떨구고 근대의 길에 속도를 높였다. 문학은 순수성으로부터 역동적 힘을 얻으면서 산업화와 만나고, 각성되지 않은 문학 독자들의 기대 수평을 넓혀주었다.

문화산업에 대해서 최초로 주목하고 적극적인 관심을 표명한 이는 문학평론가이자 역사학자, 음악학자이기도 했던, 어떤 의미에서는 이어령처럼 문명 평론가라는 총칭으로 불렸던 Th. W. 아도르노인데, 그는 대체로 이 현상을 비판적으로 보았다. 그러나 선생의 경우 그 현상이 이미 부정적 증후를 나타내기 시작한 유럽 사회와 달리 농촌 사회적 잔재가 남아 있는, 그리고 여전히 전후 세대적 여진 가운데에서 문화산업적 징후를 선취하였다는 것은 평론가로서 놀라운 예감과 예지가 아닐 수 없다. 그는 모더니스트이자 낭만주의자였으나 문학 내지 문화의 바탕으로서 물적 토대에 깊은 관심을 갖고 1970년대 이후 한국사회의 산업화 현상에 주목하고 발언하였다. 이러한 관심의 산물이라고 할 수 있는 것이 저 유명한 『축소지향의 일본인 그 이후』(기린원, 1994)이며, 이 시기를 전후하여 그는 문화 전반에 관한 관찰의 책자들을 특히 산업적인 측면에서 조명한다. 『기업과 문화의 충격』(문학사상사, 2003) 등은 그러한 정신 아래에서 씌어진 노작으로서 뒤에 한국문화론 컬렉션 시리즈로 통합되었다. 선생에게 있어서 일본의 재발견은 산업 혹은 상인 정신의 발견과도 같은 뜻을 지닌 것으로 해석될 수 있는데, 이것은 한국의 명분주의 전통과 일본의 현실주의 관습의 대비로도 생각될 수 있다. 거대 담론을 좋아하는 한국 사회가 명분과 명목을 중시한다면, 이를 축소해서 바라보고 거래하는 일본 사회는 자연히 실리를 추구한다는 면에 착안하여 발전시킨 논리는 일찍이 문화산업에 대한 통찰을 예비하고 있었다고 할 수 있다.

파괴와 창조의 동시 수행에 대한 실천으로서 낭만주의를 체현하고 평론가로서의 입지를 확고히 한 그가 정신과 물질의 융합적 사고를 하고 있었다는 사실은 문명 평론가로서 독보적이며 전방위적 위치에 들어섰다는 것을 말해주는데, 2010년 기독교에 입문한 이후『생명이 자본이다』(마로니에북스, 2014)라는 제목의 저서를 발간함으로써 그 성격은 한국 사회 전체에 더욱 큰 파장을 일으킨다. 여기서 생명이란 그가 평생 종사해온 지성의 영역과 새롭게 발을 디딘 영성의 세계를 총칭하는 것인바, 그 생명의 '자본주의'라니! 생명의 물화(物化)인가, 물질의 영계(靈界)인가. 이에 이르면 '벽을 넘어서' 드나드는 이어령의 천의무봉한 여정을 따라갈 길이 없다. 이제 그는 마침내 지상과 천상의 벽도 넘었다.

[이어령 추모 에세이집『신명의 꽃으로 돌아오소서』, 2023·
〈이어령 3주기 기념 특강〉, 2025. 2]

3부
아날로그 시의 추억

순간 속의 시간
―박이도의 최근 시[1]

1

　시에 대한 해설이 그 시가 지니고 있는 비의(秘義)를 해석하고 풀이하는 일이라면, 박이도 시에 대한 해설은 필요해 보이지 않는다. 그의 시는 그만큼 비의를 지니지 않고 있다는 뜻이다. 비의란, 시의 내용이나 어휘에 있어서 일상의 세계가 아닌, 상징과 우의(寓意)의 세계가 그 시를 지배하고 간섭하는 경우여서 일상 세계로의 풀이가 필요할 수 있다. 이 현상이 심할 때 이른바 난해 시가 생겨나기도 하지만, 대체로 시는 넓은 의미의 상징을 통해 '시적 세계'를 새롭게 창조해냄으로써 다소간 비의를 띠기 마련이다. 그러나 박이도의 시에는 기이하게도 상징도, 비의도 별로 존재하지 않는다. 그의 시는 일상어를 통해서 펼쳐지기 때문에 시적이라기보다는 산문적이라는 인상을 주고, 따라서 읽기도 이해하기도 쉽다. 이렇게 그는 60년 넘게 시를 써왔는데, 시는 쉽지만 이런 시들을 오랜 시간 꾸준히 써온다는 것은 결코 쉬운 일이 아니다. 이제 그는 팔순의 나이를 넘어 새로운 시집을 꾸미고 있는데, 이러한 현상은 조금도 달라지지 않고 일가를 이루고 있다. 그러나 과연

1　이 글에서 언급하는 박이도의 작품은 다음과 같다. ① 『있는 듯 없는 듯』(서정시학, 2020), ② 『어느 인생』(문학의전당, 2015), ③ 『데자뷔』(시학, 2016). 이하 인용 시집의 번호와 시 제목만 밝힌다.

달라진 것은 없는가. 달라졌든, 여전하든, 박이도라는 시 세계로 확고하게 세워진 그 본질은 무엇인가. 상징이나 비의가 배제된 채 평이하게 산문체로 씌어진 시가, 독특한 시의 세계로 정립될 수 있는 힘은 무엇인지 내심 궁금하지 않을 수 없다.

> [……]
> 뻐꾸기도 한세월 사연도 많을시고 제 먼저 알아보고 뻐꾹- 앞 산마루에서 나를 반겨주네. 풀 섶에 앉아 낚싯대를 물속에 던져 놓고 시작도 끝도 없는 세월 속에 무념무상의 한때를 맞으리라.
> ──① 「낚시터 가는 길──붕어낚시」 부분

시집 첫머리부터 낚시에 관한 시들이 이어지는데, 인용된 시는 그중 첫 시 뒷부분이다. 여기서 눈을 끄는 대목은 의식인 듯 무의식인 듯 표출되고 있는 세월에 대한 감각, 즉 시간 의식이다. "시작도 끝도 없는 세월"하면서 계속되는 "무념무상의 한때"가 나로서는 문득 주목된다. 특히 '한때'에 눈이 머무는데, 그것은 세월을 시작도 끝도 없는 존재, 혹은 사물로 표기하고 있기 때문이다. 세월은 시작과 끝을 분명하게 알 수 없는 시간인데, 무념무상의 순간을 가질 수 있는 것은 그중 오직 "한때"뿐이라는 것이다. 이런 시간 의식의 느낌은 안타깝다. 붙잡고 싶지만 붙잡을 수 없는 "한때". 그다음 시다.

> 오늘은
> 너의 안부를 묻고 너와의 인연을 곱씹으며
> 오래오래 이 날을 새우고 싶다.
> ──① 「먹잇감──붕어낚시」 부분

246

앞의 시가 시인을 반겨주는 듯한 뻐꾸기 소리를 들으면서 무념무상
의 한때를 꿈꾸고 있다면, 뒤의 시는 "소금쟁이 춤추는 수면 위에" 파
문을 그리며 일렁이는 햇살을 바라보는 시간을 붙잡고 싶은 것이다.
"오래오래 이 날을 새우고" 싶다는 말속에 드러나는 영원에의 욕망!
그것은 순간을 통한 영원 꿈꾸기이다.
　　영원 꿈꾸기는 결국 '오늘 이때'에 대한 안타까움의 다른 말이며, 그
속에서 펼쳐지는 '오늘 이때'의 아름다움, 그리고 그에 대한 감사로 나
타난다. 〈붕어낚시〉 연작 세번째 시.

　　　　　날이 새려는가 보다

　　　　　피어오르는 물안개에 눈이 뜨인다

　　　　　실바람이 이는가

　　　　　수면에 앉은 산그림자가 사라지며

　　　　　가녀린 수초들의 촉이 움찔움찔

　　　　　기지개를 펴누나

　　　　　　　　　　　　　　　　　― ①「손맛― 붕어낚시」부분

　　밤새 낚시터에 앉아 있는 시인이 아침을 맞이하는 풍경이 아름답
게 묘사되어 있다. 마치 슬로비디오 동영상같이 펼쳐지는 아침의 모
습―가녀린 수초들의 촉이 기지개를 편다고 적고 있는 시인의 손길
은 우주를 섭리하는 그것 같아 보인다. 그러나 이 아름다운 절경은 시
의 첫 행 "날이 새려는가 보다"와 다음에 인용되는 시의 후반부 마지
막 "끝내 손맛도 못 보고 날이 새누나" 사이에 위치함으로써 그 모습
이 절정에 다다른다.

　　　　　나는 뜬눈으로 졸며 말며

사라지는 별똥을 물끄러미 바라만 보았네
끝내 손맛도 못 보고 날이 새누나

　말하자면 아름다움은 순간에 있는 것이다. 순간에 포착된 모든 모습은 아름답다고 말해도 틀리지 않을 것이라는 말을 시인은 하고 싶은 것이다. 그러나 대저 순간 포착이란 무엇인가. 누구에 의해 포착된 어떤 순간인가. 말할 나위 없이 시인에 의해 포착한 순간이며, 그 순간은 그 단 한순간에 인생의 기미를 전면적으로 내포하고 있는, 그런 순간이다. "수면에 앉은 산그림자가 사라지"는 순간은 오직 시인 박이도에 의해서만 포착되고, 이때 그 그림은 영원성을 획득한다. 아름다움은 "날이 새려는가 보다"와 "날이 새누나" 사이의 순간 속에 존재한다.
　시간의 흐름을 안타까워하는 시인 의식은 박이도 시의 원초적 모티프이다. 흔히 이 흐름 속에서 사람들은 허무를 고백하는데, 사람들은 또한 대부분 그 사실 자체를 인식하지 못한다. 박 시인도 많은 경우에 그 인식이 강했던 것 같지는 않다. 예컨대 그는 이렇게 말한다.

주어진 일상
도시에서, 일터에서 벗어날 수 없는 나날
누군들 허무를 절감하지 않으랴
하루하루 만남과 헤어짐이 어긋나고
희망과 기대가 허망인 것을
나는 알고 있었을까
———① 「문명 해방」 부분

　이 시는 그저 일상의 허무를 한탄하고 있는 것으로서 순간의 아름다움, 혹은 영원성이라는, 시의 심화된 주제와는 거리를 갖는다. 그러나 허무를 "나는 알고 있었을까" 반추하면서 의식하고, 또 고백하고 있다는 사실은 의미가 있다. 허무에 대해서 인식하기 시작했다는 사실, 그것은 시간을 의식하기 시작했다는 사실을 동시에 의식한다. 박이도가 낚시와 '낚시 시'에 열중하게 되는 상황은 이러한 시간 의식의 소산이다. 그는 바로 이 시간 의식으로부터 벗어나고 싶은 것이다. 무념무상, "시공의 감옥"에서 벗어나고 싶은 것이다. 앞의 시는 이어서 이렇게 전개된다.

> 오늘은 세상 밖 자연의 안부가 궁금하다.
> 거대한 도시, 그 시공의 감옥에서
> 문명탈출, 홀연히 빠져나간다.

그의 낚시, 혹은 '낚시 시'는 여기서 생겨난다. 낚시질에는 시간과 공간도 의식되지 않는다. 그러나 '낚시 시'는 다르다. '낚시 시'는 역설적으로 시간에 대한 예민한 의식을 조장해준다. 낚시의 시간이 마치 정지된 듯한 무념무상의 순간, 오직 자연의 움직임만이 조용히 이루어지는 아름다운 순간이기 때문이다. 그리하여 시인은 "낚싯대 한 자루 둘러메고 오솔길을 따라"가면서 "해방이다, 태곳적 원시의 나라"를 구가한다(「문명 해방」). 이 시의 마지막 행 "잠시 숨을 고르고 수궁의 붕어와 문안 인사를 나누어야지"라는 부분은 바로 정지된 순간의 내용이라고 할 수 있다. 순간 속으로 침잠한 시간은 이윽고 침묵의 공간을 빚어낸다. 시간과 공간이 하나의 차원을 만들어내는 것이다.

> 산모퉁이를 돌아
> 호젓한 늪가에 이르니
> 여기는 별천지
> 산천의 적막감이 내 귀를 때린다

실버들을 스치던 바람이 멈추어 서서

붕어와 나, 침묵의 교감을 엿듣고 있다.

— ① 「안부―찌에 눈 맞추다」 전문

시간과 공간이 한곳에 묶인 '낚시 시'라면 이백(李白)이 떠오르는데, 그가 젊은 날의 혈기와 기개를 다스리는 가운데 낚시의 업을 발견하였다면 박이도의 그것은 사뭇 다르다. 무엇보다 박 시인에게는 조어대(釣魚臺)가 따로 없다. 큰 물고기를 많이, 그리고 재미있게 낚아 올리고자 하는 욕심도 없다. 그가 바라는 것은 붕어와의 인사, 그로부터 시작되는 침묵의 교감을 통한 별천지 속으로의 이주(移住)일 따름이다. 거기서 순간의 행복을 누릴 수 있기 때문이다. 따라서 순간의 행복이 주는 영원성의 교환 공간은 자연스럽게 도시보다는 시골이며, 문명보다는 자연이다. 평범한 듯 보이는 다음 시도 이러한 과정을 지나서 생겨난다.

이제 우리는 도시문명의 울타리에 갇혀

부르짖기 시작하네

허공에 들릴 듯 말 듯 떨리는 목소리로

쿠오바디스!

— ① 「쿠오바디스」 부분

그러나 도시 대신 시골, 문명 대신 자연은 너무도 단순한 도식이다. 도시를 떠나고 문명을 벗어난다고 했지만, 시인의 지향이 딱 정해진 것은 아니다. 그렇게 정해졌다면 시도 시인도 오히려 제자리가 없을 것이다. 시는, 시인은 원래 어느 한자리에 정처를 갖지 않는다. 그의 시가 전원시인가, 자연 회귀의 시인가. 분명한 정처에 시인의 지향이 정해져 있다면 시는 힘을 잃고 매력 또한 사라질 것이다. 박 시인의 시에는 오히려 이 같은 정처가 없고, 현실적인 힘이 없다. 시의 힘은 도리어 이 같은 결핍에서 비롯된다.

> 어처구니 있다
> 어처구니 없다
> 처음 내가 마주친 어처구니는 강골의 거대한 바위산이었습니다.
> 처음 내가 읽은 어처구니는 힘의 상징 삼손이었습니다
> [······]
> 나의 어처구니 어디에나 있고
> 나의 어처구니는 어디에도 없습니다
>
> ─① 「어처구니」 전문

맷돌 손잡이를 뜻하는 어처구니를 빌려 자신의 무력함을 고백하고 있는 이 시는, 사실 고백처럼 그렇게 무력한 시인을 보여주고 있는 것은 아니다. 어처구니가 "어디에나 있고" "어디에도 없다"고 하지 않는가. 이러한 안티노미antinomy적 상황은 사실 그 자체가 시의 본질이기도 하다. 말하자면 현실적으로는 힘이 없지만, 문학의 힘은 그것을 넘어서는 초월적 영원성을 지니고 있다는 믿음. 시는 이 믿음 위에 기초하고 있으므로 어처구니는 있으면서도 없고, 없으면서도 있다. 박이도의 시가 쉬우면서도 깊은 뜻이 있는 현장이 여기다.

> 하늘과 땅 사이에
> 꽃 한 송이 피고 지고
> 쌓이는 침묵 흐르는 고요
>
> ─① 「있는 듯 없는 듯」 부분

문학은, 시는, 이처럼 "있는 듯 없는 듯"하다. 힘이 없어 보이는 것 같은 것의 힘. 그것을 구태여 설명하면 "꽃 한 송이 피고 지고/쌓이는 침묵"이다. 그러므로 도시를 떠나고, 문명에서 벗어난 시인은 꼭 어디론가 가지 않는다. 정해진 정처가 없다는 말이다. 굳이 정처가 있다면 '침묵'이다. 침묵은 이때 시간이면서 동시에 공간인, 말하자면 토포스 Topos에 가깝다. 공간적으로는 지상에서, 시간상으로는 흐르는 구체적 일상의 시간 아닌, 초월의 어떤 순간이다. 진부한 듯하면서도 깊은 의미로 승화되고 있는 이 지점/시점은 이렇게 그윽하게 노래된다.

꿈속인 듯 꿈밖인 듯
방금 들린 하늘의 음성
한 순간의 사라짐
나 있음의 덧없음이라

— ① 「있는 듯 없는 듯」 부분

2

　앞의 시가 보여주듯이 초월의 순간으로 떠날 때, 시인이 만나는 자리는 "하늘의 음성"이다. 박이도는 기독교 시인이다. 기독교인으로서 시를 쓰는 이가 박이도뿐 아니며, 기독교적 메시지를 담은 시를 쓰는 이가 박 시인뿐 아니지만, 그를 기독교 시인이라고 구태여 내놓고 밝히는 까닭은, 그가 너무도 선명하게 시를 통해 신앙고백을 하고 있기 때문이다, 호교론적, 혹은 변신론적 신학을 배경으로 한 시는 아니라 하더라도 그의 시에는 신앙적 색채가 매우 강하다. 가령 2010년에 출간된 『어느 인생』과 같은 시집에는 직접 신앙을 고백하는 시가 많이 있다. 「선한 목자 韓景職」을 비롯하여 4부에 속한 대부분 시들이 그렇다. 특히 주목할 만한 것은 순간 속의 시간으로 발견된 초월의 지점으로 '하늘'이 떠오르는 그 단초들이 이미 최근 10년 사이(시집 『어느 인생』 그리고 『데자뷔』), 곳곳에 편재해왔다는 사실이다. 가령 다음 몇 대목을 본다면,

> 누가 내 생명을 주셨는가
> 누가 나에게 시간을 주셨는가
>
> 아침, 나팔꽃에 앉은 이슬이
> 햇살과 교감하는
> 저 투명한 생명은 누가 주셨는가
>
> ── ② 「생명의 비밀」 전문

> 정지된 숨결
> 흐르는 시간의 고요
> 눈, 감으면 내 안의
> 침묵의 세계가 열린다
> 화음(和音)의 날개
> 결코 육신의 귀로는 들을 수 없는
> 희열이 고동친다
>
> ── ② 「시간을 감지하라」 부분

생명을 주신 이, 내 안에 열리는 침묵의 세계 등은 작은 암시 이상으로 기독교의 신과 초월의 장을 열고 있으며 결국 오늘의 박이도를 이

끌고 있다. 4년 전에 상재된 『데자뷔』에서도 상황은 비슷한데, 홍미로운 것은 자연을 끊임없이 매개해주는 사물로서 뻐꾸기라는 새의 출몰이다. 시인은 뻐꾸기를 좋아하는가. 무엇 때문에 뻐꾸기에 끌리고 이 새는 어떤 역할을 하는가. 우선 「뻐꾸기 타령」이 있다.

> 외로움이 굳어 비애가 되었고
> 바람결에 스쳐온 그리움의 세월이
> 뻐꾹-뻐꾹- 너의 울음은
> 내면에 침묵의 종소리가 되었다
> 뻐꾹-뻐꾹- 사이사이의 적막은
> 살아 숨 쉬는 생명의 비밀
> 내 세월은 언제부터 너와 벗이 되었나
>
> ─③ 「뻐꾸기 타령」 부분

뻐꾸기는 시인의 벗이다. 뒤집어 말하면 시인은 뻐꾸기를 친구로 삼고 "그리움의 세월"을 "침묵의 종소리"로 받아들이고 거기서 "생명의 비밀"을 느낀다. 말하자면 뻐꾸기는 시인의 감성을 초월적인 영성으로 승화시키는 길목에서 구체적인 매개의 역할을 하고 있다. 그리하여 시집 『데자뷔』 곳곳에 뻐꾸기는 애달픈 울음을 뱉어내며 출몰한다. 뻐꾸기는 한편으론 세상 욕망과 그리움에 머물러 있는 시인의 감성과 다른 한편으론 침묵의 세계로 정화되어 들어가는 영성을 함께 표출해준다.

> 산길에선 뻐꾸기 소리에 "너 어디 숨었니?" 이 골짝 저 골짝 찾아 숨바꼭질 하다가 길을 잃고 [……]
>
> ─③ 「나 혼자 떠나갈래요」 부분

산 너머 뻐꾸기 소리엔

기쁨이었거나 슬픔이었거나

샘물처럼 솟아나는 추억

— ③「내가 잊어버렸던 것」부분

뻐꾹‒ 뻐꾹‒

바람결에 묻어와

남의 애간장만 태우는

저 소리가 뭔 소리일까

— ③「세월이 약이라면」부분

뻐꾹‒ 뻐꾹‒

뻐꾹새는 어쩌자고

찔레꽃 향내만 두고

내 마음만을 훔쳐 가누나

— ③「뻐꾹새는 어쩌자고」부분

뻐꾸기로 동산을 깨우니

봄날이 제 세상을 만났구나

— ③「소풍길」부분

뻐꾸기는 왜 밤낮으로 깨어 있는가

오늘 밤 나는 산 위에 올라 달맞이 한다

산, 내 품 안의 산

— ③「산, 내 안의 산」부분

『어느 인생』에서 『데자뷔』를 거쳐 이번 시집에 이르는 10년 세월은 시인이 노년에 이른 시간이다. 이 시간은 한편으로 인격적인 성숙을 이루어가면서 다른 한편으로는 인생무상을 몸으로 느끼면서 삶의 끝을 바라보는 시간이기도 하다. 이때 두 추상의 세계를 구체적으로 매개해주는 모티프들이 여럿 있지만, 그중 대표적인 것이 뻐꾸기이며, 다른 하나는 이번 시집에 직접 나타나는 붕어 낚시다. 뻐꾸기는 그 울음 소리로 청각을 통해 유년 시절의 그리움을 소환하면서 시인의 "애간장만 태우는데", 그것은 특정한 대상을 갖지 않는 실존적 동경, 혹은 낭만의 그리움이라고 할 수 있다. 시인은 여기서 환상이나 욕정으로 가지 않고 자연을 품는 초월의 경험을 한다. "어느덧, 숲이 내 안에" 들어오는 것이나 내가 숲에 안기는 것이 아니라, 내가 숲을 품는 "산, 내 품 안의 산"이라는 새로운 생명이 태어난다. 붕어낚시를 즐기는 '순간 속의 시간'이 그것이다. 순간은 영원하다.

[박이도 시집 『있는 듯 없는 듯』 해설, 서정시학, 2020]

박넝쿨의 긴 생애
—이시영 시집 『나비가 돌아왔다』

1

순수의 회복은 가능할까. 시인 이시영은 나지막하게 묻는다. 그러나 시집 『나비가 돌아왔다』(문학과지성사, 2021)에서 답은 벌써 주어져 있다. 그럼에도 그 가능성을 알아보기 위해서는 잠시 이 시대가 어떤 시대인지 함께 물어보아야 한다. 아날로그에서 디지털로 세상이 수직 이동한 지는 벌써 한참 지났고 인공지능과 사물 인터넷이 생활이 된 현실 속을 바야흐로 살아가고 있다. 미디어가 현실을 지배하는 가운데 카카오톡이나 페이스북 따위가 삶을 쥐락펴락하고 있다. 작은 스마트폰 속의 영상과 글자 들이 심지어 사람의 생명을 좌우한다. 온갖 정치 행위도 그 속에서 이루어지며, 댓글 등의 문자 폭력으로 소위 '극단적 선택'을 하는 사람들조차 줄을 잇는다. 드론과 무인 자동차 등이 사람들 일자리에 들어서고 있으며, 낭만의 물레방아 자리에는 갖가지 성범죄와 고소, 고발이 난무한다. 요컨대 자연과 인간을 사랑하는 따뜻한 시간은 사라진 지 오래되고, 더 급격히 보기 힘들어졌다. 인간과 자연 원래의 모습이 순수라면, 그 순수는 확실히 존재하지 않는다. 그렇다면 그 순수는 과연 회복 가능할까. 아니, 회복될 필요는 있는 것일까. 앞의 질문은 이시영의 것이고 뒤의 질문은 나의 것이다.

강변에 나비가 돌아왔다

아무것도 아닌 것 같지만

저것은 세계가 변하는 일이다

　　　　　　　　　　　　　　　—「나비가 돌아왔다」 전문

　　표제작이기도 한 짧은 삼행시 「나비가 돌아왔다」는 바로 이 질문을 하고 있는데, 거기에는 물음과 답이 함께 함축되어 있다. 무엇보다 이 시는 이미 강변에 나비가 사라졌다는 사실을 전제, 보고하고 있다. 더불어 강변이나 나비와 무심하게 살아온 우리의 마비된 감성과 몸을 툭 하고 건드린다. 나비나 강 따위 자연에는 무심한 채 우리 속의 아픔과 욕망을 들여다보는 일에 익숙해 있던 몸이 순간 움찔한다. 강변이나 나비쯤 '잊고' '잃고' 있다는 사실마저도 문득 기억이 조금 살아난다. 그들은 사람에게 직접적인 영향을 주지 않지만, 마치 고향처럼 정서의 바탕에 자리 잡고 있었다는 사실도 깨달아진다. "아무것도 아닌 것 같지만" 아무것도 아닌 게 아니다. 이 시집은 정말이지 아무것도 아닌 것 같은 일이 아무것도 아닌 일이 아니라는 사실을 서늘하게 일러준다. 자, 그렇다면 시의 제3행이 말해주듯 그것은 과연 "세계가 변하는 일"일까. 사라진 나비가 돌아왔다는 것은 자연을 몰아내었던 사람들의 세계관 속에 자연이 다시 소환되고 있다는 인식의 전환을 말해준다. 엄청난 변화다. 그러나 그것은 이시영 안에서의 변화다. 아니, 이시영에게서는 처음부터 변화가 없었을 것이다. 이 변화는 세상의 변화를 촉구하는 시인의 마음이다. 하여간 그는 나비가 돌아왔다고 반가워한다. 이 반가움은 자연 친화적인 시인이 그동안의 자연 상실 현실에 대해 불만의 세월을 지내왔음을 반증한다. 자연을 발견하고 기뻐하는 모습은 이 시집의 풍성한 풍경을 이루고 있다. 서늘하다.

평택 들판의 황혼 녘, 할아버지 한 분이 염소를 끌고 가다 줄을 놓치자 이번엔 염소가 온 힘을 다해 할아버지를 끌고 집으로 돌아가는, 참 아름다운 저녁 한 장을 연출하고 있습니다

　　　　　　　　　　　　　　　　　　　　　　　　　　—「KTX에서」전문

가을비가 세차게 내리꽂히는 아침, 제비들이 처마 끝에 두 발을 얌전히 오그리고 앉아 하늘을 올려다본다

　　　　　　　　　　　　　　　　　　　　　　　—「처서(處暑) 전」전문

닭들은 그 둥주리가 어디에 있든 간에 푸드득 날개치며 사뿐히 마당에 내려앉아 자기가 금방 저기에 눈부신 뜨거운 알을 낳았음을 큰 소리로 알린다.

　　　　　　　　　　　　　　　　　　　　　　　　　　　—「알」전문

　앞의 인용 시들은 자연을 반가워하는 단시라는 특징 이외에도 그 자연의 내용물이 염소, 제비, 닭 등의 동물이라는 공통점을 가진다. 동물은 꽃, 나무 등의 식물, 그리고 돌멩이 따위의 광물과 달리 훨씬 능동적인, 움직이는 자연이다. 그러나 신기하게도 이시영의 동물은 역동적인, 거친 힘과 연관되지는 않는다. 제비들은 "두 발을 얌전히 오그리고 앉아" 있고 닭들은 "사뿐히 마당에 내려앉"는다. 염소를 끌고 가다 줄을 놓치는 할아버지 대신 "온 힘을 다해 할아버지를 끌고" 집으로 돌아가는 염소의 모습이 예외적으로 힘차게 보일 정도다. '즘생'이라는, 힘이 기대되는 동물을 제목으로 한 시에서도 고양이 한 마리의 에고이스틱한 모습이 그려져 있을 뿐이다. 그리하여 비록 동물이라고 하더라도, 그는 행동 대신 명상을 즐긴다. 예컨대 「늙은 오리의 명상」을 보게

된다.

> 오리는 아침부터 물 위에 떠서
> 바다가 젊은 바다를 밀고 가듯
> 조용히 자기 자신을 한번 밀고 가보는 것이다
>
> ──「늙은 오리의 명상」 전문

이시영의 시는 따라서 길이가 길 필요가 없다. 동물의 어떤 움직임을 가볍게, 짧게 스케치해도 거기에 동물의 일생을 함축하는, 그리하여 결국 생명의 기미를 포착하는 순간이 시화(詩化)되는 것이다. 생명의 귀중함을 통한 자연의 존중은 식물에 대한 깊은 관심과 애정에서도 마찬가지로 드러난다. 조용히 순간을 관조하는 시인의 기질은 오히려 이쪽에서 더욱 일체감을 일구어낸다.

> 나는 박꽃이 있는 여름 시골집이 좋았다
> 박꽃은 넝쿨을 타고 올라가 초가지붕 위에 커다란 박들을 굴렸다.
> 가을이 오면 저것들은 푹푹 삶아진 뒤 속이 텅 빈 바가지가 되어
> 겨우내 정지간 시렁 위에서 덩그렁덩그렁 울릴 것이다
>
> ──「박꽃」 전문

이 시는 역시 짧은 길이의 단시임에도 불구하고, 박의 긴 생명력을 노래함으로써 생명의 오묘함과 강인함, 그 질서를 드러내주는 탁월한 의미의 울림을 자랑한다. 보자. 박은 박꽃 넝쿨을 뻗쳐 박을 만든다. 여름에서 가을에 걸치는 성장과 성숙의 과정은 동물의 그 어떤 움직임보다 괄목할 만하다. 넝쿨이 뻗어나가는 모습, 그 얼마나 가관의 역동성을 보여주는가. 그렇게 도달한 가을날, 박은 아낌없이 그 내용물을 내

놓는다. 그 어느 헌신과 열매가 이와 같으랴. 그리고 마침내 박은 자기를 모두 비운다. 그러나 이 비움은 공허하지도 허무하지도 않다. 이 시의 백미를 이루는 마지막 행을 다시 한번 음미한다.

겨우내 정지간 시렁 위에서 덩그렁덩그렁 울릴 것이다

농가에서 흔히 휴업, 폐업, 동면의 계절로 이야기되는 겨울이 여기서 깊은 아름다움으로 살아난다. 그 아름다움은 "덩그렁덩그렁"거리는 '울림' 속에서 싱싱하게 살아난다. 속이 빈 박의 소리는 실제로도 텅 빈 울림을 갖는데, 시인은 바로 그 울림을 "덩그렁덩그렁"으로 표현한 것이다. 시인이 울려주는 그 소리는 박을 통해 모든 사람들의 귀와 마음을 풍성하게 채워주는데, 게다가 그 놓여 있는 곳이 바로 정주간 시렁 '위'라고 하지 않는가. 그곳은 바로 밥이 만들어지는 곳, 사람들의 생명을 뒷받침해주는 경건한 장소이다. 이 짧은 시의 촌스러운 울림이 담고 있는 엄중한 메시지가 문득 우리 모두를 일순 심각하게 뒤돌아보게 하는 이유다. 이처럼 박과 같은 식물을 통해서 주는 시적 교감의 감동은 시집 구석구석에 은밀하게 배어 있는데, 가령 다음과 같은 물음 형태를 통해 우리를 깊은 사유로 이끌기도 한다.

봄면댁 안마당에 살구꽃 피었다.
누가 있어 살구꽃 줍나?
봄면댁 뒷마당에 복사꽃 피었다
누가 있어 그 복사꽃 줍나?

─「봄면댁」 전문

목화밭 사잇길로 걸었네

가지 않은 길

목화밭 사잇길로 걸었네

아직 오지 않은 길

목화밭 사잇길로 걸었네

끝내 사라지지 않을 길

—「목화밭」 전문

「봄면댁」에 나와 있는 풍경은 살구꽃과 복사꽃이 봄면댁이라는 집 마당(안마당 혹은 뒷마당)에 피어 있는 것이다. 그것은 그저 그림과도 같다. 그러나 이때 소중한 것은 화가에게 그렇듯이 시인에게도 그 모습이 포착되었다는 점, 그리고 그 순간이다. 자연은 달라지지 않았으나 현대인의 눈에서 그 자연은 얼마나 빠른 속도로 사라져왔는가. 이시영의 눈에서 그 자연은 이 순간을 통하여 살아 있다. 특이하다고 할 것은, 그 순간을 소유하지 못한 인간을 시인이 호출하고 있다는 점이다. 시인은 묻는다. "누가 있어 살구꽃 줍나?" "누가 있어 그 복사꽃 줍나?"

"누가"는 물론 인간 아니겠는가. 여기서 "누가"는 '없는 인간'이다. 자연 앞에서 부재의 형태로 존재하는 인간은 시인에 의해 실재하는 인간으로 되살아날 것을 재촉받는다. 부재의 한탄이자 실재를 향한 조용한 외침이다. 살구꽃이나 복사꽃을 줍는 인간은 거의 없어졌지만, 시인 이시영에 의해 그 부활의 가능성이 이제 살짝 엿보이게 된 것이다. 그 가능성은 언제나 괜찮은 시를 통해 열린다는 것을 여기서 알게 된다. 두번째 시 「목화밭」도, 거창하게 말한다면, 비슷한 세계관 위에 있다. 이 시에서 시적 화자는 "목화밭 사잇길로 걸었네"라고 당당하게 자연과의 동행을 표명한다. 아무도 "가지 않은 길"을 걸었다는 진술에서 시인의 의연함이 드러난다. "아직 오지 않은 길"이라거나, 마지막 행 "끝내 사라지지 않을 길"이라는 단호한 표현은 시적 애매모호성마저 거부하는 자연과의 악수가 든든해 보인다. 시적인 서정이 좀 부족한가? 아니다. 그러한 시적 배려는 목화밭 '사잇길'이라는 처음부터의, 그리고 반복되는 3행의 운율을 통해 충분히 자연스럽게 그려진다. '사잇길'은 목화밭 자체가 아니라, 자연과 인간과의 '사잇길'이라는 겹치는 뜻, 즉 중의성을 내포한다. 원숙한 중진 시인의 경지가 슬쩍 비치는 아름다운 배치다. 이런 의미에서 시인이 아예 제외되고 오리의 세계가 그려지고 있는 두 편의 시 「호수」와 「늙은 오리의 명상」은 절대시(絶對詩)[1]에 가까운 수작이라고 할 만하다.

> 작은 새끼 오리 한 마리가 잠수하면서 일으키는 물결무늬가
> 이처럼 드넓고 둥글게 퍼져나가니
> 이따만 한 우주가 품을 벌려서 그들을 꼬옥 안을 수밖에
>
> ─「호수」 전문

「호수」와 「늙은 오리의 명상」 두 편이 모두 오리를 관찰하면서 씌어진 작품인데, 첫번째 시는 물결을 일으키는 오리의 아름다움과 능력에 대한 것이며, 두번째 시는 오리의 자기 성찰에 대한 시인의 관조이다. 공통된 것은 오리라는 동물이 지닌 자율적인 세계를 시인이 조용한 놀라움으로 확인하고 있다는 사실이다. 물결무늬의 아름다움을 묘사하면서 시인은 "우주가 품을 벌려서 그들을 꼬옥 안"는다고 오리의 안과 밖을 예찬한다. 오리로 표상되는 자연의 위대함이 충분한 그 이유를 밝혀 보여준다.

---

1 '아무에게도 향하지 않는 시'라는 뜻의, 20세기 전반 일부 독일 표현주의 시인들의 시.

2

　상실된 자연의 순수성을 조용히 그리워하고, 그리하여 담백하게 그 모습을 그리고 있는 이시영의 시를 '정태적인 물상의 풍경'이라고 간단하게 칭송하고 지나가면 많은 부분을 놓치게 된다. 그의 시에는 무엇보다 역사의 왜곡과 허위에 대한 적발이 있고, 고단한 삶과 인생에 대한 달관의 유머와 풍자가 있다. 그렇기에 그의 시는 자연과 문명의 대립, 역사의 부조리에 대한 통한과 같은 무거운 주제를 다룰 경우에도 결코 그것이 무겁지 않게, 슬프고 비탄스럽지 않은 울림을 잔잔하게 던진다. 그것이 슬프다. 가령 「참새네 가족」「게 장수들이란 참!」「납품업자들!」 등을 읽으면 인생의 깊은 바닥을 거쳐 나온 해학의 목소리가 우리를 문득 경건하게 한다. 가령 「참새네 가족」은 그 한 편이 짧은 우화다.

　　　　아기 참새 세 마리가 날벌레 한 마리를 잡아 서로 제 것이라고 우기며 다투다가 그것마저 휑하니 하늘로 날려버리고는 언제 그런 일이 있었냐는 듯 열심히 고개를 주억거리며 마른땅을 쪼고 있는 강변의 오후

　　　　　　　　　　　　　　　　　　　　—「참새 네 가족」 전문

　짧은 서사를 지니고 있는 이 시는 시적 관찰자와 대상의 주체화, 그리고 간명하게 묘사하고 진행하는 시적 어법(이른바 포에틱 딕션poetic diction)이 어울려 가슴 찌르는 한 폭의 서정성을 완성하고 있다. 참새 세 마리가 날벌레 한 마리를 놓고 서로 제 것이라고 다투는 모습—다투는 것인지 어찌 알겠는가. 시적 관찰자가 된 시적 화자의 생각일 뿐이다. 그러나 그러한 관찰자의 판단과 묘사에 독자들은 슬그머니 동화

된다. 이른바 객관의 주관적 이행이다. 그사이 날벌레는 휭하니 날아가 버리고 참새들은 마른땅만을 쪼고 있을 뿐이다. 어느 강변의 오후 풍경이다. 아무 일도 없었다는 듯 조용하게 지나간 순간의 자연은, 그러나 엄청난 교훈을 던져준다. 무심한 듯한 정력학(靜力學)의 세계에 담긴 고요한 싸움, 그리고 무위의 모습으로 그려진 동력학(動力學)이 보여주는 강한 암시의 교훈. 이시영의 이 에피그램epigram의 기법은 가벼우면서도 무섭다. 아도르노가 말하는 진지함ernst의 가벼운leicht 초월이 거기에 있다.

「게 장수들이란 참!」이란 시도 재미있다. 재미 속에 숨어 있는 시퍼런 교훈의 엄중함. 그 교훈을 감추고 표면에서 왕래하는 시의 재미. 두 가지 능력을 함께, 짧게 운행하고 있는 시인의 유머 정신이 놀랍다.

> 연평 근해에서 잡혀 온 앞발 없는 꽃게 둘이 무거운 투구를 등에 인 채 너른 수족관 안을 천천히 옆으로 이동하는데, 이마에 뿔처럼 돋은 두 눈빛만은 겨울 바다처럼 쌩쌩하여 흐릿한 아침을 시퍼렇게 비추다.
>
> ──「게 장수들이란 참!」 전문

이 시의 요체는 제목에 있다. 내용에는 한 군데에도 언급되지 않은 게 장수들을 향하여 왜 시인은 혀를 차고 있을까. 앞발이 부러진 채 잡혀온 게들의 두 눈빛이 쌩쌩한 것을 보고 시인은 문득 전율을 느꼈던 것이 아닐까. 그 전율은, 가깝게는 생명 무시를 다반사로 하는 우리네 식생활과 환경을 백안시하는 오랜 악습으로부터 나온 것이리라. 그러나 더 근원적으로 나아가보면, 「참새네 가족」에서처럼, 인생에 대한 진지한 경구가 거기에 담겨 있다. 인간은 얼마나 자주 멀쩡한 생명에 대해서 주검의 칼날을 휘두르는가. 식생활을 포함한 우리의 일상이 사실상 그 같은 폭력으로부터 유래하고 있지 않은가. 산 채로 잡혀 온 게들을 보면서 "이마에 뿔처럼 돋은 두 눈빛만은 겨울 바다처럼 쌩쌩하여 흐릿한 아침을 시퍼렇게 비추다"라고 묘사한 시인의 눈을 떠올리지 않을 수 없다. 이와 더불어 "게 장수들이란 참!" 하고 힐난과 개탄의 음성을 뱉은 시인을 향하여 나는 오히려 "시인 이시영이란 참!" 하고 찬탄의 경의를 표하고 싶다.

그러나 역시 이시영 시의 본질은 자연과 사람의 친화에 있고, 이 점은 오늘날 자연을 희화화하고 파괴하는 새로운 시의 경향들이 주목하고 반성해야 할 중요한 지점임을 강조하고 싶다. 시집을 열면 만나게 되는 첫 작품 「누님을 생각함」을 보자.

> 누님은 잘 계시는지 몰라
> 우리 둘 이복이지만 동복보다 더 가까웠던 60년
> 전주 덕진 수목장 햇볕 잘 드는 언덕에 90 평생 외로웠던 뺨 대고 고이 누우셨으니
> 오늘 밤 별빛도 그 뺨에 사뿐 내리리
>
> ─「누님을 생각함」 전문

자연스럽게 두 대목이 눈길을 끈다. 하나는 이복, 동복 가리지 않고 가깝게 지냈던 남매의 정. 그것은 인간적 정이기도 하지만, 시와 문학의 세계가 펼쳐주는 공감과 통일의 유대이기도 하다. 이시영의 시에는 서로 다른 요소들의 내재에도 불구하고, 이처럼 공감과 통일로 하나되는 장면이 많이 나온다(이에 대해서는 곧 다시 살펴보겠다). 다른 한 대목은 자연과 사람의 친화를 보여주는 끝부분, "오늘 밤 별빛도 그 뺨에 사뿐 내리리"라는 곳이다. 시인은 순수가 상실된 것들, 그중에서도

자연의 회복을 강조했던 만큼 여기서도 자연과 사람, 양자의 친화라는 측면에서 다시 주목될 필요가 있다.

자, 이제 공감과 통일에 대해서 관심을 돌려보자. 이복과 동복을 한 형제라는 범주 안에서 자연스럽게 껴안는 시인의 통합감각은 세상살이의 모든 면에서 두루두루 적용된다. 가장 넓은 차원에서 자연과 사람이 하나되는 모습은 지금껏 보아온 바와 같거니와, 이념과 종교의 차원에서도 시인은 그냥 경계를 넘어 그저 무념하게 걸어가거나 바라본다.

> 그런데 가만히 팔짱을 끼고 있던 김훈이 갑자기 생각났다는 듯 남대현을 향해 "정릉천 쪽에 있던 돈암탕 알아요?"하고 물으니 남대현이 "그 동네에서 제일 높던 빨간 굴뚝?"하며 반색을 하는 것이었다. 둘은 그날 밤 삼지연 매점 안 들쭉 술을 다 마셔버려 [……]
> ─「돈암탕」부분

남과 북의 문인들이 만나던 때의 한 장면을 이시영은 이런 식으로 포착하고 묘사한다. 「KTX에서」속 할아버지와 염소가 서로 끌고 끌려가는 장면과 다를 바 없다. 여기에는 공존, 화해, 통합 등의 단어가 아예 씌어지지도 않는다. 다소 원시적이며 원향적(原鄕的)인 감성 안에서 대조적이며 이질적인 두 상황이나 요소가 슬그머니 하나가 되는 것. 이시영 나름의 능력인데, 거기에는 원래의 심성 위에 통합의 강한 소망이 숨겨져 있다고 보아야 할 것이다. 이질성을 동화시킴으로써 통일의 화평을 지향하는 마음은 종교의 영역에서도 부드럽게 나타난다. 다소 뜻밖이다.

> 채플 시간에 뒷자리에 앉아 토익 책을 펼쳐놓고 열심히 밑줄을

굿고 있었다. 바로 그때 목사님께서 다가와 말씀하셨다고 한다. "하
나님 말씀도 좀 듣고 공부해야 하지 않겠나?" [……] "아저씨는 누
구신데요?" [……] 목사님이 가만히 말씀하셨다고 한다. "아, 나는
오늘 하나님께서 주신 아침밥 먹고 그 밥값 하러 온 사람일세!"

———「아저씨」 부분

아내의 방 책상 위에 A4 용지 크기의 코팅된 글씨가 세워져 있다.
"할렐루야 하나님 감사!"
"구원해줘요, 나 갈게."
몇 년 전 일찍 세상을 뜬 상태가, 임종 직전 수녀인 동생 상숙과
나눈 대화다.
너무 짧다.

———「너무 짧다」 전문

해쓱한 얼굴들이 신호를 기다리는 국립암센터 교차로
한 정숙한 어머니가 두터운 성경책을 들고 전도하고 있었다.
"하나님을 믿으면 천국으로 인도하십니다."
길을 건너다 말고 나는 그 분의 너무도 선한 얼굴을 똑바로 쳐다
보았다.

———「쳐다보다」 전문

드물게도 이 시집에는 기독교와 관계된 세 편의 시가 있다. 그러나
이 시들은 기독교 신앙의 어느 부분을 다루고 있지 않고, 물론 그에 대
한 찬반의 논의로 개입하지도 않는다. 그러면서도 특이한 것은 기독교
신자나 교역자들에게 따뜻한 시선을 보내고 있다는 사실이다. 이 점은
우리 문학이 종교, 특히 기독교에 대체로 우호적이지 않다는 관습을

고려할 때 이례적이다. 나로서는 이 역시 공감과 통일이라는 이시영의 시학이 보여주는 관용의 소산이라는 관점에서 주목하고 싶다. 가령 시 「아저씨」에서 목사가 자신을 하나님 주신 밥 먹고 밥값하러 나왔다고 대답하는 융숭함이라니— 그 융숭함은 일반적으로 목회자의 언행을 도그마틱한 것으로 바라보기 일쑤인 교회에 대한 시선을 넘어서는, 따뜻한 관대함이 지닌 넉넉한 시심이다. 시는 여기서 목회자와 일반인, 종교와 대중이 필경 하나임을 말해주는데, 과연 그의 시의 푸근한 영역이다.

두번째 시에도 기독교에 대한 수용과 아쉬움의 양가감정이 거부감 없이 녹아 있다. 아내, 상태, 상숙, 세 사람의 가족이 모두 기독교인임을 소개하면서 "너무 짧다"는 마지막 시행을 통해 그들의 대화가 짧다는 것인지 인생이 짧다는 것인지 혹은 통합의 순간이 짧다는 것인지 불분명한 대로 그 메시지의 긍정적 수용을 보여준다. 그런가 하면 세번째 시에서 노상 전도하는 여인을 가리켜 "너무도 선한 얼굴을 똑바로 쳐다보았다"고 적고 있는 시인의 모습은 그야말로 너무도 선해 보인다. 기독교와 관계된 그의 이러한 관용 또한 세속과 종교의 화해라는 차원에서 주목되며, 더 넓게는 자연과 사람의 하나됨이라는 이시영 시의 본질적 틀에서도 이해된다.

서정시는 그 본질이 추억Erinnerung에 있다는 E. 슈타이거의 시론이 있지만, 이시영 시의 많은 부분은 추억, 혹은 기억을 그린다. 그러나 그 추억은 그곳으로 함몰되는 퇴영이 아닌, 현재성의 모티프와 에너지가 되는 서정성으로 연결되는 힘이다. 이시영은 이러한 힘을 동양적인 감수성의 바탕 위에서 행한다. 시 안에서 모든 경계가 스르르 없어지고 있다는 점에서 동양적이지만, 현재성으로 스스로 부각되고 있다는 점에서 신선하다. 때로 옛이야기, 그와 결부된 장소나 물건이 길게 설명되는 경우가 있으나, 추억이 유발한 불가피한 현상일 수 있다(지나친 서사로 흐르는 일은 경계될 필요가 있다). 병들고 아픈 역사적 상처의 내상과 시인 자신의 그것을 말없이 함께 포개어가면서 반세기 넘게 조용히 시업에 매진해온 이시영 시인의 원숙은 우리 민족 서정시의 전통 위에서 이룩된 의미 있는 성취임이 분명하다.

[이시영 시집 『나비가 돌아왔다』 해설, 문학과지성사, 2021]

가벼운 시를 위하여, 그 꿈
―강문숙 시집 『나비, 참을 수 없이 무거운』

　　이젠 원로의 반열에 들어선 이시영 시인의 시집 『나비가 돌아왔다』(문학과지성사, 2021)의 해설을 이제 막 쓰려고 하는 마당에 강문숙 시인의 시집 『나비, 참을 수 없이 무거운』(천년의시작, 2021) 해설 의뢰가 들어왔다. 갑자기 웬 나비 두 마리? 이시영에 대한 해설은 30여 년 만에 두번째인데, 강 시인은 30여 년 만에 처음이다. 집필 중인 책도 있어서 사양할까 했는데 1991년, 1993년 두 번에 걸쳐 강 시인이 등단할 때 하필 두 번 모두 내가 심사석에 있었다니, 그 우연이 그야말로 참을 수 없는 존재의 무거움으로 다가왔고 결국 그의 근작들을 읽어보게 되었다. 어차피 그동안 그의 시 농사가 궁금하기도 하던 터였다.

1

　　강문숙의 이번 시집은 치열하고, 다소 과격한 느낌마저 준다. 몸의 상처, 마음의 상처, 결핍감, 정의로움의 감각 등등은 모든 시인의 운명적 자산이겠지만 이즈음의 강문숙에게 있어서 그것들은 꽤 커 보인다. 게다가 매우 왕성한 에너지까지 느껴진다. 젊은 날의 희망을 노래하고 생명의 따뜻함을 어루만졌던 시인, 장년에 들면서 그 호흡이 거칠어

진 까닭이 무엇일까. 연륜 가운데 단련된 강인함인가, 절망적인 세계를
향한 비극적인 메시지인가. 다소 처연한 마음으로 전 4부에 걸쳐 있는
적잖은 작품들을 일별해본다. 시집 첫 작품부터 심상치 않다.

> 작아서 온몸인 것들의
> 저 치열함이
> 세상 모든 문들을 열고 닫는다
>
> 똑, 딱, 단호한 절규가
> 가슴마다 결연하게 박혀 있어서
> 온몸이 온 입인 채
> 날개도 없는 몸짓이 일생인 채
> 모순의 접점에서 하나가 된다
>
> ─「단추」 부분

　단추의 운명을 그린 시인데, 작은 크기로 주목받지도 못하면서 의
외로 중요한 일을 담당하고 있는 단추! 재미있는 시다. 그러나 여기
서 그 분위기는 사뭇 비장하다. 제대로 기능을 발휘해야 옷을 입고 벗
을 수 있으니 단추는 만만찮은 역할을 하고 있는 것이 분명하다. 그러
나 대뜸 "저 치열함이/세상 모든 문들을 열고 닫는다"고 시의 문을 열
어버림으로써 뒤에 올 전개를 기대 반, 불안 반으로 숨죽여 기다리게
한다. 아니나 다를까. 한 행 건너 다음 행은 바로 "똑, 딱, 단호한 절규
가/가슴마다 결연하게 박혀 있"는 것으로 묘사되는데, 그 모습은 묘사
라기보다 시인이 '박는' 망치질에 가까운 금속성의 이미지를 강하게 그
려낸다. 시인에게 단추는 왜 이렇게 차갑고 단단한 물질로 다가왔을까.
……그는 어지럽기 때문이다.

가만 있어도 이가 딱딱 부딪히는
엄동설한, 봄이 오길 기다리듯
간절하게
얼어붙은 우주의 옷깃을 잠근다

하루에도 몇 번씩 열고 닫아야 하는 것들로
나는 어지럼증을 달고 산다

—「단추」 부분

시는 끝난다. 단추를 끼웠다 풀었다 하는 일이, 요컨대 어지럽다는
것이다. 그러나 그 어지러움은 단추 자신의 증상이기도 하다. 단추는
시의 대상이자 시적 자아이기도 한 것이다. 가장 건강한 것은 병들어
있는 것이라는 말은 토마스 만Thomas Mann이 했던가. 강문숙 시인도
몸이 아픈 것 같다. 그럴 수밖에 더 있겠는가. 타락하고 오염된 세상,
그 속으로 외출하고자 옷 입고 단추 끼우는 일— 어찌 어지럽지 않고
그 속을 드나들 수 있겠는가. 그 어지러움은 세상 모든 문을 열고 닫는
단추의 것이기도 하다. 작은 것은 단추뿐만이 아니다. 시인 자신도 작
다. 이러한 자의식이 시인 스스로를 약간 공격적으로 방어하도록 하면
서, 그 행간에서 시를 생산해내는 것 같다. 그 과정은 어지럽다.

뭘까, 죽은 언어를 살리는 시인의 존재는
남들이 보면 세상 쓸모없는 호작질이라 웃지만
맑은 이슬 속에서도 뼈를 찾고
풀잎 속에도 칼이 있어 파란 피를 보고 말 것이라는

가벼운 시를 위하여, 그 꿈   273

부서지지 않고 온전히 제 몸으로 솟아올라

향기를 만들어내는 투명하고 붉은 것

작아서 온몸인 저 말들에게

나는 미안하다 미안하다 오래 울고 있겠다

—「작아서 온몸인」 부분

  맑은 이슬 → 뼈, 풀잎 → 칼로 이어지는 시의 생산 과정에 강문숙의 시적 상상력이 있는데, 그 형태는 날카로운 물질, 혹은 육체적인 모습을 띤다. 따라서 그 상상력은 은밀하게 잠복해 있다기보다는 삐쭉한 돌출의 지향성을 지니면서 시적 표현을 찾아 움직인다. 상상력을 형성하는 물상 전체("온전히 제 몸으로 솟아"오른다고 하지 않는가)를 담을 수 있는 시의 언어 찾기며, 따라서 그 모습은 전면적이다("마침표를 찍은 어떤 생이/다시 한 우주를 밀어 올리느라"「씨앗」). 그 형태가 전면적인 상상력을 통해 표현의 욕구를 나타낼 때에도 도저히 '어지럽지' 않을 수 없어 보인다. 거의 모든 시는 이러한 경험의 소산이고, 시인은 그 아픔의 과정을 거쳐 간다. 강문숙의 경우 그 음성은 다소 강하지만 비극적인 메시지의 울림만을 지녔다고 할 수는 없다. 그러나 메시지가 향하고 있는 이 세상은, 많은 시인이 바라볼 때에 절망적인 것이 현실이다. 강 시인의 시는 바로 이 절망적 세상에서 절망하지 않고자 하는 소망의 신음이자 향기다. 절망과 향기 사이의 거리는 이때 단련된 강인함의 거리를 포함한다. 마침내 시인은 4부 끝의 시에서 이렇게 적는다.

  당신은 도대체가 벽이야!

  벽이 벽에게 소리친다

벽은 벽에게 부딪친다

[……]

벽이 벽으로 젖는다

그 벽들의 틈새를 비집고 올라오는 풀잎 하나

그게 바로 나의 시였다

─「풀잎, 또는 벽」 부분

　결국 30여 년간의 세월과 내공을 시인은 '공부(鞏斧)'라는 말로 드러
냄으로써 자신의 아픔은 물론, 그것이 지닌 시의 의미와 그 축적을 보
여준다. 여기서의 공부란, 시 「공부」가 말해주듯 "공부란, 배워서 익히
는 기특한 것이 아니라/도끼 구멍 속에서 두려움에 떨던 내 몸"이다.
절망적인 세상을 가리키는 하나의 벽을 마주하는 또 다른 벽인 나, 그
것이 시적 화자이다. 화자이자 자아인 시인은 벽이 되어 벽에 부딪친
다. 아플 수밖에 없고 강인한 울림이 배어 나올 수밖에 없다. "벽이 벽
으로 젖는" 상황이 마침내 다가오고 '풀잎 하나, 그 벽들 틈새에서 솟
아난'다. 1부 첫 시에서 4부 마지막 시가 이렇게 연결되면서 "책을 덮
는다, 나는 이제 일생을 다 살아버렸다"고 시인은 「에필로그」를 통해
비장한 선언을 한다. 그 선언은, 그러나 논리적이기는 하지만 시적이지
는 않다. 시인은 훨씬 음험하게 숨어야 한다.

강문숙의 시에는 흥미 있는 장치가 있다. 「눈보라, 가학적인」「당신, 이라는 도시」「병원,이라는 도서관」 등처럼 많은 시의 제목들이 '~,이라는~' 식으로 끊어져 있다는 점이다. 어떤 명사를 내세우면서 그것을 수식하는 관형어를 뒤로 돌리거나, 세칭 '~하다'는 식으로 개념이나 사물에 의심을 던지는 수법을 즐기는 것인데, 이는 시의 논리성을 완화시키는 재미를 줄 수 있다. 시인은 확신의 선포자라기보다 느낌의 창조주 아닌가. 그런 의미에서 「혼잣말이 늘었다」 같은 시는 시의 새로운 개안을 보여주면서 이 같은 흥미를 이끄는 전환점이 될 수도 있다. 코로나 팬데믹이 주는 뜻밖의 선물일까. 모든 것이 불분명해진 세상을 향한 시니시즘의 냄새도 난다.

> 나는 슬픔을 경작하던 땅 몇 평에
> 작은 씨앗을 던져 넣기 시작했다
>
> [……]
>
> 눈 뜨자마자 마당에 나와
> 이름만 불러도 시가 되는 작은 풀꽃들에게
> 간밤의 안부를 묻고
> 사랑의 온도를 재고
> 투정어린 잔소리까지 덤으로 얹으니
> 나날들은 얼룩을 조금씩 지우며 강물처럼 흘러갔다
>
> 어느새 꽃들이 마당을 지배하기 시작했고

사전처럼 불룩해진 나는 점점 혼잣말이 늘었다

—「혼잣말이 늘었다」 부분

그렇다. 시는 혼잣말인 것을, 이제 시인은 알아차렸다. 이 깨달음을 통해서 시인은 외롭지 않게 된다. 더 정확히 말한다면, 언어를 파트너로 하는 풍성한 고독의 잔치를 벌이게 된다. 강문숙이 "사전처럼 불룩해진 나는 점점 혼잣말이 늘었다"고 고백했을 때, 그는 이 잔치의 초대자이자 불룩해진 사전의 편집자, 그 모든 것을 경영하는 시의 성, 그 성주가 된 것이다. 그 시인은 "나는 아직 당신이라는 도시의 시민이 아닌가 보다(「당신,이라는 도시」)" 하면서 섭섭해하지만, 사실상 그는 이미 그 도시의 입주민이다. 그 도시란 그가 도시 안 서쪽에 빌라 하나 임대하고 싶은, 그 안에서 물끄러미 바다를 보고 싶은, "희고 차가운 슬픔"의 도시, 즉 시의 성이다. 시인은 그 도시를 '당신,이라는 도시'로 부르는데, 이때 당신은 그리움의 호명이면서 현실적인 실체의 부재를 동시에 뜻한다. 그 도시는 없는 나라, 시의 나라이다.

'~,이라는~' 식의 제목은 그 자체로 개념화·보편화를 거부하면서, 다른 한편 사물과 개념에 대한 시니컬한 세계관을 내보여준다. 말하자면 시인은 '난 잘 모르지만 그렇대⋯⋯' 식의 태도를 나타내는 것으로서 부정이나 절망의 길 위에 있는 언설일 수 있지만, 세계관으로 말한다면, 본질적으로 시적이다. 왜냐하면 이러한 심리적 과정을 거쳐서 시가 혼잣말이라는 근본적인 인식에 도달할 수 있기 때문이다(그러나 빈번한 사용은 모든 클리셰의 사용이 그러하듯 바람직하지 않을 수 있다). 이 과정을 잘 보여주는 시가 「의심은 나의 힘」이다.

어떤 다정한 목소리도 믿지 않는다. 어떤 숫자의 전화번호도 저장하지 않는다. 의심의 안테나를 세우고 내가 걸어가는 길도 믿지 않는다. 나는 나를 믿지 못한다. 나는 이제 나인가. 너는 정말 너인가.

[……]

나를 의심한 뒤로 모든 것이 잘 풀렸다. 의심은 나의 힘 나의 버
리지 못하는 외투
의심이라는 것은 절반은 나에게로부터 탈출하려는 의도와 나를
믿지 못하겠다는 불안감이 뒤섞인 몸부림이다.
—「의심은 나의 힘」 부분

사물의 정체와 그에 대한 자신의 느낌마저 회의하는 마음은 '혼잣말'
에 이르는 불가피한 길이리라. 거기에 시가 있고, 자신만의 언어가 있
다. 그러나 강 시인의 치열함에는 치열한 모티프가 있어 보인다. 시인
자신의 병에 이어, 최근에 찾아온 모친의 죽음은 삶과 죽음이라는 명
제에 큰 갈퀴를 남기고 지나간 듯하다. 시인이 이로부터 얼마나 큰 영
향을 받았는지는 병원을 도서관으로 부르는 데에서도 우선 엿보인다.

해가 뜨자 병들도 부스스 깨어난다. 링거병 달고 이리저리 간 밤
의 수치를 확인하려는 헐렁한 환자복 아래 발목들이 새파랗다

[……]

책을 펼친다, 두려움과 불안을 통째로 다 읽을 것만 같은 안구
하나 적출하다가 그만 미끄러져 굴러간다. 흘깃, 시선들이 등에 박
힌다. 누구나 아프지만 아무도 아프지 않은 병원이라는 도서관
—「병원,이라는 도서관」 부분

병원을 도서관이라고 생각한다든가 누구나 아프지만 아무도 아프지 않다는 인식은 병들어 있음을 건강이라고 말한 소설가의 고백만큼이나 인생에의 통달을 전해주는데, 여기서 시인은 바야흐로 시적 정진의 우듬지에 이른다. 밖의 현실을 묘사하고 거기서 사회적 모순과 구조의 핵심을 비판해내는 소설과 달리, 시는 자아라는 개인 속의 세계를 그려내면서 그 우주된 보편성을 보여준다. 이때 우주일 수 있는 보편은 대체 어떻게 그 속을 보여줄 것인가. 죽음의 끝까지 말해줄 수 있는 도저한 경험과 감성 아니겠는가. 강문숙이 병, 혹은 모친의 죽음을 통해 다다른 그 무거운 아픔의 경험은 역설로써 그의 시를 가볍게 할 수 있다. 그러나 아직 그의 시는 '참을 수 없이 무거운' 상태에 머물러 있다. 그 안타까운 정황은 이렇다.

> 하필 저 무거운 생이 나비라는 이름의 가벼움 앞에서 울지도 못할 때가 있는데 여름비가 채 그치지도 않은 꽃밭을 성급하게 날아다니는 나비를 바라보는 엄마의 염려가 거미줄에 분홍빛 물방울처럼 걸리는 것이었다
>
> ──「나비, 참을 수 없이 무거운」 부분

세 부분으로 나뉜 이 시는 첫 부분에, 가벼울 수밖에 없는 나비의 운명이 반드시 그렇지 않을 수도 있다는 중요한 시사를 담고 있다. "날갯짓의 무게는 참을 수 없이 무거운 것일지도 모른다"면서 시인은 엄마가 꽃밭 근처에도 못 가게 했음을 밝힌다. 다음 부분에서 나비는 가볍지 않고 오히려 무거워서 "나비의 근육이 [⋯⋯] 천천히 접혔다 펼쳐지는 [⋯⋯] 겨우 허공을 간섭하다가 끝내 꽃에게로 투신한다". 시인은 "여기서 그 순간의 고요함이란 가까스로 태풍의 눈 속에 들어가 먼

바다를 건너는 나비의 꿈이 시작되었다는 에두름"이라고 적어놓는데, 이 시집 전체의 은밀한 메시지가 함축되어 있는 중요하고 아름다운 대목으로 주목된다. 이 시의 모티프는 '엄마의 죽음'이며, 시인은 그 앞에서 존재의 절체절명한 모습에 직면한다. 모든 존재의 가열한 엄혹성을 휘발시키는 시의 힘이 가벼움에 있다면, 일순 삶과 죽음의 무거움 앞에 그것이 흔들리는 순간이 온다. 하기는, 삶과 죽음뿐이랴. 세상에는 숱한 무거운 명제가 깔려 있는데, 어디 나비가 가볍게 날 수 있겠는가. 나비의 꿈은 태풍의 눈 속에 들어가 먼 바다를 건너는 것. 우리는 모두 시인 강문숙과 함께 그 꿈을 꾼다── 나비의 꿈은 시인의 꿈이다.

강문숙 시인의 이 시집은 내게 잉게보르크 바하만Ingeborg Bachmann의 「유예된 시간」(1953)을 연상시킨다. "훨씬 모진 날들이 온다"로 시작되는 그의 시들과 강문숙은 거의 한 세기 가까운 거리를 두고 있지만, 그리고 대상이 된 절망의 세상이 안고 있는 어둠의 본질, 그 색깔이 다르지만 예언적 음색은 사뭇 비슷하게 들린다(특히 「눈보라, 가학적인」). 그러나 바하만이 나치의 폭압을 대상화한 것에 비해 강문숙의 그것은 다소 개인적이다. 그렇기에 강문숙의 나비는 보편성의 가벼움으로 다시 날아오를 수 있는 가능성과 잠재력을 지니고 있고, 또 그래야 하는 시적 필연성 앞에 서 있다. 때로 그 무거운 고통은 종교적 성화의 경험과 만나면서 승화와 지양의 순간을 갖기도 하는데 그 또한 소중한 문학적 초월과 비견된다.

> 가시를 껴안았더니 장미꽃이 피었구나
> 울고 있는데
> 가시관을 쓴 그의 이마에 흐르는 피
> 나를 들어 올린다

장미를 받아 적는 저 담장에

잠언처럼 가시가 박히는

붉은 정오의 聖所

—「가시의 경전」부분

  시가 가벼움의 힘이라는 전통적인 문화의 위력에 바탕을 두고 있다
면, 강문숙이 거쳐온 시적 고통의 과정과 경험은 우리 시의 뼈대를 더
욱 튼튼하게 하면서, 지금까지의 그 무거움은 이제 힘든 이 시의 땅 위
를 딛고 가볍게 이륙할 수 있을 것이다. 무거움이 기화되어서 피어오
르는 가벼움, 그 힘. 아름답고 풍성한 꽃들의 환송을 받으면서—

  [강문숙 시집『나비, 참을 수 없이 무거운』해설, 2021]

시와 몸의 비유
─금동원의 시집 『시 속의 애인』

1

『성의 역사 4─ 육체의 고백』(나남, 2019)이라는 책이 최근에 출간
되었다. 미셸 푸코의 저서인데 '육체의 고백'이라는 부제를 달고 있다.
이 책에 관한 소감을 물론 이 자리에서 말하고자 하는 것은 아닌데, 다
소 뜬금없이 이 책, 그것도 '육체의 고백'이라는 제목이 연상되었다. 육
체가 주체가 된, 육체가 말하는 고백이 그 뜻일 터인데, 이 시집의 어
느 부분이 그와 연관된 것일까. 시인 금동원에게서 그 관계는 시집 『시
속의 애인』(서정시학, 2020) 첫머리 〈달 항아리〉 연작에서 포착된다.

> 스며들면 스며들수록 부드러워진다
> 입자의 강렬한 엉킴은 집착처럼 느껴지다가
> 서로를 배려하는 연인처럼 다정하다
> 삶이란 적당히 서늘할 때 가장 원초적이고
> 안정적일 수 있다는 자각
>
> ─「달 항아리 1」 부분

태초에 하나님의 영은 수면 위를 운행하였다고 했던가. 수성설을 떠

올리는 구절로 시작되는 연작 1의 출발 부분이다. '스며든다'는 것은 분명 물, 혹은 액체일 것이며, "강렬한 엉킴"과 '적당히 서늘'함은 그것을 뒷받침한다. 지금 무엇을 향한 공작이 이루어지고 있음을 강력히 암시한다. 아마도 무엇이 창조되고 있지 않을까.

> 물과 섞여 차오르는 탄력으로
> 치대면 치댈수록 속에서부터 배어 나오는 물기
> 비밀스러운 샘물은
> 따로 함께의 정밀한 사랑 싸움이다

　연작 1은 '물을 품은 자'라는 소제목을 내걸고 이렇게 끝난다. 여기에는 이 시, 그리고 이 시인이 지향하는 세계의 방향이 간결하게 압축되어 있다. 그것은 창조를 향한 형성의 물질적 과정이며, 말을 바꾸면 몸 만들기라고 할 수 있다. 시인은 그것을 "따로 함께의 정밀한 사랑 싸움이"라고 부른다. 그러나 사태의 핵심은 그에 앞선 구절, 즉 "물과 섞여 차오르는 탄력" 그리고 "치대면 치댈수록 속에서부터 배어 나오는 물기"에 있다. 그것들은 모두 무엇인가를 만들어가는 물리적 힘이며, 그로 말미암아 생성되는 생물학적 성분이다. 요컨대 창조가 이루어지는 과정인데, 물 또는 '물을 품은 자'이다. 그것에 의해 '달 항아리'라는 육체가 탄생하는데, 시는 '달 항아리' 스스로 고백하는 자기 형성의 물질화 과정이라고 할 수 있다. 요약하면 '달 항아리'라는 육체의 자기 고백이다. 이 시가 성공할 수 있었다면, 그 과정의 객관적 묘사가 '달 항아리' 자신의 고백처럼 내면화될 수 있었다는 점에 있다. 그 솜씨는 훌륭하다. 아니, 그냥 솜씨를 넘어선 깊은 성숙의 샘에서 길어 올려진 풍미의 덕이라고 할 수 있을 것이다.
　이렇게 해서 이 시는 '2. 불을 품은 자'로 '3. 달을 품은 자'로 발전하고 이윽고 '달 항아리'라는 거대한 육체를 완성시킨다. 그 완성은 아름답지만 과정은 비극적이다. 모든 제조와 형성이 그렇듯이 눈에 보이고 손으로 만져지는 물질인 육체는 아픔과 고통을 수반하기 때문이다. 시인은 말한다.

2. 불을 품은 자

> 물이 있어야 완성되는 비극
> 홀로 설 수 없는
> 아픔과 고통의 불지옥 속에서
> 생명을 얻고 끝까지 살아남아
> 뜨거움을 품어야 하는 운명

물과 불이 섞여서 고통을 견딤으로써 태어나는 생명체─육체의 현신이 '달 항아리'다. 뒤를 이어서 이 시는 고통과 인내의 결실이 보여주는 새로운 물질의 출생을 이렇게 말한다.

> 온몸의 더운 피가 진액으로 녹아나
> 흘러내린 절망의 눈물이 말라갈 때쯤
> 그들은 서로를 받아들이며 단단해진다
> [……]
> 물과 불이 일구어낸 쓸쓸한 환희의 완성이다

완성은 고통과 인내만으로 이루어지지 않는다. 고통과 인내 끝에 물과 불이 만약 서로 튕겨버린다면? 거기엔 다만 파국만이 있을 뿐이다. 완성은 그러므로 반드시 상호 수용을 필요로 한다. "서로를 받아들이며 단단해진다"는 고백은 여기서 완성된 육체가 내놓는 최대의 자랑이 된다. 다소 쑥스럽고, 다소 진부하지만 '찬란하게 빛나는 자랑스러운 명예'/'담담하고 우아한 승리'는 아무리 뽐내어도 비난받을 수 없는 진리의 누설이다. 그리하여 이 시는 마지막 부분 '3. 달을 품은 자'에 도달한다.

> 물과 불의 눈물이 섞인
> 단 하룻밤의 불구덩 화염 속에서
> 잉태와 탄생의 주문을 건다
> 재를 품고 새 생명으로 다시 태어난
> 고결하고 희뿌연 달은
> 하늘을 품고서야 단아한 달 항아리로 승천한다

"단아한 달 항아리"란 말할 나위 없이 백자를 가리키며, 지금까지 묘사·서술되어온 물과 불의 싸움과 화해는 그 빚는 과정의 이름이리라. 이때 결과로써 주목되어야 할 대목은 가장 끝 구절, "하늘을 품고서야 단아한 달 항아리로 승천한다"는 부분이다. 물이 스며들어 질료들이 부드럽게 다루어지고, 알맞은 불의 화염이 그것을 익히는 시간의 작업이 이루어질 때, 시인은 거기에 "하늘을 품고서야 [……]"라는 마지막 단서를 붙인다. 그렇다면 대저 하늘은 언제 어떻게 품는가. 하늘을 품는 행위는 앞의 순서, 혹은 과정과도 같은 별도의 거룩한 행위인가. 아니다. 그것은 물과 불이 얽혀서 함께 하는 '정밀한 사랑싸움'(1), '쓸쓸한 환희의 완성'(2), '잉태와 탄생의 주문'(3)을 통칭한다. 오직 인간의 힘만으로는 이룰 수 없는, 인간 바깥의 새 생명이 안고 있는 고통과 환희의 세계이다.

〈달 항아리〉 연작시는 총 8편으로 되어 있다. 그 전체가 '달 항아리'라는 육체를 빚어 탄생시키는 과정을 고백의 형식으로 그려내고 있는

시와 몸의 비유   285

데, 부드러우면서도 고통스러운 모순의 모습이 흥미롭다. 마치 푸코가 예리하게 발견하고 진술하였듯이 육체는 그 스스로 쾌락의 즐거움을 지니면서도 고통스러운 압력을 받는다. 예컨대 이렇다.

> 물이 닿아야만 당신은 부드러워진다
> 소라 모양으로 천천히 눌러 비틀 때마다
> 빈틈없는 결속에 억눌렸던 아우성들이
> 숨구멍을 뚫고 터져 나온다
>
> ——「달 항아리 2」 부분

부드러운 육체가 고통스러운 억압을 만남으로써 완성으로 간다는 역설! 그러나 이때 가해지는 억압은 결과적으로 '정교한 힘'으로 명명된다. 그럼으로써 '삶은 어느새 완성된 한 덩어리의 반죽'이 된다. 금동원의 시 세계를 잘 보여주는 '달 항아리'는 이처럼 물질인 육체를 만들어가면서, 그 육체가 살아 움직이는 생명체로서 발언하는 일종의 알레고리적 방법을 보여준다. 그 물질과 생명의 경계에 말하자면 고개(嶺)가 있는데, 〈달 항아리〉 연작에서 그것이 '반죽'이다.

'반죽'은 저절로 이루어지지 않는다. 흙덩이와 같은 질료가 물론 필요하지만 '둥근 원판 물레'와 같은 기구도 절대로 긴요하다. 또한 그 기구를 사용하는 기술 역시 반드시 갖추어져야 그 고개에 오를 수 있다. 이 같은 요소들은 물리적으로도 필요조건이지만, 거기엔 그것을 장악하는 정신이 선행되어야 한다. 시인은 그것을 '놀이spielen' 정신이라고 말한다.

> 속도를 줄여라
> 물을 발라 숨통을 열자

부드럽지만 넘치지 않게
온몸으로 버티며 공평하게 힘을 주자
무너지지 않게 허리를 감싸 안고
매끄럽게 끌어 올리고 슬그머니 내리누르며
힘의 벅찬 소리도 여유 있게

믿어야만 가능한 균형이야
버티지 말고 나에게 모든 걸 맡겨봐
불신의 흙기둥은 비딱하게 균형을 잃고
확신의 흙기둥은 비참하게 무너져 내린다

한숨 소리가 정체를 물을 것이다
이걸 왜 하냐고
누구를 위해 무엇을 위해 가는 길이냐고
그냥 살다 보면 알게 될 거야
그러니 물레야, 제발 놀자

—「달 항아리 3」 부분

　'놀이'는 시를 포함한 예술의 중심 개념이다. 과잉으로 떨어질 때 그
것은 키치kitsch가 되지만 놀이 없이 예술은 성립하지 않는다. 물론 그
맞은편에 있다고 할 수 있는 '진지ernst' 또한 예술의 또 다른 중심 개
념이지만, 둘은 균형을 통해 조화를 이룬다. 바람직한 순간과 지점은,
놀이를 기법으로 한 진지함의 획득이라는 정신의 형성 과정이 아닐까.
〈달 항아리〉 연작은 이런 면에서 시의 모범을 구현한다. 둥근 판 모양
물레에 흙덩이를 넣고, 물을 뿌리며 돌리는 작업이 온통 고통스럽기만
하다면 항아리는 과연 완성될까. "무너지지 않게 허리를 감싸 안"는 맛

과 "매끄럽게 끌어 올리고 슬그머니 내리누르는" 멋이 있을 때, 물레 돌리기는 한결 손쉬운 속도감과 균형감으로 완성을 향해 달려갈 것이다. 그것은 놀이다. 아니, '놀이'라고 부르고 싶은 시인과 더불어 놀이가 된다.

금동원 시인에게는 육체를 시라고 생각하는 철학 비슷한 게 있다. 둘 다 시인이 만들어간다는 생각 때문에 나온 게 아닌가 싶은데 「달 항아리 4」와 「달 항아리 8」은 그것을 선명하게 보여준다.

> 완성을 향해 치솟고 싶은
> 탐욕의 힘을 누르고
> 정교한 균형의 미를 외면한 채
> 찰진 흙덩어리를 무지의 힘으로 납작하게 눌러준다
> 펼쳐놓은 욕망의 몸들
> 둔탁하고 도톰한 형태로 남은 흔적은 욕망의 입술
> 부드럽고 건강한 달에게 입맞춤하며
> 나는 그것을 아름다운 욕망접시라고 부르고 싶다
> ──「달 항아리 4」 부분

이 시에서 육체는 물론 '달 항아리'인데 그것은 욕망에 의해 형성되는 물질 아닌 물질이다. 물질이라는 최초의 인식은 그것이 흙덩이, 혹은 물과 결합된 흙덩이라는 평범한 사실 위에 기초한다. 그러나 곧 그 대상에 시인의 욕망이 투사되면서 물질은 아연 육체로 변화되기 시작한다. 시인은 그 출발점을 '텍스트'라고 말하는데, 그것은 시인이 재빨리 그려놓은 머릿속의 그림이다. 위의 시 전반부에서 이미 시는 그렇게 시작된다.

언제나 시작은 텍스트야
정당한 무게와 논리적인 형태를 유지해야 마땅하다
비틀림을 풀고
마음의 중심을 잡고
흔들리지 않을 때까지

　아, 시인의 욕망은 파괴와 질주가 아닌 텍스트였던 것이다. "정당한 무게" "논리적인 형태" "마음의 중심"과 같은 지극히 고전적인 로고스의 틀을 만들고자 하는 욕망이었다. 시인 스스로의 표현을 빌리자면 '우아하게 쌓아 올린 우리들의 욕망 기둥'이어서 스스로 파괴와 생성을 거듭하는 저 낭만주의의 그것과는 애당초 다른 범주에 있었다는 점이 주목될 필요가 있다. 시인의 욕망은 이런 것이다.

　　　동굴 속을 파 들어가듯
　　　넓게 깊게 들여다보고 싶은 유혹
　　　담담하게 기다려야만 만들어지는 넓이다

　"담담하게 기다리"는 욕망―거기에 시인 금동원의 활달하면서도 차분한 모순의 시학이 있다. 그것은 욕망을 균제하고 조절하는 욕망이며, 소박한 질료와 신체를 의미 있는 육체로 창조해가는 욕망이다. 그것은 곧 흩어져 있는 생각과 낱말들을 모아서 시라는 육체로 만들어내는 욕망이기도 하다. 시 쓰기의 깊은 고뇌와 환희를 이러한 시각에서 고백하고 있는 「달 항아리 8」에서의 다음 시구는 이런 의미에서 탁월한 울림을 던진다.

　　　시를 쓴다는 것은

갈증과 애욕의 기다림으로
다시는 돌아갈 수 없는 흔적으로
흙이 달 항아리가 되듯
습작은 온전한 시로 완성되어간다
어느 황홀한 불꽃으로 녹아 흘러야
투명한 너의 빛을 안을 수 있을까

'달 항아리'라는 몸뚱이, 그 실감의 육체는 곧 시라는 사실이 밝혀진다. 시는 구체적인 몸의 현실이며 실체 없는 관념의 수식이 아님을 시인 또한 인정한 것이다. 그러나 당위의 인정과 사실의 획득은 다르다. 그 엄청난 거리 앞에서 시인은 몸서리친다. 과연 그는 생명으로서의 육체를 획득할 것인가.

가마 속의 불꽃으로 견디고 있는 너는
지금 몇 도의 숨을 쉬고 있는 것이냐
1250도의 뜨거움은 어떤 고통의 순간일까
온몸이 완전하게 녹아 흘러
뼛속까지 모두 태우며 살신성인하는
등신불의 집념으로

온몸을 감싸고 있는 유약의 흔적
모두 녹아 흘러내린 곳에서
얻고자 하는 빛은 무슨 깨달음을 주려는가
서늘한 그리움의 생명을 씌우고
다시 태어나는 너는 부활의 빛깔인가

—「달 항아리 7」 부분

그 획득 과정의 고난, 그 불가피한 역정이 고스란히 드러나 있는 시행 하나하나가 뜨겁기 짝이 없다. 생명을 얻기 위해서는 죽음의 굴을 통과해야 하는 사즉생(死卽生)의 필연이 치열하게 나타나 있는 것이다. 그리하여 마침내 시인은 '죽음을 받아들이며 견뎌낸 뜨거움/영원히 살아있음을 믿었던 시간이 만들어낸/아름다운 숨결이다'라는 고백을 토해낸다. 결론은 고통이 생명을, 생명이 육체를, 육체가 시를 낳는 아름다운 회로의 발견으로 이어진다. 「달 항아리 7」의 끝부분, 백자를 얻고 난 다음의 감회다.

> 선명하고 고귀한 백색의 철학
> 코발트빛 짙은 바다의 슬픔을 담은 문학
> 투명하게 빛나는 사랑의 승리
> 인내의 어울림으로 다시 태어난
> 새 생명의 환희
> 가슴 벅찬 단 하나의 육체이자 생명이다

2

이제 생명의 육체를 얻기까지, 그러니까 전(前) 육체는 고통의 회로를 거쳐왔음을 시인의 고백을 통해서 알게 되었다. 이때 시인의 고백은 곧 육체 자체의 고백임을 잊지 말자. 말을 바꾸면 시 스스로의 고백인 것이다. 여기서 간과되어서는 안 될 결정적 요소가 떠오른다. 그것은 물질이 생명의 육체로 승화, 혹은 변전하는 데에서 필수 불가결로 지나가는 고개(嶺)에 관한 관심이다(「여보령」이라는 작품이 이 관점에서 흥미롭다). 앞서서 그것은 기술, 그리고 기구였음을 주목하였고, 놀이 정신에 의해서 포괄되었음을 보았다. 〈달 항아리〉 연작시들을 제외한 금 시인의 다른 작품들도 사실상 이와 같은 관심에 의해 해석이 가능해 보인다. 다른 시들을 살펴보기에 앞서 「달 항아리 5」「달 항아리 6」에 나타난 놀이 정신의 구체적 모습, 그러니까 시인이 넘고 있는 고개에 함께 올라보자.

> 둥글고 각진 칼들은
> 한 겹 한 겹
> 제 몸의 아픈 살들을 자해하며
> 어떻게 살아요? 침묵의 비명을 지른다
> 고통과 아픔의 자리에서 빛나는 원형의 빛
> 드디어 실체를 드러내는 든든한 뿌리
> 중심의 힘으로 버틴 삶의 성찰
> 온몸을 받드는 굽이라는 희생의 무게
> 아름답고 견고한 항아리의 뿌리다
>
> ─「달 항아리 5」 부분

> 생명의 빛을 품고 하나, 둘, 셋
> 건조된 알몸의 서사
> 황홀경의 짜릿한 마법 같은 변신
> 뽀얀 유약의 세레나데
>
> ─「달 항아리 6」 부분

앞의 시에서 고개는 "둥글고 각진 칼"놀이다. 이 칼놀이를 거치지 않으면 흙덩이에서 한치 앞으로도 나갈 수 없다. 칼놀이의 고개를 넘으

292

면서 "원형의 빛"이 보이고 "굽이라는 희생의 무게"를 깨닫게 된다. 이 작품에 '굽깍기'라는 부제가 붙어 있는 까닭이기도 하다. 다음 시에서는 더욱 구체적으로 아름답게 육체가 생명을 입어가는 생명이 나타난다. 그것은 고개를 넘고 있는, 그리하여 마침내 고개를 모두 넘어선 상태의 시현이다. '휘감아 돌리고 돌려 하나, 둘, 셋'이 넘고 있는 모습이라면 "건조된 알몸의 서사"는 드디어 눈앞에 현존하는 육체의 실상이리라. 그 모습은 "황홀경의 짜릿한 마법 같은 변신"이지만 "뽀얀 유약의 세레나데"가 가해지지 않았으면 도달되지 않았을 생명 이전 물질의 세계이다. 이렇듯 〈달 항아리〉 연작시에서 인식되고 체험되고 연습된 금동원의 시 세계는 그의 작품 전반으로 확대된다. 「냉동인간」「디지털 치매」「부드러움」 등등에서 확인되고 있는 '육체'에 대한 관심은 급기야 시 자체를 대상으로 하고 있는 작품들, 그러니까 「시 속의 애인」「시를 굽다」「시의 비밀」「시의 일과」 등에서 주제의 자리에 올라선다.

> 사랑은 언제나 그림처럼 액자에 묶여 벽에 걸려 있고
> 사람들은 서성인다. 무언가를 탐문하듯
>
> ―「시 속의 애인」 부분

　사랑은 여기서 생명을 지닌 애인이 아니다. 고통의 과정을 거쳐 육화된 육체가 아니다. 사랑은 그저 액자에 들어 있는 그림이다. 애인은 그렇다면 있는가? 물속에 있다고 시인은 말해준다. 물은 시인이 '좋아하는 푸른빛'이기는 하지만, 거기서 밖으로 나올 수 없이 갇혀 있다는 점에서 육체가 없다. 시인은 육체가 없는 자를 애인으로 하고 있는 것이다.

> 우리는 갇혔어요

삶과 죽음 사이에
시와 시인 사이에
치마와 바지 사이에
과거와 미래 사이에
마지막까지 물속에 있다
시 속의 애인이여

                                    —「시 속의 애인」 부분

  그러나 시인은 다시 애인이 갇혀 있을 뿐 육체가 없다는 것은 아니
라는 듯이 말한다. 다만 그는 삶과 죽음 사이, 시와 시인 사이, 치마와
바지 사이, 과거와 미래 사이 등 사이에 있다. 말하자면 고개에 앉아
있는 형국이다. 왜냐하면 "시 속의 애인"이기 때문이다. 그가 시 밖으
로 나와서 육체를 가질 때, 그는 현실의 애인이 되고 시는 소멸한다는
것인가. 그는 고개를 넘지 않고 시 속에 앉아 있어야 한다. 시는 미완
의 육체와 함께 있어야 한다. 그 이유는? 비밀을 들어보자.

베일을 벗겨라
너의 고백을 들어보자
불에 데인 듯(인두로 지진 듯)
얇게 박피된 상처에서 흘러내리는 시의 진물
[……]

환희에 차서 허공을 획획
스치고 사라지는 시의 냄새
시큼하기도 한 쓴맛

                                    —「시의 비밀」 전문

294

시의 맛은 쓰기 때문에, 시인은 거기에 살아 있는 육체의 옷을 입혀주지 않는다. 애인도 그 속에 가두어둔다. 아, 그러고 보니 「달 항아리 1」에서 처음부터 시인이 달아놓았던 단서가 생각난다. 잠시 돌아가보자.

> 찬란하게 빛나는 자랑스러운 멍에
> 담담하고 우아한 승리
> 물과 불이 일구어낸 쓸쓸한 환희의 완성이다

왜 시인은 그토록 격렬한 고통과 아픔의 과정을 딛고 육체로 탄생한 완성을 가리켜 "쓸쓸한 환희의 완성"이라고 했을까. 완벽한 완성의 모습으로 우아하게 서 있는 육체에게서 시인은 쓸쓸함을 느낀 것이다. 쓸쓸함이 배어 있는 완성＝육체로부터의 슬픔에서 시를 바라보는 시인의 일과가 다소 시니컬할 수밖에 없는 것은, 어쩌면 자연스러운 일일 것이다.

> 시의 일과에 대해 말하자면
> 아, 시(詩)잖아요?
> 산다는 게 너무 시시(詩詩)하다는 걸
> 시시(詩詩)해서 시를 쓴다는 걸
> 아, 시(詩)잖아요?
>
> ─「시의 일과」부분

그러나 금동원은 냉소주의자나 육체주의자는 아니다. 시와 관련하여 다소간의 페이소스가 그에게 있는 것은 사실이지만, 그에게는 고통스러운 완성에의 길보다 부족한 모습 그대로 받아들이고 즐길 줄 아는 탄력적 사고가 있다. 그것이 그의 시를 이따금 재미있게 만든다.

> 매일 아침
> 바삭하고 고소하게 시를 구워내고 싶다
> 그리움으로 발효된 반죽은
> 설렘으로 탱탱하게 부풀어 오른다
>
> 짭짤한 연민과
> 땅콩처럼 으깨진 고소한 담론
> 계피가루 향취 가득한 사유를 담아
> 비틀린 삶의 입구는
> 세상 보자기를 싸매듯 침묵으로 묶는다
>
> —「시를 굽다」 부분

　아득하면서도 맛있다. 이 시는 그 자체로 완벽하지 않을 뿐 아니라 완벽을 찬양하지도 않는다. 완성으로의 길이 워낙 고통스럽고 짜임새가 있어야 하기 때문일까. 어쩌면 힘든 완성이 이루어놓은 육체와 생명의 균형이 숨 가쁜, 빈틈없는 결속을 뽐내고 있어서일까. 인내와 결속의 완성미에서 차라리 쓸쓸함을 느끼기에 시인은 한 음계 낮춘 자리에서 고소하고 짭짤한 연민을 즐긴다. 완성과 미완의 두 범주를 드나들면서 두 곳 모두에 시의 이름을 붙이고 다니는 금동원 시인—「사이」를 비롯하여 유독 경계에 관한 시가 많은 것도 따라서 자연스러워 보인다. 경계에 도전하는 두 범주의 싸움이 치열해진다면, 시의 긴장은 더욱 흥미로울 것이다.

[금동원 시집 『시 속의 애인』 해설, 2020]

불면의 은혜
─강문정 시인은 누구인가[1]

　　잠이 안 오면 졸음에라도 빠지고 싶어 했던 이가 횔덜린이었던가. 졸음을 통해서나마 저 그리스의 파르나소스산에 오르고자 했던 횔덜린. 그는 그러나 시의 저 높은 산정 대신 답답한 탑에 갇혀 수십 년 동안 몽유의 아픔을 겪다가 가야 했다. '엔디미온의 잠'이라는 낯설고 현학적인 유혹의 낱말로 시를 시작하는 강문정은 그렇다면 어디로 가고 싶은 것일까. 나에게 다가온 이 미지의 시인은 우선 이 같은 이방의 호기심으로 뿌옇게 맴돈다. 이제는 우리 시에서 더 이상 빈번하게 사용하지 않아도 좋을 이 그리스 신화의 용어들, 그 안개를 헤치고 들어가보자.

　　　　하늘 키 자라 더욱 푸르러지고
　　　　바람 켜켜로 시린 기운 가득
　　　　노을빛 닮은 가을 실그물 펼쳐
　　　　세상은 바다 바로 옅게 젖는데

　　　　시름 푼 녹녹한 가을 저녁

1　이 글에서 다루는 강문정의 시집은 『양철 가슴』(문학동네, 2005)이다. 이하 이 시집에서 인용할 때는 시 제목만 밝힌다. 밑줄은 인용자의 것이다.

내 잠은 그리움만큼 길어지고
내 잠은 달빛만큼 깊어지리니
그대 해진 신 벗고 쉴 수 있길

내 꿈속 그대 쉴 작은 집 짓노니
그리운 사람 살며시 그 문 열고
내 잠 속으로 어서 와 누우시기를
영원의 꿈에 잠긴 엔디미온처럼

　　　　　　　　　　　　　　──「엔디미온의 잠 속으로」 부분

　　엔디미온은 달의 여신으로부터 사랑을 받은 청년으로서 제우스에게
영원의 잠에 들고 싶다고 청했다는 그리스 신화가 전해오는 터. 요컨
대 잠의 신인 셈인데, 그 까닭은 아마도 사랑 때문이 아니었을까. 아닌
게 아니라 이 시에서도 그리운 사람 살며시 들어와 시인의 잠 속에 함
께 누웠으면 좋겠다고 진술된다. 말하자면 잠은 사랑으로의 길이며, 그
리움의 기표다. 과연 '잠'은 강문정의 시 곳곳을 마치 소리 없이 퍼지는
는 개처럼 지배한다.

　　창 밖에서 잠의 요정 잠시 서성이는 동안
　　스멀스멀 방 안으로 스며들어와 내 몸을 핥는 가위

　　　　　　　　　　　　　　　　　　──「수면 속 불면」 부분

우주를 돌다 새벽마다
창 밖에서 지저귀는 새
아직
호두알 속 어둠에 잠긴

내 잠든 귀를 두드리는

──「우주새」 부분

돌이며 산이며 안개 기둥처럼 부옇게 솟아올라
잠에서 깨지 않은 채 서로 엉켜 하나가 된 시간

──「꿈」 부분

웃고 말았지 하얀 잠에 잠겨 있는 아침에
우산 들고 헤매다 말간 하늘에 들켜버려서

──「웃는 이유」 부분

생각보다는 그리 많지 않지만, 상당한 변화를 보이는 후반부를 포함하여 시의 모티프가 되고 있는 것만은 분명하다. 먼저 「엔디미온의 잠 속으로」의 경우, 잠은 사랑의 지속이다. 잠은 깨기 마련일 터인데, 왜 엔디미온이겠는가. 영원히 자고 싶기 때문이다.

겨울 봄 여름 그리고 가을 내내
여린 꿈 꾸는 내 곁에 머무시기를
그리움도 반딧불 그늘에 잠들기를
그 잠 속에 녹아 녹아 깨지 말기를

이렇게 끝나는 「엔디미온의 잠 속으로」에서 주목될 점은 이 시인의 세계관이다. 아니 세계관이라고 부르기에는 좀 거창하다. 그냥 시인의 눈에 비치고, 가슴에 느껴지는 세상의 모습이라 하자. 그 세상은 대체로 '엳게 젖어' 있다. 이 시에서는 "바다 비로 엳게 젖는데"로 적혀 있지만. 많은 시에서 그 '젖음'은 변주된다. 세상은 히드라의 촉수를 드리우고 깨어나며(「양철 가슴」) 검초록 세상은 해죽해죽 웃으며 기괴한 모습을 드러낸다(「덫」). 그런가 하면 세상은 밤바다에 침몰하는 타이타 닉처럼 한껏 웅성거리기도 하며(「싸락눈 흩날리는 밤」) 진흙탕 세상 밖에서 흔들리는 유리 인형으로 들어가고자 하지만 문은 열리지 않는다(「수면 속 불면」). 이런 모습들은 모두 건조하지만 완전한 물속도 아닌, '옅은 젖음'이라는 촉촉한 상황의 다른 표현이다. 세상은 깨어나도 흐늘거리는 촉수와 더불어 눈을 뜨고, 웃어도 호쾌하거나 제대로 열린 입을 갖지 않는다. "해죽해죽" "웅성거림"으로 존재하는 세상. 그 세상은 존재와 부재 사이에 있다. 자연히 시인에게 세상의 모습은 몽롱할 수밖에 없다. 훑거나 핥거나 더듬기 일쑤인 동작들은, 존재도 부재도 아닌 세상을 향한 움직임의 불가피한 형태일 수밖에 없는 것도 마찬가지 측면에서 이해된다. 자, 보자.

> 창 밖에서 잠의 요정 잠시 서성이는 동안
> 스멀스멀 방 안으로 스며들어와 내 몸을 핥는 가위
>
> 처음엔 머뭇머뭇거리다가 이내
> 늘 함께했던 연인처럼 날 탐닉한다.
>
> 부드러운 눈발처럼 살포시 내려앉아
> 끈적거리는 혀로 혈관이며 신경까지 그렇게
>
> 냉동 물고기마냥 미끄럽고 차가운 감촉
> 메마른 들판을 훑어내는 거친 바람의 몸짓

「수면 속의 불면」 전반부인데, '옅은 젖음'의 상황이 훨씬 쉽게, 그리고 무엇보다 동작의 형태로 잘 표현된 작품이다. 시인은 그토록 갈망하는 잠이 창밖에서 서성이는 것을 본다. 잠은 지척에 와 있는 구체적인 현실인 것이다. 그런데 그만 그 잠이 "서성이는 동안", 가위가 방 안으로 "스며들어" 몸을 핥고 연인처럼 시인의 몸을 "탐닉한다". 그 가위는 눈발처럼 부드럽게 살포시 "내려앉는"다고 묘사됨으로써 마치 시인에 의해 환영받는 긍정적 표상처럼 부각되고 있지만, 그것은 잠 아닌 가위, 다시 말해서 그리운 잠을 방해하는 불청객의 무례한 동작, 즉 불면의 엄습이다. 그리하여 결국 밤은 숙면과 더불어 편안하게 지나가지 않고 "핏빛 울음만 웅웅거리는" 시간이 된다. 왜 그럴까. 잠은 창밖에서 서성이는데, 불면은 방 안으로 스며들어와 시인의 몸을 점령하기 때문이다. 문제는 결국 방의 안과 밖을 갈라놓고 있는 창, 혹은 문 때문일까. 그렇기도 하다. 그러나 더 큰 문제가 있다면 불면의 고통 속에서도 불면 그 자체를 즐기는 또 하나의 나, 즉 숨겨진 무의식이 있기 때문이다. 그 무의식은 물론 시인의 의도와는 무관하게, 또는 시인의 의도에 반하여 형성된다. "강한 전류에 감전되듯 몇 번이고 진저리쳐지는 몸"(「수면 속의 불면」)이 말해주듯 시인은 불면에 몸서리친다. 그러나 다른 한편, 그는 그 시간을 아무도 닿을 수 없는 시원(始原)의 공간을 떠도는 긴 밤이라고 의미 붙인다. 아무도 닿을 수 없는 시간, 또는 공간이 그에게는 소중한 것이다. 결국 "그녀"가 된 시인은 온밤 지새우는 에펠탑이 된다. 에펠은 강문정의 시들을 묶는 시적 자아에 다름 아니다.

어둔 밤이 검은 너울 나부끼며
시간의 흐름만큼 짙게 화장하고
사위스러운 몸짓으로 흐느적거리며
망루에서 세상 내려다보는 동안

불면의 은혜   301

라 투르 에펠은 온밤 지새운다.

그녀의 거대한 몸을 쉴 새 없이

관통하는 승강기는 아무 말 없이

수많은 관광객들을 쏟아부을 뿐

차디찬 황금빛 향 온몸에 뿌린

에펠탑은 연푸른 새벽 기다리며

그녀 향해 마음 여는 세느강에

속내 풀고 더워진 여윈 몸 적신다

———「환각의 꿈」 전문

 어두운 밤 속의 에펠은 망루에서 세상을 내려다보며 수많은 관광객을 끊임없이 쏟아부을 뿐이지만, 그 외관에는 짙은 화장, 황금빛 향이 온몸에 뿌려져 있다. 온밤을 지새운 불면 이후 센강은 그녀를 향해 마음을 열고 있다. 이와 같은 안티노미의 분열을 보여주는 절묘한 표현이 "더워진 여윈 몸"이다. 에펠을 향한 그 묘사는 바로 시인 자신의 모습 아니겠는가. 한편으로 뜨겁고, 한편으로는 여윈. 얼핏 이해되기에 양자는 모순되지만 사실 두 상황이 함께 간다는 사실은 일상인의 모든 경험 속에서도 확인되는 평범한 생리일 수 있다. 한쪽이 포기되지 않는 한, 이 두 모습은 갈라질 수 없으며, 이 상황에서 바로 횔덜린적 시인이 탄생한다.

 아, 이제야 알겠다. 이 시인이 왜 그토록 잠에 집착하는지. 게다가 낡은 그리스의 망령들을 자꾸 끄집어내는지를. 잠은 그리스이며, 그 그리스는 유리창 속의 세상 아니었던가. 역동적인 현실 한복판을 그리워하

302

면서도 거기에 이를 수 없는 자신의 한계, 그 체질과 현실로 인해 시인은 잠 속에서 그리스로 날아간다. 그러나 그것은 결국 유리 벽과 같은 것. 보이지만 넘을 수 없는 안타까움만이 확인될 뿐이다. 역설적이지만, 불면은 잠으로 가고자 하는 의욕의 산물이다. 잠으로의 집착이 없으면 불면도 없다. 불면 앞에서 세상으로의 모든 길은 유리 벽처럼 막혀 있어서 보이긴 보이지만 갈 수가 없다. 그것은 말하자면 세상으로 나가기 싫어하는 폐쇄적 시인 의식의 은밀한 노출일 수 있다. 세상은 타자이며, 시인은 그로부터 상처를 받을 뿐이라는 일종의 전의식(前意識)이 그 유리 벽의 열쇠를 쥐고 있는 것이다. 결국, 시인은 "무중력 공간을 떠도는 빈 혼"으로서 자기 스스로와 조우하기 일쑤다.

> 날마다 가시가 박힌다
> 크고 작은 가시가 몸속 깊이
> 뿌리 내린다
> 날마다 가시 박힌 상처에
> 흰꽃 피고
> 해진 육신에 머물던
> 작은 혼이 일어난다
> 오로라 퍼지는 새벽
> 바다같이 깊디깊은
> 무중력 공간을 떠도는 빈 혼
>
> ──「선인장」 전문

　물론 무중력 공간이 수면/불면, 의욕/무의식, 또는 유리 벽의 안팎 사이에서 조성된 무정형의 시간/공간일 수 있다. 그러나 그것은 파리에 거주하고 있는 이 시인의 현실적 방황과도 무관하지 않아 보인다.

소유가 의식의 결정에 있어서 반드시 결정적이지는 않지만, 시인 의식에서 거주지가 매우 결정적이라는 사실은 거의 모든 시인에게서 확인되고 있는 현실 아닌가. 가령 파리와 보들레르, 베를린과 벤을 떼어놓고 생각할 수 있겠는가. 그런 의미에서 무중력 공간을 적극적, 긍정적으로 수용하고 있는 시인의 자세는 일단 바람직스럽다. 이 같은 태도가 그리하여 아마도 그의 작품들 가운데에서 가장 아름다운 시 「우주새」를 낳았다는 사실은 주목될 만하다.

> 우주를 돌다 새벽마다
> 창밖에서 지저귀는 새
> 아직
> 호두알 속 어둠에 잠긴
> 내 잠든 귀를 두드리는
>
> 이승과 저승을 잇는 새
> 호두알처럼 단단한 정적
> 쪼아
> 내 닫힌 마음 열게 하는
> 은방울꽃 닮았을 그 새는
>
> 우주, 깊은 산속 숨었는가
> 눈뜬 시간엔 들리지 않는
> 소리
> 맑은 새 투명한 빛으로
> 내 방 가득 향을 사르는
>
> ─「우주새」 부분

이 시에는 무엇보다 시적 자아의 진솔한 고백이 있다. 내 귀가 아직 잠들었다거나, 내 마음이 닫혀 있다는 진술은 고백적이다. 그렇다면 잠든 귀를 두드리고 닫힌 마음을 열게 하는 새의 등장은 시적 사물로서 매우 고무적이다. 이승과 저승을 그 새가 잇는다고 했는데 여기서 이승과 저승은 닫힌 마음/열린 마음으로 보아도 무방하리라. 인용되지 않은 작품 후반부를 포함하여 '호두알'이라는 낱말이 세 번씩이나 나오는 등 어색함이 엿보이는 것도 사실이지만 '무중력 공간' → '우주새'로의 이종과 탄생은 무의식과 불면의 시인이 정적 정체성에 안주하지 않고 일어서려는 역동적인 상상력을 감지시키기에 충분하다. "내 꿈에 날아든 우주새"(「우주새」)가 이제 현실 곳곳에서 그 부드러운 위력을 발휘하기를 기대한다.

우리 인간들은 무수한 관계들 속에서 살아간다. 그러나 크게 나누어 보면 그 관계들은 대체로 세 가지의 틀 속에서 이루어진다. 첫째로 그것은 창조주와의 관계—영적인 분야라고 할 수 있었을 것이다. 다음으로는 자연과의 관계를 들 수 있겠는데, 이것은 물적인 부분일 것이다. 끝으로 인간과 인간 사이의 관계, 즉 공동체 내지 사회적 영역이라고 할 수 있다. 이 모든 관계가 순조롭게, 질서 있게 화평을 누리는 자들에게 문학은 더 이상 필요 없을지도 모른다. 영육이 아울러 건강한 자에게 무슨 시가 요구되랴. 어떤 종교적 갈등이 솟겠는가. 시의 세계도 근본적으로는 이들 관계의 불화 속에서 태어난다. 말하자면 갈등과 은혜의 공존은 시의 가장 기묘한 서식처인 셈이다. 내가 보기에 강문정 시인에게는 이제 이러한 인식이 필요해 보인다. 갈등은 우리 모두에게 찾아드는 고독과 무기력 그리고 욕망이다. 그러나 그것들 없이 인간의 실존이 가능할 것인가. 은혜란 그것들의 부재와 제거 위에 내리는 요술 천사 아닌, "꿈에 날아든 우주새"와도 같은 시, 그 정화의 능력이다. '우주새'의 등에 업혀 순간순간 현실 초월을 경험하는 감사의 마음이 그 은혜일 것이다.

[강문정 시집 『양철 가슴』 해설, 2005]

2024 한국문학 노벨문학상 받다

1. 노벨문학상 받은 한국인의 문학 이해

마치 국가적인 숙원 사업이라도 되듯 온 국민에게 오랫동안 민족적 염원처럼 인식되어온 노벨문학상을 우리나라 작가가 마침내 수상하였다. 작가의 이름은 한강, 30년 동안 많은 문제작 소설을 써온 쉰네 살 여성 작가다. 1993년 시인으로도 데뷔한(시집『서랍에 저녁을 넣어 두었다』, 문학과지성사, 2013) 그는 1994년부터 소설을 쓰기 시작, 첫 소설집『여수의 사랑』(문학과지성사, 1995)을 출간한 이후『채식주의자』(창비, 2007)『소년이 온다』(창비, 2014)『작별하지 않는다』(문학동네, 2021) 등 장편을 발표함으로써 노벨문학상을 수상하며 세계적인 작가로 떠오르게 되었다. 그는 노벨상 수상 이전에도 문학적으로 국내외적인 주목을 받아왔는데 이번 노벨상 수상으로 문학을 넘어선 전 국민적인 관심의 대상이 되었다.

한국에서 작가가, 즉 문학이 전 국민의 관심을 받는다는 것은 거의 드문 일이다. 아마도 이번 한강 소설가의 경우가 처음 있는 일이 아닌가 싶다. 물론 '문학'이라는 말보다 '노벨'이라는 말이 주는 울림과 무게가 '전 국민'을 동원한 것인데, 그 속을 들여다보면 이 기회에 한 번쯤 생각해봄 직한, 다소 쓸쓸한 '비문학적 현상'이 혼재하는 것을 알 수 있다. 그러나 그 존재가 전적으로 무익한 것은 아니어서 문학에 대한 한국인의 이해를 높이고 문학 자체의 향상된 지향에 기여할 수 있을 것으로 생각된다. 무엇이 그것인가.

한강의 노벨문학상 수상은 오로지 축하의 대상일 뿐이고 당연히 그렇게 기대되었다. 그러나 '놀라움'의 경탄은 뜻밖에도 비난에 가까운 비판을 옆에 달고 왔다. 비판은 두 군데에서 비롯되었다. 첫째는 5·18 광주민주화운동이 『소년이 온다』의 내용을 이루고 있다는 점, 그리고 『작별하지 않는다』에서는 제주 4·3사건이 발단이 되고 있다는 점이 편향적인 이념 지향성으로 지적된 것이다. 이러한 지적과 관련하여 개탄스러운 일은 그것이 문학적인 논의 차원 아닌 시위와 같은 정치적인 방법에 의해 이루어지고 있다는 사실이다. 스웨덴 대사관 앞에서 일부 인사들이 데모를 했다는 소식은 노벨위원회가 정말 수상 결정을 취소하고 싶을 정도의 비문화적 행동 아닌가. 문학은 기성 질서나 관념에 대한 비판이며, 그렇기 때문에 그 같은 제도와 관습에 속하거나 그것을 지키려는 사람들로서는 이따금 문학이 못마땅할 수 있다. 그러나 문학은 그 같은 제도 이념 관습을 그 자체로 비판하지 않는다. 그러한 것들이 강경한 폭력의 모습으로 나타날 때에 그 폭력적 상황의 내면을 비판할 뿐이다. 거기서 마멸되어가는 인간상을 그리는 것이다. 한강을 수상자로 결정한 노벨위원회의 선정 이유를 다시 읽어보자.

> 역사적 트라우마에 맞서며 인간 삶의 연약함을 드러내는 강렬한 시적 산문.[1]

짧은 이 한 줄의 문장은 문학이 무엇인지 말해주는 단호한 메시지

1　2024 노벨문학상 보도자료, THE NOBEL PRIZE(https://www.nobelprize.org/prizes/literature/2024/press-release/).

를 담고 있다. 이 문장은 세 가지 내용으로 구성된다. 1) 문학은 역사적 트라우마에 맞선다. 2) 문학은 인간 삶의 연약함을 드러낸다. 3) 문학은 강렬한 시적 산문이다. 그러나 가장 중요한 것은 세 가지 내용을 통합적으로 지니고 있다는 사실의 강조다. 셋 중 어느 하나를 가진 작품은 많으나 셋을 함께 가진 작품은 드물다. 그 작품이 노벨상 수상의 자리에 오르는 것이고 이번에 한강이 그 깊이와 높이를 인정받은 것이다. 한강에 대한 일반 일부의 비난성 비판은 그중 어느 하나에 인식이 매몰되어 통합적인 관찰과 분석을 놓치고 문학 바깥으로 나간 경우라고 할 수 있다. 문학 내지 인문학에 대한 논의에 있어서 우리가 자칫 밟기 쉬운 잘못인데, 이번의 경우 "역사적 트라우마에 맞선다"는, 현실의 폭력을 다룬 작품의 모티프에 집중함으로써 문학 아닌 정치적 해석으로 기운 결과가 되었다. 광주도, 제주도, 한강이 주목한 것은 거기에서 발생하는 인간의 폭력성이며, 그 성격은 작가에게 와서 곧장 인간의 연약한 내면성으로 직결된다. 사람들은 그 둘을 나누어 보고 정치화하지만 소설가 한강에게 있어서 둘은 하나로 통합되고 언어화된다. 그리하여 강렬한 '시적 산문'이라는 위대한 결과를 생산한다. 그것이 문학이다. 여기서 문학이 아니면 소용없다. 소용없는 것 같아 보이는 문학의 소용성이 크게 그 실체를 보여주는 순간이다. 작가가 말하지 않는가.

세계는 왜 이토록 폭력적이고 고통스러운가?
동시에 세계는 어떻게 이렇게 아름다운가?[2]

여기서 작가가 말하는 것은 고통도 아름다움도 아니다. 그가 말하고자 하는 것은 그 양면성이다. 사람들은 자신의 소용에 따라서 어느 한

2 한강, 노벨문학상 수상 소감, THE NOBEL PRIZE(https://www.nobelprize.org/prizes/literature/2024/han/lecture/).

쪽을 보고 이용하지만 문학은 양면을 함께 본다. 그리고 이용하지 않는다. 어떻게 말하는 편이 맞을까. '문학은 이용하지 않으므로 양면을 모두 본다'고. 무소용의 위대함. 거기서 문학도 예술도 나온다. 시적 산문의 강렬함! 문학은 이념적으로 모든 스펙트럼을 껴안으면서 바로 그 모든 스펙트럼을 비판한다. 그러나 이때 그 비판은 '강렬한 시적 산문'으로 생산된 작품으로서의 문학이지 역사적 트라우마 혹은 연약한 인간의 모습 자체가 아니다. 그러므로 모티프로 도입된 '광주'나 '제주'를 갖고 흥분하면서 한강의 노벨문학상 수상을 폄훼하고 질책하는 일은 노벨문학상 수상국으로서의 한국인답지 못한, 즉 문학을 알고 존중하는 국민답지 못한 행태라고 할 수 있다. 한강의 수상작들은 한결같이 이념을 넘어서 제대로 된 문학의 본모습을 보여주었기 때문이다.

『채식주의자』에 나타난 외설의 장면도 작품 전체의 구도와 문학의 본질이라는 측면에서 이해될 필요가 있다. 말하자면 문학이라는 장르는 작품을 통해 일종의 독립된 완전체를 이루는데 이에 대한 이해와 비판 또한 바로 그 완전체인 작품을 통해서 행해져야 한다. 이러한 관점에서 볼 때, 『채식주의자』에 대한 비판 또한 문학적인 구성과 수준에서 이루어지고 있다고 보기 힘들다. 형부와 처제의 불륜처럼 보이는 외설의 제시는 이 작품의 전체 맥락에서 돌출된, 뜬금없는 장면 같아 보일 수 있다. 문학적인 독법은 이때 평범한 서사라는 생각과 이해를 접고 상상력에 기반을 두는 상징적 독서로 옮겨가야 한다. 그러나 보통의 사람들은 아무런 상징의 상상력을 동원하는 노력 없이 상식적 경험의 세계에서 이 작품을 쉽게 매도해버린다. 난해해서 도대체 무슨 소리인지 모르겠다는 것이다. 문학으로 들어가기를 포기한 사람이 여기서 도리어 작품을 힐난하곤 한다. 문학에 무지한 독자가 깊은 의미를 지닌 문학을 오히려 훼손하면서 소란을 벌이는 것이다. 특출한 하나의 문학작품과 작가가 솟아나면서 역설적으로 대다수 국민이 문학의 문외한이 되었다. 한강의 노벨문학상 수상은 그리하여 많은 한국인이 여전히 문학적으로 무지한, 한낱 명분주의자들로 남아 있다는 사실을 드러내준 셈이 되었다. 작은 목소리로라도 외쳐야 되겠다! 문학이 아닌 것으로 문학을 때리지 말라!

많은 사람이 문학에 관심을 갖게 된, 그리하여 문학 책이 전무후무한 속도로 엄청나게 팔려나간 이 기회에 문학이 과연 무엇인지 한 번 더 말하고 싶다. 문학은 모든 억압에 대한 저항이며, 그런 의미에서 억압은 문학의 달가운 모티프가 된다. 그러나 어떤 억압도, 어떤 저항도 그 자체로서 문학은 아니다. 고발문학이니 증언문학이니 혹은 순수문학이니 뭐니 하는 관형어가 '문학' 앞에 나오면서, 이러한 관형을 합리화하는 경우가 있지만, 가장 정당한 문학의 자리는 그냥 '문학'이다. 그렇다, 바로 '그냥 문학'이다. 문학은, 거듭 말하지만, 어떤 이념이나 제도, 관습, 도덕 등 기성의 것들을 비판함으로써 출발하고 그로부터 끊임없이 전진한다. 그런 의미에서 문학은 진보적이다. 이 진보는 쉬지 않고 계속되며 그 영원한 거듭남의 진보는 다시 '낭만'이라는 이름을 얻는다. 그러나 문학은 동시에 그러한 운동에만 붙여지는 이름이 아니다. 기성의 모든 것에 대한 비판은 새로운 작품을 통해 이루어져야 하며, 그 파괴와 생성의 현장은 그야말로 살신성인의 뜨거운 창조로 조형된다. 요컨대 새로운 작품의 탄생 없이 문학은 존재하지 않는다. 이 존재성 때문에 문학은 또한 보수적이다. 문학의 형태적 성격이 지니는 보수성과 운동적 성격의 진보성은 동시에 공존한다. 따라서 한강의 노벨상 수상에서 야기되고 분출된 모든 논의와 쟁점들을 문학은 모두 껴안고 갈 것이다.

이와 더불어 일부에서 제기된 구원의 문제도 매우 흥미로운 주제다. 어떤 의미에서 한강의 노벨문학상 수상과 관련된 논란 가운데 가장 핵심적인 사항이라 할 수 있다. 문학이 구원일 수 있는가 아닌가 하는 문제는, 특히 20세기 이후 현대문학에 와서 문학의 본질과 기능 자체에 대한 근본적인 질문으로 환원되었다. 그 진지한 물음과는 달리, 인간적 이성의 대두라는 세계사적인 진전의 측면이 강조되면서 현대라는 시대의 틀 속에는 인간의 얼굴이 갈수록 크게 드러나게 되었고 신의 자리는 소멸되다시피 약화되었다. 구원의 중요성은 자연스럽게 희미하게 되었다. 그러나 이러한 변화로 인해 문학에서의 구원이라는 성격이 완전히 소멸된 것은 아니었다. 종교적—특히 기독교적—의미에서의 구원은 약화되었지만 문학 자체의 존재론적 의미에서의 구원은 오히려 진지하게 역설되었다. 쉽게 말해서 문학 자체가 구원이라는 새로운 인식이다. 종교의 자리에 문학이 들어선 것이다. 예컨대 한강의『채식주의자』는 인간의 탐욕과 폭력의 근성이 동물적·세속적 욕망에 기인한다는 인식 아래 이를 극복하는 방법으로서 채식과 나무를 내세운다. 이러한 발상은 신화주의적이지만 이러한 구도의 추구는 문학적이다. 즉, 문학이다. 이를 통해서 인간과 세상이 구원의 힘을 얻는다는 것이다. 물론 이러한 이론에 반대되는 견해, 그러니까 문학은 그저 유희본능의 표현일 뿐이라는 이론도 있으며 양자는 대립한다. 그러나 이러한 논의는 서로 배타적이라고 할 수 없고 오히려 큰 그림 안에서 문학의 범주를 넓게 해준다. 따라서 문학의 일부 요소로 개입된 모티프로서의 이념이나 도덕의 어떤 정황으로 인해서 구원을 받는다든가 혹은 못 받는다든가 하는 논란은 지극히 형식적이며 단세포적인 접근이라고 할 수 있다. 이러한 논리는 아마도 기독교적인 인식 안에서도 그렇게 간단하지 않을 것으로 생각되는 바, 이에 대해서는 언급을 할애하는 것이 좋을 듯하다. 요컨대 문학은 이 모든 상황을 함께 껴안고 씨름하는 거대한 인간학으로 이해되어야 할 것이다.

한국인의 정서, 그리고 여기에 바탕을 둔 인문학의 실제가 명목주의(名目主義)로 나타나고 그 발전의 양상 또한 이러한 수준에서 그치거나 머무는 일이 노벨문학상 수용에서도 그대로 드러나는 것은 따라서 이상한 일이 아니다. 문학은 작품이며, 그에 관한 모든 평가와 비판은 결국 작품을 통해서 이루어져야 한다는 사실의 발견은 이렇듯 비문학적인 바깥의 논의가 가져다준 역설적 보람이다. 물론 문학은 인간이 살고 있는 사회 현실을 반영하고 있으며, 문학 바깥의 학문과 기술, 다른 예술과 훈련 등 많은 다양한 장르의 영향을 받는다. 이들 요소는 문학을 형성하는 엄청난 자료로 작용하면서 문학작품의 생산에 기여한다. 이때 알을 까고 나온 바로 그 작품을 우리는 문학이라고 부른다. 이 생산 회로는 작가 이외의 모든 독자에게 올바로 기억되어야 하며, 아직 독자가 아닌 사람들은 명목주의에서 벗어나 독자가 된 다음 비로소 발언하여야 한다. 한강의 노벨문학상 수상을 둘러싼 논란은, 문학으로 가는 길을 걷고자 하는 이는 무엇보다 먼저 독자로서의 올바른 눈을 가질 것을 요구받는다는 점을 일깨워준다. 문학은, 우선 잘 읽어야 한다.

2. 한강 문학의 지향성 —「채식주의자」를 읽으며

1) 한강은 누구인가

한강은 1995년 첫 소설집을 출간한 이후 지금까지 네 권의 소설집과 일곱 권의 장편소설, 그리고 한 권의 시집을 발간해왔다. 그 밖에 여러 권의 산문집을 내놓은 것을 살펴볼 때 꽤 꾸준한 글쓰기를 해온 부지런한 전업 작가라고 할 수 있다. 그러나 그는 최근 10여 년간 해외에서의 명성을 별도로 하면 이른바 대중소설형 베스트셀러 작가는 아니었다. 이것은, 거꾸로 말해서 그의 소설들이 문학적으로 깊이 있는 주제에 항상 도전해왔다는 증거이며, 이러한 열정과 능력이 한국문학

을 마침내 세계문학이라는 보편성의 지평에 올려놓게 되었다고 할 수
있다. 그 징조는 첫 출발이 된 시에서부터 감지된다.

> 붉고 긴 천으로
> 벗은 몸을 묶고
> 허공에 매달린 여자를 보았다
>
> 무덤의 천장에는 시퍼런 별들
> 순장된 우리는 눈을 빛내고
> 활짝
> 네 몸에 감긴 천을 풀어낼 때마다
> 툭
> 툭
> 목숨 떨어지는 소리
> ——「서커스의 여자」(『서랍에 저녁을 넣어 두었다』) 부분

그 징조란 무엇인가, 죽음이다. 죽음과 사랑의 테마에 이르지 않으
면 문학은 깊이를 갖지 못한다. 인생의 깊이가 사랑과 죽음이기 때문
이다. 무릇 이 문제를 지나가지 않는 문학은 없어 보이지만, 죽음에 이
르는 죽음, 사랑에 헌신적으로 빠진 사랑은 흔하지 않다. 위의 시에서
시인은 '우리'를 공동체로 엮어서 죽음에 함께 순장된 존재들이라고
"일종의 극언"을 한다. 한강은 그의 정서와 언어가 처음부터 이처럼 극
적(極的)인 상태에서 출발한다. 이때 '극적'은 끝을 말한다. 죽음도 '끝'
이고 사랑도 '끝'이다. 이러한 극점을 문학으로 빚어내는 것, 혹은 그
일은 언어에게 주어진 운명인데, 그 작업은 철저할수록 피를 흘리지
않을 수 없는 고투이다. 여기서 그 깊이는 방대한 넓이를 모두 포함하

314

며, 이로부터 벗어나는 어떤 이념이나 도덕, 제도도 있을 수 없다. 문학은 그 모든 범주나 장르와도 통섭(通涉)하기 때문이다.

2)『채식주의자』: 동력학(動力學)을 통한 정력학(靜力學)

한강의 대표작이라고 할 수 있는『채식주의자』는 다소 난해한 소설로 알려져, 작가 자신도 독자들이 자신의 다른 작품들을 읽은 다음에 읽을 것을 권하고 있다. 이러한 분위기는 요컨대 이 소설에 작가가 말하고자 하는 주제가 모두 녹아 있다는 것을 말하고 있다.『채식주의자』는 세 편의 연작으로 이어진 작품인데,「채식주의자」「몽고반점」「나무불꽃」등이 서로 다른 중편들임에도 중심 주인공은 영혜라는 젊은 여성 한 사람이다. 물론 첫 소설「채식주의자」에는 영혜의 남편 정 서방과 그녀의 아버지 등 남성들이 나오고 두번째 소설「몽고반점」에는 그녀의 형부가 화자 역할을 하면서 또 다른 중요한 주인공이 된다. 그런가 하면 마지막 작품「나무 불꽃」에는 그녀의 언니 인혜가 화자로 나와서 주인공의 맞은편에 앉는다. 그런 의미에서 세 작품은 영혜를 주인공으로 한 하나의 작품이라고 해석되어 무방하다. 연작이 묶여서 장편소설이 된 것이다.

첫 작품에서 영혜는 쇠고기, 돼지고기, 닭고기 등의 육류를 쓰레기로 버리는 이상한 여인으로 나온다. 이같이 느닷없는 행동의 이유로서 그녀는 꿈에서 본 붉은 고기를 말한다. "커다랗고 시뻘건 고깃덩어리들이 기다란 대막대들에 매달려 있는"[3] 것을 본 꿈이 육류 거부의 원인이었다. 그녀는 남편과의 잠자리도 거부하였는데 이유인즉 냄새가 난

3 한강,『채식주의자』, 창비, 2007, p. 18. 이하 인용 시 쪽수만 밝힌다.

다는 것. 그러나 그녀의 육류 거부는 친정 아버지의 폭력을 유발하고 마침내 영혜 자신을 물었던 개를 잡아먹었던 옛 기억까지 소환되었다. 그녀는 자해로 저항한다. 단순한 육류 거부와 폭력적인 상황에서 그칠 내용이 아닌, 영혜의 반격이 유보되면서 「채식주의자」는 끝난다. 첫 소설에서 조명된 영혜의 성격은, 요컨대 동물적 삶에 대한 거부, 죽음이나 다름없는 그 의미 없는 삶에 대한 회의와 항거라고 할 수 있다. 그 같은 삶은 폭력이 일상화된 생활이며, 다름 아닌 가족들이 그 둘레를 이루고 있다는 점에서 절망적이다. 그러나 그녀는 그 자리에 머물러 있지 않는다. 브래지어를 벗어 던지고 팔목에 칼을 긋는다.

3부작의 중심은 연작의 가운데에 위치한 「몽고반점」이다. 영혜의 반격은, 그녀의 형부를 통해서 적극적인 동력을 얻는다. 그녀의 형부는 그녀의 엉덩이에 몽고반점이 있다는 정보를 알게 되면서 성적인 흥분에 빠진다. 몽고반점이란 무엇인가? 엉덩이에 있는 엄지손가락 크기의 푸른 점인데, 그 점은 성장하면서 대부분 없어지기 마련이다. 이 소설에서는 그 점이 성인이 된 영혜에게 그대로 남아서 형부를 매혹시킨다. 일반적으로 몽고반점은 미성숙, 그러니까 어린아이의 표징이라고 할 수 있는데 이 경우 그 표징은 순수성, 즉 태초의 풍경이나 식물적 상황을 상징한다. 예컨대 나무는 몽고반점의 식물적 순수성을 대표적으로 보여주는 것이다. 그러나 바로 그 식물적 순수성이 형부를 성적으로 자극시키면서 두 사람을 열정적인 성행위에 몰아넣는다. 동물성을 거부하고 식물성으로 넘어간 그들은 말하자면 모순의 에너지를 발산한 것이다. 순수한 식물로의 상태를 갈망하는 그들이 어떻게 열정적인 동물적 성애에 탐닉할 수 있는가. 그 진행 과정은 이렇게 전개된다.

　　　그는 숨을 죽인 채 그녀의 엉덩이를 보았다. 토실토실한 두 개의 둔덕 위로 흔히 천사의 미소라고 불리는, 옴폭하게 찍힌 두 개

316

의 보조개가 있었다. 반점은 과연 엄지손가락만 한 크기로 왼쪽 엉덩이 윗부분에 찍혀 있었다. 어떻게 저런 것이 저곳에 남아 있는 것일까. 그는 이해할 수 없었다. 약간 멍이 든 듯도 한, 연한 초록빛의, 분명한 몽고반점이었다. 그것이 태고의 것, 진화 전의 것, 혹은 광합성의 흔적 같은 것을 연상시킨다는 것을, 뜻밖에도 성적인 느낌과는 무관하며 오히려 식물적인 무엇으로 느껴진다는 것을 그는 깨달았다. (pp. 120~21)

　모든 것이 완벽했다. 그려왔던 대로였다. 그녀의 몽고반점 위로 그의 붉은 꽃이 닫혔다 열리는 동작이 반복되었고, [……] 그는 전율했다. 가장 추악하며 동시에 가장 아름다운 이미지의 끔찍한 결합이었다. (p. 169)

　검푸른 새벽빛 속에서 그는 그녀의 엉덩이를 오랫동안 핥았다.
　"이걸 내 혀로 옮겨 왔으면 좋겠어."
　"……뭘요?"
　"이 몽고반점." (pp. 170~71)

　이 같은 성행위가 지니는 모순의 성격은 "가장 추악하며 동시에 가장 아름다운 이미지의 끔찍한 결합"이라는 표현 속에 여실히 드러나고 있는데, 그것은 마치 고요한 정력학(靜力學)의 수평이 열정적인 동력학(動力學)의 추구에 의해 획득되는 순간이라는 물리학을 연상시킨다. 몽고반점의 발견 이후 성적 흥분으로 비디오 이미지 촬영에 탐닉하는 형부의 모습은 동력학에 의해 정력학이 파멸되는 모습으로 나타나는데, 작가는 여기에 파멸 대신 초월의 의미를 부여한다. 죽음이 마치 폭력적인 세상으로부터의 초월이라도 되듯 그려지며, 그리하여 사람의 생명이 나무로 옮겨지는 것으로 나타난다. 육류 거부―동물성 탈피―몽고반점―성행위―사람의 죽음―나무로의 초월(빙의가 아니다).

> 그것은 분명히 충격적인 영상이었지만 이상하게도 시간이 흐를수록 성적인 것으로 기억되지 않았다. 꽃과 잎사귀, 푸른 줄기들로 뒤덮인 그들의 몸은 마치 사람의 몸이 아닌 듯 낯설었다. 그들의 몸짓은 흡사 사람에서 벗어 나오려는 몸부림처럼 보였다. (p. 264)

이러한 모습은 2000년에 발간된 이승우의 장편 『식물들의 사생활』(문학동네)에서도 나타난 바 있는 식물성 욕망과도 통하는 문학의 초월적 의지를 반영한다. 『식물들의 사생활』에서도 사람으로서의 생명이 섹스를 동반하는 사랑을 통하여 나무로 바뀌어 나타나는 긴장된 국면이 곳곳에서 열리고 있다. 가령 사랑하는 사람과 비극적으로 헤어진 중년의 여성 주인공이 상당한 세월이 흐른 뒤 기이한 상황 가운데 그 남자를 만나는 장면에서 두 사람의 모습이 한 그루 나무로 변신한 듯 묘사되고 있는 것을 볼 수 있는 등 나무로의 빙의는 이 소설 여러 곳에 편재한다. 이렇듯 사랑이 모티프가 되어 나무에 대한, 거의 연구 수준의 깊은 신화적 서사가 이 소설에서 흥미 있게 개진되고 있어서 주목된다.

> 아버지는 나뭇잎을 어루만지며 무슨 말인가를 중얼거렸다. 그가 나무에게 말을 건네고 있다는 건 확실했다. [……] "나무에게도 감정이 있다." 하고 아버지가 조용히 말했다. "손으로 이 나뭇잎을 만져봐라." [……] 아버지는 나무에게 사랑과 믿음을 표현하라고 충고했다. [……] 식물의 피부는 너의 손을 통해 너의 마음을 지각한다. (『식물들의 사생활』, pp. 138~44)

나무가 움직이지 않고 한곳에 고정되어 있다는 생각만큼 악의적인 편견도 없다, 라고 나는 생각했다. 태평양을 건너온 야자나무를 보라. 건너온 나무가 건너가지 못하겠는가. 내 생각은, 나무는 움직이지 않는 것이 아니라 움직이는 모습이 보이지 않을 뿐이라는 데로 귀착했다. (『식물들의 사생활』, p. 178)

『채식주의자』에서 나무로의 초월 장면은 소설의 결구(結構)가 되는 「나무 불꽃」에서 치열하게, 그러면서도 조용하게 발화된다. 영혜는 결국 정신병원에 강제 입원되지만 거식과 위장 출혈로 언니 인혜가 그녀를 퇴원시킨다. 육류 거부와 채식 강행은 주위의 압력과 폭력에 의해 좌절되는 듯하지만 형부와의 몽고반점 사랑으로 구원의 빛을 발견한다. 그 사랑은 식물─나무로 가는 사랑이며, 폭력이 일상화된 세상에서의 죽음을 지나야 비로소 이루어질 수 있는 사랑이다.

죽음은 한강에게서 각별한 의미로 부각되는데, 장편 『채식주의자』를 중심으로 한 폭력적인 무의미의 현실로부터의 초월을 뜻한다. 그 초월을 꿈꾸는 자로서 주인공 영혜가 나오며, 그녀는 끊임없이 경계, 즉 죽음의 문지방을 넘나든다. 그녀는 첫 소설 「채식주의자」에서 왼쪽 손목을 긋는 자해 시도로, 세번째 소설 「나무 불꽃」에서는 정신병원에 입원한 상태에서 거식증으로 인한 위출혈로 각각 피를 흘린다. 그리하여 병문안을 간 언니 인혜와 영혜는 죽음의 섬뜩한 대화를 나눈다.

영혜의 음성은 느리고 낮았지만 단호했다. [……] 마침내 그녀는 참았던 고함을 지르고 말았다.
네가! 죽을까 봐 그러잖아!
영혜는 고개를 돌려, 낯선 여자를 바라보듯 그녀를 물끄러미 건

너다보았다. [……]

　　……왜, 죽으면 안 되는 거야? (p. 229)

　죽음 자체를 이처럼 일상시하는 영혜는 타인의 시선에 상관없이 죽음을 이미 넘어선 것이다. 고기 먹기를 거부하는 영혜에 대해 가족들은 이해와 동조 혹은 방치 대신 강제로 먹이려는 만행을 저지른다. 영혜는 자해로 저항하면서 가족으로부터 이상한 여자로 취급받는다. 그러나 영혜가 볼 때 폭력을 불사하면서 육류에 익숙해 있는 사람들이야말로 삶의 의미 바깥에 있는 '죽은' 사람들이며 그들로부터 벗어나기 위해서 영혜는 "왜, 죽으면 안 되는 거"냐고 묻는다.

　두번째 작품 「몽고반점」은 「채식주의자」와 「나무 불꽃」 사이를 잇는 의미심장한 작품으로서 채식주의자 영혜와 섹스로 맺어지는 그녀의 형부가 화자가 된다. 그러나 두 사람은 그 같은 행위를 통하여 이미 동일한 세계관의 소지자로 나타나며 죽음에 대해서도 동일한 생각을 표명한다.

　　죽었으면 좋겠어,라는 말이 왜 주문처럼 머리 안쪽에서 쉴새없이 터져나오는지 그는 알 수 없었다. 마치 자신 안에 있던 다른 사람이 그 말을 듣고 답하듯, 그럼 죽어,라는 대답이 쉴새없이 몰아쳐오는 이유도 알 수 없었다. (p. 159)

　이러한 생각은 비디오 아티스트를 표방하는 형부가 사람의 나신에 꽃을 그려 넣고 그것을 다시 캠코더로 촬영하여 비디오 테이프로 기록하는 작업을 하면서 처제의 몸에 바로 그 일, 즉 몸에 꽃 그리기를 하고 싶어 하는 욕망과 함께 일어나고 있다. 즉 죽음과 꽃 그리기는 같은 욕망 선상에 놓여 있는 것이다.

320

꽃과 짐승과 인간의 뒤섞인 한몸 같을까. [……] 가장 추악하며 동시에 가장 아름다운 이미지의 끔찍한 결합이었다. (p. 169)

사람은 동물 아닌가. 소설가 한강의 비극적인 세계 인식은 여기서 출발한다. 동물인 인간이 동물을 잡아먹는 생태의 현실에 그는 원초적인 의문을 가지면서, 그 질문을 행하고, 그것을 소설로 쓴다. 이 소설은 육류를 즐겨 먹으면서 포악질하는 짐승 같은 인간을 거부하는 소설이다. 그러나 그러한 인간들에게 꽃이라도 그려놓으면 괜찮을까 꿈꾸어보는 소설이다. 그럼에도 작가는 알고 있다. 이러한 거부와 야합이 얼마나 '끔찍한 것인지'를. 성행위를 통해서 깨달은 실물로서의 육체 체험에 그가 망연히 "육체만을 응시"하고 있는 「몽고반점」에서의 마지막 대목은 무엇인가.

지금 베란다로 달려가, 그녀가 기대서 있는 난간을 뛰어넘어 날아오를 수 있을 것이다. 그렇게 할 수 있을 것이다. 삼층 아래로 떨어져 머리를 박살낼 수 있을 것이다. 그렇게 할 수 있을 것이다. 그것만이 깨끗할 것이다. 그러나 그는 그 자리에 못 박혀 서서, 삶의 처음이자 마지막 순간인 듯, 활활 타오르는 꽃 같은 그녀의 육체, 밤사이 그가 찍은 어떤 장면보다 강렬한 이미지로 번쩍이는 육체만을 응시하고 있었다. (p. 178)

남편과 동생의 성행위를 목격한 인혜가 그들을 정신병 환자로 112에 신고함으로써 드러난 파국 장면이다. 비디오 아티스트인 남자가 추구하는 것은 "더 고요한 것, 더 은밀한 것, 더 매혹적이며 깊은 것"이었다. 육류 거부와 채식 선호로 요약되는 「채식주의자」와의 연결 선상에서 살펴볼 때, 다분히 맑은 정신적 상황, 육체적 힘과 압력이 배제된 화평의 경지를 그는 추구했을 것이다. 그러나 두번째 작품 「몽고반점」에서 그 경지는 다분히 신비주의적인 상황으로 드러난다. 여기서 '더'라고 말할 때의 그 이전의 모습은 "극장을 가득 채웠던 전자음악, 현란한 의상, 과장된 노출과 성적 몸짓들"인데, 이것들을 포함하면서 여기서 벗어나는 '더' 어떤 것이라면, 결국 신비주의적 이미지와 연결된 어떤 영적 영상이라고 할 수 있다. 그럴 것이, 그는 그러한 이미지를 찾고 있었고 처제의 몸에 남아 있는 몽고반점에서 그것을 보았던 것이다. 그러나 그것은 환상이었고, 그는 육체에 꽃을 그려 넣음으로써 환상을 실체화하고자 했다. 그러나 환상은 환상일 뿐, 실체는 '정신착란증'으로 돌아온다. 여기서 그에게 순간의 진실로서 다가온 이미지가 있다. "활활 타오르는 꽃 같은 그녀의 육체, 밤사이 그가 찍은 어떤 장면보다 강렬한 이미지로 번쩍이는 육체"이다. 육체는 실재였지만 그에게는 집요하게 찾고 있던 이미지였다. 환상인 현실, 혹은 현실인 환상이다.

그는 이미지를 추구했지만 몽고반점에 동화된 육체 앞에서 결단이 유보된 유예로 돌아선다. 육체의 '응시'는 이미지와 실재 사이에서의 유예를 뜻하는 것이 아닐까. 그와 영혜 사이의 성행위가 "가장 추악하며 동시에 가장 아름다운 이미지의 끔찍한 결합"이라고 표현되면서 이어지는 다음 대목은 이제 이미지의 계속 아닌, 현실에서의 어떤 결단을 암시한다. 세번째 작품 「나무 불꽃」에서 급기야 정신병원에 입원한 영혜의 모습은 그 이후의 한 양상일 것이다.

> 모든 것이 완벽했다. 그려왔던 대로였다. 그녀의 몽고반점 위로 그의 붉은 꽃이 닫혔다 열리는 동작이 반복되었고, [……] 그는 전율했다. 가장 추악하며, 동시에 가장 아름다운 이미지의 끔찍한 결합이었다. [……] 이 이미지는 절정도 끝도 허락하지 않은 채 반복

되어야 했다. 침묵 속에서, 그 열락 속에서, 영원히, 그러니까 촬영은 여기서 마쳐야 하는 것이다. (pp. 169~70)

그러나 연작 소설집 『채식주의자』의 온전한 이해는 신화적 접근과 더불어 보다 전체적인 면모를 완성할 수 있어 보인다. 신화 가운데 가장 원초적인 신화가 창조, 혹은 인류의 기원 신화라면 그것은 대체로 종교와 함께 간다. 기독교 쪽에서는 신화로의 접근을 인정하지 않지만, 예컨대 창세기가 있다. 에덴 동산에 아담, 하와의 등장과 함께 뱀이 나오는 것을 볼 수 있는데 이렇듯 사람과 동물의 공존은 많은 신화의 일반적 특색이며, 이러한 풍경 전후로 나무 등 식물도 출현한다. 한강의 채식주의자도 이러한 관점에서 파악될 수 있는 여러 특징이 있으며, 그 결론적 추정은 한강의 문학 세계와 잘 들어맞는다. 세 작품에 편재해 있는 주인공 영혜는 다음 순서대로 이 모습을 보여준다. 나무로서의 신화적 결단이다.

난 몰랐거든. 나무들이 똑바로 서 있다고만 생각했는데…… 이제야 알게 됐어. 모두 두 팔로 땅을 받치고 있는 거더라구…… 꿈에 말이야, 내가 물구나무 서 있었는데…… 내 몸에서 잎사귀가 자라고, 내 손에서 뿌리가 돋아서…… 땅속으로 파고들었어, 끝없이, 끝없이…… 사타구니에서 꽃이 피어나려고 해서 다리를 벌렸는데, 다리를 활짝 벌렸는데…… (p. 216)

나는 이제 동물이 아니야 언니.
[……]
밥 같은 거 안 먹어도 돼. 살 수 있어. 햇빛만 있으면. (「나무 불꽃」, p. 224)

죽음은, 죽음을 불사하는 전신투사(全身投射)의 문학은 보편성이라는 세계적 인용을 획득한다. 이 일은 문학 안에서나 문학 밖에서나 새로운 생명이 된다. 한강이 가꾸고자 하는 나무는 욕망을 제어하는 조용한, 새로운 욕망의 표상, 새로운 생태계의 지향으로 평가되어야 할 것이다. 햇빛만으로 사는——

[2005]